阅读即行动

Fiction and Repetition
Seven English Novels

J. Hillis Miller

小说与重复

七部英国小说

[美] J. 希利斯·米勒 著

王宏图 译

北京联合出版公司
Beijing United Publishing Co.,Ltd.

图书在版编目（CIP）数据

小说与重复：七部英国小说 /（美）J. 希利斯·米勒著；王宏图译. — 北京：北京联合出版公司，2025.4. — （论文学）. — ISBN 978-7-5596-8245-1

Ⅰ. I561.074

中国国家版本馆 CIP 数据核字第 2025BH5764 号

J. Hillis Miller
Fiction and Repetition: Seven English Novels
Copyright © 1982 by J. Hillis Miller
Published by arrangement with Harvard University Press
through Bardon Chinese Creative Agency Limited
Simplified Chinese translation copyright © 2025
by Neo-cogito Culture Exchange Beijing Ltd
All Rights Reserved

北京市版权局著作权合同登记　图字：01-2024-5234

小说与重复：七部英国小说

作　　者：[美] J. 希利斯·米勒
译　　者：王宏图
出 品 人：赵红仕
出版统筹：杨全强　杨芳州
责任编辑：李　伟
特约编辑：周若瑜　邓睿阳
封面设计：彭振威

北京联合出版公司出版
(北京市西城区德外大街 83 号楼 9 层　100088)
北京联合天畅文化传播公司发行
北京启航东方印刷有限公司印刷　新华书店经销
字数 221 千字　1092 毫米 × 870 毫米　1/32　12.375 印张
2025 年 4 月第 1 版　2025 年 4 月第 1 次印刷
ISBN 978-7-5596-8245-1
定价：68.00 元

版权所有，侵权必究
未经书面许可，不得以任何方式转载、复制、翻印本书部分或全部内容。
本书若有质量问题，请与本公司图书销售中心联系调换。电话：010-64258472-800

前言

J. 希利斯·米勒（J. Hillis Miller, 1928—2021）是耶鲁批评派的一员主将。米勒的文学理论生涯可以说始于 1948 年，当时他在欧柏林学院从物理学专业毕业，刚转到哈佛英美文学专业读硕士，即已开始接触新批评，后继续在哈佛大学攻读博士学位，受教于布希（Douglas Bush），1952 年以博士论文《狄更斯的象征意象》获得博士学位。先后在威廉姆斯学院、约翰·霍普金斯大学、耶鲁大学等校任教。1959 年被评为副教授，1963 年升为教授。1972 年到耶鲁大学，同德·曼、布鲁姆、哈特曼等一起形成耶鲁学派。1976—1979 年任该校英文系主任。1986 年起，他转赴加州大学尔湾分校在英文和比较文学系任教。1986 年当选为美国现代语言学会主席。他著述勤奋，主要著作有：《狄更斯的小说世界》（*Charles Dickens: The World of His Novels*, 1958）、《神的隐没：五位 19 世纪作家》（*The Disappearance of God: Five Nineteenth-Century Writers*, 1963）、《现实的诗人：六位 20 世纪作家》（*Poets of Reality: Six Twentieth-Century Writers*, 1965）、《维多利亚小说的形式》(*The Form of Victorian Fiction*, 1968)、《哈代：距离与欲望》(*Thomas Hardy: Distance and Desire*, 1970)、《小说与重复——七部英国小说》(*Fiction and Repetition: Seven English Novels*, 1982)、《语言的时刻：从华兹华斯到史蒂文斯》(*The Linguistic Moment: From Wordsworth to Stevens*, 1985)、《阅读伦理学》(*The Ethics of Reading*, 1987)、《皮格马利翁的诸种变体》(*Versions of Pygmalion*, 1990)等。

米勒的学术生涯可分为三个阶段：第一阶段是1953年以前，"新批评"时期；第二阶段是1952—1968年，现象学或意识批评时期；第三阶段从1968年起转为解构主义批评。

20世纪四五十年代，新批评在美国文学批评、理论界是占优势的主流派。米勒在求学期间，经受了新批评的严格训练，特别是从语言学角度对文本进行"细读"和分析的训练，使他一生受益匪浅。他后来虽然在美学和批评理论方面经历过两次大的转折，但善于对文学作品文本细读深解的习惯和本领却始终未变。即使在解构主义时期，这一初衷仍未改变。他在80年代曾说，自己研究文学、读解文本语言文字的"主要动因在我刚开始研究文学时已成形：设计一整套方法，有效地观察文学语言的奇妙之处,并力图加以阐释说明"[①]。不过,即使在这一阶段,米勒对新批评也不是盲目崇拜,而是已有所不满,酝酿着某种突破。

1953年米勒到约翰·霍普金斯大学任教后,结识了当时比利时的著名现象学批评家普莱(Georges Poulet),他以倡导"意识批评"著称。米勒较多受到了他的影响。普莱的"意识批评"与新批评根本不同,不是执着于单个文本的语言,而是回到作者,认为作家的意识有其整体性,一位作家的所有作品是其整体意识的不同面貌和方式的展示或显现;因此,文学批评的目的不在于阐释、评判个别文本,而是要完整地"界定作者的心灵";批评家应当透过一位作家看似纷繁复杂乃至自相矛盾的众多作品,"找出创作者内心原初的整体"。不过,米勒在受到普莱影响时,并未忽视对文本语言的细读,而只由此入手,来窥视一位作家的心灵整体。

米勒"敬献给普莱"的《狄更斯的小说世界》一书,就遵循了"意识批评"的原则。他认为狄更斯的"所有作品构成一个整体,有上千路径从此整体中辐射而出,从其作品的每一事件与意象中,可以看见作家连续创作的核心是一种无法摸到的组织形式,正是这种组织形式不断地支配着他的遣词造句"。

---

① 第一章"重复的两种形式",《小说与重复》,英国牛津大学出版社,1982年,第34页。

具体来说，他通过分析狄更斯全部小说文本之后，认为作者的关心集中于"一个单一的问题：寻找能赖以生存的地位身份"，这在其早期小说中，集中表现为"人与人之间截然不同，被深锁在个人怪癖的扭曲现象中"这一总主题，如《马丁·瞿述伟》表现除了依附于社会"取得伪装身份外，别无他途，虽然这种伪装身份是欺骗行为和寻求自我的作假"；《大卫·科波菲尔》与《董贝父子》则展现出"从依赖于亲子关系转为依仗成人的浪漫爱情来逃避孤独"这样一个意向；《荒凉山庄》《小杜丽》《孤星血泪》等，透露出狄更斯对社会邪恶的控诉及对单凭自身力量（特别是爱情）难以自救的思考；而到《我们共同的朋友》中，狄更斯更流露出对心灵美、善的超越性的绝望哀痛。[1]米勒就这样在解剖狄更斯众多早期小说的基础上，发现了他那苦苦探求人们生存之路的心灵的整体。

在稍后的《神的隐没》中，米勒用意识批评方法对五位维多利亚时代的作家托马斯·德·昆西、罗伯特·勃朗宁、艾米丽·勃朗特、马修·阿诺德和曼莱·霍普金斯的作品进行整体性分析。他从海德格尔提出的神人同在、可经验到神力的"原初世界场景"出发，认为在近代作家那里，神已隐没、消失，只有孤独的自我和相对的历史主义世界。而上述五位作家面对无神的世界，采取浪漫主义态度。他说，这些"浪漫主义者仍

---

[1] 参见《狄更斯的小说世界》1958年英文版。

然信神，他们无法忍受神的退隐。他们不惜代价仍然企图重建与神的交往沟通"；"浪漫主义把艺术家定义为创造或发现迄今尚未被人理解的象征的人，正是这些象征跨越鸿沟，建立了人与神的新关系"①。按照这一总的精神，米勒具体分析了每位作家如何在自己的作品中开辟与神沟通的道路，以部分回复对原初世界场景的体验。

到60年代中期的《现实的诗人》，米勒把《神的隐没》的基本思想进一步应用到现代诗人如叶芝、史蒂文斯等人身上，认为他们的"起点与基础从神的隐没转为神的死亡"，他们受现代科学的影响，忽视了谋杀神的其实是他们自己，结果，当神及天地的创造成为意识的对象，人便成了虚无主义者，人只有放弃自我，并像史蒂文斯所说的那样"赤脚走进现实"——在这"现实"中，"物体以原本的面貌、以其存在的整体展现自己"，"在这新的空间里，心灵散布于万物中并与之结为一体"，而不再是心物二元对立——这"就是20世纪诗的范畴"，是每位伟大诗人逃离虚无、获得诗情的根源："每位诗人各以其道进入这个新现实：叶芝肯定了有限时刻的无限丰饶；艾略特发现使道赋形显现就在此时此地；托马斯接受死亡，使诗人成为拯救万事万物的方舟；史蒂文斯在存在之诗中

---

① 参见《神的隐没》1965年英文版。

确认了想象力与真实。"①这仍是从一个时代的总体意识来概括每位现代诗人的总体意识。米勒这些论述把意识批评发展到了一个新的水平。

在德里达思想的影响下,从60年代后半期起,米勒开始了向解构主义思想的转折。《维多利亚小说的形式》和《哈代:距离与欲望》二书就是这个转折期的成果。他后来回忆道,《维多利亚小说的形式》"是一本转型期的书,它写于1968年,之后便是讨论哈代的书。那些书是对话式的,因为它们与我后来采用的批评与著述观点只有一线之隔。这些书有两个参照中心:意识与语言"②。显然,这时的米勒一只脚已迈出意识批评之门而踏上解构批评之路。如果说,他的批评生涯从语言(新批评)起步,尔后离开语言而走进意识(意识批评),那么,当他接受解构主义之后,他又重新回到了语言,用米勒自己的话来说,就是"运用语言谈语言"。

在《维多利亚小说的形式》中,一方面,意识批评的思想仍然承续了下来,他仍以神之死亡作为核心意识的假设,认为"维多利亚小说的基本主题可说是探索在无神的世界里,寻求把他人尊为神的种种途径"③;另一方面,小说语言形式和修

---

① 参见《现实的诗人》1965年英文版。
② 转引自《中外文学》杂志第20卷第4期,第17页。
③ 参见《维多利亚小说的形式》1968年英文版。

辞学问题受到了关注，诸如小说中的时间使用、叙述者的地位、语态及其与作者的关系等，米勒都作了认真研究，这些都为日后的解构批评铺平了道路。《哈代：距离与欲望》一书也大致相似。该书首先对哈代的所有小说作了意识上的总括，认为"哈代看待世界的方式是以意识的超然无涉为基础，这使他及其代言人能窥见未经扭曲的现实的原貌"；他把爱欲作为"从唯一可能的地方找到秩序的源泉"，用爱欲来"建立衡量一切事物价值的尺度"；然而，爱欲却需要情侣间的距离，所以哈代的所有小说都在爱欲中设置了距离。接着，米勒又从意识批评转向小说语言文体形式的探讨，他说："哈代每部小说的时间构架都是上述形式的变化。随着情侣们相互贴近或分离，小说也像活动的力场般变化着。每个角色都是力的交叉点，小说的进展也由一群情侣间的接近或疏远来决定。越是有距离，欲望就越强烈。"[1]这一时期的米勒，正处在从意识批评向解构批评转轨的途中，因而具有兼容意识与语言的两重性特征。

70年代，米勒完成了向解构主义的转折。他步尼采、德里达之后尘，公开提出批评"阐释预设所用的'逻各斯中心主义'应该彻底摒除，因为德里达、尼采等人已揭示出文本绝无

---

[1] 参见《哈代：距离与欲望》1970年英文版。

单一的意义，而总是多重模糊不确定意义的交会"①。他认为，解构主义批评的基础是，文学或其他文本是由语言构成的，而语言基本上是关于其他语言或其他文本的语言，而不是关于文本之外的现实的实在，因此，文本语言永远是多义的或意义不确定的，这些意义"彼此矛盾，无法相容。它们无法构成一个逻辑的或辩证的结构，而是顽强地维持异质的混杂。它们无法在词源上追溯到同一词根，并以这单一根源来作统一综合或阐释分析。它们无法纳入一个统一的结构中"。米勒曾以弥尔顿《失乐园》中第四部《藤蔓缠绕她的鬈发》为例，进行解构性阐释，他说："一方面，弥尔顿把夏娃纳入整个创世系统，说她像亚当一样尚未堕落，是否堕落并不一定。虽然在她身上像在亚当身上一样，'他们光辉的造物主的形象闪耀'，但他们'并不相同，因为他们的性别看上去不同'：她生来就注定属于亚当，再通过亚当属于上帝；'他只属于上帝，而她通过他属于上帝'。"②这句诗里比喻干扰了神学，独立性冲击了从属性，解构批评就应这样从文本语言中找出各种互相干扰或对立的矛盾来，从而揭示文本的多义性及其各种意义之间的互相矛盾和互相"破坏"。米勒在《作为"寄主"的批评

---

① 参见《自然的超自然主义》书评，载美国《批评扫描》杂志1972年冬季号。

② 转引自王逢振，《今日西方文学批评理论》，漓江出版社，1988年，第62页。

家》("The Critic as Host")一文中对"寄主"与"食客"二词的解析是另一适例。他通过二词孪生的语源分析,一步步揭示二词意义的分化、隐喻,直至对立的过程,指出:一方面,"寄主"(文本)起码像"食客"(批评家)一样;另一方面,批评家并不比其所解释的文本更像"食客",因为文本本身就像食客一样要依靠其主人愿望的那样去接受它。这里,他玩弄的是"比喻的游戏"。米勒在修辞性阅读、批评实践中,总括了许多解构的方法,如骤变句法、偏斜修辞法、既显又隐、异貌同质、僵局、挪移对比法、旁述、拟人法等等。解构的修辞学批评,使文本语言呈现的世界变得捉摸不定,乃至不真实,任何模仿论批评的根据也就丧失殆尽,于是,语言反倒成了真正的现实。与德·曼(Paul de Man)一样,米勒把语言的比喻(修辞)性看成语言与生俱来的本性,因此,批评只能是解构:"解构主义与其所属之长久传统的主要预设,可以说与比喻语言一脉相承,这不是在易分析的语法上添加的",而是"一切语言都是比喻的,这是基本的、不可改变的",因此"一切好的阅读都是要解读比喻,同时也要分析句法和语法形态"。[1]

米勒把解构批评看成将统一的东西重新拆成分散的碎片或部分,就好像一个小孩将其父的手表拆成一堆无法照原样再装

---

[1] 转引自《中外文学》第20卷第4期,第20—21页。

配起来的零件。这是解构主义读解文学或其他文本的基本策略和方法。其根据是文学或其他文本的"言词（逻各斯）中心主义"基础已不复存在，虽然种种"形而上的假设存在于文本本身中，但同时又被文本本身所暗中破坏。它们被文本所玩弄的比喻游戏所破坏，使文本不再能被视为围绕'逻各斯'而构成的'有机统一体'。……比喻游戏暗示我们必须停止为内心的疑惑或畏惧而去寻找某个完全合理的意义，因为这种疑惧导致意义的摇摆不定。辩证的两极虽能综合，但也可能由同中之异瓦解为互相冲突的成分"[1]。显然，这种解构主义思想蕴含着推翻逻各斯中心主义和二元对立的传统思想模式，颠覆现存文化秩序的巨大破坏力量。

米勒在解构主义阶段的代表作为《小说与重复》，这部书是他在70年代运用解构主义思想对英国几位著名作家的七部小说研究和评论的结集，书中提出了具有独创性的"重复"理论。他在该书第一章中说，他的目标是要"设计一整套方法，有效地观察文学语言的奇妙之处，并力图加以阐释说明"。他抓住的"奇妙之处"便是小说中的"重复"现象。他遵循解构的策略，从小说中出现的种种重复现象入手，进行细致入微的读解，将其大体归为三类：（1）细小处的重复，如语词、修辞

---

[1] 见《惶惑不安：当代批评向何处去》，载《美国艺术与科学学院公报》1979年1月号。

格、外观、内心情态等等;(2)一部作品中事件和场景的重复,规模上比(1)大;(3)一部作品与其他作品(同一位作家的不同作品或不同作家的不同作品)在主题、动机、人物、事件上的重复,这种重复超越单个文本的界限,与文学史的广阔领域相衔接、交叉。他指出,人们阅读时常忽略这些重复现象,但许多文学作品的丰富意义,恰恰来自诸种重复现象的结合,因为"它们组成了作品的内在结构,同时这些重复还决定了作品与外部因素多样化的关系,这些因素包括:作者的精神或他的生活,同一作者的其他作品,心理、社会或历史的真实情形,其他作家的其他作品,取自神话或传说中的过去的种种主题,作品中人物或他们祖先意味深长的往事,全书开场前的种种事件"。换言之,各种重复现象及其复杂的活动方式,是通向作品内核的秘密通道,如果有这一内核的话。从总体来看,米勒并不承认文学作品有一个权威的、固定不变的意义内核。他对七部小说正是从其种种重复现象的描述入手,揭示作品复杂多样、变幻莫测,甚至互相矛盾的意义,从而将文本分解成碎片。

在本书第一章"重复的两种形式"中,米勒还吸收了德勒兹的有关观点,总结出重复的两种基本形式:一种他称之为"柏拉图式的重复",另一种是"尼采式的重复"。柏拉图式的重复是指以理念为万物原型的模仿式重复,这种重复强调真实性上与模仿对象的吻合一致,这是19至20世纪英国现实主义小说批评的首要预设，成为有强大势力的"规范式理论"；而尼采式的重复则假设世界建立在差异基础上，认为"每样事物都是独一无二的"，"相似以这一'本质差异'的对立面出现。这个世界不是摹本，而是德勒兹所说的'幻影'或'幻象'。它们是些虚假的重影，导源于所有处于同一水平的诸因素间具有差异的相互联系。某些范例或原型中这种根基的缺乏意味着这第二种重复现象的效力带着某种神秘的色彩"。米勒还借用本雅明用"记忆"对普鲁斯特作品意象的分析来进一步说明这两种重复形式的区别。他认为，不同的重复形式存在于记忆结晶的不同形式中。一种"白昼里自觉的记忆""通过貌似同一的相似之处合乎逻辑地周转运行着"，这与柏拉图式的重复相对应；另一种"不自觉的记忆"，本雅明称之为"珀涅罗珀式的遗忘的结晶"，虽"也是以众多的相似点织成的，但本雅明将它们称为'不透明的相似'。他将这些相似点和梦联系起来，从中人们体验到一样事物重复另一样事物，前者与后者迥然不同，但又令人惊异地相像"，这与尼采式的重复相对应。米勒还对这两种重复形式的关系作了深刻的阐述，他说，重复的第二种形式的"内在必然性，在于它依赖于有坚固基础的、合乎逻辑的第一种形式。重复的每一种形式常使人身不由己地联想到另一种形式，第二种形式并非第一种形式的否定或对立面，而是它的'对应物'，它们处于一种奇特的关系，第二种形式成了前一种形式颠覆性的幽灵，总是早已潜藏在它的内部，随时可能挖空它的存在"。这也正是解构批评的理论根据。米勒据此假设"所有的重复样式都以这样或那样的形式体现了"上述两种基本"重复现象之间的复杂关系——既互相对立，又相互缠绕成一体"①。下面以米勒对勃朗特《呼啸山庄》的分析为例简要介绍一下他的解构主义"重复"理论在批评实践中的应用。

米勒描述了批评家和读者在读解文学作品时的真实处境：他们相信会有一种完满的解释，能使人从整体上把握和理解作品；但在阅读过程中，当他们想构造一个首尾连贯的阐释模式来完整解释作品时，这种期望却不断受挫。对《呼啸山庄》，米勒通过其中许多重复现象的分析，指出以往无数批评、阐释的文献都走入了误区，"所有的文学批评展现的是所谓对所论文本做出明确而有条理的解释，而有关《呼啸山庄》批评的特色正在于形形色色的阐释间的互不相关达到了这样一种罕见的程度，通过这种方式，每个解释都捕捉到了这部小说中的某些因素，并由此推衍出总体上的阐释"，他认为，"所有这些解释都是错误的"，每个解释都有其"片面性"。其共同的谬误在于预先假设了"意义是单一的、统一的，具有逻辑上的连贯性"。米勒指出，"认为《呼啸山庄》中存在着唯一的隐秘真理这一假设本身便是个谬误"。解构批评则相反，它"最能清

---

① 参见《小说与重复》第一章"重复的两种形式"。

晰地说明文本的多样性——这种多样性表现为文本中明显地存在着多种潜在的意义，它们相互有序地联系在一起，受文本的制约，但在逻辑上又各不相容"。米勒具体论述道，"《呼啸山庄》对读者的影响通过构成作品的重复现象——它和其他作品中永远无法被理性分解为某种令人满意的阐释本原的重复现象相同——来实现"，就是说，小说中许多重复属于尼采式的重复现象，而不只是模仿原型的柏拉图式的重复，这种非逻辑、非理性的重复，是整体化、理论化的传统读解方式所无法完全把握的，"这一解释过程总将遗留下一些东西，它们正巧位于理论视野圈的边缘，不在该视野包纳的范围之内。这被忽视的因素显然是重要的细节……由此我们发现文本实在过于丰富"。米勒就抓住这些被遗忘或忽视的重复细节，展开解构批评，证明该小说文本的丰富多义及多种意义都能成立又互不相容，因而压根儿不存在唯一的、统一的、神秘的意义中心和本原。语言、符号仅仅存在于一个事物与其他事物的分化对立中，就连认为存在原初统一整体的观念本身也是从此分化中衍生出来的，同时这种错觉又为各种语言的修辞手段所强化。正因为如此，《呼啸山庄》成为充满重复和神秘莫测的文本。据此，米勒总结道："在期望这部小说成为重复具有根基的第一种形式的典范的诱惑和这种期望不断受挫的来回摇动中，《呼啸山庄》成了第一章中叙述的两种重复形式缠结交叉的一个特殊实例。"①

更晚近的《语言的时刻》，是米勒读解华兹华斯、雪莱、勃朗宁、霍普金斯、哈代、叶芝、威廉斯、史蒂文斯等诗人的诗作的论集，其主旨仍在揭示其中语言背后意义的暧昧不明、模糊不定或自相矛盾，证明语言是无根无源或阐释是无穷无尽的，因此，一切诗在逻辑上都是无法理解的。他说道："诗歌文本中止的时刻，不常在开头或末尾这些对其自身媒介作反映或评论的时刻。……而是一种旁述的形式，粉碎了把语言视为能透明地传达意义的幻觉"；如在霍普金斯等诗人那里，"语言也是分隔的媒介，而非调解结合的媒介。同时，所有的事物汇集于语言中却只有步入消散之途"②。

近年来，有人批评米勒的解构主义陷入了语言的泥淖，而与历史、社会、伦理相疏离。米勒驳斥了这种指责，以《阅读伦理学》（1987）一书阐释了自己的主张。

米勒从新批评走向意识批评，再走向解构主义，一步一个台阶，不但使他的文学批评充满着锐意进取的创新精神，而且在把解构思想传播到美国学术文化各界方面起了重要作用。他的学术道路，也代表了美国战后文学批评发展的轨迹，具有相当大的典型性。

---

① 参阅《小说与重复》第三章"《呼啸山庄》——重复和'神秘莫测'"。
② 参阅《语言的时刻》1985年英文版。

米勒的文学批评始终紧紧围绕着英美文学传统中的优秀的、经典的作品，并不赶现代派、后现代派的时髦，但他的批评思路与视野是全新的、开阔的。他的重复理论与解构批评的实践揭示了经典作品的丰富多样的内涵和意义，和读解文学作品的无穷可能性与潜在多样性，与德·曼和布鲁姆（Harold Bloom）一样，对文学批评理论的开拓与建设做出了不可磨灭的贡献。

但是，米勒的解构主义重复理论与批评，把语言的"比喻游戏"看成语言的本性，抬到文学语言和基础性地位上，完全否认和取消了语言意义也有相对明确、稳定、继承的一面，抓住作品重复现象的细小枝节大做文章，颠覆文学文本所具有的客观、基本的意义和主旨，把文学的主题、意义的历史性和相对确定性化为虚无，这种明显的相对主义和虚无主义倾向，对文学批评的健康发展是不利的。虽然他对此有所觉察，但无法改变其解构主义的基本倾向。此外，有人批评他有反历史主义倾向也是持之有据的。

朱立元

作为重复的翻译

《小说与重复》中文译本序言

《小说与重复》（*Fiction and Repetition*）能够被翻译成中文，与中国的读者见面，对我不啻是巨大的荣幸。一本书的出版总是一个无法预料其结果的事件。读者将怎样对待一本新书，对此谁能事先准确无误地了然在胸呢？而当一本书被翻译成一种连原作者都茫然无知的语言，在一个思想智力和社会结构有着鲜明差异的国家出版，情况就更是如此了。尽管我无法确切地知道会发生些什么——这是很自然的，我想象并且希望这本书将会经历创造性的改造——不仅通过翻译成中文这一行动，而且也通过阅读其中文本的那些人对它的种种新鲜而不可预期的使用。

我几乎无法猜测那些使用会是什么，但 1988 年我对中国的访问使我隐隐瞥见了某些可能性。对我的中国读者，我主要想说的是：阅读本书，同时思索一下发生了什么。在这篇简短的序言里，我不想阻止或预先确定所发生的情形。然而，我还是打算谈一谈这本书（它首次在 1982 年出版），我将本书置于我全部著作的总体背景下——甚至更广阔一些,将它置于近年来西方文学研究的理论和实践活动的背景下予以说明。

《小说与重复》有两个主要目标:(一)尽可能细致充分地读解 19 世纪、20 世纪七部较为重要的英国小说;(二)通过这些读解活动,探索两种类型的重复的共存,及它们间一种与另一种不对称的相互冲突的情形。在第一种类型的重复中,重复的因素以处于循环游戏之外的某个原型为基础;在另一种类型的重复里,重复因素缺乏这类具有根基的源头。在第一种类型里,重复因素相互之间的相似建立在它们与那个原型相似的基础上;而在第二种类型里,重复因素间的相似没有这样的根基,这种相似由它们间的差异(那时它们被并置于时间的序列中)产生。在第一种重复中,差异由相似产生;在第二种重复中,相似则由差异产生。此书一个富有极大推广应用潜力的假设便是:它确信你不可能在没有另一种重复的情形下拥有这一种重复——尽管它们互不相容,无法达到和谐一致。两种重复间的关系不是表现为一种对称式的对立,而是一种无法加以比较、衡量的冲突。在这儿,它不是一个"不是/就是"(either/or)的问题,而成了这样一种违反逻辑的情形:"既不/又不"(neither/nor)和"既/又"(both/and)被勉强扭合在一起,同时又相互排斥。本书力图要展示的是,我阐释的七部小说中的每一部都显现出重复的一种不同样态,但它们都处于同时既有根基又缺乏根基的别扭的非逻辑关系中。

在《小说与重复》里，我的目标看起来似乎纯粹是形式或美学上的。表面上它们局限于第一章中我提到的文学内部研究的诸种模式中：与"新批评"密切相关的"细读"，而对文本语言内部修辞或比喻扭合力（torsions）的热切关注则与所谓的"解构"脱不开干系。《小说与重复》与20世纪80年代西方文学研究中出现的那股引人注目的潮流（研究者纷纷转向历史背景、文化批评、政治、伦理、后弗洛伊德主义心理学）似乎丝毫不沾边。然而我还是认为，在文学研究中返回历史、政治和伦理的唯一正确的途径是通过文本自身，通过对书页上的语词积极主动的读解。

再者，可以肯定地说，重复表层的形式主要对文学与历史、政治和伦理的关系有着深刻的意义。我对这一主题的研究为我近期的著作（《阅读伦理学》，哥伦比亚大学出版社，1987年；《皮格马利翁的诸种变体》，由哈佛大学出版社出版；《霍桑与历史》（Hawthorne & History），由布莱克威尔公司出版）更明确地转向那些主题铺平了道路。重复的"第一种"形式使文学与历史之间有一种纯然的模仿、再现、断言、因果的关系，这一预先设定的力量大为增强。它将文学视为镜子般反映的历史，或是由历史事件和力量引发的。"第二种"重复使我们得以理解文学的戏剧化表演、丰富多彩、开拓创新（文学如何创造历史）等既错综复杂而又疑团丛生的情形。在第一种类型的重复里，文学模仿已经存在的事物；在第二种类型的重复里，文学作品在其写作、被人阅读之际创造着新的意义。正如我前面所说的，它不是在这个和那个之间进行选择的问题，而是要正视它们两者在任何一部作品中的共存这种情形（既不可避免，又令人困惑）。我认为，在对文学与历史、伦理和政治关系进行研究时，如果不去力图理解表面上看来是抽象或形式化的重复主题，那么这种研究便会毫无效果。它成了显示所有文学研究彻头彻尾浸染着"理论性"这一情形的绝好例证。这意味着每一种形式的文学研究应该自始至终好好地对它的理论前提进行思考，以免为它们所蒙蔽，譬如，把这些理论前提理所当然地视为正常的、普遍有效的，就会陷于盲目性。

在结束这篇序文前，我还是回到开端——回到对这个译本在中国可能产生的种种不可预期的使用的思考中来。很容易发现翻译也是重复的形式，因而它便提出了作为本书主题的有关重复的问题。翻译同样也将重复的两种不对称的形式加以混合。一方面，人们公认翻译应是原作在另一种语言里尽可能忠实的复制，翻译应将原作当成它的法规、它的原型；另一方面，从来没有任何翻译可说是绝对忠实的。"原作"的语言和翻译所用的"复制"的语言之间在词汇、语法规则、句法结构上的差异意味着翻译不可避免地是某种新的、独到的、与众不同的东西，尤其在两种语言相互间是如此不同（如英语和汉语）的情形下。正因为有差异，翻译才具有开创性，它使新的事物产生。翻译不仅仅是在亦步亦趋地复制。从演说理论那儿再次借用一个词，它具有表演的特性：积极、丰富多彩、别具一格。翻译是与词语打交道的一种方式。对这一方式进行观察，人们会发现所谓的"原作"和所谓的"翻译"形成了第二种类型的重复系列。一个文本与另一个文本间的重复具有双向的特点。和原作一样，翻译对新的意义的释放也起了作用。这意味着（让人着实觉得奇怪），我著作的英文本成了中文本问世前预期的翻译。《小说与重复》的中文本不仅当它在中国被人阅读时会产生不可预料的多方面的效应和作用，而且由此它会反过来改变英文本的意义。

我在这儿用英语写作，但想到我的这些词语有朝一日会变成中文，为此我热忱地向我的中国读者致意！我怀着这样的希望和信心向他们致意：在你们伟大国家发生的许多变革既是重复的第一种类型，又是第二种类型——它们将会给你们的人民带来新鲜、美好的东西。我甚至于还怀着这样的希望：这本小书在这些变革中将尽其绵薄之力。

J. 希利斯·米勒
于加利福尼亚州，尔湾

致谢

这本书的写作历时弥久,在写作过程中,承蒙各方大力协助,我有幸在此一并致谢!

在我享用约翰·西蒙·古根海姆纪念基金会提供的研究基金期间,头脑中首次萌生了写这本书的念头。从那时起,我的这项工作得到了一系列的帮助:卫斯理安大学人文科学研究中心、普林斯顿大学人文科学理事会分别向我提供了研究基金,全美人文科学基金会也拨给了高级研究基金;不久前,在耶鲁大学三年一度的休假期内,爱丁堡大学向我提供了卡内基研究基金,尔后我又在洛克菲勒基金会的贝拉奇奥研究和会议中心做了一个月的学术研究工作。所有这些帮助使我赢得了充裕的时间,约翰·霍普金斯和耶鲁大学还多次为我安排学术休假,对此我深致谢忱!

本书的许多章节以前曾发表过(现在我又对它们作了很多修改),它们分别刊于《叙述的解释》(M. W. 布龙菲尔德编,哈佛英语研究丛书第一辑,哈佛大学出版社,1970年);《动摇不定的现实主义者》(梅尔文·J. 弗里德曼、约翰·

B.维克莱合编，路易斯安那州立大学出版社，1970年）；《现代英国小说的形式》（艾伦·沃伦·弗里德曼编，得克萨斯大学出版社，1975年）；《英格兰圣母杂志》（1980年4月号）。哈代《心爱的》一书的新威塞克斯版（麦克米兰出版公司，1975年）收入了本书的第六章，将它作为作品的导言。我要感谢这些出版物的编者，他们同意我把这些论文重新搜集起来，加以修改，并编入此书。在论述哈代《德伯家的苔丝》那一章中，我们看到作者手稿中的某些词句与通行本有很大的差别，我要感谢大英图书馆手稿保管员和已故的 E. A. 达格黛尔小姐的代理人，由于他们慨然应允，我才得以查对原稿，并将这些词句复印下来。

我对我的许多学生和同事感激不尽，他们曾听我阐述有关小说和重复的一些观点，对我讲述的内容他们反应不一，我对这一课题的思索从中获益匪浅。我尤其要感谢参加全美人文科学基金会主办的三次大学教师暑期讲习班的学员们。此外，约翰·霍普金斯、耶鲁、苏黎世、普林斯顿、爱丁堡等大学和加利福尼亚大学尔湾分校批评和理论学院的学生、同行们还给了我许多额外的帮助。各方倾力相助，我实难以回报。

J. 希利斯·米勒
于缅因州，鹿岛

目录

第一章　重复的两种形式 …………………………… 1

第二章　《吉姆爷》
　　　　作为颠覆有机形式的重复 …………………… 36

第三章　《呼啸山庄》
　　　　重复和"神秘莫测" …………………………… 67

第四章　《亨利·艾斯芒德的历史》
　　　　重复和反讽 …………………………………… 114

第五章　《德伯家的苔丝》
　　　　作为内在构思的重复 ………………………… 183

第六章　《心爱的》
　　　　被迫中止重复 ………………………………… 230

第七章　《达洛卫夫人》
　　　　使死者复生的重复 …………………………… 276

第八章　《幕间》
　　　　作为推断的重复 ……………………………… 315

第一章　重复的两种形式

　　无论什么样的读者，他们对小说那样的大部头作品的解释，在一定程度上得通过这一途径来实现：识别作品中那些重复出现的现象，并进而理解由这些现象衍生的意义。我之所以说"在一定程度上"，是因为小说作品里原本有许多类型的文学形式，它们能产生出意义。例如，它们有着这样的作用：将众多不可重现的事件的前后发展顺序依照一定的程序组织得脉络清晰可辨。在这种程序内，众多的事件发生着、被复述着，这类事件环环相扣、情节性很强的故事常能激起人们感情上强烈的共鸣。从某种意义上说，读者的这些反应也可被视为小说的"意义"。本书在大多数情形下将这样一些其他意义来源悬置一边，倾注全力探索有助于凸现小说中重复出现的现象的多种多样形式意义的因素，这些形式繁复多样，甚至可以说互不相干，但由于它们全都和同一个事例有关（这个事例以后或多或少地再现在另一个事例中），我们可以把它们作为同一个重复的问题来处理。

　　我们以《德伯家的苔丝》（*Tess of the D'Urbervilles*）为

例（本书在后面将列专章对这部小说详加阐发）。当红颜色在小说中第一次出现时，它在人们眼里不是显得平常无奇，便是被看作单纯的描写，很容易被置诸脑后。苔丝姑娘在头发上系一条红丝带完全合乎情理。当读者第三次、第四次、第五次接触到红色物体后，红色开始作为一个醒目的主题凸现在人们面前，它连续不断地重复出现，正像苔丝在围墙和栅栏上目睹的巡回传教士涂写的字句（那儿每个字后面都古怪地加了一个逗号）："你，犯，罪，的，惩，罚，正，眼，睁，睁，地，瞅，着，你"，或是"你，不，要，犯——"①

像在通常的现实主义小说中一样，我们在《苔丝》中也能发现很多不同的重复形式。从细小处着眼，我们可以看到言语成分的重复：词、修辞格、外形或内在情态的描绘；以隐喻方式出现的隐蔽的重复则显得更为精妙，例如小说将抽着雪茄烟的亚雷·德伯描写为"（苔丝）妙龄绮年的灿烂光谱中一道如血的红光"（第五章），在后面的情节发展中，射入她房间的太阳光和庭园中生长的名为"赤热的火钳"的花十分相像（第十四章），这花有着男性生殖器的形状。从大处看，事件或场景在本文中被复制着，苔丝的生活便是由围绕着相同的一组主

---

① 托马斯·哈代，《德伯家的苔丝：一个纯洁女人的真实写照》，新威塞克斯版，伦敦：麦克米兰出版公司，1974年，第五章。后面引用这部小说时只标明这一版的章节数码。

题的"相同"的事件的复现构成：困倦，红颜色，某些已经施行或被承受下来的暴力行为。由一个情节或人物衍生的主题在同一文本的另一处复现出来，例如小说结尾时，苔丝的妹妹丽莎·露似乎命中注定要以另一种方式重演苔丝一生的悲剧。一个人物可能在重复他的前辈，或重复历史和神话传说中的人物，苔丝遭强奸便重复了她祖辈中的男子对那些长眠地下的农家女所犯下的罪行，她的毁灭则重复了耶稣被钉死在十字架上这一惨剧，或者说重复了史前时代在巨石阵（Stonehenge）举行的祭典。最后，作者在一部小说中可以重复他其他小说中的动机、主题、人物或事件。哈代于1891年发表《苔丝》，《心爱的》（*The Well-Beloved*）第一版于1892年出版发行，《无名的裘德》（*Jude the Obscure*）发表于1895年，1897年《心爱的》第二版印行。《德伯家的苔丝》早先的标题为《太迟了亲爱的》或《太迟了，亲爱的！》，标题的相似表明这两部小说在主题和形式上的相互呼应。这三部创作时间相隔不长的小说紧密地联为一体，至少可以和哈代抒情诗集中那些前后连贯的组诗相媲美。《心爱的》第一版发表后的几年内，哈代创作了《无名的裘德》，也许正是这激发了或者说在一定程度上影响了《心爱的》第二版的创作构思。（在第六章中，我将对《心爱的》详加讨论。）

一部小说的阐释，在一定程度上要通过注意诸如此类重复出现的现象来完成。本书要探索的是这些重复发生作用的某些方式，以便推衍出意义，或者防止在情节线性发展顺序基础上过于轻易地确定某种意义。读者对重复现象的识别既可能是深思熟虑的，也可能是自发的；既可能是自觉的，也可能没有思考成分。在一部小说中，两次或更多次提到的东西也许并不真实，但读者完全可以心安理得地假定它是有意义的。任何一部小说都是重复现象的复合组织，都是重复中的重复，或者是与其他重复形成链形联系的重复的复合组织。在各种情形下，都有这样一些重复，它们组成了作品的内在结构，同时这些重复还决定了作品与外部因素多样化的关系，这些因素包括：作者的精神或他的生活，同一作者的其他作品，心理、社会或历史的真实情形，其他作家的其他作品，取自神话或传说中的过去的种种主题，作品中人物或他们祖先意味深长的往事，全书开场前的种种事件。面对所有这些重复现象，疑问接踵而至：是什么支配着这些重复创造的意义？对一个批评家来说，当他面对一部特定的小说时，他需要具备怎么样的方法论上的前提才能支配这些重复现象，有效地阐释作品？

我试图在本书的各个章节中回答对一部小说提出的这些疑问，尽可能充分地探索它包含的重复现象的活动方式。我已列举了小说将社会或心理真实当作一种重复样式来表现的种种情形，既然是这样，按理它应成为贯穿本书各个章节的论题，但我这儿的主要兴趣并不在"现实主义"的问题上。再者，本书也不是一本纯理论著作，而是对19世纪到20世纪英国几部重要的小说所进行的一系列读解。这些读解侧重于分析修辞形式与意义的关系,对它的解释则语焉不详,尽管实际上要将它们完全区分开来是不可能的。我读解的焦点在于"意义"是"怎样"的而不在于它是"什么";我们的问题不是"意义是什么",而是"意义怎样从读者与页面上这些词语的交接中衍生而出"。在每个实例上,我试图对语词的织锦图案进行条分缕析,而不是站在远处,单单注意小说的生动描写,这使我在每部小说中必然将注意的焦点集中到语言细节的分析。为了研究牵涉到同一作者两部小说间关系这类重复现象,我经过考虑分别选取了托马斯·哈代和弗吉尼亚·伍尔夫的两部小说。尽管从我的论题来看,每一章节自身本来都可以成为那部特定作品的阐释。将它们汇集在一起,这些章节在某种程度上表明了维多利亚时期和现代英国小说中重复结构发生影响的领域有多大。这些小说之所以入选,乃是因为和同一作者的其他小说以及 19 世纪、20 世纪一般的英国小说相比,它们有着特殊的魅力,作品本身也写得精彩绝伦。同时在探索各章谈论的重复样式时,在我所知的 19 世纪、20 世纪英国小说中,它们是最为合适的文本:例如,在涉及《亨利·艾斯芒德的历史》(*Henry Esmond*)那一章里,我探讨了反讽和重复;在《德伯家的苔丝》中探讨了内在重复的某种形式。所有这些重复的类型在其他小说中也存在,但我的选择将被证明是合情合理的,我采用的方式和法国人类学家马塞尔·莫斯(Marcel

Mauss)相同：他对某些原始社会组织作了详尽的研究，舍弃了其他许多实例，他证明自己的这一做法完全正当合理。莫斯说：他选择用以研究的社会"真实地体现了它发展得极为充分的极端形态，与别的具备了相同的本质特点，但规模狭小、日趋衰亡的社会组织相比，它使人们有可能更为准确地观察各类事实"[①]。现以我论述的一种重复类型来说明这点：所有的现实主义小说或多或少都是反讽的文体，但在《亨利·艾斯芒德的历史》中，反讽成了贯穿全篇的叙述风格主要的、无所不在的特性。

我无意僭称我这七篇读解论文已将19世纪20世纪的英国小说或一般的现实主义小说中重复现象的种类包罗无遗了。在一定程度上，每一部小说都是独一无二的，单单维多利亚时期的小说就达四万部之多。我的假设是：所有的重复样式都以这样或那样的形式体现了我将在本章里识别的两种类型的重复现象之间的复杂关系——既互相对立，又相互缠绕成一体。我曾加以仔细研究的所有小说都证实了这一假设，但究竟要有多少部小说才能证实这一假设，这个问题仍悬而未决。这里对作为例证的小说的读解方式，对分析同一作家的其他小说，或是同

---

① 转引自克洛德·列维-斯特劳斯，《M. 莫斯著作导言》，见马塞尔·莫斯，《社会学和人类学》，巴黎：法国大学出版社，1950年，第41页。译文为笔者所作。

一时期其他作家的其他小说，甚至是不同时代、不同国家众多的作家来说能否同样奏效呢？我的读解能成为"样板"吗？要想明白无误地确定这一点，只有通过更多的读解，但我论述的七部小说中多种多样的重复样式也暗示人们：在以后的例子中，甚至在同一作者的其他作品中，如果你希望在发现相似之处的同时注意到存在着同样多的差异，那将委实是件好事。

文学的特征和它的奇妙之处在于，每部作品所具有的震撼读者心灵的魅力（只要他对此有着心理上的准备），这些都意味着文学能连续不断地打破批评家预备套在它头上的种种程式和理论。文学作品的形式有着潜在的多样性，这一假设具有启发性的意义，它可使读者做好心理准备来正视一部特定小说中的种种奇特古怪之处，正视其中不"得体"的因素。这里的七篇读解力图在每个实例中识别异常的因素，并着手阐明它的缘由。自然这一方法或多或少地力图使出格的因素合法化，但这儿涌现的法则必然与读解时预先设定的法则（它假设一部好小说在形式上必定是有机统一的）迥然有别。

西方有关重复思想的历史和我们的文化一样，一般地说，它有两个源头：一个是《圣经》，另一个是荷马史诗、前苏格拉底的哲学和柏拉图。《圣经》阐释学经历了多少个漫长的世纪的发展（人们借助它研究《新约》，或多或少觉得《新约》重复着《旧约》），它还预先制约了《亨利·艾斯芒德的历史》或《亚当·比德》①中《圣经》式象征的运用。现代有关重复思想的历史发展经历了由维柯②到黑格尔和德国浪漫派，由克尔凯郭尔的"重复"到马克思（体现在《雾月十八日》中），到尼采永恒轮回的思想，到弗洛伊德强迫重复的观念，到乔伊斯《芬尼根守灵夜》，一直到当代形形色色论述过重复的理论家：雅克·拉康③、吉尔·德勒兹④、米尔恰·伊利亚德⑤和雅克·德里达⑥。⑦

在吉尔·德勒兹《意义的逻辑》（*Logique du sens*）的一段话中，关于重复的这两种理论被鲜明地置于相互对立的位置

---

① 英国作家乔治·艾略特（George Eliot，1819—1880）的长篇小说。
② 维柯（Giambattista Vico，1668—1744），意大利哲学家，著有《新科学》。
③ 雅克·拉康（Jacques Lacan，1901—1981），法国结构主义精神分析学家。
④ 吉尔·德勒兹（Gilles Deleuze，1925—1995），法国后结构主义哲学家。
⑤ 米尔恰·伊利亚德（Mircea Eliade，1907—1986），美国宗教历史学家。
⑥ 雅克·德里达（Jacques Derrida，1930—2004），法国后结构主义哲学家、文学理论家。
⑦ 我将这范围广泛的精神上的溯源关系作为我七篇阐释文字的背景材料（我在各个关节点上都考虑到与此关系更为直接的先前的第二手研究著作）。尽管我不希望以致谢、赞同或反对等众多的表白无谓地扰乱我对这七部小说文本的注意力。然而总的说来，引入先前的批评见解不无裨益，第三章中对有关《呼啸山庄》众说不一、歧见百出的解释的概述便是一例。
先前的那些著作可大致分为三类，就其中的每一类而言，就可提供一个内容广泛的著作目录（这些著作使我获益匪浅），如果为每一类实际存在的著作开一个书目，那就别提有多长了。第一类是有关我论述的五个作家的批评或传记著作。在每个作家的名下，这个目录可开得很长，即使将它限制（转下页）

上，德勒兹将尼采有关重复的概念同柏拉图的进行了对照：

（接上页）在和这儿我的章节相关的作品的范围内，情形也是这样。第二类是近期涌现的有关重复问题的专门著作，这又能开出一长串书目，它不仅包括已经列举的那些作者的著作——拉康、德勒兹、伊利亚德和德里达，而且还可以举出更多的人名来：瓦尔特·本雅明、爱德华·萨义德、布鲁斯·卡奎、彼得·加勒特和杰弗里·梅尔孟。第三类的范围更为广泛：近期涌现的有关小说理论的一般论著，以及一些更趋专门化的论著，它们涉及文学作品明确或单一的解释原则上是否可能这一问题。

这些论著或多或少对我有益，即使有时它们只能诱使我自己得出各种不同的结论。它们包括：新批评派批评家（尤其是肯尼斯·伯克和威廉·燕卜荪）有关文学形式和模糊多义性的著作；韦恩·布思有关小说修辞学和反讽的著作；沃尔夫冈·伊瑟尔和斯坦利·费什在著作中以不同的方式提出了"读者反应"的批评理论；美国和欧洲的一大群批评家（例如热拉尔·热内特、T. 托多罗夫、乔纳森·卡勒）在他们的著作中或多或少地阐发了结构主义的小说理论，谢罗米斯·里姆蒙-卡奈特别提到了多义性的问题；不仅德里达和保罗·德·曼，而且同时还有一批更为年轻的批评家在著作中明确阐释了"解构主义"或与之相关的批评样式。尽管这些年轻批评家的理论主张各不相同，但这些追随者的著作对我特别有价值：辛西娅·蔡斯、米歇尔·佩莱得、金斯堡、约瑟夫·里德、约翰·罗蒙诺、罗蒙、萨尔迪瓦、荷马、布朗、海伦·卡梅伦、菲利浦·拉库-拉巴特、吉恩·露西-南希、萨缪尔·韦伯和埃德加·德莱登。这里还可以加上马克思主义结构主义或符号学的著作，弗雷德里克·詹姆逊便是一例。最后还要提到的是，为分裂、差异、不和谐、支离破碎发展出一整套理论的论著以及对这些理论提出诘难的著作或论文（它们的作者有约翰·贝莱、詹姆斯·金凯特、弗兰克·克默德、杰拉尔德·格拉夫和弗兰克·朗特里夏）对我的思考大有帮助。

许多杂志也对这些领域中的问题展开了争论。在这儿对我的著作计划特别重要、值得一提的有五种杂志（它们刊载的论文经常直接涉及散文体小说的批评）：《当代诗学》《新文学史》《批评探索》《诗学》和《发音符号》。

（转下页）

让我们思索一下这两个命题:"仅仅那些与自身相像的事物之间才有差异"("seul ce qui se ressemble diffère");"只有存在差异,事物才彼此相像"("seules les différences se rèssemblent")。这是一个对世界进行两种不同解释的问题:一方面要求我们在预先设定的相似或同一的基础上思考差异;另一方面正相反,它恳请我们将相似甚至同一看作是一个本质差异(d'une disparité de fond)的产物。前者精确地将世界定义为摹本或表现,它将世界视为图像;后者与前者针锋相对,将世界定义为幻影,它将世界本身描绘成幻象。[1]

德勒兹所说的"柏拉图式"的重复根植于一个未受重复效力影响的纯粹的原型模式。其他所有的实例都是这一模式的摹本。对这样一个世界的假设催生出如下的观念:在各种事物间真正的、共有的相似(甚至同一)的基础上,可提炼出隐喻的表现方式,譬如杰拉尔德·曼莱·霍普金斯(Gerard Manley

---

(接上页)

没有先前这些作者的成果,我的阐释就不可能产生,甚至当我的结论与他们的迥异时,情形也是这样。一开头我便急切希望能向它们深致谢忱,致谢的范围远不止我在全书各章中实际提到的那些论著。我希望本书在关于一般文学批评,尤其是关于小说批评——将范围再缩小一点,便是关于这儿讨论的五位作家的作品——众多的争论中能占有一席之地。

[1] 巴黎:子夜公司版,第302页。译文出自笔者。

Hopkins)曾说：神思的作用使他成了基督，即"基督的后裔"。正如德勒兹认识到的那样，一个相似的先决条件成了文学中模仿概念的基础。只有在真实性上与模仿的对象相吻合，模仿物才有效力，看来这成了19世纪甚至20世纪英国现实主义小说和它的批评家们头等重要的前提。这一重复理论还有着强大的势力，在许多人眼里，它堪称为一种规范化的理论。

尼采的重复样式构成了另一种理论的核心，它假定世界建立在差异的基础上，这一理论设想为：每样事物都是独一无二的，与所有其他事物有着本质的不同。相似以这一"本质差异"的对立面出现，这个世界不是摹本，而是德勒兹所说的"幻影"或"幻象"。它们是些虚假的重影，导源于所有处于同一水平的诸因素间具有差异的相互联系。某些范例或原型中这种根基的缺乏意味着这第二种重复现象的效力带着某种神秘的色彩：看上去 x 重复了 y，但事实上并非如此，或者说至少不是以第一种重复那种亦步亦趋的方式来完成这一切的。以哈代《卡斯特桥市长》(*The Mayor of Casterbridge*)中的亨恰尔德为例：在走向生命的终点时，亨恰尔德四处闲逛，他想象自己回到了小说开头他拍卖妻子的地方。事实上，正如叙述者以哈代特有的漫不经心而又冷酷无情的反讽口气告诉我们的那样，他把地点搞错了。

瓦尔特·本雅明(Walter Benjamin)《普鲁斯特的形象》一文中的一段话可以帮助我们进一步阐明两种类型的重复之间

的区别。本雅明认为：如果说珀涅罗珀①夜里将白天织的布拆散，那么普鲁斯特的作品与此截然相反，这是白日里理智的、受意志支配的自觉的记忆和本雅明称之为遗忘的那种不自觉的记忆间的差别。第一种记忆构筑了一个清晰的模型，"生活"在里面消失了，剩下的只是按时间顺序对事实所作的干巴巴的叙述。第二种类型的记忆构造了一种虚构的生活，即"逼真的生活"，正如梦向我们展示了对事物奇特不凡、强劲有力、富于感染力的"记忆"，尽管事物本身的情形从不是这样。这儿本雅明的远见卓识在于他认识到了普鲁斯特不自觉的、极富感染力的记忆中有着建设性的、想象的、虚构的一面。这种"记忆"为体验过它的人创造了（正如马塞尔的叙述为他创造了）一个错综复杂而又庞大的谎言的网络、一个对不曾存在过的世界的回忆，这个世界建立于遗忘这一否定性行为的基础上。本雅明文中的这一段内容经过了高度浓缩，读来十分精彩：

> 我们知道，普鲁斯特在他作品中描写的并不是生活的实际情形，而是留存在经历过它的人们记忆中的生活。甚至这一说法也还显得模糊不清，太粗略了一点。对记忆型作家来说，重要的并不是他感受到了什么，而是他记忆的编织，是珀涅罗珀式的回忆的结晶。或者人们是否应该更

---

① 珀涅罗珀，古希腊荷马史诗《奥德赛》中主人公奥德修斯的妻子。

确切地将它称为珀涅罗珀式的遗忘的结晶?难道普鲁斯特不自觉的记忆在遗忘和通常所说的回忆之间,不是更接近前者吗?这自发记忆的结晶(其中回忆是纬线,遗忘是经线)是珀涅罗珀的织品的对应物,但又不是它的真实写照,难道不是这样吗?因为在这里白天拆散了夜晚织就的一切。当我们每天早晨醒来时,在通常情形下我们只能若即若离地捕捉到逼真的生活的几缕断丝残絮,遗忘将它们隐隐约约地呈现在我们眼前。然而每个大白天里我们有目的的活动(在更多情形下是我们有目的的记忆)将遗忘(即无意识的记忆)的网络和装饰物一齐拆散,最终普鲁斯特将他的白天也变成了黑夜,为了不受干扰地工作,他整日待在自己那个以人工照明的黑咕隆咚的屋子里,这样那些错综复杂、精妙奇异的图景——尽收他的眼底,这一切的原因也在于此。①

本雅明对理解重复所持的这些相反的见解恰切中肯,它有赖这一事实:不同的重复形式存在于记忆结晶物的各种形式中。在各种情形中,记忆绚烂的图案都是在对重复出现的现象

---

① 《启迪》(*Illuminations*),哈里·佐恩英译,纽约:施肯出版公司,1969年,第202页。德语原文参见《启迪》(*Illuminationen*),莱因河畔法兰克福:苏尔坎普出版社,1969年,第355—356页。

感受的基础上完成的，但重复现象的两种形式却截然不同。白昼里自觉的记忆通过貌似同一的相似之处（一样事物重复另一样事物，这种相似根植于某一概念，依据这个概念，便可理解它们的相似）合乎逻辑地周转运行着，这与德勒兹所说的第一种柏拉图式的重复形式相对应。（读者将会注意到，在说到"相对应"时，我用到了正讨论着的关系形式，不运用它就无法分析重复现象的语言形式，这些形式不可避免地折回自身，它们原有的明晰或合乎逻辑的透明度也丧失殆尽。本雅明"重复"了德勒兹。以何种方式？在此被编织的我自己的织锦图案依照的是何种重复样式？）

第二种不自觉的记忆形式（本雅明称之为"珀涅罗珀式的遗忘的结晶"）也是以众多的相似点织成的，但本雅明将它们称为"不透明的相似"（opaque similarities）。他将这些相似点和梦联系起来，从中人们体验到一样事物重复另一样事物，前者与后者迥然不同，但又令人惊异地相像。（"它是一只袜子，但它也是我的母亲。"）这一重复没有充分的根据，它产生于不透明（打哑谜意义上的不透明）的相似事物之间的相互影响。母亲怎么会像一只袜子？这一重复便是普鲁斯特小说的真实模式，它与德勒兹所说的第二种尼采式的重复形式相对应。于是本雅明写道："普鲁斯特如痴如醉地研究众多的相似，他满怀热情地膜拜相似性……在普鲁斯特突然间令人惊讶地将行动、相貌或者言语癖性中的相似点暴露于光天化日之下时，（梦的）霸权地位的真实标记表现得并不明显，我们习以为常的一样事物与另一事物间的相似之处在清醒状态中占据了我们的头脑，它隐隐约约地反映了梦幻世界中更深一层的相似；在梦中浮现的一切并不完全相同，它们有着相似的外形，这是一种不透明的彼此间的相似。"[1]

在解释他所说的"不透明的相似"意味着什么时，本雅明求助于象征的标记，它本来是他力图加以定义的事例。一旦被定义者重新成了定义的组成部分，依照这重复的第二种形式的内在必然性，这定义便失去了效用，像我自己的语言在这儿的情形一样。如果这种相似不合乎逻辑，或者难以被察觉，并且缺乏透明度，像梦幻般游移不定，它便不能从逻辑上加以定义，只能举例加以说明。这个事例仅仅再一次展示了它的不透明性。重复第二种形式的另一个内在必然性（德勒兹和本雅明两人曾举例加以说明）在于它依赖于有着坚固基础的、合乎逻辑的第一种形式。重复的每种形式常使人身不由己地联想到另一种形式，第二种形式并不是第一种形式的否定或对立面，而是它的"对应物"（counterpart），它们处于一种奇特的关系之中，第二种形式成了前一种形式颠覆性的幽灵，总是早已潜藏在它的内部，随时可能挖空它的存在。如果说合乎逻辑的、光天化日下的相似有赖于一个第三者，有赖于一个先于它们存

---

[1] 《启迪》，第 204 页；德文版《启迪》，第 358 页。

在的同一性原则，那么梦中不透明的相似则无根无基，如果说有，也是建立在两事物差异的基础上。它们在差异的裂缝中创造了一个第三者，本雅明称之为意象（image）。两种不相同的事物在重复的第二种形式中相互重复，衍生了这意象的内涵，它既不存在于第一种形式中，也不存在于第二种形式以及先于两者存在的某种根基中，它存在于它们之间，存在于不透明的相似涉足的空寂的所在。弗洛伊德早年发现的歇斯底里的精神创伤（hysterical trauma）便是一例，在这样的精神创伤中，最终导致歇斯底里症状态的初次体验萌生于前性欲时期，因为那时孩子还不明白性的意义。很久以后，一件平常的事重复了初次体验的某些细节，将它带回了精神生活中，现在重新被解释为创伤性的性攻击。这一精神创伤既不存在于首次的体验中，也不存在于第二次的体验中，而是存在于两者之间，存在于两个不透明的相似事件之间的关系中。[1]

本雅明为这种关系创造了一个鲜明的标志，它像一只袜子，又是一只空的袋子；但同时又是袋中的礼物，装满了袋子，但又是一只袜子。这类标志取决于对立的（更确切地说相对应）的因素：内/外；满/空；清醒/梦幻；记忆/遗忘；同一/

---

[1] 参见辛西娅·蔡斯关于弗洛伊德对索福克勒斯《俄狄浦斯王》的解释所作的精彩论述：《恋母情结的文本：弗洛伊德对〈俄狄浦斯王〉解释的解释》，《变音符号》（*Diacritics*），第九卷第一期，1979年春，第54—68页。

相似；容器/容器中盛纳的物件。本雅明对普鲁斯特的阐释正是建立在这些成双成对因素的基础上，它们不是截然对立的两极，只存在着某种差异，正如本雅明关于袜子的比喻中描述的变形那样，这种奇妙的功能使它们之间既保持着差异，又能相互转化：

> 孩子们明白这一（梦幻）世界的象征：一只长袜与这一梦幻世界有着相同的结构；当它在洗衣篮中卷缩起来时，它是一只"袋子"，同时是一件"礼物"。正如快速地将口袋和其中容纳的东西变成第三者（即一只长袜）不会使孩子们厌倦，普鲁斯特不能一下子充分清除他的伪装（他的自我），以便长久地保有那个第三者（即满足他好奇心的意象），实际上这缓和了他的怀乡病。他躺在床上，怀乡病使他焦虑不安，他思恋着在相似的情形中那个被弯曲了的世界，在那个世界里，存在的超现实主义的真实面目凸现出来。①

这儿确定的比率极为奇特，这些比率之所以奇特是由于它们缺乏理性的基础。这古怪之处一定程度上在于这一事实：袜子的形象本就是一个应该加以阐明的实例；同时也在于在运用

---

① 《启迪》，第 204—205 页；德文版《启迪》，第 358—359 页。

这一标志时要想完全明了它确切的含义有多么困难。当读者将这一"记号"确立的对应物——清晰地表达出来时,许多意义不期而至。当洗衣篮中的长袜卷缩起来后,它交替地变成了其他两样东西,它们看似完全对立,但同时又使人感到它们之间有着某种不透明的相似。毋庸置疑的是,各个事物都是同一对象的另一种形式。这只长袜既是一只空的口袋,它标记着某种缺失;同时它又是那只袋中值得珍视的东西——一件礼物。作为一件礼物,它是一种有价值的对象,它从一个人手中转到另一个人手中,确立了他们间礼品赠予和礼品接受互相交换的关系。这样一种交换是标记的基本特性,例如在《追忆逝水年华》中普鲁斯特汇集并展示给读者的所有那些标记。口袋与礼物间相似的含糊之处在于这一事实:人们无法从深处把握这种相似。这是确切无疑的,因为相似的根基(即那只袜子)确确实实表明了两种看似对立的事物(容器和容器中盛纳的东西、空的口袋和礼物)并存的可能性。即便再一次由外向内折叠,将口袋和它盛纳的东西变为一个第三者(即一只长袜子),这种不透明性依然如故。从一到二,从形象到事实的根基,这一关系处于持续不断的互逆之中,事物的各种状态既是其他状态事实的根基,又是它的形象。

在本雅明运用的这一比喻中,令人惊奇的是,和许多对普鲁斯特的解释不同,普鲁斯特本人并没有成为一个第三者(通过无意识的记忆活动找回了的自我)。普鲁斯特是一只空口袋，中无一物，空空如也，是一个虚设物（eine Attrappe），由此他掏空了他所有的记忆，以便在空洞的自我和它缺乏生气的内含物间不透明的相似的基础上创造出一个第三者来，即"意象"。这儿的"意象"与长袜子本身相对应，长袜/意象一方面最切近于事物的"真实面目"，同时又是纯然的比喻。德语词"Bild"在描绘或表现的意义上解释为"意象"，在比喻、转义的意义上则解释为"形象"。在《德意志悲苦剧的起源》(*Ursprung Des Deutschen Trauerspiels*)[①]里，本雅明借他的寓言理论对"意象"这一棘手的概念作了更为充分的阐述。意象/袜子既是自我，又是那个"第三者"——它衍生于前两者间模糊不清的重复关系，正如在普鲁斯特那儿，"意象"并不存在于任何单个的事物中，而是由两件事物间的"遗忘"织就的关系衍生出来的（例如，人们将第一块玛德莱娜蛋糕浸在茶里，第二次又重复了这一举动）；在这一过程中，自我不是根源，而成了某种功能，而且并不是实在的功能，在这一系统中，它是消极的因素。

读过本雅明有关歌德《亲和力》论著的读者将会记得，在那儿他坚决地摒弃了文学的传记解释方法。一位作家的真实体

---

① 莱因河畔法兰克福：苏霍康帕出版社，1969年；它已由约翰·奥斯本译成英文，书名仍为《德意志悲苦剧的起源》，伦敦：纽莱芙特图书公司，1977年版。

验"缺乏实在的意义或者说难以理解","作家与作品间具备的唯一合理的联系在于后者丢弃了前者"。[1]作家的自我并不是作品解释的根据,那根据或更确切地说显而易见的根据(它以语法倒转的方式颠倒了因果关系)是另一个更真实的自我。这个自我是由作品创造的,这自我仅仅存在于作品之中,只有当作品与作家的"真实生活"分离时,它才存在。按照本雅明的阐释,普鲁斯特并不试图通过他的作品恢复他的个性,相反,他试图通过意象逃避那个自我,进入一个他为之患怀乡病的世界,那个"在相似的情形里被弯曲了"的世界。只有通过源于表现了重复的第二种形式特性的两个相异事物间的冲突的那种意象,才能回到他被驱逐出来的家园。如果说普鲁斯特的记忆是遗忘的一种形式,那么他的怀乡病也只是日常的对家园渴望的对应物,而不是它的真实写照。沃尔特·佩特[2]描述"审美的诗情画意"的那番话正好适用于它:"从中得到愉悦的秘密在于它是为一些人所熟知的怀乡病的转换形式,那种无可救药的对逃避的渴望,实际生活的无论哪种形式都无法满足它,即使是诗歌也不能(如果它仅仅是一些真率质朴、自然的

---

[1] 德文版《启迪》,第 100—101 页,译文出自本书作者。
[2] 沃尔特·佩特(Walter Pater, 1839—1894),英国散文作家、文学批评家。

诗句）。"①这样的怀乡病只有通过没有根基的重复现象衍生的意象（如本雅明所用的袜子的形象）才能加以缓和。

托马斯·哈代则为我们提供了重复的两种形式相互影响最后的例证，《心爱的》中的一段文字描写了男主角的这样一种脾性：他将罗马城看作是他家乡的半岛波特兰皮尔（小说中称之为史林格岛）的一个复制品。

如此众多的人不约而同地沾染了这样一种无意识的习惯：

> 在相异中见出相似。他这种习惯经常诱使他在罗马的空气中，在它的明暗变化中，尤其在它反射过来或间接的光亮中，发现或在想象中发现这里和家乡岬角特有的氛围很相像，几乎每一次他的眼光通常都滞留在石块上——不朽之城罗马的石头遗址使他回想起家乡见到的女儿石来。②

"发现或在想象中发现"——我在此辨识的重复的两种形式间的交叉关系简洁地表现在这些字句中。在哈代看来，每块

---

① 《审美的诗情》，见《鉴赏》，伦敦：麦克米兰出版公司，1889年，第213—214页。

② 《心爱的》第三部，第一章，新威塞克斯版，伦敦：麦克米兰出版公司，1975年，第139页。哈代作品新威塞克斯版硬书皮装订的版本的页码与平装本的页码有所不同。

岩石、每棵树、每个人、每一事件或故事，与其他的一切都迥然有别。在他眼里，自然界不存在重复；对个体来说，任何事物都是一次性出现的，人与人之间，上代人与下代人之间也不存在重复。然而哈代作品世界中的人物都有这样一种强烈的意愿：从相异中找出相似来。他小说的叙述者和作品中的人物一样，同样具有这一倾向，这样的探寻存在于新旧两个系列中，往往新中见旧。这一习惯是"无意识的"，它出自人的本能，呈现出非理性的倾向。它似乎是知觉活动的一个主要方面；它并不向外投射，而在观照自身。

这一习惯具有双重的后果，一方面，哈代的叙述者们看到的都是形象中的事物，他们将注意力投向相异中的相似这样一种重复现象，例如在《心爱的》中的叙述者看来，乔瑟林·皮尔斯顿的一系列艳遇相互重复着。这样一种视角从隐喻的意义上观察事物，或者更确切地说，它将事物视为隐喻，视为同一叙事模式从一段情节（或事件）到另一段情节（或事件）间的转换。与此同时，哈代笔下的人物，如乔瑟林，在无意识习惯的驱使下，同样犯了一个语言符号上的错误：将他们生活中的某个人或某种情形看作是早先的某个人或某种情形的重复。这一错误之所以是语言符号上的，乃是因为它不是把事物和人视为独一无二的实体，而是作为追溯早先的事件和人物，"代表"它们的标记。这一类角色犯了一个根本性的错误：他将比喻和实际情形混淆起来，他们的生活也因之沦为隐喻（即过失），他硬性地解释耳闻目睹的一切，这使得他的生活呈现出（或者说似乎呈现出）一系列重复的形式。人类"无意识"的错觉状态成了产生重复的原因，正是这一原因驱使这些角色如此这般地生活，如此这般地理解他们经历的生活，与此同时，也正是这一原因诱使叙述者将他讲述的故事解释为一连串的重复，尽管事实上不存在重复：每个人、每件事或事物都顽固地自我封闭，保持着自身的特性。

哈代小说中这种双重的效力误入了歧途——这一认识不是读者从外部引入的，是叙述者吐露了这一切。作品主人公甚至直接将它叙述出来，这种情形经常发生在男女主人公弥留之际，那时他们最终领悟到：正是解释中众多的缺陷，才使他们蒙受了如此多的痛苦。因而叙述者本人对生活的阐释，连同对人物的阐释都一齐失去了神圣的灵光，他提供给读者必要的线索，使他们不仅能理解角色们陷于错觉中的种种情形，而且能明白他对自己讲述的故事何以要采取这种形式的解释。这样一种洞察力并不构成总体的理解或总体的解决，理由留待后面论哈代的章节再详加阐述。

读者从《心爱的》那一段引文中可以看到它既证实了人们从相异中见出相似这一习惯，同时也剥去了罩在这一习惯上的神秘外衣。叙述者以直截了当的话语展示了这一错觉，这在他冷冰冰超然的反讽语调中同样得到了体现。"相异中的相似"——这已告诉读者罗马和史林格岛实际上并不相像。再者，相似的外观与其说存在于人们视野中那些可见的、原生的事物中，还不如说存在于"反射过来或间接的光亮中"——即存在于偏离或远远离开其本源、被移到另一个处所的某种事物中，因而它和隐喻相近。这一移位创造出"相似的事物"——一种比喻意义上的相似，而不是同一。罗马和史林格岛石头遍地，尽管一处是遗址、是晚近文明年代的产物，另一处是未经开发利用的"女儿石"，还没有任何斧凿的痕迹，它的产生年月可追溯到渺远的洪荒时代，引文的最后一句话便描述了这一事实中存在于差异之中的同一。而反讽意味存在于这一事实中：在现代文明世界英格兰（在那儿你可以采掘到远古的女儿石），年代远远后于古罗马社会。在另一方面，小说的读者将会发现，将波特兰的石头称作"女儿石"包含了更深远的反讽意味，它的构成成分是鲕状岩即"鱼卵石"，它由千百万年中无数死去的海生物的遗骸衍化而成，从根本上说，它和任何罗马遗址相比年代都更为久远，它之所以被称为女儿石，仅仅是由于人类的手尚未在上面留下印记，正如史林格人在罗马人到来之前就已居住在波特兰和附近的陆地上。时间上的早晚被颠倒了顺序，随后又再次颠倒过来，这使得在这一或其他重复系列中起着至关重要作用的主次顺序变得模糊不清。对罗马和史林格岛来说，一方既先于另一方，同时也紧随在另一方之后。

在哈代的作品里，我所说的第一种重复的形式在人物角色和叙述者话语的一个方面内体现出来。这一形式体现了人类数千年来本能地抱有的基本的形而上的信仰（具体地展现在众多角色的生活和精神中），这些信仰包括：对起源、死灭和使相似变得同一的潜在的根基的信念；对人格化或拟人化的比喻的实在意义的信念。后者创造出人物角色，使他栩栩如生，正如古希腊人赋予每棵树、每条河流或每眼水泉以人的特性。作为文艺作品一种类型的小说，在怀疑论盛行的年代，事实上可定义为这些原始信念的储藏库。

尼采的《悲剧的诞生》里有一段令人好奇的、充满滑稽意味的文字，他对小说也恰好下了这样一个定义，柏拉图在书中被视为一种新的样式——小说的创立者：

> 如果说悲剧吸收了一切早期艺术种类于自身，那么这一点在特殊意义上也同样适用于柏拉图的对话。它通过混有一切既有的风格和形式而产生，游移在叙事、抒情与戏剧之间，散文与诗歌之间，从而也打破了统一语言形式的严格古老的法则。……柏拉图的对话犹如一叶扁舟，拯救了遇难的古老诗歌和她所有的孩子；他们挤在这弹丸之地，战战兢兢地服从那无与伦比的舵手苏格拉底。现在他们驶入了一个新的世界，沿途的梦中景象令人百看不厌。柏拉图确实给世世代代的后人留下了一种新艺术形式的原型：小说的原型——它可看作是无限提高了的伊索寓言

（据周国平译文，略有改动）。①

如果说柏拉图的对话和它的许多后裔（由它生养的众多的小说）保存了早期文学形式中的原始信仰，那柏拉图的对话及其衍生的小说同时也解构了这些信念。在那个意义上，它们显得古怪特别，它们处于旧艺术精神中枢的外侧，并毁灭着后者。苏格拉底以他无穷的发问和带有腐蚀性的反讽，将维护现存政治秩序的错觉置于危险的境地中，因而为自己赢得了毒芹（hemlock）的声名。他既是小说中保存的信仰，同时也是小说中另一方面、非神秘化因素的原型。苏格拉底堪称哈代《心爱的》中这样一个说故事的叙述者的先驱。那个叙述者一方面维护、满怀爱意地记述了乔瑟林的错觉，同时他又表明它们是错觉。他肯定了缺乏根基、从相异中衍化而出的第二种重复，以此取代了重复第一种形式中的信仰。也许这样说更为恰切：哈代的叙述者证实了两种形式一方依存于另一方这样一种内在必然属性。

我这儿阐释的七部小说在这种或那种程度上可作为例证，来说明两种重复缠结交叉的情形。这并不意味着依照重复的这

---

① 沃尔特·考夫曼译，纽约：凡的奇出版公司，1967年，第90—91页；德文本见其三卷著作集第一卷，卡尔·斯莱希塔编，慕尼黑：卡尔·汉森出版社，1966年，第79—80页。

种或那种形式,就完全没有其他小说或文本也可资利用了。正如我上面所说,只有在分析了更多的小说之后,才能确定事实是否如此,但我的例证表明重复的各种形式必然使人想起它幽灵般的伙伴——另一种形式。尽管一种形式瓦解另一种形式,但你不能取此舍彼,从这一角度看,一个文本和另一个文本间的差异在于两种重复现象的缠结交叉有着种种不同的形式。柏拉图身上有着反柏拉图主义的因素,尼采的语言根本无法祛除形而上学这一大敌,而本雅明其他著作中的马克思主义和他的犹太救世主观念与我上面论述的那一段中有关重复"第二种"形式的精妙绝伦的阐述显得格格不入。甚至在前面引证中作为重复"第一种"样式的信仰者杰拉尔德·曼莱·霍普金斯(他也确实如此),在他关于希腊悲剧的"潜在思想"(under thought)这一概念中,为我在这七部英国小说中或多或少发现的那种异质混杂的形式创立了一种绝妙的原型。正如我在别处力图证实的那样,在《德国的衰败》(*The Wreck of the Deutschland*)和其他著作里,他的语言理论和他表层的神学思想不相吻合。[1]他的表层思想是第一种重复理论的例证,而潜在思想则是第二种重复理论的例证。潜在思想依旧是潜在的思想,将霍普金斯身上存在的这种因素给予过高的估计,不啻是

---

[1] 参见《〈德国的衰落〉里的语言学阶段》,收在《新批评及以后》中,T. D. 杨格编,夏洛茨维尔:弗吉尼亚大学出版让,1976年,第47—60页。

一个错误，但它又确切无疑地和那些基督教的陈词滥调杂然并存，这一事实作为鲜明的例证反映了如下的情形：要想在拥有重复的一种形式的同时舍弃另一种形式，看来是不可能的，纵然这种或那种形式在一个特定作家身上占有明显优势时，情形也是这样。开头这一章中论述的那些段落并没有为小说中重复如何发生作用这一问题提供答案，只是成了它小型的例证。这些论述也将作为后面论文中更为广泛运用的阐释方式的例证。

重复两种形式间的关系公然违背了逻辑的基本原理——不矛盾律："A 或非 A"。就这儿读解的所有小说而言，重复的两种形式尽管在逻辑上显得自相矛盾，但人们或多或少地肯定了它们的真实性。看起来一连串的重复必定是要么具备根基，要么缺乏根基，然而在我分析的小说中，我力图表明这重复的系列既具备根基，同时又缺乏根基。本书为了对这些小说进行读解，试图探索这种情形的重要意义。这些文本多样化的特性在于这一事实：尽管重复的两种形式显得互不相容，但它们又同时并存。文学和哲学文本中这样一种多样性的假设成了所谓的"解构"（deconstruction）这一批评样式的操作原则。巴巴拉·琼生（Barbara Johnson）写道："解构并不是一种简陋的'或者/或者'的结构，它试图精心设计一整套话语，它展示的既不是'或者/或者'，也不是'既/又'，甚至也不是'既不/也不'，但与此同时，它也不完全抛弃这些逻辑规则。'解构'这个词正意味着瓦解建构/摧毁这一对立中包含的或者/或者的逻辑法则。"[1]我分析的七部小说中重复的两种形式间的关系便是这一非逻辑性（或别一种逻辑）的例证。与不矛盾律相抵触的语言结构的文学作品的存在成了现今这一批评样式讨论中引起争议的关节点，在这一领域内，我将注意的焦点集中在这一重要的"非逻辑性"的结构形式上，这也许有助于澄清这些争端。

在其他地方我曾试图讨论这种批评对思考文学作品中的多样性以及识别我与它的关系是多么必不可少。[2]我本人批评的一个特征便是想要对一部特定作品在总体上予以充分的阐明。就它不单单是批评的组成部分这一点而言，这一意愿很可能是从新批评那儿继承的遗产，对一部特定作品部分或大致的读解完全可能满足这种意愿。许多精彩的评论文章缺乏对作品进行总体阐释的意愿，尽管它们中的大多数至少含蓄地表明了这样一种说明将以怎样的面目出现。我所受的教育促使我预先做出这样的假定：最为优秀的评论文章必定或多或少地公开正视对

---

[1] 《失败莫甚于成功》，见《SCE 报告：倾向：解构主义批评》，第 8 期，1980 年，第 9—10 页。

[2] 参见《惶惑不安：当代批评向何处去》，载《美国艺术与科学学院公报》，32 卷，第 4 期，1979 年 1 月，第 13—82 页；《当今修辞研究的作用》，载《学科状况：1970—1980》，《ADE 公报》62 期，1979 年 9—11 月，第 10—18 页；《作为主人的批评家》，收入《解构与批评》，纽约：希伯里出版公司，1979 年，第 217—253 页；《理论与实践：答复文森特·里奇》，《批评探索》，第 6 期，1980 年，第 609—614 页。

目标作品如何进行总体读解这一问题。本书中的这些读解文字假定：对总体说明的需求，即便人们回避它或者极度轻视它，它仍包含在阐释的尝试中。

我先由科学和数学领域转入文学领域，然后又经由新批评和乔治·普莱、马塞尔·雷蒙德、阿尔伯特·贝戈姆及其他人倡导的"意识批评"（criticism of consciousness）才接触到这儿运用的这种批评方法，这意味着我和"解构"的关系与一大群年轻的批评家与它的关系相比，必然显得不同，他们的基本训练是在一整套新方法的熏陶下进行的，对他们来说，它几乎像母语一样亲切自然，或者至少像第一外国语那样易于掌握，对我来说，它则是第三或第四外国语了。如果它对解释被其他批评的语言网络遗忘了的文学形式的重要特征不是显得那么必不可少的话，我原本并不打算学习掌握它。当我开始研究文学时，看来（对我来说今天似乎依然是这样）文学作品一个最为显著的特征在于，它们作为语词的外壳所具备的明显的陌生化的效果。按平庸的日常生活标准衡量，诗人、小说家、戏剧作家笔下的事物显得极其古怪，任何阐释文学的方式都有必要对那种古怪之处加以解释。亨利·詹姆斯曾对富有抱负的小说家作了一番众所周知的忠告，要他力图成为善于感受一切的人们中的一员。詹姆斯说的是对"生活"的感受，但对文学批评家来说，最不可少的一件事同样是成为善于感受一切的人们中的一员，尽管不应忘记，这儿批评家的特殊之处在于感受文学而不是生活。一个批评上的假设，当它促进或抑制这类的观察感受时，它便可能或多或少地具有价值。

认识到人和自然的王国比我们原先想象的更为奇妙，并且在持续不懈的努力中力图发现这种奇妙之处所蕴含的规律，从而使陌生的外界变得亲切可近：这成了20世纪语言学、心理学、生物学、文化人类学、社会学、原子物理学和天体物理学各领域思想的一个显著特征。语言、人类灵魂、遗传、"原始"社会组织的活动方式、原子的内在特性、天体的自然特性纷纷展现出意想不到的反常情形。要想理解这一切，或多或少地需要有与逻辑、几何的基本原理相悖（或者看上去相悖）的思维方式和系统地进行阐释的方式。被证明为具有这一特性的事物中便有文学。依照连贯、统一的传统标准，为数不少的文学作品中的许多成分似乎是无法解释的，本书试图识别这难以解释的因素的一种形式，并予以说明。

新批评关于每一细节都有意义这一假定有很大的价值，但每个细节在和谐一致地有助于小说或诗歌这一"有机的整体"确立时才有价值，这随之而来的另一个假设将诱使人们忽视作品中不协调的成分，认为它毫无价值或者将它视为一种缺陷。作为批评的一种样式（即所谓的"意识批评"）有着巨大的力量，在诸如乔治·普莱这样卓越的批评家手中，通过一个作家的"意识"辩证地经历了一系列的冒险活动这一预先的假定，将有助于认识一个作家作品的多样性。尽管如此，一个作家语言的内在特性常常消失于为那些冒险活动构筑一个原型的主题或释义的引证中。由于上述批评预先将整体的意识假定为那些冒险活动的开端,假定为他们持久的根基和归宿,一个作家作品中异常的因素(与预先设定的整体意识不相吻合的那些特性)便可能被忽视。一部作品或许由多种不同成分构成这一假设,在我看来,它的巨大价值在于使批评家有充分的思想准备来观察注意作品中明显"重要",但又不能简单地被我上面提到的整体理论中任何一个所包容的那些因素。从"意识"到"语言"(它被作为深入探讨的范畴)这一反向的变换原则上允许人们更为细致地观察纸页上实际存在的一切以及意义得以产生的读者和语词间的特定机制。我想与其谈论读者本身和他的反应,还不如谈论作品的语词和修辞特征,这样获益更大,这在这里的读解中表现得很明显。所有读者共有的东西是纸页上的那些语词,就有关文学作品意义展开的彬彬有礼的对话甚至争论而言,最大的帮助莫过于紧扣这些语词,将它作为有待解释说明的事物。

如果我说,"小说是人类现实生活的语词形式的表现"(The novel is a representation of human reality in words),这个定义包孕了这样一种可能性:它能衍生出三种对小说不同的阐述,每一种阐述自有它的有效性和必然性,没有一个能和其他两个全然分开。如果我强调定义中的"人类现实生活",那么我将很可能会忽视这一事实,即我知道小说仅仅是小说,我会心甘情愿地将自己的怀疑搁置一旁，谈起那些角色时好像他们是"真人"，从道德伦理价值、善恶祸福诸如此类的判断演绎这些故事的"意义"。如果我强调定义中的"表现"，我将集中探讨某一特定事例中作为意义媒介物的讲述故事的惯例。由这一注意焦点很可能发展出一套成熟的小说"现象学"的批评方法。这将和小说家设定的、叙述者或角色具有的有关他自身和其他人的意识种类发生联系，或者和小说表现的意识的时间结构及作为一系列事件描绘的故事在读者心头激起的复杂的情感反应发生联系。最后如果我牢记着这一点：小说是人类现实生活的"语词形式"的表现，我便可能全力探讨风格的地方特色，探讨"小说修辞学"，我不是将"修辞学"视为说服劝导的方式，而是依据它的其他意义，在那个词最为广泛的意义上将"修辞学"看作运用比喻转义的规律：语言偏离了直接的指涉意义。正如我上面所说，尽管这些有关小说的论述没有一种形式在实际运用时能和其他形式完全分开，但本书尝试运用的小说的这种"修辞"批评将探索小说的第三个特征（即它们由语词构成这一事实）妨碍小说其他两方面连贯或者说和谐地运转的方式。它将导致如下后果：批评家既无从证实对一部特定的小说所作的通篇连贯的主题阐释，又不能使将小说视为一个有关诸多意识之间的相互联系的假设系统这一纯粹单义的现象学描述得到证实。

写作本书中这些阐释文字的主要动因在我刚开始研究文学

时已成形：设计一整套方法，有效地观察文学语言的奇妙之处，并力图加以阐释说明。我开头就说这本书并不真是一本"理论"著作，我把它看作是竭尽全力对这七部小说的文本进行解释的一次尝试，这意味着我不打算搞出一整套系统严密的专门术语来论述小说中的重复现象。每一章中我运用的阐释语言看起来对那部特定的小说而言都是必不可少的，我尽可能用该小说中的语言或者特别切合于它的语言。在我看来，近期有关批评的争论似乎将注意力过多地倾注在这个或那个具体理论上，倾注在它的术语、假设或"理论"的推断上，对借助这些理论可能得以进行的读解则没有予以足够的重视。要反驳或否定一种理论实在太容易了，但若要反驳对某部作品具体的读解阐释，只有通过重读该部作品、并提出另一种阐释这一艰难的工作才能达到。近来翱翔在纯粹理论纯净气氛中的极个别人争辩道，当批评转入细致的阅读时，它便误入了歧途。[1]这种言论与我们的职业背道而驰，如果我可以这样说的话。如果没有语言学的探索，缺乏对词语的热忱，不向人们传授对作品的解释，在书面批评文字中不作便利于阅读行为的尝试，这个职业便一无所有。文学批评中最有价值的是它对作品所作的引证和批评家对这些引证所作的阐述。如果本书在引导读者分析这七

---

[1] 杰拉尔德·格拉夫，《谁杀死了批评》，载于《美国学者》，49卷，第3期，1980年，第337—355页。

部小说时能以更开阔的眼光看待其中包含的重复形式的复杂性,使他们有更充分的思想准备惊讶于他们在小说中发现的一切——甚至惊讶于我叙述中遗漏或在无意中歪曲了的那些方面,我在这些章节里寄予的希望也就没有落空。

第二章 《吉姆爷》
作为颠覆有机形式的重复

我选择了康拉德的《吉姆爷》将它作为叙述中重复的两种方式缠结交叉情形的第一个大型事例。它大致处于我将论及的七部小说所产生的历史时段（从维多利亚时代早期直到第二次世界大战前夜）的中点上。《吉姆爷》为我正深入研究的那些问题提供了再明显不过的例证，它诱使读者相信：依照第一种、居于中心位置的重复形式的某种方式，便可理解这部作品；但重复在文本中的实际运用又使那种理解成为不可能。从孕育这七部小说的 90 年的时间中段开始论述，有助于打消这样一种先入之见：我将探索从维多利亚时代到现代，或是从单一到复杂，或是从现实主义到象征主义，或是从幼稚地接受叙述的常规到精致、自觉的艺术技巧这样一些历史发展、变迁或进化过程。这种文学历史故事的讲述，就其叙述本身而言，极易受到我论述的七部小说向开头、中间、结尾无一可缺这一情节观念提出的相同的挑战。我的每一部小说都属于英国文学史上一个特殊的阶段，同时也属于英国社会和政治史上的一个特殊阶段，但我的看法是这些背景关系并不能完全决定写于这一阶段或那一阶段的作品中重复活动的方式。在各种情形里，更确切地说，正如我将说明的那样，特定的素材（《吉姆爷》中英国推行帝国主义政策的种种历史事实，或是《呼啸山庄》中19世纪初叶约克郡的社会环境）被纳入小说时，不可能讲述出一个可作为我在第一章中确认的两种重复形式中任何一种的完美实例的故事。这儿阐释的这七部小说，都是这种情形不同的变体。它们没有构建出任何历史的"进步"或"退化"。我书中的各章力图对它们进行阐释，而不是在构建历史，除非位置的移动或一系列缺乏实质进展的变动等现象也可被视为历史的一种形式。一旦我们一丝不苟地进行阐释活动，它便会对我们自己讲述的那种类型的故事（人们赋予它的名称是"文学史"）起抑制的作用，甚至使这种故事不可能产生。

像大多数文学作品一样，《吉姆爷》包含了自我阐释的因素。作品中对语词和符号的解释大量地借助于其他的语词，像叙述者相互追随，或如叙述中套叙述。力图理解《吉姆爷》的批评家在阐释者系列中变成了另外一个人，他卷入了这一阐释的过程，在这一过程里，语词显示出了其他语词的意义，那些语词又依次与其他语词发生关联。和地毯的图案不同，文学的文本没有一种一目了然的形式格局可供批评家从外部加以审察，并把它视为一种空间形式，由于《吉姆爷》中多重叙述者、时间转换等错综复杂的情形使这一点显得格外引人注目。

文本的文本性（textuality）即康拉德讲述的"故事"是以人们的客观视域难以察觉的方式缠织而成的丝线的网状组织。批评家必须进入文本，文本的丝线内外迂回编织、出没无定，与其他丝线交叉盘结，这一切批评家无不了然在胸。在这一过程中，他往丝线织物中添加进自己的阐释丝线，或者以这样或那样的方式对丝线织物加以切割，因而他不是成为织物组织的一部分，便是改变了织物。只有以这种方式，他才有希望识别出那闪烁不定的中心或根基，这中心并不是讲述故事时围绕着的、可见的、固定的标志，正如华莱士·史蒂文斯在《星球一般的原始人》中所称的"地平线上的中心"[1]，它是自相矛盾的，作为事物的中心，它不是处于事物的内部，不是一个点状的中心，相反它外在于该事物，环绕着该事物。

萨缪尔·泰勒·柯勒律治（Samuel Taylor Coleridge）在运用西方文化形而上学的隐喻时显得卓尔不群，他心目中理想的艺术作品应是一个完美和谐的整体，这一看法与存在着这样一种内在的中心的假设相吻合。他说，一部叙述作品中美学上的整体性必定是宇宙整体性的摹本，这个宇宙合乎节律地围绕着上帝这静止不动的中心运转，在他永恒的观照中，所有的时间都是同时并存的。

---

[1] 华莱士·史蒂文斯（Wallace Stevens，1879—1955），《诗集》，纽约：诺帕芙出版公司，1951年，第443页。

所有叙述作品，不，所有诗歌的共同目标在于将一系列因素组合为一个整体：它们创造了那些事件，它们的发展在现实生活或想象的历史中被局限在一个狭窄的范围里；依照我们知性的判断，它们则表现为圆形的运动——如一条口里衔着尾巴的蛇。因而，"诗艺"（Poesy，即诗的创作）这个术语确实招人喜欢，又熨帖得体。无疑，在他眼里（只有他的眼睛才能领悟包蕴在永恒的现实中的过去和将来的一切），在目光短浅的我们看来有着极大局限性的事物不过是大循环的一部分——正如宁静的海在我们眼里显得水平如镜，尽管它事实上是球体的一部分。地理学中，人们制成小型的地球仪来显示地球的真实面貌，诗歌和上帝影像的关系也是这样；这影像是我们与生俱来的伴侣，它在众多的事物中，并通过这些事物探索着整体的统一风貌或它的显现。[1]

艺术作品的有机整体这一概念，正如这一段话表明的那样，难以摆脱它的神学基础，它也无法和艺术的模仿理论脱尽

---

[1] 《致约瑟夫·考特》，见莱斯利·格里格伯爵编《萨缪尔·泰勒·柯勒律治未发表的书信：包括根据原稿重新发表的一些书信》，第二卷，纽黑文：耶鲁大学出版社，1933年，第128页。

干系。这里柯勒律治强调的不是艺术作品的自律性,也没有涉及它围绕自身自足的运行方式,他将诗描述为影像或者说表现,甚至是表现的表现。它的圆形运动轨迹具体而微地反映的并不是上帝和他的创造物间的关系,而是在我们的灵魂中被创造出来的上帝的影像,它驱使我们在众多的事物中寻找着整体,诗成了影像的影像。再者,存在于众多事物中,并通过它们显现的整体性不是内在的,而是外在的,它是一系列事件构成的圆圈的中心,这一系列事件按时间的顺序向前推展着,但在那中心引力的作用下,像寓言中口里衔着尾巴的蛇,又弯曲回转,这恰如灵魂"为了成为一个独特的存在……必须从上帝身边走开,然而由于离开他便是走向虚无和缺失,因而每走一步必得向他折回身去,以求能出现这样一种情形:一条直线不断收缩着,自然而然形成了一条圆形的运行轨道"[①]。创造物、灵魂、艺术作品——这三者有着相同的形状、相同的运行方式,与其有繁衍能力的中心有着相同的关系。它们被描述为相似的等价物的一个渐降系列,每一个都是上面论及的整体的摹本,可以用相同的几何学或动物学的隐喻对它们加以解释。

康拉德以艺术作品的小巧世界来代替这种双重的、与上帝

---

① 《致约瑟夫·考特》,见莱斯利·格里格伯爵编《萨缪尔·泰勒·柯勒律治未发表的书信:包括根据原稿重新发表的一些书信》,第二卷,纽黑文:耶鲁大学出版社,1933年,第129页。

的宇宙隔了两层的世界，他为宇宙和文学作品两者描绘了一个没有开端、没有外在于自身的根基，仅仅作为一张自我衍生的网而存在的结构：

> 有那么一种——譬如说，一种机械，它本身由一堆杂乱的废铁拼合而成（我有严格的科学根据），看！它编结着什么！这可恶的工作使我毛骨悚然、震惊不已，我觉得它应该在刺绣，但它继续编织着……更具毁灭性的念头便是：这声名狼藉的事物创造了它自身，它创造自身时没有思想，没有良知，没有预见，没有眼睛，没有感情。它是一个悲剧性的事件，然而它已经发生了……它将我们织进又织出，它将一切都交织在一起：时间、空间、痛苦、死亡、腐败、绝望以及所有的幻想——然而这一切都是无足轻重的。我承认，观照这一残酷无情的过程有时令人愉快。[1]

对这一残酷无情的过程进行观察的一种方式便是通过小说，但对康拉德来说，小说并不是那可恶的编织机械及其成品

---

[1] 1897年12月20日的一封信，收在《约瑟夫·康拉德致 R. B. 坎宁安·格雷厄姆的书信集》里，G. T. 瓦茨编，剑桥：剑桥大学出版社，1969年，第56—57页。

的一个影像，它是这种编织的一部分，被织入了它的网中。这声名狼藉的机械已创造了人类以及他们的所有成果（包括语言和它产生或表述所有幻觉的力量）。和人类其他的创造成果一样，艺术作品的产生"有赖于潜藏在使（这机械）得以存在的力量中的那唯一的、不朽的真理"[1]。编织了宇宙其余部分的同一力量创造的成果——艺术作品有着同一类型的结构。尽管康拉德的小说逗引读者生出这样的希望：他能找到柯勒律治归于优秀艺术作品名下的那样一种中心，但在小说自身以外人们必定一无所获，人们无法据此仔细分析作品，或从中领悟作品的内涵。它没有明显的主题或结构原则，使读者得以发现它的奥秘，一劳永逸地对它做出阐释，对作品条分缕析，解决所有的难题。既然机械编织的是它自身，编织者和被编织者构成了一个难以区分的整体，没有开端或结尾，持续不断地进行着自我的创造，因而不能把这编织机械看作是它编结的织物的根源。 织物存在于它编结的过程中，存在于它的丝线（一股渗透一切的"力量"将这些丝线打成结、弯成圈）缠绕盘旋之中。这种力量是存在于各处的唯一的、不朽的真理，但它的真面目在任何地方都藏而不露。这股能量的两个特性是：区别和

---

[1] 1897年12月20日的一封信，收在《约瑟夫·康拉德致R. B. 坎宁安·格雷厄姆的书信集》里，G. T. 瓦茨编，剑桥：剑桥大学出版社，1969年，第57页。

毁灭。"它将我们织进又织出"。

康拉德《黑暗的心》中有一段为人熟知的文字描述了《吉姆爷》这样的文学作品迂回曲折的特性。这一段将致坎宁安·格雷厄姆信中出现的编结的织品这一影像稍加变形。叙述者说:"水手们的信口开河都是直来直去的,全部的含义就像一只敲开的核桃明摆在它的破壳里一样。但是马洛不是一个典型的水手(如果把他信口开河的癖好撇开不谈的话),对他来说,一个故事的意义并不像核桃肉那样藏在壳里,而是在外层把故事包裹起来,而故事将意义凸现出来,就像一股灼热的光散射出一抹烟雾一样,这情景就好像那迷蒙的月晕光环,有时只是靠了月亮光怪陆离的辉映,才使我们能看清它。"①(据智量译文,略有改动。——译者)尽管意义在外层,但只有通过凸现它的故事才能瞥见它。这一凸现产生于意义的各个不同但互有关联的因素间的相互作用。批评家必须追踪这些因素,从文本中的一个语词或影像转到另一个语词或影像,只有在这一动态的阐释中,意义才存在。和核桃肉不同,它不是一个处于中心位置的原始的点,也不是一个坚固的、先在的块状物,它是黑暗,是缺乏,是它自身中隐藏着的烟雾,只有借助于已有的鬼影幢幢、迂回曲折的光亮,人们才能看清它。它并不是

---

① 《青春和其他两篇故事》,纽约州加登城:达柏岱和佩奇出版公司,1925年,第48页。

从太阳那儿直射过来的光亮,而是散射着一抹烟雾的月亮反射过来的光亮。它的存在有赖于读者参与到导致它产生的明暗的变动中来。诱使人们相信有这样一个阐释的中心点,但又无法明确识别那个中心点,甚至无法断言它是否存在,这是否真切地反映了《吉姆爷》的特性?这儿我将对一系列可行的解释小说的方式作简略的考察。

《吉姆爷》的主题在第五章结尾处表现得最为明显,马洛试图解释为何他关心吉姆:

> 其实这件事与我没什么相干,不过因为我们同属于这行卖力气挣不到光荣的职业,共同忠于一种行为准则罢了。我为什么尽想把这些可怜的细节一一发掘出来呢,连我自己也不明白,你们可以认为这是变态的好奇心,你们要这样说当然可以;但是我很知道我是想找出一些新事实。也许不自觉地我希望会找出新事实来,一些使人见谅的深刻原因,一些宽宏大量的解释与洗白,一些叫人相信的借口的影子。我现在看清楚了,那时我所希望的事情是绝不会实现的——我所希望的是要压下人们自己造出的那个最强横的鬼,那是一种疑虑,起来时像一阵雾,暗暗咬噬你又像一条虫子,比"人皆有死"这句话更令人寒

心——也就是对于一切正直行为的神圣原动力的怀疑。①

吉姆是"我们中的一员",一个英国人,一个乡村牧师的儿子,一位"绅士",从小便受着责任、服从、文质彬彬的忠诚、不带虚饰的勇敢等英国传统观念的熏陶,然而他擅离职守,将轮船和船上所载的孤立无援的乘客弃之不顾,这一行径使他丢尽了脸面。吉姆弃船而逃尤其使马洛感到难过,因为在他眼里,吉姆是铸造了他的那个温文尔雅的高贵传统,如此值得信赖、如此完美的一个典范,马洛说:"他不该显得那么自得的样子。我心里暗自忖度——假如像他这种人也会干私自逃走这种下流勾当,那还了得……我好像痛心得能够把我的帽子掷到地面、跳上去践踏","看起来,他跟一块新银币一样纯净,但是他性格上也许掺杂了顶下流的成分"(第五章)。吉姆的外表和他的实际行动大相径庭,这使马洛对"一切正直行为的神圣原动力"产生了疑问。他并不是怀疑这准则——不列颠帝国赖以建立于其上的忠诚、服从和隐秘的勇气这些水手们的准则——的存在,他开始探索隐藏在这准则背后、寓于这准则之中的那股力量。正如它限定性的修饰语所肯定的那样,这种力量将这准则判定为它的首要因素:它的原则、它的本源、

---

① 《吉姆爷:一个故事》,伦敦:登特出版公司,1948年,第五章。后面引用《吉姆爷》时只标明这一版的章节。

它的法规。

如果不存在正直行为的神圣原动力,那这一标准便会毫无效力,它纯然出自人们的虚构,是一种任意的行为准则,正像马洛所说:"这受尊崇的世俗的观念不过是人生这场游戏中的一个规则,仅此而已。"(第七章)吉姆和其他高级船员逃离了"帕特那"号轮,听任它和船上的八百名男人、女人和孩子一齐沉没在海中,极度的精神紊乱弥漫在救生船上,在诸如此类的情形里,一切都无关紧要,什么都可能发生。吉姆说:"大船灯光灭后,救生船里什么事情都可以发生——世界上任何事情——而且没有人晓得。我感到这一点,我觉得高兴。天色也暗得可以,我们好像被活埋在一座空旷的坟墓里了,跟世上任何东西都不相关了,谁也不会来下个批评,随便干出什么事情都不要紧……没有恐惧,没有法律,没有声音,没有眼睛——甚至于我们自己的眼睛也看不见,最少要等——等到太阳出来。"(第十章)马洛对吉姆那番话的解释对于那些丧失了信仰、信心及熟悉的生活环境(这些东西看起来从外部来支撑这个世界,赋予它稳固的秩序)的人们所陷入的被遗弃的处境具有最为广泛的适应性。马洛说:"你的大船一旦弃绝了你,你的整个世界——创造你、约束你、照顾你的那个世界——好像都要弃绝你了,你的灵魂仿佛在一个深渊里浮游,本来跟一块巨大的东西有点联系,这一下因为太英雄、太荒唐或者太作恶了,弄得飘荡起来。我们的信仰、思想、爱憎、信念,甚至对于外部形态的认识——既然那是因人的主观而各不相同,我们对于沉船的感想当然也是一人一个样,各有各的观点……一条孤舟在波涛汹涌的大海里,当然会把种种思想、情绪、感情、热情深处的非理性成分都引出来。"(第十章)

马洛(或者说康拉德)的目的看来是明确的:为吉姆的所作所为提供某种解释,它使人们得以保持对神圣原动力的信仰。许多批评家认为结尾处马洛(或康拉德)心满意足,甚至吉姆也心满意足。吉姆死去了,他心甘情愿地为邓华力的死担当了罪责("他把祸水泼在了自己头上",第四十五章)。这一切抵偿了吉姆以前犯下的所有过失。吉姆的死使维护正直行为的正义力量再次得到了伸张,正是依据这一准则,他宣判了自己的死刑。

这部小说里的情形并不如此简单。马洛的解释中存在着某些疑点。他问道:"对这个以前从没见过的年轻人,我总想为他找出一点口实来,难道是为了我自己的缘故吗?"(第五章)如果这一切和他的切身利益密切相关,他看到的很可能只是他自己想要看到的东西。

马洛以几种矛盾对立的方式,力图维护他对神圣原动力的信仰。一种方式便是去寻找可使罪行减轻的情形。多半吉姆并不是个彻头彻尾的坏人,或许他情有可原,或许他最终能自我拯救。在另外一些地方,马洛认为撇开外表不谈,吉姆身上有着致命的弱点,他一刻都不能完全信赖他。如果是这样的话,他就应受到确定善恶毁誉标准的至高无上的法律的审判。在别的一些地方,马洛的话语暗示人们,吉姆是他自身内部黑暗力量的牺牲品,这力量同样在暗中统治着外部的宇宙。如果不存在慈祥宽厚的神圣原动力,便可能存在着一种邪恶的力量,它是黑暗而非光明的源泉,"为我们大家预备着毁灭的命运"(第五章)。如果这是实情,那就确实可以找到使罪行减轻的情形——明确地说,即是"一点儿口实"。依照没有神圣原动力支撑的正直行为的准则行事,或许像吉姆走向死亡时表现的那样,是一种最为真实的英雄主义。对于瓦解人们能从中发现善的一切的那股幽灵般的力量来说,它不啻是一个挑战。如果情况是这样的话,从某种意义上看,吉姆的死不过是在虚张声势。之所以说他虚张声势,因为没有一个人类以外的裁判者来评判他行为的价值,它只不过是与其他人共同处世的一种方式。

也许稍稍深入考察,我们便发现吉姆全部烦恼的根源在于他的浪漫气质,在于他将自己视为英雄这一天真的影像,这一影像可在那些虚假骗人的文学作品中找到它的来源,它纠缠了他一生:"在热带海岸上碰到土著,在白浪如山的海上镇压水手的暴动,或者在大海里的一只小艇中鼓起绝望的人们的勇气——总之他可以做个忠于职守的好榜样,丝毫没有畏缩,像书里所说的水上英雄那样。"(第一章)吉姆日后无力正视自我和宇宙万物的真实面目,其根源也许正在于他对这一虚幻的自我影像的信心，或许这信心甚至能似是而非地解释他反复再三的怯懦行为。也许吉姆的死只不过是此类行为的尾声，他最终没能正视自己身上黑暗的一面，而海盗白朗则将身上黑暗的一面以狂暴的气势呈现在他面前。他的死仅仅是他最后一次试图仿效凭空想象出来的英勇行径。小说最后几段确切无疑地表明，马洛丝毫没有"心满意足"。结尾处是一串悬而未解的疑团，马洛没有重新断言吉姆是英雄还是懦夫，他留给读者的是一个扑朔迷离的谜。

> 这就是最后的结局。他堕在云里雾中消失了，内心神秘莫测，被遗忘了，可没有被饶恕，而且浪漫得出奇……他离开了一个活着的女子，来跟阴影似的行为理想举行残酷不仁的婚礼。他是不是满足了——十分满足了？现在，我诧异，我们应该知道啊。他是我们里面的一员——从前不是有过一回，我好像个被怂恿的幽灵，挺身而起，为他永远的忠实保证么？我最终是不是大错特错了呢？现在，他已不在人间了。有些日子，他栩栩如生的音容笑貌浮现在我面前，带着一种浩淼无垠、风驰电掣的力量；可是也有些时候，他像个解体的精灵，溜过我的眼底，迷失在人间的情海里，矢志不渝地愿为他自己的阴影世界牺牲他自己，谁知道呢？（第四十五章）

这一结局看来进一步证实了马洛先前的论断：每个人的内心对他所有的同伴来说都是一座黑暗的森林，而"孤独"则是一种"残酷无情的、绝对的生存状态"，"我们所注目的血肉之躯，只要一伸出指头，就会化了，剩下来的只是那个反复不定的、不知道理的、忽东忽西的精神，那是我们眼睛跟不上、手也抓不住的"（第十六章）。

另一方面，当人们从直露的主题说明的角度，通过马洛对吉姆的分析阐释探讨《吉姆爷》时，作品似乎没有明确的结局，一切都在悬而未决之中；一旦读者从马洛的观察视角中挣脱出来，将作品作为一个整体来考察，这一切便迎刃而解了。不偏不倚的见解也许能发现真理，马洛回想起的"旁观者清"（第二十一章）这句格言便证实了这点。保持一定的观察距离，《吉姆爷》可被看作是反复出现的主题构成的一幅图案，与其说它展示的是马洛最终领悟到的那一切，还不如说是吉姆本人的形象。吉姆在接受审判时觉得"要想把这可怕事情背后真正的恐怖传达出来，大概只有细细地描述经过的情形"（第四章），这也许能成为了解全书艺术技巧的一条线索。马洛和其他人叙述的事件，他们所用的语言，也许向小说的读者泄露了马洛、吉姆和所有的角色都茫然无知的某种秘密，那是只有康拉德自己明白的秘密。他或许选择了这一方式将真相显现出来，因为只有作为这一显示过程的参与者，读者才有可能理解它。

通过观察它的叙述结构和重复意象的构想来探讨《吉姆爷》时，作品本身像吉姆本人一样，不是问题减少了，而是显得愈发成问题了，愈发不可理解了。我在别处曾说到时间形式、人际关系、虚构与现实的关系是小说三个基本的构造原则。[1]这些构造倾向在它们的相互作用中，编结出一个词语组织——它不可能被确定无疑地解释为一个固定的意义样式，尽管文本对意义多种多样的可能性已严格地划定了界限：就这点而言，《吉姆爷》称得上是一个极好的范例。

首先我们看人际关系的结构：显而易见的是，往往是一个无所不知的全能的叙述者（他是社会集体智慧的代言人）支撑、维系着维多利亚时期小说的结构框架，尽管在详细阐释一部特定的维多利亚时期小说时，这样的叙述者从没有明确地成为故事叙述的基础（这一点，我这儿选取的维多利亚时期小说的例子便能证实）。这样一个叙述者（如果他确实存在的话）体现了一个可靠的视角，同时也是一个稳固、优越的立脚点，由此人们可在人物的相互关系中，观察到角色的情感和精神活动。正如许多批评家注意到的那样，康拉德没有安排一个"可信赖"的叙述者。《吉姆爷》中任何一个视角都不是完全可靠的，这部小说是由种种相互联系的见解拼合而成的复杂的图

---

[1] 见《维多利亚小说的形式》，印第安纳州圣玛利亚：圣母大学出版社，1968年。

案，这些见解中没有一个可作为可靠的标准来衡量其他见解。

一个"无所不知的"叙述者（看来与特罗洛普①或乔治·艾略特小说中的叙述者相差无几）讲述了故事的开头部分。《吉姆爷》里第一个叙述者有着同样超人的洞察力，包括他能直接进入主人公的精神世界，维多利亚早期小说里的那些叙述者也具有这个特性。他在故事里早早地从对主人公精神的分析中摆脱出来，仿佛它没有为探索吉姆生活背后隐藏的真理提供一条令人满意的途径。在第三十六章，马洛对他那些几乎一声不吭的听众所作的长篇叙述煞尾时，他又出现了。他重新出现后，便引入了那个收信人，信里马洛叙述了吉姆的"结局"。马洛对坐在暗处的听众（他们是读者的代言人）讲述的吉姆的故事构成了这部小说的主体，那些听众位于读者和马洛的讲述之间。马洛说："只有在我这儿，他的生活才有意义；你们究竟还是通过我才对他的生活产生兴趣，我将他牵出来，我把他陈列在你们面前。"（第二十一章）

故事的许多部分出自吉姆对马洛的叙述。在这些叙述中，读者可以发现吉姆力图用明确的语言来解释他的体验，马洛对这一自我解释重新加以解释，然后马洛的听众又暗暗对此加以解释。后者作为从旁插入的意向，间或在小说中出现，例如他

---

① 特罗洛普（Anthony Trollope, 1815—1882），英国小说家，著有《巴塞特郡纪事》。

们中的一个说:"你的话总是这么微妙,马洛。"(第八章)阐释意向中套意向这一重叠交合的情形同样遭到那"无所不知"的叙述者的质疑(至少是以含蓄的方式),尽管他没有像《米德尔马契》(*Middlemarch*)①或《巴塞特郡纪事末卷》(*The Last Chronicle of Barset*)②中的叙述者那样向读者提供阐释上的帮助,但他理解了一切。尽管如此,这个叙述者在小说临近结尾时短暂的露面也许给人们以这样的启示:即使在叙述者不能或不愿向读者提供据以立论的任何坚实可靠的根据的情形下,读者也应明智地对马洛有关吉姆的阐释产生怀疑。

在马洛的叙述中,有许多次要的角色——白力厄利船主、法国上尉、切斯特、史泰——他们在故事中叙述了各人的想法,他们作为对吉姆不可替代的观察视角存在于马洛的视角中,他们是吉姆部分故事的源泉,并提供了对它种种不同的评价方式。此外,他们本人的故事和吉姆的故事十分相似,不管它们是正面相似还是反面相似,常常难以判断。吉姆逃离"帕特那"号船与他训练时没能跳上那艘小艇相重复,与他在巴多森("巴多森"使人联想到"帕特那"号船)越过栅栏相重复,正和吉姆一生中这些决定性事件相互呼应,白力厄利船主自杀时那一跳隐隐约约重复了吉姆那几次跳跃。(作为对事实

---

① 《米德尔马契》:英国作家乔治·艾略特的长篇小说。
② 《巴塞特郡纪事末卷》:英国作家特罗洛普的长篇小说。

真相支离破碎的了解在逻辑上的必然结局,它是怯懦呢,还是一种英雄行为呢?)法国上尉则展现了吉姆在"帕特那"号船上原本应有的胆量,史泰奇特的经历无论从正面还是从反面看都与吉姆相重复。史泰显得既是个不可靠的叙述者,又是个可以信赖的阐释者——这得依你对他生平和个性的判断而定。他是在勇敢无畏地置身于毁灭性的元素中,以获取终极的智慧呢,还是从生活中消极隐退,以搜集蝴蝶标本为乐呢?向马洛和小说读者提供的有关吉姆的生活意义的线索只能将他们引入歧途,他究竟是怎样的一个人呢?

《吉姆爷》在结构上由一系列相似的事件构成,在每个事件里,主人公面临着危机,他的勇气、胆量,他对正直行为的神圣原动力信仰的力量都经受着考验。在各种情形里,人们(主人公自己或其他人)解释着那一次次的考验,或者更确切地说他解释早先在人们对考验的反应中产生的那些词句。小说开头部分甚至有这种格调的滑稽模仿之笔,这好像要使人们注意它,将它视为人们相互间联系的结构原则或普遍方式。正如马洛在医院中寻找着"帕特那"号船的轮机长时,"怀着一个古怪的希望,想听到他怎样替这起有名事件辩护解释",因而在轮机长痛饮白兰地酒后对看护着他的大夫说,他真不记得"对于酒精麻痹症曾经这样感兴趣"。"头脑,啊,头脑自然是糊涂了,但奇怪的是他的发狂好像自有他的道理。我要想找出这里面的真相,罕见极了——这么一类疯癫也有一种逻辑线索"（第五章）。像那个大夫一样，《吉姆爷》的读者必须在语词令人困惑莫解的复杂关系中寻找出那条逻辑线索。康拉德力图以这番话表现语词无法直接表达的真理："因为言语也是属于光明和秩序的概念，我们借以避难栖身的自卫概念。"（第三十三章）它是人们躲避隐没在黑暗中的真理的避风港。在构成小说的一系列前后顺序互不关联的事件里，没有一个事件堪称源头，堪称小说主题最重要的范例，每个事件，由于它和其他事件相似，重复着它们，每个例证和所有其他例证一样，都显得高深莫测。

小说的时间结构有着相似的复杂关系。吉姆回忆起他注视着其他高级船员奋力将"帕特那"号船上系着的救生艇推向海里的情形时说："我应该快快乐乐地活上一辈子，我敢说！在我死去以前，这场滑稽的把戏会在我面前出现好多回。"（第九章）早些时候，在高级船员弃船而逃之前，他说："快要发生的那些惨事我好像全听到了，全看见了，亲身尝过二十次了。"（第八章）一个特定事件在时间先后顺序中不断重复出现，形成了旋涡状的重复格局。如果说叙述者中有叙述者，那么时间中同样蕴含着时间——时间的转折、时间的停顿，预见、逆行、复述以及在讲述故事某一部分前经常出现的暗示，例如马洛和柯勒律治笔下的老水手一样，"在世界各偏僻的地方，多次"（第四章）讲述吉姆的故事。这部小说由众多的重复现象组成，故事的各个部分在读者首次接触到它时，它已在一些人的头脑或叙述中反复再三地发生着，抑或它重复着同一人或其他人生活中其他相类似的事件。小说的时间结构是开放的，《吉姆爷》是一连串的重复，每个事件都可回溯到其他事件，它解释它们，又被它们所解释，与此同时，它又预示那些将会发生的事情。每个事件都作为无穷无尽的回归、前行这一过程的一部分而存在，在这一过程中，小说的叙述在整段时间中断断续续地来回推移，在它的流动变易中徒然地追寻着某个稳固的基点。

可以这样说：康拉德深思熟虑、精心安排并展现在读者面前的事件发生的先后次序是一个有着开头、中间、结尾的线性系列，这一系列在读者逐字逐页阅读作品、越来越为故事情节所吸引、在感情上越来越强烈地与作品发生共鸣的情形下，决定了在时间流变中逐渐显现出来的意义必定要以一种明确的形式展现出来。可以说，正是这一先后次序才产生了明确的意义。确实，任何读者都能感受到这一线性次序的存在，并且它为对发生的一切，甚至是发生的一切所具有的意义达成一致的见解确立了一个广阔的背景。吉姆逃离了"帕特那"号船，这在道德上是一件值得痛惜的行为，对此没有读者会怀疑。同样确实的是事件的线性发展顺序，当它由众多的叙述者显现在读者面前时，它已从根本上重新组合，偏离了事件实际发生时的年代顺序。这可能意味着康拉德这位"无所不知的叙述者"或者马洛以这样一种方式安排事件，最终揭示出一种最好的理解方式，读者可以从这个或那个叙述者身上获得一种总体意义。或者，这也许意味着（正如我想的那样）暴露于光天化日之下的那些事实背后更深一层的、有待解释的意义（大家都会赞同这一说法）依旧隐而不露，因而所有这些事实的叙述者（或解释者）被迫在这些事实里来回翻检，将它纳入这个或那个非编年的顺序，希望这样一来那更深一层的意义会自己显现出来。许多叙述方式在一定程度上通过注意一个事件重复另一事件的方式，而不是明白无误地作为事件在时间上的推移，因而打破了年代的次序，并诱使读者将它看作是同时存在的一系列相互重复的事件，它们像地图上的村庄或山峰在空间上向外伸展。用亨利·詹姆斯[1]评论康拉德《时机》的那番精彩绝伦的话来说，《吉姆爷》同样是"主观精神在暴露于外的事实这一片向四周伸展的平地上所作的一次漫长的盘旋飞行"[2]。由于小说是这样一种艺术格局，并非亚里士多德在《诗学》中论述开头、中间、结尾时提到的那样，有着明确的历史年代变迁，因而亚里士多德理论中隐含的那种形而上的确定性、对支撑着这些事件的逻各斯、深层原因和根基的信心一下子被悬置起来了。它为某个意识的影像所取代，这个意识通过来回咀嚼一系

---

[1] 亨利·詹姆斯（Henry James，1843—1916），美国小说家、文学评论家。

[2] 见《新近的小说》，收入《小说家评论》，伦敦：登特出版公司，1914年，第276页。

列神秘莫测的事实,探索它们背后的隐秘原因。如果这些"事实"(或多或少)是确定的话,这部小说便鼓励读者探求这些事件背后的"原因",那么"一点儿口实"。我认为,正是在这一点上,作品文本不容读者在多种可能性中做出判断,即使那些可能性本身可精确无误地被加以识别。

《吉姆爷》里一个事件与另一个事件或一个人物与另一个人物间的相似之处,和本书中探讨的有关重复的大多数事例一样,无疑出自康拉德或马洛深思熟虑的安排。尽管读者最好不要过于确信那些无足轻重的相似之处的存在,但这一类重复和那些偶然的,或者仅仅是出于意外的,甚至微不足道的重复大不相同。再者,我这儿探讨的大多数重复现象很可能受着康拉德自觉意图的支配(尽管肯定这一点不太可能),这一事实和小说描绘的人类陷于重复的格局中难以自拔(不论是在单个人的生活中,如吉姆再三以不同方式重复的相同的行为,还是在人和人之间,如白力厄利跳船而死重复了吉姆跳船而逃)的情形相比,也许显得琐细而不足道。小说提出,但又不能明确回答的问题是:"这是为什么?"说这是因为康拉德以重复方式构思他的小说便会将这问题庸俗化,并且将一个风马牛不相及的答案硬塞给了它。

小说的意义不能靠回复到它的历史渊源(无论它们对确立我们读解所必需的理解背景是多么有益,甚至是那么必不可少)获得确证。正如康拉德在序言中告诉读者的那样,《吉姆爷》的"渊源"可说是作者瞥见"活生生"的吉姆:"一个晴朗的早晨,在东方海港的平常环境里,他看见他的身影打近旁过去了——恳挚、凄切——深沉、奥妙——如在云里雾中——严守着缄默……我尽了我所能有的同情,要替他的意义寻觅适当的字眼。"诺曼·谢丽(Norman Sherry)的《康拉德的东方世界》和伊恩·瓦特(Ian Watt)的《19世纪的康拉德》(*Conrad in the Nineteenth Century*)详细地论述了隐藏在小说背后的具体的历史事件[①]。《吉姆爷》可以解释为康拉德通过漫长曲折的想象虚构的路径理解真实世界所作的一次尝试。将《吉姆爷》视为对历史的阐释便是承认小说"背后"的历史事件此刻作为文献而存在,这些文献同样显得神秘莫测。这些文献不仅对于探讨康拉德精确重复它们的方式,而且对于追寻他对它们加以重组、变换的方式,都显得趣味盎然。和这部小说正文中那众多事件一样,通过某种样式的相似和差异,小说和它的渊源建立了联系。谢丽和瓦特披露的那些事实(例如"亚丁法庭对丢弃'吉大'号轮原因的调查报告")[②],不能作为借以思考、评价、理解这部小说的明确可靠的起始点。这

[①] 剑桥:剑桥大学出版社,1966年,第41—170页;伯克利:加利福尼亚大学出版社,1979年,第259—269页。

[②] 谢丽,《康拉德的东方世界》(*Conrad's Eastern World*),第299—309页。

些文献本身也显得神秘莫测,像勃朗宁[①]据此写成《指环与书》的旧黄皮书一般神秘,或者像麦尔维尔[②]《贝尼多·塞莱诺》结尾包含的历史事件那样,尽是些枯燥乏味的事实叙述。在所有这些情形里,历史渊源的知识使以它们为基础加工而成的故事愈发不可思议,更加难以理解。如果吉姆的"意义"有什么"适当的字眼"来述说的话,你只可能在小说中(不可能在小说以外的任何文本中)找到它。

也许只能求助于能找到明确意义的最后一个地方了——意象的形成。存在于它重复现象中的意象的形成超越了我上面论述的那种复杂关系,它或许能在光天化日之下构成一幅图案,人们对它一目了然,能轻而易举地熟悉它。应该记住,正如康拉德在《"水仙号"上的黑人》序言中所说的那样,他首先力图让我们看见与此相应的是《吉姆爷》中反复出现的意象,凭借着这些意象,马洛透过云层的裂缝瞥见了吉姆。马洛说:"他露出给我看的一些性格仿佛是密雾里游移不定的裂缝中闪烁的微光——几块鲜明的,但一眨眼就消失了的零碎景物,不能使人对那地方有个完整的概念。"(第六章)小说的隐喻结构或许是在这样一些支离破碎的微光中显现出某种奥秘,不论

[①] 罗伯特·勃朗宁(Robert Browning,1812—1889),英国诗人。《指环与书》是他的长诗。

[②] 麦尔维尔(Melville,1819—1891),美国作家。

探索它的叙述、时间或人际关系方式,还是进行明确的主题说明,都不能发现这个奥秘。

显然明与暗的意象网络组合成了整部小说,小说开头描写到"帕特那"号轮驶过平静的海面时,这一意象网络首次引人注目地出现在人们眼前:"'帕特那'微微哗了一声,滑过这一大片光溜溜的水面,在天上画出一道黑烟,在海上留下一道白沫,那白沫立即消失,像一只船的幽灵在死海上画的一道幻影。"(第二章)黑与白,明与暗——或许在康拉德对这二元模式的处理中可发现《吉姆爷》的意义。

这种隐喻(或者说"象征性")的模式从整体上看,意义同样显得模糊不清。从这两个例子(审判过后吉姆上马洛房里和马洛最后一眼瞥见站在岸边的吉姆),这两段描写,便可看出这一点。和文本的其他方面相比,明暗并存并没有为人们考察、研究、理解小说其他含义不明之处提供一个更好的稳固的基点。"事物可见的那一面"和它可能提供的有关人的生活的意义的种种暗示在那次平常的航海事故中一齐沉没了,这次事件使人们对正直行为的神圣原动力产生了怀疑。

> 他逗留在外面,微弱的烛光映照着他,夜色做了他的背景,好像他是站在一片绝望的阴沉沉的大海岸边似的。
> 忽然来了一阵沉闷的轰轰声,使我抬起头来,这下响声又好像消失了,接着就有一片强烈的、照出一切东西的

眩光从黑夜中迸发出来。这个持久的、夺目的闪光好像在天上停留了好大工夫,真是有些不合理。隆隆的雷声渐渐响亮起来,那时我看见他,轮廓分明,呆板地伫立在一片光明的大海岸旁。当最灿烂的时候,砰的一声直冲到天顶上,黑暗就向后跳,他从我那双晕眩了的眼前消失了,好像他已炸成无数的原子。(第十六章)

他从头到脚浑身雪白,依然不改地显现在我眼前,暗黑的坚垒矗在他背后,大海躺在他脚下,机运伴在他身边——依然蒙着轻纱。你们怎么说?那是不是还蒙着轻纱呢?我可不知道。在我看来,那雪白的人儿,待在大海和沿岸的岑寂里,就好像是站在汪洋无垠的谜语的心里。他头顶的夕照从天空消褪得很快,他脚下的一片沙滩早已沉没,他自己也显得小了,跟一个小孩似的——随后只剩了一点,鱼眼儿大的白点,仿佛暗淡了的世界遗留下的光明完全凝聚在这个白点上了……于是,蓦然地,我望不见他了。(第三十五章)

在其中的一段里,吉姆是黑暗中闪闪发亮的光,在另一段中,他变成了黑暗,在隐秘的栖身之地出其不意地展现自身,转瞬即逝的眩目的光亮将他映衬得格外引人注目。明暗交替,寄寓在明暗之中的意义也互相交替,正如光明有时是黑夜之源，黑夜有时是光明之源。此外，每个这样的段落通过预示或者追忆和其他段落发生联系，好似引证的第一个文本预示了第二个文本的出现；但当读者转向另一段落时，它并未变得更容易理解，它自身又指向其他一些这样的段落。它们中没有一个堪称初始因，能成为其他段落赖以解释的基础。《吉姆爷》正像一本词典，一个词条将读者引向另一个词条，后者又将他引向另一个词，然后又回到第一个词，构成了一个无限的循环圈。马洛坐在旅馆的屋内，就着孤烛的微光，一刻不停地写着信，而吉姆此刻和他的良心进行着殊死的搏斗，屋外的黑夜中一场雷暴雨正迫在眉睫：这一切在康拉德的眼里，被看作是文学的标志。在他看来，文学作品与非言语的现实世界处于一种自相矛盾的关系之中，它在自身独有的言语王国的创造物中，一方面力图展露现实，另一方面又试图逃避。

因而我认为，无论从哪个角度对它加以探讨，《吉姆爷》都显示出它是这样一部作品：它提出问题，但没予以回答，它包含着自我阐释因素这一事实并不能使它变得容易为人理解。潜在的解释过多，只会诱骗读者，使他们卷入阐释过程自给自足的运转中，它无法获得明确的结论。这一进一退的编织活动构成并支持着文本的意义——在它语言的游戏中，那个躲躲闪闪的中心无所不在，又无影无踪。

马洛好几次明确注意到这一过程无穷无尽的特性，借此他和小说的读者在一场达到对作品完整理解的不断更新，但永无成功的尝试中反复咀嚼着吉姆生活的种种细节,最后给他的故事安上个"结尾"。对于有关吉姆的"最后"一番话,马洛强调说:"最后一句话还没有说出——也许永远不会说出,我们的生命太短了,来不及把话说完,我们总是那么口吃,使我们这个唯一的、永久的主意没有达到……可是总来不及说我们最后的一句话——我们的爱情、希望、信仰、追悔、屈服或反抗的最后一句话。"(第二十一章)这里读者将会记得马洛在另一个故事中听到的科兹的"最后一句话"("可怕呀!可怕!")[1],马洛以反讽的口吻赞美了这番临终遗言以及它们概括的力量。如果这一主题在《吉姆爷》中得以重复的话,这些重复现象同样和康拉德其他小说中的某些段落相呼应。如果《黑暗的心》使马洛认识到:只要他没有一直尾随科兹步入死亡的深渊,他便不可能理解科兹,《吉姆爷》的结局便是,马洛明白了想写出故事的"结尾"是不可能的:"结束了!完了!这些个有力的字眼使命运的阴影不再在生命的屋子中出没。但当我回头看吉姆的成就时,这个'完了'的感觉——尽管我亲眼瞧见了他的情形,他自己也恳挚地请我放心——我却没有得到。不错,我们活在世上一日,总怀着希望,但我们也有恐惧……他把他的丢脸看得太重了,其实要紧的还是他所犯的罪。我真——可以说——看不清他,他这个人的确有些朦

---

[1] 见康拉德的中篇小说《黑暗的心》。

胧，我疑心他自己也看不清。"（第十六章）我认为，除了这一认识（对他的故事进行阐释的过程是不断趋向永远隐没在黑暗中的光亮的运动）使我们对他获得了一种似是而非的清晰认识外，他在我们眼里一直是个模模糊糊的疑团。

在此不要有任何误解，我方才描述的那种情形并不意味着对吉姆行为一整套潜在的解释可以天马行空，独来独往，不受任何限制，含混不清。各种各样的意义并不是读者将自己的主观解释任意强加给作品的结果，相反它们受作品文本的制约，在那个意义上它们有确定的范围。这部小说为精确地识别这些潜在解释的内容提供了文本上的材料，读者不可能脱离作品的文本，自己去构织其他潜在的解释。它们的不确定性在于这部小说提供了大量的互不相容的潜在解释，在于缺乏论据证明选择这一种解释优于选择另一种。在逻辑上读者不可能将它们兼收并蓄，他从作品中读到的一切又无法确定他究竟应在它们中选择哪一种解释。再者，这些可能性缺乏密切的联系，恰如一组完全不相干的假设，它们间的联系通过互相包含、互相矛盾的方式来实现。每个解释都使人联想起另外的解释，但解释超过一个时，便会显得没有意义。

在早些时候的小说里，是不是更容易找出单一、明确的意义？《吉姆爷》意义上的模糊不清是不是一种历史的现象？是不是作品写作时代或作者生活的历史、社会环境特征的反映？或者说它对无法加以选择的众多具体的、不相容的、潜在的意义的描述,是不是以这样或那样的方式体现了西方文化任何一个发展时期文学作品的特性呢?只有对某些实例加以深入的研究,才能对那些问题做出尝试性的回答。我现在转向维多利亚早期小说的几个引人注目的实例,探索每部作品中重复的活动方式。

(本章中《吉姆爷》引文据梁遇春、袁家骅的中译本,人民文学出版社 1958 年版。个别地方稍有改动。——译者)

第三章 《呼啸山庄》
重复和"神秘莫测"

"我不在乎——我要进去！"

艾米丽·勃朗特，《呼啸山庄》

当洛克乌德想第二次返回山庄时，他那"突如其来的叫喊"（ejaculation）——像勃朗特所称的那样，也许可作为《呼啸山庄》批评家处境的一个象征。这部小说对读者一直有着巨大的诱惑力，它以自身浓烈的色调，以及对人物心理、社会情形和自然景色鲜明细腻的描绘，使读者领略到它巨大无比的力量。它诱使读者全神贯注于作品，使他们沉浸或迷醉在故事的氛围中。尽管这部作品在叙述技巧和主题表现上有许多别具一格之处，但就它勃勃生机的详尽的细节描写而言，它仍然称得上是一部"现实主义"小说的杰作。它遵循着维多利亚式现实主义的绝大部分常规俗套，虽然读者会发现它对这些常规作了一番变通。读者相信这部小说是19世纪初期约克郡物质和社会生活环境精确的写照，它异乎寻常地赋予读者那种与现实主义小说相称的快乐，那是一种屈从于经由书页上的词句使人们走进一个真实的世界这一错觉导致的快乐。

这部小说诱惑读者的另一种方式便是通过展现大量丰富的感性材料，吸引人们加以解释。和《吉姆爷》一样，它公然诱使读者相信有那样一种隐藏着的解释，能使他从整体上理解这部小说。这样一种解释将清晰地把所有细节融为一个整体。正是主要以这种方式，重复的第一种、具有根基的形式在这部小说中显现出来。读者被诱导相信的那些细节，重复着隐秘的阐释的源头，它们是它的标记。"吸引人们解释的感性材料"是指这部小说中所有那些明显具有丰富言外之意的段落。不仅语言的明喻，而且那些如实表现出来的事物（同时它们又是其他事物的符号，或者可被视为这样的符号）使"文字表现"的外观从头至尾泛起阵阵涟漪。这里可举出实例：小说结尾处洛克乌德徘徊的三块墓碑，或他伫立一旁时，"在石楠丛和兰铃花中扑飞的飞蛾"和"在草间飘动的柔风"①。这样的景物有着明显的象征意味，但它象征什么呢？读者在这类段落的引导下，力图深入触及作品的内核（在那儿所有谜一般的细节都可

---

① 艾米丽·勃朗特，《呼啸山庄》，克莱伦顿版，希尔达·马斯腾和伊恩·杰克编，牛津：克莱伦顿出版社，1976年，第二卷，第二十章。后面引用这部小说时标明这版的卷数和章数，至于夏洛蒂·勃朗特的序文，则标明页数。这一章的卷首引语出自第一卷的第二章。

能在追溯中得到充分的解释），愈加深入地探索这部小说。这种风格特征并不是零散的、断断续续的。一旦读者在一个细节中发现偏离字面意义的情形，他便会对每一个细节产生怀疑。他必须像一个洞察一切的生活或文学上的侦探，对整部作品重新提出质疑。作品的文本本身在展现这些疑点时，由于缺乏一目了然的富于整体意味的解释，因而使他变成了这样一个侦探。

这部小说通过展现如此众多的活动样式，将读者诱至解释的旁观者的位置。洛克乌德这个羞怯、文质彬彬的局外人，某个女孩曾热烈地回报他的爱慕，渴望着他的激情，当这一切刚露出苗头时，他"冷冰冰地退缩，像个蜗牛似的"（第一卷，第一章），他在这部小说中是读者的代表，作为一个天真而又不可靠的叙述者，他身上体现了人们熟悉的现实主义小说的某些特征。和这部小说最早的那些读者及现代读者一样，尽管从批评家那儿得到了种种帮助，但洛克乌德还是面临着一大堆迷人而又令人困惑的材料，他必须设法将它们拼合起来，构成一个首尾连贯的模式。我说"必须"，不仅仅是因为作为读者我们所受的教育一直让我们以这种方式处理文本，而且因为这部小说中除了洛克乌德以外，还有着如此众多的实例，它们有的是正文中的阐释或评述，有的情形反映了某些人试图通过对这些材料的叙述理解小说中的事件。

在小说开头的一段里，洛克乌德将小说中的许多角色以及它的读者置于阐释见证人的位置上。他首先吹嘘自己能出于本能地理解希刺克厉夫，随后他又收回了这句话，说他或许只不过将他自己的天性投射在后者身上："我直觉地知道他的冷漠是由于对矫揉造作——对互相表示亲热感到厌恶……不，我这样下判断可太早了：我把自己的特性慷慨地施予他了。希刺克厉夫先生遇见一个熟人时，便把手藏起来，也许另有和我所想的完全不同的原因。"（第一卷，第一章）第二章里还有一些实例，展现了洛克乌德作为一个符号的读解者或者作为一个可从中提炼出模式的细节搜集者的种种愚笨之处：他将一大堆死野兔误认作猫，将凯瑟琳·林淳错当作希刺克厉夫夫人，不一而足。他的差错对过分自信的读者不啻是一个警告。

洛克乌德自然绝不是小说中唯一的解释者或读解人。在凯瑟琳所有经过"选择"的藏书中，洛克乌德这样描写凯瑟琳的日记："钢笔写的评注——至少像是评注——凡是印刷者留下的每一块空白全填满了。"（第一卷，第三章）那些藏书中包括一本《圣经》和杰别斯·伯兰德罕牧师的布道词，凯瑟琳的日记便写在后者页边的空白上。伯兰德罕的布道文解释的是《新约》中的一段经文，那段经文本身既是对重复着的《旧约》中词句的解释，又是耶稣本人对他有关宽恕戒律的解释，正如耶稣的解释（或者说《福音书》创作者的解释）别具一格地与寓言结合在一起。寓言通过与有待解释的事物"相毗邻"的故事来实现它解释的功能。既然洛克乌德的叙述和他力图理解的谜一般的事件仅有咫尺之遥或处于它的边缘上,那事实上整部《呼啸山庄》或许便是一个寓言。洛克乌德梦中在教堂里的那场打斗对伯兰德罕的布道词做出了"解释",在那场打斗中,"每个人都对他邻近的人动起手来"(第一卷,第三章)。使洛克乌德从梦中惊醒过来的那阵叩击声(实际上是一棵枞树枝触到了窗格上,好像钢笔在纸上沙沙作响)可轮番理性地加以"读解"。在洛克乌德的下一个梦里,那刮擦声被重新解释成凯瑟琳的幽灵试图破窗而入时发出的声响。再次醒来的洛克乌德和因他的大声喊叫而匆忙赶来的希剌克厉夫,他们俩对这个梦自然有不同的解释。希剌克厉夫发狂地向窗外呼唤着凯瑟琳("进来吧!进来吧!"他抽泣着,"凯蒂,来吧"),在洛克乌德看来,这是"一种迷信的举动"(第一卷,第三章)。

这几页展现了一系列解释和解释中的解释。一开始,这一长链就使读者逐渐深入文本的内部,从文本到文本就像洛克乌德在住宅各个屋子间不停地走动,每间房子为另一间所包含,直到他睡在凯瑟琳过去住过的房间内的那张格子床上。那里,他发现出现在自己面前的是我刚才描述过的文本中含文本的中国套匣。《呼啸山庄》的读者必须从一种解释角度自行穿梭行进到另一种解释角度(从洛克乌德的叙述到耐莉的长篇复述——它同时又是合乎情理、普通寻常的宗教解释,到伊莎贝拉的信,或者到凯瑟琳被逐出天堂的那场梦,到她以"我就是希刺克厉夫"那番话对此做出的解释等等)。

小说将洛克乌德周围如此众多的角色——展现出来,他们解释或者尝试着解释作品中的事物,以此小说将读者自身处境的标志显露在他眼前[1]。洛克乌德试图理解的"神秘"和出现在小说读者面前的"神秘"如出一辙。当洛克乌德首次到达呼啸山庄时,那儿发生过什么样的变故?那儿起码的礼仪都荡然无存,隐藏在这种可悲情形背后的起始原因是什么?为什么无法对这部小说做出合情合理、令人满意的解释?当洛克乌德在空间上进入住宅的最深处时,在时间上却回复到"开端",他碰到的不是某个一目了然的事件或存在物,而是凯瑟琳的日记,另一个有待读解的文本。日记中写到凯瑟琳和希刺克厉夫两人在那个"倒霉的礼拜天"被硬逼着读《救世盔》和《走向毁灭的广阔道路》这两本宗教小册子,然后他们披上挤牛奶女人的外套,"到旷野上跑一跑",借机摆脱这一切。当凯瑟琳情愿自己死去时,埃德加·林淳则在书房内潜心阅读,他试图通过诱使她读书来保持她的生命活力,"一本书摆在她面前的窗台上,打开着,几乎让人感觉不到的微风间或掀动着书页。我相信这是林淳放在那儿的,因为她从来不想读书或干任何事"(第二卷,第一章)。很久以后,哈里顿在第二代凯瑟琳

---

[1] 参见罗伯特·C.麦金比,《〈呼啸山庄〉中〈圣经〉的意象》,载《19世纪小说》,第15期,1960年,第159—169页。

的指导下耐心地读书识字，这表明他的野性已被驯服了。阅读似乎与旷野上的飓风、死亡和性的体验处于对立的位置。然而所有读者（小说中的和小说的）能获得的熟悉这一切的手段便是一本书，或者其他媒介性的符号。

一旦勃朗特同意她姐妹们的建议，尝试着写小说时，她的问题便在于将她在《贡代尔》传奇诗篇中表现得更直接、更私人化的梦幻景象改造得符合19世纪小说的常规，或者说使这些常规能容纳这些梦幻景象。《呼啸山庄》中对众所周知的叙述的复杂关系有所增益的每种技巧在近代小说创作实践中（从塞万提斯到勃朗特同时代的小说家）不乏先例。时间的转换，叙述者的成倍增多和叙述者中套叙述者，双重的情节发展，作者的隐退，缺少一个可靠而又富有见识的叙述者（他分明是作者的代言人），这一切在《呼啸山庄》中的运用有着重要的意义，它使洛克乌德这样的读者的期望受挫。它们被用来诱使读者通过逐渐展示事实真相，一步步、一间房到另一间房地行进，最后进入勃朗特奇特的生活幻象世界的"最深处"。

头一个受此吸引的是勃朗特的姐姐夏洛蒂，更确切地说几乎是头一个，因为在夏洛蒂的文章之前已经出现了关于《呼啸山庄》的评论。夏洛蒂的两篇序言《埃利斯和阿克顿·贝尔的传记评述》和《〈呼啸山庄〉新版（1850）编者前言》，除了一些20世纪批评家的介绍文章外，通常是这部小说的现代读者最早接触到的材料。小说出现在读者面前时，引言一层层地将它覆盖起来。要想有把握地判定引言在何处结束，小说"正文"从何处开始，委实困难。在哪儿读者可跨过那一道门槛，步入小说本身呢？如果说现代的批评论文明显地外在于作品，它是书籍封皮内一种不相容、异己的存在物，那么夏洛蒂的序文好像有一条通向住宅的特辟的道路。它们似乎是正门前最后一层台阶，是外部的内部，或者也许它实际上是内部边缘地带，是内部的外部，是一间入口的屋子，也许它们应被视为某个阈限，视为门槛本身。不管怎样，夏洛蒂序文的语言经常与艾米丽的语言联为一体，例如它所运用的描绘约克郡景色的比喻。然而夏洛蒂的语言是否误用了艾米丽的语言，歪曲了它，则是另一个问题。

夏洛蒂的序言确立了能体现这部小说批评特性的修辞学态度，这一态度将以前大多数批评家置诸脑后，并声称每个人自己都可解释疑难；同时夏洛蒂的序言也使面对着谜一般难解的文本的读者成为这部小说那些内部和外部因素的一个非常适宜的标志：

> 那些批评家无时不让我们想起一大群占星家、预言者、占卜者，他们围聚在"一堵刻着文字的墙"前，但无法理解文字符号的意义或对它们做出解释。当一个真正的先知最终到来时，我们有理由对此欢欣鼓舞，他的精神卓尔超群，他是光明的使者，富于智慧，善于洞悉万物的奥

秘,他能准确地解释某个富有创造性的头脑(不管那个头脑是多么地不成熟,文化教养是多么地不高,发展又是多么地片面)写下的"Mene, Mene, Tekel, Upharsin"①。他能满怀信心地说:"这便是它的解释。"(第438页)

这里,夏洛蒂明显地在赞扬早先锡德尼·多贝尔(Sydney Dobell)1850年9月发表于《雅典娜》的那篇评论,夏洛蒂对它十分满意。多贝尔相信《呼啸山庄》出自夏洛蒂·勃朗特之手,他的评论充满着智慧的光辉,例如他这样谈论凯瑟琳·恩萧:"在她情人的臂弯里,我们实在难以怀疑她的纯洁。"但最后多贝尔只是重新陈述了作品的疑团而没能解决它:"当人们回顾整个故事时,你发现在作品的世界中,那些光彩夺目的人物出没在雾霭沉沉的氛围中;种种想象映现在人们的眼帘上,在头脑中燃起光怪陆离的色彩,随后又隐没在四周笼罩着的烟雾中。它是一部出自巨匠之手的尚未成熟的作品,是出自

---

① 原文为通行于古叙利亚的阿拉姆语(Aram),出现在古巴比伦迦勒底王国(chaldean)末代国王伯沙撒(Belshazzar)宴会厅的墙上。英语可直译为"a mina, a mima, a Ehekel, and half-shekel"。虽是一连串度量单位,但它喻示迦勒底王国已日暮途穷,行将崩溃瓦解。对这段话的准确解释历来众说纷纭,详见《圣经·旧约》中《但以理书》(5:25)。

一位孩儿神之口的'大话'。"[1]尽管夏洛蒂对多贝尔推崇备至，但她还是想把自己表现为这部"尚未成熟的作品"的第一个名副其实的读者，表现为"Mene, Mene, Tekel, Upharsin"的第一个真正的阐释者。

夏洛蒂写于1850年的前言甚至在读者阅读这部小说之前，就充满信心地将文本的意蕴告诉了他们。困难在于她事实上至少引出了四种互不相容的解释，对她提出的每一种解释，她也引证了不少章节和诗句，但她没有明确意识到它们之间存在着差异。再者她的解释会使读者误入歧途，这些解释将小说的意义变为在夏洛蒂想象中维多利亚时期的读者可以接受的某种东西，力图以此将人们对这部小说的责难从艾米丽身上转移开去。

夏洛蒂在她提出的第一种解释里说，在《呼啸山庄》里，艾米丽·勃朗特只不过仿效着自然，她以狂暴的激情、柔和的颤音吟唱着她家乡林中的鸟鸣之声。这部小说不是艾米丽在诉说，而是自然通过她在说话，这部小说"通篇洋溢着乡村的气息。它如一片旷野，荒无人烟，又如石楠丛的根那般扎手。不那样的话，它反而显得不自然，作者本身便是旷野精心哺育的儿女"（第442页）。

---

[1] 这篇评论在《艾米丽·勃朗特：批评文选》一书中重刊。让-皮埃尔·柏蒂编，米德尔塞克斯郡哈蒙兹沃思：企鹅出版公司，1973年，第38—39页。

这一解释随即受到限制,并为另一个新的解释取代。现在夏洛蒂说这部小说真正的渊源来自约克郡农民实际存在的那种原始的生活方式,小说具有社会学一般的精确描绘,艾米丽仅仅在单纯地记录事实:"她了解他们,熟悉他们的生活情形、他们的语言、他们的家族历史;人们说起他们时,她能兴致很浓地在一边听着,自己谈到他们时则娓娓道来,详尽、鲜明生动又准确……她的想象力是忧郁而非乐观开朗、坚强有力而非玩闹嬉戏的一种精灵,它映现在熔铸成像希刺克厉夫、凯瑟琳·恩萧这样的创造成果的材料特性中。她塑造了这些生命,却不知道她干了些什么。"(第442—443页)

夏洛蒂再次提出另一种解释,实际上她是在说:"不,毕竟不是这样。事实上,艾米丽·勃朗特是一位基督徒,这部小说是一篇宗教寓言,例如,希刺克厉夫堪称恶魔的化身:实际上希刺克厉夫无须获得拯救,在他箭一般笔直的人生历程中,他从没有滑入地狱的深渊",他对凯瑟琳的爱是"这样一种感情,在某种恶魔般天才邪恶的本性里翻腾,发出灼人的光亮,它是一团火,构成了痛苦烦恼的中心——仿佛是沉陷在这个地狱般的世界中的达官贵人那颗永远受着痛苦煎熬的灵魂。它那不可抑制、绵延不绝的毁灭一切的力量应验了这一天命:无论他走到哪里,必定无法摆脱痛苦的纠缠"(第443、444页)。

夏洛蒂最后说,这并不是正确的解释或理由。事实上无论这部作品存在着怎样的特性,艾米丽不应为此受指责,因为她对此毫无责任。她是一个被动消极的媒介物,通过她世上外物或其他人才得以说话,这正像兰波①所说,在"预言家的话语中",即使金属发现自己成了喇叭,它也不该抱怨("我是另一种人");这也正如勃朗特一些诗篇中匍匐在"梦幻中的神灵"脚下的说话人,这神灵在没有她意志参与的情形下,通过她说着话。夏洛蒂说:"然而这点我明白,富于创造性天才的作家身上有着某种他并不总是能驾驭的东西——不可思议的是,有时它自身能产生某种强烈的意愿,能投入工作……无论作品面目可憎还是绚丽辉煌,令人畏惧还是神圣非凡,你别无选择,只能默默地接受下来。至于你——一个有名无实的艺术家,你的职责一直是在既难以言传又无法怀疑的命令的指引下,消极无为地工作——它不会因你的恳求显示自己,也不会由于你的任性而消失、改头换面。"(第444页)

夏洛蒂的前言包含着多种解释,每种解释都以《呼啸山庄》实际文本中的某些方面为基础,这样,前言便为后来出版的成千上万有关《呼啸山庄》的文章和论著奠定了一个纲要。这一切是这两篇序文在可将大多数解释归在夏洛蒂四种解释中这种或那种名下的意义上进行的,也是在所有这些论著和文章以对文本的感性经验为基础的意义上进行的。每种解释都貌似有理,但又显出极大的片面性,然而每种解释和夏洛蒂的序言

---

① 兰波(Arthur Rimbaud,1854—1891),法国象征派诗人。

一样，在表述时是那样言之凿凿，确信无疑。每个批评家都扮演着预言家的角色，他们最终能破译墙面上神秘莫测的文字。尽管许多有关这部小说的论文并不位于一条共同的判断轴线上，即它们对这部小说提出的甚至也不是同一类问题，更不会给予相同的答案，但每个批评家都倾向于认为他发现了可说是意义重大的东西，它为从整体上解释这部小说指出了一条正确的途径。

对《呼啸山庄》的解释，有的从作品和《贡代尔》诗篇中金发少女和黑发男孩的主题间关系的角度加以探讨，或者通过小说中门和窗的主题（多萝茜·范·根特）；或者从小说中富于对称美的家族关系的角度或从勃朗特对约克郡私有财产法的准确了解的角度（C. P. 桑格）；或者运用或多或少富于正统气息、带有图解意味的弗洛伊德理论的术语，将小说视为用薄薄的外衣伪装起来的，经过移植、浓缩处理的两性的戏剧（托马斯·莫塞尔）；或者将它视为风暴和宁静这两种宇宙力量冲突戏剧化的表现（大卫·塞西尔勋爵）；或将它视为显现光彩夺目的激情之无益的道德教化故事（马克·斯科勒）；或者作为勃朗特宗教幻象虚构的戏剧化的表现（J. H. 米勒）；或将它视为性和死之间关系化戏剧的体现，看作是对一直到死的全部生活道路的认可和赞许（乔治·巴塔耶）；或者将它视为勃朗特对她死去的姐姐玛丽亚同性恋激情隐秘的戏剧化表现，小说中勃朗特成了希刺克厉夫（卡米尔·帕格里亚）；或者看成是一个过分确定的符号结构,由于它包含的符号过多,结构意义繁复多样,无法变得简单明了(弗兰克·克默德);或从中发现勃朗特为了让那些奇特的女性想象方式占上风,尽力抹去自己的天性(玛格丽特·霍曼斯);或将它视为散布在众多角色身上的众多互不相容的"部分的自我"的表现,它们摧毁了整体单一自我的概念(列奥·巴萨尼);或以相当精致的马克思主义的术语进行分析(大卫·威尔逊、阿诺德·凯特尔、特里·伊格尔顿)。①

这张名单可以继续开列下去。有关《呼啸山庄》的文献多如牛毛,它们间的松散、不连贯相当引人注目。甚至和其他一些伟大的文学作品相比,这部小说也显得更具有一种永不枯竭的力量,吸引着人们持续不断地对它进行解读。所有的文学批评展现的是所谓对所论文本做出明确而有条理的解释,而有关《呼啸山庄》批评的特色正在于形形色色的阐释间的互不相关达到了这样一种罕见的程度。通过这种方式,每个解释都捕捉到了这部小说中的某些因素,并由此推衍出总体上的解释。这

---

① 参见多萝茜·范·根特,《英国小说:形式与功能》,纽约:赖因哈特出版公司,1953年,第153—170页;C.P.桑格,《〈呼啸山庄〉的结构》,伦敦:霍格思出版社,1926年;托马斯·莫塞尔,《艾米丽·简出了什么事?》,载《19世纪小说》,第十七期,1962年6月,第1—9页;大卫·塞西尔,《维多利亚时代早期小说》,伦敦:康斯特布尔出版公司,1948年,第136—182页;马克·斯科勒,《〈呼啸山庄〉导言》,纽约:霍尔特、赖因哈特和温斯顿出版公司,1950年,第4—17页;J.希利斯·米勒,《神 (转下页)

些论文并没有依照一步步累进阐释的理想模式形成紧密的联系，每个解释都是独一无二的。

我认为，所有这些解释都是错误的。这并不是因为每个解释都没能阐明《呼啸山庄》中的某些东西，相反每个解释都将一些内容公之于众，即使在这样做时它将其他一些内容遮盖了起来。巴塔耶、克默德、巴萨尼和霍曼斯等人的论文在我看来尤其启发人的心智，然而每个解释还是让人看出了各自的片面性。想必我的论述也极易遭受这样的指责：它力图通过解释这部作品达到对它的终极阐释，尽管这种阐释采取了这样的形式：尝试着合乎情理地系统地阐述作品的非理性内涵。

我的看法是，批评并非人人都可一拥而上的竞赛，对各种解释不可等量齐观。即使是这部众说纷纭的小说，称职的读者

（接上页）的隐没》，马萨诸塞州坎布里奇：哈佛大学出版社，1963年，第157—211页；乔治·巴塔耶，《文学与恶》，巴黎：伽利玛出版公司，1957年，第11—31页；卡米尔·帕格里亚，《性角色：文学和艺术中的两性人》，耶鲁大学学位论文，1974年，第321—333页；弗兰克·克默德，《经典》，纽约：维京出版公司，1975年，第117—141页；玛格丽特·霍曼斯，《〈呼啸山庄〉中自然的压抑和升华》，PMLA，93卷1期，1978年1月，第9—19页；列奥·巴萨尼，《阿斯蒂阿纳克斯的未来：文学中的性格和欲望》，波士顿：列特和布朗姆出版公司，1976年，第197—223页；大卫·威尔逊，《艾米丽·勃朗特：现代第一人》，载《现代季度杂录》，第一卷，1947年，第94—115页；阿德诺·凯特尔，《论〈呼啸山庄〉》，载《英国小说导言》第一卷，伦敦：哈钦森大学丛书，1965年，第139—155页；特里·伊格尔顿，《权力的神话：对勃朗特姐妹的马克思主义研究》，伦敦：麦克米兰出版公司，1975年，第97—121页。

想必在很多方面有着相同的看法。虽然我认为上面列出的所有那些解释以这种或那种方式可部分地视为正确，但我依旧可以举出一些有关《呼啸山庄》的解释，它们错误百出，甚至连部分的正确也说不上。它们之所以正确乃是因为它们源自受文本制约的感受反应，而它们的谬误在于假设了意义是单一的、统一的，具有逻辑上的连贯性。我的看法是：最好的解释是这样一些解释，它们最能清晰地说明文本的多样性——这种多样性表现为文本中明显地存在着多种潜在的意义，它们相互有序地联系在一起，受文本的制约，但在逻辑上又各不相容。要想清楚明白、有条有理地展现这样一个意义的系统非常困难，也许不可能办到。过早地下断语是批评内在固有的缺陷。我引证的有关《呼啸山庄》的论文对我来说似乎都美中不足，这不是因为你能确证他们的话有错，相反是由于认为《呼啸山庄》中存在着唯一的隐秘真理这一假设本身便是个谬误。这隐秘的真理应是一种可构的解释的唯一本原，它能说明这部小说中的一切。确切地说，《呼啸山庄》隐秘的真理在于不存在这样一种批评得以用这种方式系统阐释的隐秘真理。在一连串事件的开端或结尾的终点处，你找不到能解释一切的依稀可辨的有序化的本原。对这一本原所作的任何形式的阐述都将明显地残缺不全，它在许多重要之处留下了尚待说明的空白。它是残剩的晦涩，解释者为此大失所望，这部小说依旧悬而未决，阐释的过程依旧能延续下去。这种或那种形式的悬而未决也许是所有文学作品的特征，但正如我在第一章中所指出的那样，这种对单一明确的解释的抗拒在不同的作品中呈现出不同的形式。在《呼啸山庄》里，这一特殊的形式诱使人们相信所有事件背后都存在着一种超自然的、先验的"原因"，然而你想明确地识别这一原因，甚至只是要肯定它的存在，却不可能办到。

《呼啸山庄》对读者的影响通过构成作品的重复现象——它和其他作品中永远无法被理性分解为某种令人满意的阐释本原的重复现象相同——来实现。读者在努力理解这部小说时，感受到许多因素经解释后便能趋于有序化。这一解释过程总将遗留下一些东西，它们正巧位于理论视野圈的边缘，不在该视野包纳的范围之内。这被忽视的因素显然是重要的细节。事实上在任何有序化的过程中，总有一些这样重要的细节被遗漏，由此我们发现文本实在过于丰富。

不仅在清晰明确观察的意义上、而且在概念阐述的意义上，这种对理论支配的抗拒并不是偶然的，也不是毫无意义的。这不是勃朗特缺乏经验或是她运用了那些被看作是具有超出现实主义意指范围意义的因素而使她的小说超负荷这一事实导致的结果。这部小说并不支离破碎，并不混乱或者满是缺点。它是小说家艺术的一个胜利，它充分开掘了小说的艺术资源，与建立在现实主义小说陈规俗套基础上的、有关性格和人类生活的标准化的、刻板的假设相对抗。解释《呼啸山庄》的种种困难和过多潜在（和实际的）解释并不意味着读者可随心所欲地对这部小说进行解释。无法识别可被证实的、独一无二的意义或意义的本原这一事实并不意味着所有的意义都同样有效。《呼啸山庄》的每个有教养的读者都将受作品文本的支配,受它的牵制。最好的解释也许和夏洛蒂·勃朗特提出的一样,在它们自身反逻辑的关系中重复着文本的不足之处,它们同样不能满足精神对有一个可证实基点的逻辑秩序的向往。《呼啸山庄》将读者纳入理解的过程中,作品文本在洛克乌德的叙述中模拟了这一过程。它迫使他以自己的方式重复了文本中体现的那种理解的尝试,同时也重复了那种尝试中所包含的困惑。

《呼啸山庄》在描写耐莉提出在她的叙述中要跳过三年,随后洛克乌德的反应那一段文字中为读者的这种体验展现了一个象征性的图案:洛克乌德说:"不,不,我不允许这种搞法!你熟悉不熟悉那种心情:如果你一个人坐着,猫在你面前的地毯上舐它的小猫,你那么专心地看着这个动作,以致有一只耳朵猫忘记舐了,就会使你不大高兴!"(第一卷,第七章)我将它作为对读者的一个间接的警告:除非他沉浸在这儿描述的"心情"中潜心阅读,否则他很可能错过一些重要的现象。在这部小说中每个细节都有它的价值。只有当一种解释能清楚地说明每个细节,并将它与整个作品联系起来时,这种解释才同时具备了充分的具体性和总体性。读者或许像一只猫,它浑身上下舐着它的小猫,连一丁点毛皮都不放过,或更确切地说，他也许像这样一种活动的观察者，他密切注视着这一复杂的叙述过程中的每一个细节，他假定每一分钟、每一瞬间都有价值。他不停地留神着遗漏了什么东西。然而总有一只耳朵被遗漏了，或者说有一只多余下来的耳朵。

耐莉认为，洛克乌德对忘记一只耳朵的担忧不过是"一种懒散得可怕的心情"，对此洛克乌德答道："相反，这是一种紧张得令人讨厌的心情。现在我的心情正是这样，因此你要详详细细地接着讲下去。我看出来这一带的人，对城里那些形形色色的居民来说，就好比地窖里的蜘蛛见到茅舍里的蜘蛛，得益不少。"（第一卷，第七章）小猫没被舐到的耳朵和地窖里的蜘蛛一样，不是那种"琐碎的外界事物"，它是生存于表面的微不足道的事物，但它与深处隐秘的事物保持着联系。当洛克乌德说到呼啸山庄的人们"更认真、更自顾自地生活"（第一卷，第七章）时，提到了表面和深处之间的对立。自顾自的生活常表现为沉默寡言，它与在表面变化和在琐碎的外界事物中的生活相抗衡。一旦那里的人们自顾自地生活，那外界的事物就不再是表面或琐碎的了，它们反倒成了局外人所能具有的有关他们隐秘的深层生活的唯一标志。

接着洛克乌德最后一次对他和读者的处境作了一番形象化的描述。这是一个颇为奇特的有关吃的隐喻，它从尽可能填饱肚子或满足食欲的角度来确定读者的处境；同时它还将这两者（象征着某个整体、使人得到极大满足的单个事物和表面上形成一个整体、最终让人不满足的众多的细节）间的对立在读者面前摊开。乡村生活和都市生活、地窖中的蜘蛛和茅舍中的蜘蛛，在所谓的味觉寓言中得到了鲜明的比照："一种情况像是把一个饥饿的人安放在仅仅一盘菜面前，他可以精神专注地大嚼一顿，毫不怠慢；另一种情况是把他领到法国厨子摆下的一桌筵席上，他也可能从这整桌菜肴中同样享用了一番，但是各盆菜肴在他心目中、记忆里却仅仅是极微小的原子而已。"（第一卷，第七章）

读者怎样才能解释这个寓言？它是对"体验"的渴望，还是对"知识"的渴望？如果是对知识或体验的渴望，那体验是什么，知识又是什么？总之，这两方面（一方面是使人们得以全神贯注地沉浸在可吸纳的事物中的相对狭小的感受领域，另一方面是漫天遍地合人口味的事物，它分散人的注意力，使自身变得肤浅）之间存在着明显的对立。精神上的全神贯注导致心满意足——此刻精神的充实和回忆的丰盈。好像那被人热切注视着的单个事物超越了自身，象征着超出它自身的某种东西，或许它象征着整体。向四处扩散的众多事物使每个细节变得不再使人们注意它自身，因此它既不超出自身，又不固执于回忆，成为通达整体的手段。每个部分在观察者的心目中、记忆里仅仅是一些微小的原子而已。

这个寓言为阅读《呼啸山庄》提供了一条捷径。作品的每一节都需要阐释者殚精竭虑、全神贯注地予以读解，好像它是桌子上仅有的一盘菜,每个细节都可被用来指代整体,作为通向整体的线索——正如我对这个细节所做的那样。

以下列段落为例:

> 在我放蜡烛的窗台上有几本发了霉的书堆在一个角落里,窗台上的油漆面也给字迹划得乱七八糟。但是那些字迹只是用各种字体重复写的一个名字,有大有小——凯瑟琳·恩萧,有的地方又改成凯瑟琳·希刺克厉夫,跟着又是凯瑟琳·林淳。
>
> 我无精打彩地把头靠在窗子上,连续地拼着凯瑟琳·恩萧——希刺克厉夫——林淳,一直到我眼睛合上为止,可是还没有五分钟,黑暗中就有一片亮白刺眼的白闪闪的字母,仿佛鬼怪活现——空中充满了许多凯瑟琳。(第一卷,第三章)

> 我曾注意到在路的一边,每隔六七码就有一排直立的石头,一直延续到荒原的尽头。这些石头都竖立着,涂上石灰,这是为了在黑暗中标明方向;也更是为了在碰上像现在这样的一场大雪把两边的沟沿和较坚实的小路弄得混淆不清时设立的。但是,除了零零落落看得见这儿那儿有个泥点以外,这些石头存在的痕迹全消失了。当我以为我是正确地沿着蜿蜒的道路前行时,我的同伴却不时需要警

告我向左转或向右转。(第一卷,第三章)

  我在靠旷野的斜坡上寻找那三块墓碑,不久就发现了:中间的一个是灰色的,一半埋在草里;埃德加·林淳的墓刚刚和爬上碑脚的草苔颜色协调;希剌克厉夫的却还是光秃秃的。

  我在那温和的天空下面,在这三块墓碑前留连。望着飞蛾在石楠丛和兰铃花中扑飞,听着柔风在草间飘动,我纳闷有谁能想象得出在那平静的土地下面的长眠者竟会有并不平静的睡眠。(第二卷,二十章)

这三个文本很相似,但这相似性至少在某种程度上表现为这一事实:就它展示给读者的结构样式而言,每个文本都是独一无二的,这种独一无二的特性使每个文本与其他任何文本都无法进行比较。每个文本就它作为语言的表层结构而言,都是"现实主义"的,它是自然或人文景物的描述,这些描写在自然界和社会领域中都是可能存在的,这样的事物存在于1800年前后的约克郡。这三段文字无不经过叙述者的头脑和语言的过滤。正巧这三段文字中出现的都是这部小说里最早的叙述者洛克乌德。读者必定会在这些段落中探索潜在的反讽意义,在这些事例中这已显得司空见惯。这种反讽潜在地产生于洛克乌德本人了解或由所见所闻推想的种种情形和作者本人了解、创造或读者（如同解释墙上的字迹一般）通过这些段落推想的情形间的众多的差异。所有这些段落潜在的意义远远超出了它们标准的或历史的意义，它们或许标志着或暗示着某种超越自身的东西。在洛克乌德清楚地知道或打算说出口的和作者可能已经知道或打算说出口的种种情形间存在的裂缝中，这一潜在的可能性展现了出来。这些段落中没有一个，甚至其他许多在小说中起强调作用的"相似"的段落也没有一个能在小说文本之内给人们以终极解释和明确答案。事实上它们没能解释任何东西，它们只是一些假定。墙上的字迹在小说内无法得到解释，读者必须自己去理解作品。

当他这样做的时候，他会发现每一个这样的段落都要求成为整部小说的标志。每个段落无疑是整体的小说结构的标志，又是那个整体喻指某个超越它自身，并从总体上制约着其意义的事物的方式的标志。每一个这样的段落都导致了人们对整体结构种种不同的阐述。每一段都是独一无二的，与其他各段不相协调。它似乎有一种想钳制他者生存的傲慢专横的意志，好像这种意志渴望使它们以它为楷模。它自身扩展为对整体的一种独特的解释，夏洛蒂·勃朗特对小说的四种解释正是这样，她以后出现的成千上万种解释也都是这样。每一个这样的解释无疑会排斥不相吻合的其他段落，或者曲解它们，将它们纳入自身的模子之中。

上面引用的第一段文字引导人们从某些特定的姓名和家族

姓氏变换的角度来解释这部小说，这种解释的实现有赖于对称的家族谱系中亲属关系的网络和解释的主题。批评家或许会注意到在这部小说中姓名好像不够用，人物角色间相似和差异的种种联系通过几个人的姓名同时为另外一些人所拥有或将其他人的姓名组合起来的方式来表现。一个例子便是"林淳·希剌克厉夫"，这是希剌克厉夫和伊莎贝拉的儿子的姓名，它体现了所谓的矛盾修辞法，它将两个互不相容的家庭姓氏混合成一体。一个姓名如果同时为其他人所拥有，那它怎能为一个角色所"特有"，并揭示他的个性呢？在《呼啸山庄》中，每个人物都是系统中的一个组成部分，他们不是互不相关、独一无二的人，他（或她）在这一系统中的地位决定了他们的命运。这类批评家或许会说，整部小说——不仅是第一代凯瑟琳，而且是第二代凯瑟琳命运的写照，同时又是第二代故事与第一代间关系的体现，在洛克乌德看到窗台上涂满了姓名和他梦见空中充满了凯瑟琳的象征性描写中凸现了出来。这一段在瞬间成了整体的标记。那个整体，正如它展现的那样，是这一标志意义的叙述。

第二段为多少有些不同的总体化的形式提供了一个模式。这一段文字对一场大雪过后约克郡的乡村道路作了一番"现实主义"的描写。如果读者像洛克乌德那样，将每个细节视为通向整体、通向整体背后或下方事物潜在的线索，那这一段则暗示人们这部小说由互不相关的各部分组成，它们相互排列成一个系列，中间隔一段距离。读者的职责是确定各部分间的界限，他必须创造一个模式，就像孩子在做游戏时，在众多的点之间勾画着线条，一只鸭或一只兔子就这样神奇地画成了。在这个例子里，界限形成了一条道路，它引导读者从这到那，带着他穿过乡野的深处，摆脱险境，安全抵达目的地。唯一的困难在于有些点消失得无影无踪，或者说难以察觉。读者必须像洛克乌德那样进行推断，他必须正确地加进那些失踪的因素才能找到一条安全可靠的路径。

这一活动有很大的风险。如果读者犯下过失，没能猜对，他假定存在的路标实际上子虚乌有，他将被引入歧途，陷入沼泽之中而难以自拔。这一假设的阐释过程炮制出种种子虚乌有，种种模糊不清或下落不明、没有充分展开的论点或粗略的构想，对阐释者来说险象环生。他必须得从事伊曼努尔·康德曾进行过的活动，遵循修辞学的传统即所谓的"表现"（hypotyposis）将粗略的构想概要地叙述出来，在这构想中你找不到可靠的迹象表明该走哪一条路。①这样一种活动将比喻的名称赋予那些原来没有言语名称或没有专有名称的事物。读者的安全取决于以某种方式搞清楚该走哪一条路，读者很容易

---

① 参见康德，《判断力批判》第五十九节，J. H. 伯纳德英译，纽约：哈夫纳出版公司，1951年，第196—198页。同时参看保罗·德·曼，在《隐喻的认识论》中对这一节的论述，《批评探索》第五卷，第一期，1978年，第26—29页。

出差错，或者说没有可靠的根据来判断对还是错。

对《呼啸山庄》的阐释活动究竟如何和读者发生关联有待于进一步考察。可以看得很清楚，洛克乌德这位读者在小说中的代理人经常出差错。如果他是读者在这部小说中的代表，那他可作为前车之鉴，告诫人们怎样不出差错，怎样不为那些带标记的事物所误。当洛克乌德被引向一个他自身无力企及的目标时，上面引用的第二段中他和希刺克厉夫的关系或许可用来描述整部小说中洛克乌德和希刺克厉夫的关系。那种关系在文本中轮番地为读者和他必须力图加以解释的狂暴激烈、不可理解的事件间的联系勾勒了一幅形象化的图案。如果洛克乌德是个局外人，隔开一定距离来观察那些事件，那希刺克厉夫这个男主角则最大限度地卷入了暴力和神秘的中心，最终死在其中。他从哪里来，最终回到哪里去，他将洛克乌德留下，让他作为一个幸存者来讲述这个故事。希刺克厉夫或许是一个可以信赖的向导，但一直跟着他走，也是一桩危险的事情。

引用的第三段文字清楚明白地展示了幸存者的处境，这同样可作为和它叙述的事件背后的动因相联系的整个文本的象征，或者是叙述者和他讲述的故事间联系的象征，或是作为读者和被讲述的故事间联系的形象化的体现。正如华兹华斯的许多诗篇，例如像《温纳德的男孩》，或是像"马太福音诗"，或是像《倾圮的茅舍》，这些悼念死者的诗篇出自伫立在墓碑旁的幸存者之口，他沉浸在对死者生死的沉思冥想中，因而整部《呼啸山庄》可被视为洛克乌德将他所知道的东西一点一滴拼凑而成的富于悼念意味的叙述。当洛克乌德来到山庄时,第一代凯瑟琳已经死去,希剌克厉夫这个痛苦不堪的幸存者依旧活着,他"生活在坟墓里"。小说结束时,希剌克厉夫追随着凯瑟琳,进入了死神的冥园。最后洛克乌德伫立在三座坟墓旁,这些坟墓和我所引第一段富于象征意味的文字中凯瑟琳姓名的三种写法一样,在他们的外形中象征着第一代凯瑟琳的故事:处于中间的凯瑟琳·恩萧为她一方面对埃德加·林淳的爱,另一方面对希剌克厉夫的爱痛苦不堪,在这双重的爱中,她毁了他们的生活,自己又反过来被爱吞噬。

墓碑是缺失的标记:整部小说中洛克乌德碰见的只是这类标志。他的叙述便借助这类标志完成了对记忆中的事物的重构。对所有那些在叙述一开始就以过去时态讲述死去的人物故事的小说来说,情形都是这样;但《呼啸山庄》中众多的墓地景象,例如希剌克厉夫掘开凯瑟琳的墓穴、打开棺材的那一场景使读者油然生疑:在坟墓外的某处,死者是否依旧活着。洛克乌德的天真,即使在小说的结尾处依旧表现出来,他难以想象平静的土地下面的长眠者竟会有并不平静的睡眠。这片土地并不平静,这地方有过多少难以言状的、骚动不安的隐秘的生活,这些事实的证据便是映现在他眼里的飞舞在兰铃花和石楠丛中的飞蛾、在草间飘动着的柔风,这景象仿佛蕴藏着某种模糊不清的生机勃勃的创造力,那些证据只能在这种形象化的描绘中间接地展现自身。如果说洛克乌德在主人公们死后依旧活了下去，并讲述他们的故事，或许正由于他活着，才使他无法领悟死亡。小说的结尾重申了洛克乌德实际上了解的和他无意中透露给读者，使他们可作进一步推想的种种迹象间富于反讽意味的差异。

这三段中的每一段都能以这种或那种方法被视为总体叙述结构和那个总体与它以之为基础的神秘莫测的动因、与它源出的本原、与它回归的目标间关系的标记。无论以哪一段为出发点，读者或批评家总能根据它提供的材料做出对整部小说的解释。每一段都将其他细节归为己有，使自身成为它们围绕的核心，每一段都能导致各个不同的总体构思，每一个这样的构思与其他构思都格格不入，每一段都确切无疑地宣称，所有其他细节都应以它为中心，组合成有机的整体。

尽管这几个有关整体的图解范例并不相同，但它们具有某些共同的特征。每个范例都是一个没有明确所指对象的符号，无论选择什么样的标记作为中心，结果将是它不处于中心位置，而位于边缘地带。事实上这是一个不可能企及中心的标记，每个范例都将引导人们注意小说中大量其他相似的细节。每个这样的系列都是一个重复的结构，这正如两代凯瑟琳生活的相互重复，或者像洛克乌德讲述中的叙述者里另有叙述者，或者又像他在山庄亲眼所见的房间里套房间。每一个外观形式都标志着某种缺失的事物，某种早先或晚近或将来出现的事物。每个细节以这种或那种方式可成为人们行进的路径。它是一丝踪迹，需要人们追溯回顾，以便能找回那些失踪的事物。

《呼啸山庄》中众所周知的偶然性在于：你连续地与新的标记不期而遇。《呼啸山庄》的读者和叙述者一样，被引导着一步步深入文本，期待着迟早将最后一层面纱揭去，那时他将发现自己最终面对的不是失踪的事物的标记，而是完全真实的事物。这将是真实的源头、真正的起点。因而对从它那儿衍生，并由它支配控制的符号的整体网络系统而言，它将拥有充分的阐释权力，并赋予每个符号以延宕的意义。读者不得不在这链锁的迷宫中艰难地行进。他被引导着从这儿到那儿，期望能达到目标，正如希刺克厉夫在那条覆盖着大雪的路上，引导着洛克乌德从这一路标走向另一路标。

这一符号中隐含着符号的网状组织的另一个特征便是这些对立物倾向于成双成对地出现。这两者中的任何一方都不是它伴侣的对立面，而是它的另一种存在形式。它是一个由同一事物的内部差异化而成的形式，如上面所论述的那段引文中不同的凯瑟琳是同一个凯瑟琳的不同形式；或者像希刺克厉夫和洛克乌德在气势、性力、意志力诸方面截然对立，但他们在被排斥于凯瑟琳生活圈子之外这一点上，又很相像；或者正如凯蒂所说的，希刺克厉夫不是她的对立面，不是她以外的另一个人，"他比我更像我自己"；或者又如在描写三座坟墓的那一段里，埃德加躺在凯瑟琳的一边，希刺克厉夫位于另一边，他们俩各自体现了她双重天性的一个方面。这部小说处处依照这种同一和差异的格局将自身各部分组合起来，如温煦平静与狂风暴雨这两种天气的对立，山庄的狂暴粗野的气息和画眉田庄温文尔雅的氛围的比照，内与外的对照——一面是家庭的内部生活，另一面是窗外或墙外蛮荒的自然界；还有两代凯瑟琳故事的映衬：爱读书的人和将书本奚落为虚弱无力的媒介物的人之间的针锋相对；像希刺克厉夫那样——他是"一个凶恶的、无情的、像狼一样残忍的人"（第一卷，第十章）——具有坚强意志的人和像洛克乌德那样意志薄弱的人之间的对立。

这些截然分明的对立物还有其他两个特征。读者无法通达那衍生了成双成对符号的富于创造力的整体。例如，读者从来没有机会直接目睹凯蒂和希刺克厉夫幼时同卧一床那一刻的情景，他们结合为一体，这种结合远在性的分化之前。这一结合先于任何单独的个体的观念，甚至先于能表示那种结合的语言（不论是比喻还是概念陈述的语言）。一旦凯蒂说"我就是希刺克厉夫"或"我对希刺克厉夫的爱恰如下面的恒久不变的岩石"（第一卷，第九章），他们便已分离了。一旦产生了意识，并有了在回忆中讲述故事的可能性后，那这一分离必定早已出现。讲述故事总是须有事实为蓝本，因而它总是建立在缺失的基础上。就《呼啸山庄》而言，缺失的便是能解释一切的"本原"。

这些对立物的另一个特征是这一解释缺少根源的必然结

果。这些相互分离的成双成对的符号——它们只不过是相同事物的分化变异，而非真正的对立——有这样一种趋势：它们进一步分化、又再次分化，永无止境地扩展为一连串具有细微差别的微小单位。一旦那"原初"的分化产生，对勃朗特来说，一旦将已发生的一切当作故事来讲述，似乎就无法阻止进一步的分化。一旦原细胞自我分裂，它便连续不断地分裂、再分裂，力图达到重新的统一，这种努力在新生的、进一步分裂的生命细胞群里只能使它加倍繁殖。

举例来说，《呼啸山庄》中世代序列的开端远在小说中展现的三代人之前。山庄正门上方石块上刻着的"哈里顿·恩萧"的姓名和1500年可证明这点。小说结尾第二代凯蒂和新近一代哈里顿的婚配将为新一代的生活揭开序幕。希剌克厉夫、埃德加·林淳和第一代凯瑟琳的死亡决不能灭绝两个家族繁衍生殖的能力，这股力量在故事复制自身的能力中找到了对应物。众多的叙述者一再地讲述这个故事，它又被每篇批评论文复制着，或者说每次都有新的读者加以复述。纸面上的词句起的作用仿佛是一个创造生命的模型，能使接触到它的人的头脑按一定的程序运转。它诱使人们（至少在一段时间内）沉浸在那些死去很久的虚构的主人公的感受和体验之中。最后一幕场景可作为这种情形的标志：洛克乌德伫立在三座坟墓旁，思忖着刻在他们墓石上的名字，以此延长着埃德加、凯瑟琳和希剌克厉夫的生命。在这一行动以及由这一行动衍生的叙述中，他不让他们完全死去。许多维多利亚时期的小说突出表现了这种反复出现的、扩展到主人公死后的双关形式，第五章论述的《德伯家的苔丝》便是一例。《呼啸山庄》通过将这一常见的模式和是否可以认为凯蒂和希剌克厉夫虽死犹生或是他们仅仅存活在那些比他们活得长久的人们的叙述中这一问题联系起来，为它提供了一个独特的形式。

可看作是解释《呼啸山庄》的一种手段的任何对立物都有这种功能：在激增着的分裂和再分裂中复制着自身。举例来说，夹在凯瑟琳两个可能采用的婚后姓名中间的少女凯瑟琳的名字使空中"充满了"许多凯瑟琳，因而基督教中善与恶、灵魂的拯救与被罚入地狱、《救世盔》和《走向毁灭的广阔道路》这种种纯粹的对立演变成了罪行的分化，成了七宗罪，而这在杰别斯·伯兰德罕的布道词中则令人震惊地体现为罪孽不断分化、又不断再分化，文本也分化着，正如新教教派日益分化、名目众多，并使每个人都对他邻近的人动起手来。在一段对布道词怪诞的摹仿中，两成了七，七成了七十乘七，"他讲道了——老天爷呀！怎样的一篇布道呀，共分四百九十节，每一节完全等于一篇普通的布道词，每一节讨论一种罪过！"（第一卷，第三章）

也许阅读《呼啸山庄》最好的方法莫过于将小说中一个或更多的象征性的对立物看作是阐释的逻辑前提，随后将它推向一个极点，那儿原始的差异不再那么泾渭分明地凸现出来。只有尽可能以这种方式追根溯源，直至它隐没在渺无人迹的雪地中，读者才有可能深入这一奇特的文本内部，并开始领悟为何他一直无法透彻地理解这部作品或者说一直无法从理性上驾驭它。有关这部小说的许多批评论文的局限性并不在于原初的阐释前提（例如这部小说中风暴与宁静的相互对立，或是窗户、墙、门都有象征的含义）存在什么差错，而在于它们没能将这假设的图式化的前提置于应有的高度上。必须将它推向这样一个极点，那儿它无法再将人们订立的批评契约中必不可少的对这部小说的完整解释抵押出去。在那个极点上，《呼啸山庄》再也不能赎回。读者面临的也许将是他作为读者的死亡——他清醒的理解判断能力化为乌有，而这正是他的批评理性（为了驾驭作品而进行区分、辨别的理性）竭力想要避免的。

为什么长于逻辑思考的头脑在这部小说面前会如此一败涂地？这和抵押品或期票（它作为一种抵押的保险，既抵抗着死亡，又冒着死亡的危险，将人的死亡一无遮掩地显现出来）又存在着什么样的关系？对《呼啸山庄》来说，为什么一个解释的本原，即基础意义上的"道"——logos、尺度、主词，或者说结算账目的理由不能被确认？而倘若发现了这样一个本原，那种种含糊不清之处便会一目了然，一切将暴露在光天化日之下，人们可看清它们，对它们进行叠加、偿付、持平，有什么能阻止这一结账的工作呢？

自然，经济学的隐喻渗透在整部《呼啸山庄》中。希刺克厉夫利用他来历不明的财产占有了山庄和田庄,他之所以要占有它们,是因为这两家中的每个人、每件物都使他想起凯瑟琳。先是占有这一切,随后又将它们毁灭,他以此向站在他和凯瑟琳当中的敌人施行报复。同时他又通过它们、在它们的毁灭中走向凯瑟琳。这种极端具体化的方式能使人体验到符号自相矛盾的逻辑特性:

> 对于我来说,哪一样不是和她有关联的呢?哪一样不使我回忆起她来呢?我一低头看这间屋里的地面就不能不看见她的面貌在石板中间出现!在每一朵云里,每一棵树上——在夜里充满在空中,在白天从每一件东西上都看得见——我是被她的形象围绕着!最平常的男人和女人的脸——我自己的相貌——都像她,都在嘲笑我。整个世界充满了可怕的纪念物,处处提醒我说她曾存在过,而我却失去了她!(第二卷,第十九章)

在这种奇特的钱币学中,每件事物上面都被印上了同样的人像,对希刺克厉夫纸牌中的杰克(Jack)来说,她便是王后(Queen)。这部小说中不存在王(King)和"A"牌,女王的尊容使一切都有了价值并进入流通。可是这种钱币还存在着很多问题,一个原因是,这些印上去的人像里没有一个具有明确的数码,在它与其他人像的联系中标志它的价值,或者在它与商品和劳务的联系中标志它的交换价值。这个造币厂没有创立兑换、流通一整套井然有序的经济体制。无论是希刺克厉夫、洛克乌德还是读者，都不能用这种钱币买到任何东西。

整个世界充满了可怕的纪念物，是什么样的纪念物呢？这儿可引出有关这种钱币的第二个问题。每件事物代表的不是凯瑟琳的存在，而是货币背后的实体，它是保证自身价值的本位，它既处在货币体系之外，又以被委派的形式散布在这个体系内部的各个角落。在这个事例里，毋宁说每件事物代表了凯瑟琳的不存在。所有的事物都是纪念物，都是写下或镌刻下来的备忘录，正像我写下的提醒某件事的便条。它们是她曾经生存的纪念物，是希刺克厉夫最终失去她的纪念物，是她现已死去，从地球表面消失的纪念物。世界上的一切都是象征凯瑟琳的符号，但由于它的存在也同时象征着他没能占有她、象征着她已死去这一事实。每个符号既是实现与她融为一体的渴望之途，又是阻挠这一目标实现的障碍。

随之而来的便是将希刺克厉夫与哈里顿和第二代凯蒂结合在一起的那双重纽带。对他们俩，他既恨又爱，因为他们和另一代瑟琳长得如此相像。随之而来的同时还有将他与田庄和山庄结合起来的双重纽带。正如 C. P. 桑格阐明的那样，他费了好大劲才把它们搞到手，他这样做时巧妙地利用了约克郡有关财产的法律。一旦他占有了这两处庄园——既然它们都是她的财产，印上了她的人像，和她的姓名一样，为她专有——那通过它们,他便能占有凯瑟琳。但占有她的形象,正如通过呼唤她的姓名来占有她一样("凯蒂,来吧!啊,来呀——再来一次!啊!我的心爱的!这回听我的话吧,凯蒂,最后一次!"——第一卷,第三章),占有的仅仅是她的符号,而不是凯瑟琳本人。因此他必然要将他自己创造的,以便走向它们所指示的对象的一切统统毁掉,他必然要在毁掉这两处庄园的同时,将哈里顿和第二代凯瑟琳置于死地。然而,他一旦毁灭了它们,自然他接触到的将不是凯瑟琳,而是她的不存在,而是位于每一个标志她曾经生存、标志他失去她的符号背后的空白。同样,在掘棺木那幕场景中,他"和她一起融化掉,会更快乐些"(第二卷,第十五章)的目标由于他在想象中觉得凯瑟琳的幽灵不是在坟墓里,"不是在我脚下,而是在地上"(第二卷,第十五章),而受到了阻碍。和她的尸体结合,与他将这些新近到手的财物毁弃从而与它们合为一体一样,他仅仅在和一个符号结合,同时又破坏了它们作为符号应有的功能。希刺克厉夫认识到这点后,他便放弃了毁弃山庄和田庄的打算,这使他永久地远离了他的目标。只要他活在世上,他便和它隔着无穷无尽的距离:

"这是一个很糟糕的结局,是不是?"他对他刚刚目睹的情形(第二代凯瑟琳和哈里顿一起读着书——他们俩日趋亲密的一个标志)沉思了一刻之后说:"对于我那些暴虐的所作所为,这不是一个滑稽的结局吗?我用橇杆和锄头来毁灭这两所房子,并且把我自己训练得能像赫库里斯一样地工作,等到一切都准备好,并且是在我权力之中了,我却发现掀起任何一所房子的一片瓦的意志都已经消失了!我旧日的敌人并不曾打败我,现在正是我向他们的代表人报仇的时候:我可以这样做,没有人能阻拦我,可是有什么用呢?我不想打人,我连抬手都嫌麻烦!……我已经失掉了欣赏他们毁灭的能力,而我又懒得去做无谓的破坏了。"(第二卷,第十九章)

"可是有什么用呢?"这段奇特非凡的文字清晰地展现了一个兑换、交换的复杂系统,这个系统在导致货币一文不名的无止境的通货膨胀中土崩瓦解,因而这一系统的运转丧失了功能。既然作为这一系统后盾的货币本位已化为乌有,没有任何东西来支撑这一系统,因而现在这个系统中的各个因素不论是在与它"代表"的其他因素,还是在与它象征的系统外的因素的联系中都没有价值。它正像一张纸币,由于没有金、银或其他信用做它的后盾,因而仅仅是一张纸片。这两所房子以及他们的田地代表着希刺克厉夫的敌人,他的敌人横亘在他和凯瑟琳之间,不让他们结合。毁掉房子便也是毁掉他那些敌人。他的仇敌——辛德雷、恩萧和埃德加·林淳现已死去,他必然要通过他们活着的代表——哈里顿和第二代凯瑟琳(他们是这两个家族的后代,每个家族的末代子孙)来打击他们。这一切象征的永远是凯瑟琳本人,更确切地说,它们象征着希刺克厉夫和凯瑟琳之间隔着的广大无边的空间。只要这一切依旧作为她的符号而存在,这一距离便将永远存在。一切都像她——甚至希刺克厉夫自己的相貌,但这种相似是标志着她已死去的符号。听任这些符号的存在便是经受这一切所标志的空白的折磨,但它们又阻碍人们填补这一空白。将它们毁灭便会陷于一无所有的境地,甚至连标志凯瑟琳曾经生存,他最终失去了她这一事实的任何符号也消失得无影无踪。不论是毁灭还是不去毁灭,都没"用",希刺克厉夫便陷于那样的境地中,在紧张、焦虑中毁灭了自身,因此对他来说,呼吸或任何微不足道的举动都"像把一根硬弹簧拧弯似的费力"(第二卷,第十九章)。

批评家概念或象征的解释系统(包括我这里的在内)面临的将是和这部小说中的总体象征相同的空白的墙,或者便是陷于曾使希刺克厉夫的企图(他占有印上了凯瑟琳人像的一切事物,随后又将它们毁弃,以此实现与凯蒂的结合)受挫的同一绝境中。如果"某种事物"与任何符号都不相匹配,如果人们无法看到它,它又无所指称,或者难以成为任何理论的论述对象,那么依照我们的传统,它便不是一个"事物",它是虚无。这样一种空白的痕迹因而又复归于虚无。在引导《呼啸山庄》的读者从这一象征样式转向另一样式的那种不协调的关系中，它仅仅涉及另一个痕迹。每一段文字都意味着另一段文字，我前面提到过这种情形：伯兰德罕的布道词是对耶稣一番话的解释，而耶稣那番话本身又是对《旧约》中一段经文的解说，如此不一而足。这样的变化表现为不断从这一场所推移到另一场所，但又永远找不到原初的、字字确凿的文本——其他文本都是它的投影。这下落不明的中心便是依旧在标志到标志、故事到故事、一代人到一代人、凯瑟琳到凯瑟琳、哈里顿到哈里顿、叙述者到叙述者之间蜿蜒曲折行走的那首要的所指物。人们无从观察这首要的所指物，或加以命名，因为它无法作为现存的事件，作为曾经发生过的往事，作为将要出现的远景而存在。它总是已经发生过，又总是被人遗忘。它古老得令人无法追忆，无论人们追溯得多么久远，记起的只能是些蒙着面纱的影子。在另一个时间向度上，它作为一个永远不会真正来临的结局总是即将出现，或者说它真出现的话也转移到另一个地方，留下的仅仅是又一个僵死的符号，像小说结尾处希刺克厉夫的尸体一样，眼里还存在着"可怕的、像活人似的狂喜的凝视"（第二卷，第二十章）。"它"突然间从永远还未成为现实的将来一下跳到永远已经发生，但难以追忆的往昔。这一缺失使耽于思考推理的旁观者在墓边再次陷入沉思默想。他读着墓志铭，被驱使着再次讲述另一个故事，这一切使将起着解释作用的原因公之于众的企图再一次归于无效。这部小说中每个富于象征意味的段落既是实现与她结合愿望的一条貌似可行的途径，同时又是阻挠这愿望实现的障碍。每一段通过提及总是存在于小说的语词范围之外，因而决不能就语词本身来体验的"情形"或"场所"，宣告了经验、意识、视觉和理论的毁灭，但与此同时，就它自身和它固有的重复自身的倾向而言，每一象征性的段落又抗拒着毁灭。

为了不对它是一个事物、一处场所，还是一个人、一种情形、一种关系或者是一个超自然的存在这一问题事先下断语，我们可将这种"毁灭"称作某个"它"。这部小说繁复多样的叙述和富于象征意味的图式预先假定了原初的整体统一的情形。这幽灵般的闪光是某个由内在的二元状态衍生的整体在外界的投影，这种二元性存在于自我之中，存在于自我与另一个人的关系之中，存在于自然之中，存在于社会之中，还存在于语言之中。这一分裂的情形导致了在某个时刻想必有一种原初的整体统一的情形存在这一观念的产生，这一观念作为萦绕于心的悟性，永远位于人们的眼光难以企及的视野的角落或隐秘的中心部位。既然经验、语言和符号仅仅存在于一个事物与另一个事物的相互对立和相互分化中，那这一悟性就永远不能以语言或其他符号予以恰当的表现，它也不能被"直接地感受"。但对我们来说，这一悟性依旧仅仅存在于语言之中。意识到"下落不明的事物"可说是文本自身以及那些将自身附丽在原有文本之上的批评文本产生的效果。这意味着它或许是语言陈述实际行为产生的效果，而不是语言所指涉的对象。《呼啸山庄》中的叙述语言（由洛克乌德、耐莉和其他人展示出来）便有着这种开创性的、陈述实际行为的效果。在叙述作品互不相容的异质多样性里，这一叙述不仅导致了单一的本原直觉的产生，而且为这事实（本原也许是语言产生的效果，并不是这个世界里或世界外先前就存在的某种情形或某个"场所"）提供了诸多的线索。这种或那种修辞格（替换、同义、描写性的转换、举隅、富于整体意味的象征）创造了这一错觉。这一叙述顺序，由于它永远无法变得透明晶莹，由于它的那些不完全匹配的重复词的不和谐，显示了那些修辞格的种种缺陷。

正如我上面说过的那样，《呼啸山庄》堪称体现了现实主义小说中某种特殊重复形式的典范。这种形式受着某种力量的操纵——它能诱使人们相信某种无形或先于经验的原因、某种本原、目的，或者说潜在的理由将能解释那可见的事物背后谜一般的不和谐之处。与第二章里论述的《吉姆爷》一样，康拉德的《黑暗的心》是这样一种重复形式的另一个典范。像我其他例子表明的那样，并不是所有的现实主义小说都采用了这一形式。在《呼啸山庄》或重复采取了这一方式的其他叙事作品中，"不确定性"这种特殊形式，原则上在于不可能确定是否存在某个超出语言之外的解释的原因，或者说在于不可能确定存在这样一种原因这一观念是否由语言结构自身所衍生。这不是一个微不足道的问题，它是小说提出的最为重要的问题，是我们应该能加以决断的事情，然而又是小说阻止读者做出决断的事情。在这一点上，完全有理由将《呼啸山庄》称作一个"神秘莫测"的文本。将弗洛伊德的公式稍加变换，《呼啸山庄》中的这种神秘莫测便可看作是连续不断地将那些貌似常见、那些人们感到应加以保密的事物公开展现出来，这部分的原因在于不可能判断出深处是否潜藏着秘密，也不可能判断出"习以为常"和"披露秘密"这些观念从表面上看是否是文本的一个部分与另一部分差异之中的重复产生的效果。① 在期望这部小说成为重复具有根基的第一种形式的典范的诱惑和这种期望不断受挫的来回摆动中，《呼啸山庄》成了第一章中叙述的两种重复形式缠结交叉的一个特殊的实例。

我上面说过，《呼啸山庄》中的叙述以某种方式牵涉到读者是清白无辜还是深感负疚，现在我们可来看一下事实究竟如何。无论在实际生活还是在语词中，这类"神秘莫测"现象的

---

① 在弗洛伊德看来，文学中的神秘怪异和实际生活中的神秘情形形成了严格鲜明的对照。尽管这样，弗洛伊德还是将文学和生活中的神秘定义为"只不过是那些遭受了压抑，随后又从中挣脱出来的既隐秘又为人们熟悉的事物"。西格蒙德·弗洛伊德的《神秘莫测》(1919年)，《论文集》，第四卷，纽约：基本丛书版，1959年，第399页。这一为人熟悉的事物，依照弗洛伊德记起的谢林所下的定义，恰恰不是那些再现出来的隐秘的事物，而是"某种本应长久地隐藏起来但最终还是显露出来的事物"（第394页）。如果它本应长久地隐而不露，那它同样应该公之于众；或者至少有一种力量迫使它呈现出来，即使仅仅以伪装了的形式。弗洛伊德由此将这种神秘和重复强迫症（Repetition-compulsion, der Wiederholungszwang）联系在一起。

任何重复出现的结构都存在体验到它的人身上产生非理性负疚感的趋向。我毫无作为（还是我有所作为呢？），然而我目睹的一切对我提出的要求，我实难以胜任。仅仅消极旁观或阅读这一事实将使人们因看到了不该看的事情而负疚万分。我看到的或我读到的东西重复着，或者说似乎重复着更早、更为深奥的事物，我目睹的一切使经过伪装的重复现象中隐秘的事物重新暴露在光天化日之下，现在应使它彻底明朗化。尽管如此，但既然它或许是那些（用康拉德《特务》中的温纳·弗洛克的话来说）经不起反复探究的事物中的一个，那么也许应当为它保守秘密。我不得不以这种或那种方式干着某些我深感负疚的事，如果我泄露了本应保守的秘密，我会感到内疚的。如果我回绝了它向我提出的"介入"——即一直深入到神秘现象的底蕴的要求，我会感到内疚的。对《呼啸山庄》的读者来说，他们的处境在小说里映现在那些既是读者，又是故事的叙述者的那些人物的处境中（在洛克乌德身上表现得最完整）。读者获得的教益使他意识到，通过阅读这部小说，和其他那些旁观者兼解释者一样，他也担负起了某种职责。

"你就是他！"（Thou art the man!）——这句话既适用于洛克乌德或其他的叙述者，也适用于读者。现将洛克乌德叙述中内含的双重负疚感（这同样是任何批评家的文章必有的负疚感）陈述如下：如果他没有一直深入到他讲述的故事最深处的核心，那他就得让故事向前发展，在永无止境的轨迹线上，它没完没了地重复着自身。和那些使坟墓暴露于外或性交失败的人一样，他为此感到内疚。另一方面，一路寻根究底又会为亵渎了墓穴，为恋尸癖的冲动（例如像希刺克厉夫的掘墓）而内疚，对那类行径的惩罚将迫使他步入那些已化为乌有的主人公的栖身之地。你真想深入、触摸到那些事件的底蕴，而不是置身局外，平安无事地观赏这一切，那你就得尾随凯蒂和希刺克厉夫，不管他们现今在哪儿。读者的内疚感在整体上与《呼啸山庄》任何一个有教养的读者通读全书时所激起的其他众多的情感活动相联系：对两个凯瑟琳的喜爱之情，尽管方式各不相同，同时对第一代凯瑟琳那种不妥协的姿态还夹杂着某种恐惧；鄙视洛克乌德，但对他的局限抱有几分同情；对希刺克厉夫遭受的痛苦心存敬畏；其余不一而足。

感受到了这种复杂情感的这种或那种形式的目击者的行列从读者—批评家到夏洛蒂·勃朗特到艾米丽·勃朗特再到那用了假名的作者"埃利斯·贝尔"到洛克乌德到耐莉到希刺克厉夫到凯蒂——内部的核心，或者这一行列以另一种方式来回移动，从凯蒂向外出发到读者。读者堪称唯一幸存下来的意识，它将所有这些其他的意识（它们一个存在于另一个之中）围裹起来。这回不可避免的是，读者和其他所有人一样不得不陷于双重对立的要求（将它完全公之于众，同时将它体面地埋葬；让书本翻开着，同时又将它的封面永远合上，使之被遗忘，或使之重新被阅读）之中。读者的内疚在于，一旦他打开这本书，开始阅读"1801年，我刚刚拜访过我的房东回来"（第一卷，第一章），他就不可能同时将这两件事一齐完成。

对这部小说开头的现在时态词句的解释构成了一系列繁复多样的复活的行动，它掘开坟墓，或者使鬼魂苏醒过来。在阅读开头那些词句以及所有那些尾随至终的词句时，读者首先从坟墓中找回了那个想象中的"我"（那个洛克乌德），他理应写下或说出这些词句，不论过去还是现在，在这本书的封皮外，他便不复存在。借助那个"我"，读者同时回到1801年秋天的那一瞬间，那时他应该写下或说出了"我刚回来"这几个词。通过开头的那个"我"和开头当下的那一瞬间，在洛克乌德的帮助下，读者使一大批死者复活过来，一方面他们是辛德雷、耐莉、约瑟夫、哈里顿、两代凯瑟琳、希刺克厉夫和其余的人，因此他们再一次在荒野上漫步，再一次生活在山庄和田庄；另一方面，开头出现的埃利斯·贝尔——这个化名的作者，在扉页上只是一个幽灵般的姓名——也同样被唤醒了。埃利斯·贝尔是一个男人的姓名，它掩盖着女作家的真实性别，但它同时又是书中一个角色的姓名：他的寿命超过了洛克乌德，他是洛克乌德手记的"编辑者"，这份手记落入他之手，他将这份手记公之于众；或更为可信的是，他是环绕着洛克乌德意识的意识，他偷听着他的自白，洛克乌德所思、所感、所见尽收他的眼底，随后他重新将它展现给读者，好像它完全是洛克乌德的话语。在做这一切时，埃利斯·贝尔抹去了自身，但他作为洛克乌德话语背后叙述中一个幽灵般的、必不可少的因素存在着。"埃利斯·贝尔"这个名字用来命名洛克乌德之外的一个旁观者,他是一个最为重要的旁观者。埃利斯·贝尔是读者的另一个代表,他偷听、监视、审察、共享着洛克乌德的所言、所见、所思、所感,并将它记载下来,因而我们也能再次将洛克乌德唤醒,同时使那个瘦瘦的、几乎是无形的幽灵——埃利斯·贝尔本人复活,他是被忘却了的这部小说语句得以存在的先决条件。最后,在埃利斯·贝尔后面是勃朗特。读者可以想见,实际上是她大约于1846年的某一天,在豪渥斯写下了这些词句:"1801年——我刚从……回来",在阅读过程中,不论以怎样间接的方式,勃朗特也同样获得了新生。

如果说在洛克乌德的梦里,空中充满了许多凯瑟琳,那这本书也挤满了众多在约克郡荒野上游荡的幽灵,它们藏在每一本《呼啸山庄》的封皮内,等待着有人恰巧翻开书来阅读,从而将他们从坟墓带回阳世。小说中最强有力的重复形式或许并不是书中的一个部分传出另一部分的回声,而是一部小说最富于表现力的语词(即便朴实无华到了极点——"1801年,我刚回来……"),将自身展现为早先存在的窃窃私语的重复现象的方式——这种重复现象在那纸页上的语词中连续不断地重复着自身,当语词的意义在我头脑中自我成形时,它等待我使它复活。小说之所以可能存在,仅仅是因为依照语法顺序排列的普通词语具有内在的能量。"我刚回来"这类和我们日常生活中运用的无甚差别的语词可以和自身分离,或者和任何现今的瞬间、任何活着的"我"、任何对现实的直接感受相分离,无论何时,只要阅读那些语词的活动仍在进行之中,它们便可继续作为重复存在的想象世界的创作者,继续使动词具有及物的功能。那纸面上的语词本身,预先假定了那长长一列人物角色的死亡,但同时只要有一本《呼啸山庄》留存下来,被重新阅读,那他们就不会完全死亡。

[此章中《呼啸山庄》的引文据杨苡的《呼啸山庄》中译本,江苏人民出版社 1980 年版,个别地方稍有改动。本章引文所据的克莱伦顿(Clarendon)版和中译本所据的"世界古典名著丛书"(The World Classics)版在卷次编目上略有不同。克莱伦顿版全书分二卷,第一卷含十四章,第二卷含二十章;世界古典名著丛书版不分卷,全书统分为三十四章,因此本章引文中第二卷的第一章至第二十章,相当于中译本中第十五章至第三十四章。——译者]

第四章 《亨利·艾斯芒德的历史》
重复和反讽

　　萨克雷的《亨利·艾斯芒德的历史》是这样一个重复和重复中套重复的错综复杂的组织系统，以至于它能说明现实主义小说中的大多数重复样式。它同时又是某种自我阐释的一个绝佳的例证，这种阐释在一部长篇小说中是作为确证意义、确证作者权威性的手段而内在于重复的使用之中。这种意义的阐释有一个比喻的名称叫"反讽"——缺乏理性的比喻，《亨利·艾斯芒德的历史》堪称维多利亚式的反讽或是反讽本身的杰作。

　　读者怎样才能顺利地走出这部小说中互不相同的重复形式的迷宫？是什么支配左右着它们，是什么以一个主导性的图案，将它们组合为独一无二的网？《亨利·艾斯芒德的历史》以某种转换变异了的形式重现了萨克雷本人生活中经历的种种人事沧桑，重现了他和他的家庭、和布鲁克菲尔德夫人的关系①。借助隐匿含糊地重复现实生活的虚构这一迂回之途，这部小说成了向现实生活推进的一种方式。此外正如斯蒂芬·班恩（Stephen Bann）所说（他的论文可算作有关《亨利·艾斯芒德的历史》最为出色的论文之一②），这部小说以一种差异的方式重复了18、19世纪小说的常规俗套：菲尔丁（Henry Fielding）的《汤姆·琼斯》、司各特（Sir Walter Scott）的《昆廷·杜华德》（*Quentin Durward*）或狄更斯的《雾都孤儿》。具有讽刺意味的是，《亨利·艾斯芒德的历史》却和那些常规俗套背道而驰，尤其和为人熟知的教育小说（Bildungsroman）的英国模式（它通常是一个孤儿或私生儿的故事：他们尝遍了世上的甜酸苦辣，最后找到了他们的父母，继承了一笔遗产，以后便永久幸福地生活着）的常规俗套格格不入。

此外，《亨利·艾斯芒德的历史》还是一部"历史小

---

① 参见戈登·N.雷，《埋藏起来的生活：萨克雷的小说和他生平间关系的研究》，马萨诸塞州坎布里奇：哈佛大学出版社，1952年，第78—96页："当萨克雷写作《艾斯芒德》第一卷的后面八章和第二卷的开头两章时，他仿佛再次经历了与布鲁克菲尔德相恋的整个过程，他将它化成了他小说的一个部分。在以后的六个月里，他写成了《艾斯芒德》的其余部分；在想象中他粗略地勾勒了在其他情形下他和布鲁克菲尔德夫人的关系中种种可能出现的情形"（第86页）。

② 《亨利·艾斯芒德的反历史倾向》，《诗学》，第九期，1972年，第61—79页。

说"。在小说虚构的叙述中,它重现了 18 世纪以来一系列历史人物和事件:艾迪生①、斯蒂尔②、马尔巴勒③、觊觎王位者④夺取王位阴谋的失败等等,不一而足。这部小说初版时像是一部 18 世纪回忆录精巧的复制品,有着拉丁文的格言、书信体的献辞和异常精致的扉页。亨利·艾斯芒德"他自己写的……历史"这种风格,既模仿了 18 世纪的句法和词汇,同时也模仿了当时的拼法和排印格式(初版本),然而正如其他批评家注意到的那样,它没能做到天衣无缝。萨克雷自己那张多少有点可憎的尊容老是透过面具窥视着。

阅读萨克雷一个主要的乐趣纯粹来自他的文体风格。这一乐趣是反讽产生的一个效果,它源自读者对"萨克雷本人"和他一时间显露的声音或语调(潘登尼斯⑤、艾斯芒德或是《名利场》中那个无所不知的叙述者)间恒常的细小差异的感受。这一点的根据——《亨利·艾斯芒德的历史》最为重要的"文本的快乐"之一——在于作品中先前引入的主题(例如红颜色,或月神狄安娜)精妙朴实的重复方式;这些主题灵巧地构

---

① 艾迪生(Joseph Addison, 1672—1719),英国散文作家。
② 斯蒂尔(Sir Richard Steele, 1672—1729),英国作家。
③ 马尔巴勒(Duke of Marlborough, 1650—1722),英国政治家、军事家,被册封为公爵。
④ 觊觎王位者:小说中指詹姆士二世(1633—1701)的儿子弗朗西斯·爱德华。
⑤ 潘登尼斯,萨克雷长篇小说《潘登尼斯》的主人公。

成了一段段文字，在亨利看来，它们显然仅仅是所见所闻精确的描绘而已。这些重复现象显示了萨克雷本人的存在，显示了他是创造这一切的设计师。就读者在他作品中对他所能有的了解而言，"萨克雷本人"事实上反映的是这样一种需求，将自己写成另一个人，以此来表现他自己。既然在他的作品中萨克雷不断地将他自己表现为想象中的另一个人，这便意味着他永远无法直截了当地表现"他自身"（"himself"）。

撇开它和萨克雷的关系不谈，《亨利·艾斯芒德的历史》本身堪称以即兴写成或虚构出来的回忆录为形式的最伟大的英国小说之一。萨克雷虚构了这么一个人物，然后为他杜撰了一整段回忆，这种回忆有着浓烈与微暗、包容与脱漏两相对立的结构，它或许是某些"真正的记忆"的特征。在《亨利·艾斯芒德的历史》中，亨利——这个晚年在弗吉尼亚写下他回忆录的第一人称的"我"，以第三人称的那个"他"记叙着早年的那个自我，以此将年轻时的自我复现出来，一面将它移开去，同时又把它挪近。那部作品包容了为现实主义小说特有的各种重复形式：小说内部的各种重复和由外部其他描写这类事物和主题的小说造成的重复。就前者而言，最鲜明的例子莫过于亨利在他对瑞切尔的女儿碧爱崔丽克斯的爱中重复着他对瑞切尔的爱。这部小说可跻身钱拉·德·奈瓦尔[①]的《西尔薇》、勃

---

① 奈瓦尔（Gérard de Nerval, 1808—1855），法国作家。

朗特的《呼啸山庄》、哈代的《心爱的》和普鲁斯特的《追忆逝水年华》等作品的行列，它们把贯穿于这代人到下一代人（或这次重现到下次重现）的爱情予以戏剧化的表现，在重复中强化了它的力度。在所有这些小说中，文本中重复出现的主题和场景构成的复合组织使这一戏剧性的表现增色不少。肖像、光亮、太阳和月亮、眼睛、星体、宝石、细长的蜡烛、红色（血红的颜色）等意象从头到尾重复出现。一段情节重复着另一段情节，意义在这些重复中逐渐显现出来。此外，和《心爱的》及这一系列中的其他小说一样，对先前文本的暗示不时出现在《亨利·艾斯芒德的历史》中——这些先前的文本有《圣经》、古典文学作品、以方言白话写成的作品。亨利的故事重复着上溯到古代和人类史前神话时代的一长串相似的故事。《亨利·艾斯芒德的历史》混合或重现了哈姆雷特、俄狄浦斯和埃涅阿斯[1]、狄安娜[2]和尼俄柏[3]以及拉结[4]、雅各[5]和以扫[6]的历史。

---

[1] 埃涅阿斯，古代特洛伊王子，古罗马诗人维吉尔的史诗《埃涅阿斯纪》以他为主人公。
[2] 狄安娜，罗马神话中的女神。
[3] 尼俄柏，希腊神话中底比斯王后，十二个子女全被阿波罗射死，她整日悲泣，后变成石像。
[4] 拉结，《圣经》故事中雅各的妻子。
[5] 雅各，《圣经》故事中以撒的次子，犹太人第三代祖宗。
[6] 以扫，《圣经》故事中以撒和利百加之子，与雅各为孪生兄弟。

所有这些因素都是解释《亨利·艾斯芒德的历史》的现成材料。大多数读者将会承认这部小说中有着这样一些重复样式；他们会在一定程度上就它们的性质取得一致的意见；他们还将承认，它们为人们对这部小说的任何一种解释提供了极为重要的资料。分歧来自更高的层面——试图加以明确解释的层面。正如我在第一章中所说的那样，理解任何重复系列的基本问题在于辨别确定它的根基、它的原因、它举例说明的法则。控制支配着这一大堆纷乱纠结的重复的中心是什么？正是在作品的语词组织的有机整体中，在它与它重复着的文本外部的众多事物的关系里，这一对权威的探寻在主题上支配着整部《亨利·艾斯芒德的历史》。无论批评家选择什么样的思路，最终还将集中在权威这一问题上。在文体风格的层面上，这一问题转变为对语言形式的探寻——亨利·艾斯芒德晚年写作时，当他生活的全景画面浮现在他为之炫耀的整体记忆中时，这种语言形式使他能不容置疑地驾驭它。何种文体风格才适宜于借助这一整体回忆的印象，精确地刻画自我的形象，并由此清晰地观察自己呢？不从虚构的艾斯芒德而从真实的萨克雷的角度看，这一问题便成了小说的何种形式才能使他有权威性地、间接地驾驭他自己的生活。他自己的那种生活被隐晦地表现在这部小说中。哪一种样式的小说能真正把握现实？这部小说的批评家面临一个相关的问题；批评家应用何种武器才能驾驭这部小说？或者换一种比喻：他应沿着哪一条小路行进，去接近它，才能进入它的最深处，发现那相互重复的语词的迷宫的中心？批评家如何才能富有权威地谈论它？

举例来说，在它的重现中将这部小说组合为有机整体的主题意象系统表现为原初的光与反射的光、金黄的太阳和银白的月亮这样一个两相对举的传统模式。太阳是光亮首要的源头，所有其他的光都是那君父之光间接的、苍白暗淡的反射而已。后者是某个超于经验的、神圣的力量的影像。这一意象系统在小说开头亨利首次遇见瑞切尔时引入。像埃涅阿斯见到维纳斯时那样，她在亨利眼里如同一位"Dea certe"（真正的女神），"她那金色的头发在太阳的金光里闪耀着"（第一卷，第一章①），以后，当亨利的欲望由母亲转移到女儿身上时，意象便转向碧爱崔丽克斯，"碧爱崔丽克斯小姐不能不送秋波，正像太阳不能不照耀，而且照耀所至的东西不能不发热"（第二卷，第十五章）；"有时候这人的确漂亮异常，好像她是维纳斯在金光闪耀中现露了女神的本相。她这时又现出了这种样子，容光焕发，双目放出炯炯的神采"（第三卷，第九章）。可在另一方面，碧爱崔丽克斯被写成是变幻无常的月亮，"恰如上弦时的新月，越长越明媚"，但它闪耀的是转借

---

① 《亨利·艾斯芒德的历史》的引文将标明卷数和章数，因此读者可查阅手头的任何版本。我使用的正文根据的是《威廉·梅克比斯·萨克雷作品集》，百年诞辰纪念编年版，第五卷，伦敦：史密斯和埃尔德出版公司，1910至1911年；纽约：AMS出版社重印，1968年。

而来的光亮,在恶作剧中寻求"恶意的取乐"(第一卷,第十二章)。那时,她使亨利想起"女猎神狄安娜的那尊有名的古代雕像——高傲、敏捷,同时又显得高不可攀,一双眼睛,一筒箭,射出来就能杀人。亨利注视着这个妙龄女子,暗暗惊奇,心里把她比作阿尔忒弥斯①,带着响弓响箭,射死了尼俄伯的一群子女;有时她却羞涩驯顺,好像月神对着恩底弥翁②发出温存的光辉"(第一卷,第十二章)。她是太阳还是月亮?说她既是太阳又是月亮意味着什么?

在整部小说中,对瑞切尔、碧爱崔丽克斯和其他角色的评价需借助于他们与这种太阳—月亮两极结构的关系。这常以不加文饰的方式进行。举例来说,摩痕(Mohun)大人的姓在发音上和月亮(moon)这个词十分相像,这暗示了他作为一个诡计多端的凯觎者的身份:他妄想成为艾斯芒德家庭成员的主宰。"艾斯芒德"(Esmond)这个词的发音同样与"月亮"相近,它结尾的那个音节在德语中意为"月亮"。这纯属无意识的巧合还是别有深意?所有的疑问可陈述如下:哪一个角色能真实可信地被视为真金白日?谁是那使他(或她)得以像君王那样统治他人的内在价值的拥有者?又是谁被赋予了一种君主般神圣的权利,像反射的月亮或转移到纸币上的价值的源头,

---

① 阿尔忒弥斯,希腊神话中的女神,罗马神话中称为狄安娜,掌管狩猎。
② 恩底弥翁,希腊神话中俊美的青年牧羊人,与月神塞勒涅相爱。

从而成为他人的楷模?

如果读者转向这部小说的政治主题,这一问题就会以替换过的形式重新出现。萨克雷将他变了形的自我("你那丑陋无比的儿子现出了清秀的外表"——他在给母亲的信中这样写道[①])的故事置于17世纪末、18世纪初这一英国政治动乱时期的大背景中。在这段时期,王朝交替频繁,从斯图亚特王朝到奥伦治王室,随后又为汉诺威诸王取代。那段时期的政治问题有着两重性:维持帝王统治真正的源泉是什么?在确定了那一点之后,人们如何才能分清真正的王位继承者和觊觎王位者?《亨利·艾斯芒德的历史》书中对这种抉择最清晰的表述出现在亨利将丧失对斯图亚特王朝的忠诚、对觊觎王位者的信心、对神权的信仰之际,与此同时,他也失去了对碧爱崔丽克斯的迷恋。书中政治上的戏剧性事件当推亨利从斯图亚特王室转向"辉格党"的自由主义:"那堂堂正正的信条……它嘲弄着陈旧的神权主义,大胆地宣称:使得国王神圣的是国会和人民,而不是主教,不是家世血统,不是香油,不是加冕礼。"(第三卷,第九章)就我们所知,萨克雷曾仔细研读过麦考莱(Thomas B. Macaulay)的《英国史》(*History of England*),

---

① 书信(1851年11月),见《威廉·梅克比斯·萨克雷书信和私人文件集》,编者戈登·N. 雷,第二卷,马萨诸塞州坎布里奇:哈佛大学出版社,1945年,第815页。

他的小说重申了麦考莱对英国史所作的辉格党式的解释。在麦考莱看来，1688年那场不流血的革命是使近代"民主"的英国得以产生的一个决定性事件。

如果说亨利对碧爱崔丽克斯的爱与他对凯觎王位者的信念平行对应，那么小说中的家庭层面既和政治斗争层面又和实利动机层面平行对应。在家庭层面上，同样存在着对权威的真实源泉的探寻，它又是一个涉及正统的问题。谁是卡斯乌德爵位的真正继承人？凭什么样的权利他能拥有这一头衔？亨利怎样才能在他的家庭谱系中占有他合法的地位？这部小说将对弗洛伊德称为"家庭浪漫史"的东西（即一个俄狄浦斯式的故事——儿子取代了父亲，在母亲的床上占据了父亲的位置）的清晰构思，追溯描绘出来，在不同代人之间，以不同方式重复着，这一样式因而变得愈加清晰。《亨利·艾斯芒德的历史》以巨大的力量展现了纠结成一团的家庭情感：例如在亨利对瑞切尔的爱中，混合了晚辈的敬爱、姐弟间的手足之情、虔诚的崇拜和隐秘的性欲。因亨利参与了那场置瑞切尔的丈夫于死地的决斗，他们俩一度疏远，当他们和好时，亨利说："没有一种声音像他眷恋的女主人那样甜蜜，在他幼年时期，她曾经做了他的姐姐、母亲、女神——现在不再是女神了，因为他看到了她的一些弱点。并且从深思熟虑、饱经忧患以及忧患带来的那种经验来说，他现在比她要年长些；但因为她是女人或许更令人痴情珍爱，远远胜过了从前把她当作神明的那种崇拜。……像一个弟弟把姐姐拥抱在心头,又像一个母亲紧靠着她儿子的胸前——这样,片刻之间,艾斯芒德钟情的女主人醉心忘形地赐福给他了。"(第二卷,第六章)

凭借着什么样的权力,依恃着谁的权威,亨利才得以和他的"母亲"结婚,从而取代了他的"父亲"?亨利开始在其他人身上寻找父亲或母亲的权威,最终他成了自身的主宰,做了瑞切尔的丈夫,成了他在弗吉尼亚的小小的卡斯乌德王国里至高无上的统治者。弗兰克·卡斯乌德谈到斯图亚特的王位觊觎者时说:"他不像一个国王,哈利,不知怎的我感到你像一个国王。"(第三卷,第九章)文本的家庭层面和政治层面在此会聚。如果说小说中政治斗争的戏剧性体现为亨利从保皇党人倒向辉格党人,那家庭生活的戏剧性则体现为他从"崇拜"瑞切尔或碧爱崔丽克斯转而使瑞切尔崇拜他;当他为了瑞切尔的儿子弗兰克放弃他应得的卡斯乌德子爵这一头衔后,"'不要扶我',她带着热烈的情感对艾斯芒德说,不要他拉她起来,'让我跪着——让我跪着,并且——并且——膜拜你'"(第三卷,第二章)。

说到俄狄浦斯,你就得引入这部小说中重复的最后一个层面——它和早先文本的所有联系。这些联系使读者明了这一事实:《亨利·艾斯芒德的历史》仅仅是上溯到《俄狄浦斯王》《旧约》中有关"家庭浪漫史"的某些描述(例如雅各和以扫的故事)长链上的最后一个链环而已。这些故事中哪一个对其他故事具有权威？哪一个是可作为他者楷模的原型？正如弗洛伊德日后表明的那样，同时也正如《亨利·艾斯芒德的历史》提及俄狄浦斯而产生的关键性功能似乎表明的那样，在萨克雷的这部作品里，俄狄浦斯的故事是不是也起了原型的作用？认为俄狄浦斯是整个人类的象征，在亨利·艾斯芒德对此毫无所知，或者说他不希望是这样的情况下，他重复了俄狄浦斯的生活故事，对这部特定小说而言，甚至一般说起来，这种看法意味着什么？对萨克雷这个故事具有怎样的权威？就探寻真正的权威一事，它将给人们怎样的启示？

在这些道路中，无论挑选哪一条深入《亨利·艾斯芒德的历史》，最终将面临同一个问题：合法统治的基础是什么？为了验证小说提供的答案，沿一条多少有些迂回曲折的道路走向目的地或许是有益的，要走这条路，就得识别在萨克雷全部作品中起作用的某些假定。作为一个小说家，萨克雷的出发点有两个，一是对叙述文体风格的设想，二是对人类自我的假设——通过那些叙述中想象的重现，探索了自我的浮沉变迁。萨克雷作为一个小说家的全部作品在这一双重假定的基础上得以重合，这些假设在他早期的两部作品《巨匠的小说》（*Punch: Novels by Eminent Hands*）（原名《〈笨汉〉杂志获奖小说家》，1844—1845）和《势利者集》（*The Book of Snobs*，1846—1847）中体现了出来，它们都在《笨汉》（*Punch*）杂志上发表。

《巨匠的小说》汇集了一系列对当日风行一时的小说作家（布尔茨、迪斯累利、G. P. R. 詹姆斯、库柏等人）逗人发笑而又尖酸刻薄的模仿文字，它和马克斯·比尔博姆[①]的《圣诞节的花环》（*A Christmas Garland*，1912）、普鲁斯特的《模仿与混合》（*Pastiches et Mélanges*，1919）一样，都是现存的最为出色的滑稽模仿作品（parody）。滑稽模仿作品是表示敬意的一种形式，它同时又是文学批评的一种形式，在大师的"手中"，它是洞察力和辨别力最锐利的工具之一。滑稽模仿的样式便是反讽，对原作的文体风格特征，或多或少地予以夸张的强调，模仿者一方面使人们注意到那些特征，同时通过展示它们的种种不自然而瓦解它们。尽管模仿者可凭借他熟悉的或他探索着的适宜风格来嘲弄他模拟的风格，但当滑稽模仿作品成倍增多时，作为一个滑稽模仿作家的成功之处还在于他能暗示人们，不存在自然的或"真正"的风格。看来任何风格都可能被滑稽的模仿败坏，模仿者明白尽管风格在一定程度上决定了故事具有的意义，但一个特定的故事实际上既可用这种风格，也可用那种风格来讲述。《巨匠的小说》——标题本身开了个玩笑，它使人想到这些小说并不是由它们的作者殚精竭虑写成的，而是由手艺人仿照着它们的风格特征，在不知不觉中创造出来的——这些手艺人在某些叙述样式上被训练得如此娴

---

① 比尔博姆（Max Beerbohm，1872—1956），英国批评家、讽刺作家。

熟，以至于作品不再是选择或思索的结果。写就这些作品的手在工作时脱离了躯体和头脑，正像一个人的笔迹或签名与众不同的特征不受他本人的支配。

对文体风格和叙述常规的任意处置成了萨克雷一个经常不断的设想。例如，在《名利场》第一版中，有一段文字经常被论及：叙述者在一处停顿下来，声明他即将讲述的事件可用许多风格中的任何一种来讲述。于是他首先以"银叉"（silver fork）小说的风格讲述，随后又以"新门"（Newgate）小说的风格讲述。尽管这些滑稽模仿文字在《名利场》以后的版本中被删除，但它们带腐蚀性的意蕴却潜藏在作品内部。一旦作家达到了将任何叙述风格都看成是人工假造出来的程度，要他从那一洞察的高度退却下来，宣称"我现将以一种真实、自然、真挚的风格来讲述我的故事，不夹杂任何陈规俗套的歪曲和篡改"，便十分困难。滑稽模仿作家损害着他自己的事业：无论他采用何种风格，都将被反讽掏空。他成了他自身滑稽的模仿，无论他以何种方式谈话、写作，他拥有的仅仅是口技表演者以他人的面目谈话、写作的那种天赋。

这种对任何文学语言中技巧敏锐的感知在萨克雷运用这个或那个笔名的习惯中（尤其在早期的滑稽作品中）同样表现得很明显。和司汤达一样，萨克雷是笔名以及与每个虚构的姓名相配的人物和风格的伟大创造者。在各个不同的时期，他分别以"西奥菲尔·瓦格斯达夫""戈利亚·盖哈根少校""迈克尔·安吉洛·泰特马歇""乔治·萨维奇·菲茨布德""势利先生""查尔斯·詹姆斯·耶娄帕拉希先生"等笔名写作。最末的那位是个没有文化教养的男仆。他也采用了一个笔名——笔名中套笔名：C. Jeames de la Pluche。《潘登尼斯》（*Pendennis*）是一部第一人称的小说，它好像是由一个虚构的人物写成的；以后的作品如《纽可谟一家》（*The Newcomes*）、《菲力普》（*Philip*）中的种种描述又显得好像出自"潘登尼斯"的手笔。看来萨克雷对写作时亮出他自己的真名实姓深为反感。这种对笔名的强烈嗜好对萨克雷和司汤达来说，在一定程度上有着相似的含义。可作这样的假设：一个用笔名的人，对他是谁存有某种疑虑，他感到他和他自身，或者和某个特定的名字、和他在世间所用的姓并不完全吻合。将自己装扮成另一个人，采用另一个姓名，另一种风格，将它们穿戴起来——恰如人们认为"衣装造就人"，从而穿上一件新衣服，他可以借此发现他是谁。和滑稽模仿作家一样，用笔名写作的人一方面嘲谑着他扮演的角色，同时又利用着它，他希望以此能间接地表现他自身的某些方面，或者在姓名和脾性相吻合的条件下，呈现一种前所未有的自我形象。《亨利·艾斯芒德的历史》《潘登尼斯》甚至和《名利场》（其中萨克雷既充当了其他众多的叙述人，又扮演了市场上那个可悲的小丑）一样，是以前用笔名发表的滑稽作品的延续。在萨克雷的笔名录中还可加上亨利·艾斯芒德，这是萨克雷扮演的一个角色，是他戴的一副面具，是他在那曲折的回复自身的探索中暂时使用的一个姓名。

构成萨克雷全部作品基础，或者更确切地说对它起着损害作用（既然它是一个缺少潜在支柱的假设）的双重假设的另一方面表现在《势利者集》中。和背后瞧不见真人面孔的双重面具一样，它同样有着两重性，表里不一，诱人上当受骗。《势利者集》汇集了一系列描写形形色色"势利者"的小品随笔：军界势利者、教士势利者、大学势利者、文坛势利者等。这本书的全名是《势利者集：他们其中一个的现身说法》。它通过势利者来认识势利者，正如《名利场》的叙述者自己并没有摆脱他为之树碑立传的角色染上的荒唐可笑的虚荣心，相反这种种虚荣心都体现在那个头戴便帽、身着喇叭裤、在手中所持的镜面中顾影自怜的那个阐释者（萨克雷本人）身上，因而除非他本人是势利鬼，否则便没有人能理解势利者的内在机制。对势利内在机制所作的解构分析，像《势利者集》中势利先生所做的那样，并没有使分析者从势利中解脱出来。由于对其他人的势利所作的分析（不管目光有多么敏锐，大脑有多么清醒）本身就包含了一种优越感的主张——它恰恰是势利的表现之一，它使他依旧陷于势利之中。这双重的纽结用任何方式都无法解开，在一个地方，你将它解开，同时又在其他地方打上一个新的结。正如我以后力图表明的那样，《亨利·艾斯芒德的历史》恰好被组合成另一个这样的双重纽结，只是规模宏大，方式更为复杂罢了。"你不能够草率或粗鄙地评价势利者,"他们的剖析者说,"这样做表明你自己是个势利鬼。我一直被人算作是一个。"[1]事实上,在描写"文坛势利者"的两篇文章里,头一篇配有一幅画,它可与《名利场》中的那幅画媲美。用来说明这篇文章的是萨克雷作的一幅写生素描画,它表现的是作者笨汉先生,长长的大鼻子,戴了顶拿破仑帽,在膝头的小本子上全神贯注地描摹着自己在镜中的影像。

《势利者集》显示了萨克雷对我们今天所谓的"间接的欲望"[2](它是一种心理机制,凭借它,人们的欲望从不直接表现出来,它总是闪现在其他人的欲望中,其他人的权威使我的欲望发生效力)极其敏感。如果他(或她)发现了什么称心合意的事物,那它想必值得人们去获取;但没有另一个人的帮助,我难以说出我应该要什么或应该干什么。我向往的仅仅是那些使他人称心合意的东西;或者用萨克雷的定义来说,"以卑劣的方式赞美下贱东西的人便是势利鬼"(第11页)。

在萨克雷描写的社会中势利的广泛盛行是缺乏一个可依照的绝对价值标准对事物加以衡量的真实权威的必然后果。萨克雷笔下的人物,正如他在《名利场》中所说的那样,是"一批

---

[1] 《势利者集》,见《作品集》第四卷,第3页。

[2] 见勒内·基拉尔《浪漫的谎言和小说的真实》。巴黎:格拉塞出版公司,1961年。这一概念出自让-保罗·萨特。举例来说,可参看他的《圣热内:逢场作戏的角色和殉道者》,巴黎:伽利玛出版公司,1952年。

生活在神已销声匿迹的世界上的庸众"①。其他人令人作呕地赞美,我卑下地在后面亦步亦趋,在这个没有上帝或者说将自身置于上帝帮助之外的世界里,我将那些人抬到了上帝的宝座上。从萨克雷本人的话语或从他作品的整体风貌中推知在这些大不相同的主张中,他打算肯定哪一个,实在难以办到。或许他有意在一种犹疑不定的状态中同时肯定这两者。这种犹疑不定集中体现在"without"这个词上,它既可解释为"在……之外,超出……的范围",又有"完全缺少"的意思。既然其他人中没有一个有权利或实力在一个没有上帝的世界上充当一个神,那么间接的欲望总是显得"卑鄙自私"、俗恶不堪、伪善、欺诈、自欺欺人。事实将证明它内在的空虚会导致不幸的结局,与其说这体现在它难以平息的渴望上,不如说反映在占有上。我没有的东西、其他人有的或认为它称心合意的东西——我全要,但当我最终得到它时,其他人的赞美、羡慕给它镀上的那层金黄色的光环瞬间消失得无影无踪。它、他或者她显现在它所有的卑下、单调、内在价值的匮乏中。这便是萨克雷阴郁的,甚至可说是"虚无主义"的终极智慧。这是就这个词最准确意义上被界定的虚无主义,例如由弗里德里希·尼采所界定的那样:摧毁所有的价值观念,将它们化为乌有,化

---

① 萨克雷,《书信和私人文件集》,第二卷,第309页。这句话出自《新约》中的《以弗所书》(2:12)。

为虚无①。

《名利场》的结尾提供了对这一令人悲哀的洞察最为出色、最广为人知的阐释。这一洞察的独特之处在于，它援引《圣经》为权威——它依照的是这样一条法则：如果我将它归在他人（尤其是公认的权威人士）名下，述说那些真实存在的黑暗面会容易得多："唉，浮名浮利，一切虚空！我们这些人里面谁是真正快活的？谁是称心如意的？就算当时遂了心愿，过后还不是照样不满意？"②同样，《亨利·艾斯芒德的历史》不仅以亨利幻想破灭这样规模宏大的叙述，而且以诸如每个宫廷花花公子都爱慕碧爱崔丽克斯（仅仅因为其他人爱慕她）这样的情节阐明了这一阴郁的智慧。同时在《亨利·艾斯芒德的历史》中，"我们大家各有一种奖品，为每个人特别重视，有气魄的人都会拼着命去争取"（第三卷，第二章），但这种奖品准确地说只是一种幻象，它没有任何内在的价值，有的只是投射在它表层的虚幻价值的灵光，"我要获得的那样东西的价值是由我自己估定，并且我自己知道愿意付什么样的代价"（第三卷，第二章），因为，"谁在他一生的历程中不曾神魂颠倒过，不曾崇拜过这种或那种偶像呢？"（第三卷，第

---

① 尼采，《欧洲的虚无主义》，见《权力意志》，沃尔夫·考夫曼和 R. J. 霍林达尔英译，纽约：兰登书屋，1967 年，第 5—82 页。

② 《名利场》，第二卷，第三十二章，载《作品集》第二卷，第 431 页。在那些不分卷、以章节目次统贯全书的版本中，则相应为第六十七章。

六章)《亨利·艾斯芒德的历史》还以对人类生活的短暂无常和毫无价值这样一种令人悲哀的洞见作为全书的基调:"黑夜和白昼就是这样过去,接着第二天又来了,而我们原来的地方渐渐也就不见了原来的人。"(第三卷,第六章)

滑稽模仿文字、笔名、势利对萨克雷的作品来说,都是起点的名称,他从未放弃它们或超越它们。既然阻止运动变化(除非在原语境)是它们的本性,因而事实上它们不可能被超越。无论是萨克雷,还是他作品的批评者都无法超越这个开端;他们沿着一条圆形轨道行走,最后回复到出发点,或许他们更好地理解了它,或许没有。那有待于仔细考察。

现在我转而描述《亨利·艾斯芒德的历史》中那一轨道呈现的准确形式。读者已知道是什么画出了那条轨道线。它们是可以被形成的种种联系,即在我已确认的众多重复因素中可能被画出的各条内在外在的轨道线,这些重复因素包括:太阳、月亮、血液、星体的有形体的主题,有关正统性的政治主题,家族模型,各种文学隐喻。可是这些轨道线互不相同,这取决于勾画它们的不同的人:亨利自己,像嘲讽的影子一般站立在亨利背后的"萨克雷",阐释时以这种或那种方式再一次描绘轨迹线的批评家。

亨利在他那番自我评述中对轨道线的运用,确认了我对它有着正确的理解。在如碧爱崔丽克斯对她父亲鲁莽地谈到摩痕大人——这番话随即诱发了一场决斗,她父亲卡斯乌德在决斗中身亡["我想我们大人(摩痕)倒未必要我,他宁可娶妈妈,他正等着您死去好向她求婚",第一卷,第十三章]——那段情节埋下伏笔的那一段里,亨利说:"我猜想,随便哪一位能思前顾后的男子或女子,只要回头看看自己过去的生活,总会记起一些事情,在当日发生的时候虽然微不足道,然而却因此改变了他一生的境遇。"(第一卷,第十二章)亨利的一生是一个过程,或者说是一个发展的过程,它是一条轨道线,线路转折处密布着众多的起关键作用的点——这成了它的一个特性,同时它有着某些能改变那条生活道路的缺口、突然的飞跃。这些都是使他生活出现裂缝的断层,他的生活越过了这些断层,为了能勾勒出整条生活轨迹的轮廓,回忆性的叙述也必须越过这些断层。由于参与了那场使弗兰西斯·卡斯乌德丧命的决斗,亨利被羁押在牢房中,他用"鸿沟"这一比喻来描述他在牢房中熬过的日子:

> 在人生的某些时期,我们经过短短的几个星期,心情上仿佛过了几年——等到回头一看那些时期,好像在旧生活和新生活之间划着一道鸿沟。当你的心病正在危急的时候,你并不知道受的痛苦有多大,直到痛定思痛,事后回顾起来方才清楚。在当时,那痛苦还是可以忍耐的,白天里的痛苦有时轻、有时重,夜里也拖得过去。当时的境遇是多么危险,只有时过境迁,我们才明白——这正像一个

人出去打猎，或骑着马逃命，纵身一跳，当下自己并不知道，事后看来，也莫名其妙，为什么没有摔死。（第二卷，第一章）

在点与点之间描画出线条，构成一幅图案，根据这部小说提供的术语，这既可看作是对散漫的记忆加以建构，也可视为人物形象的真实描绘。我对人物形象描绘所作的象征性处理的正确性为这部小说中多处提及肖像和它们显而易见的象征意义所证实[1]。例如，书中好几次提到李立画的伊莎贝拉·艾斯芒德夫人的肖像画，她被画成狄安娜的样子，"穿着一身黄缎子，一手拿着弓，头上画着一弯新月；许多猎狗围着她跳跃"（第二卷，第三章）。如果伊莎贝拉——亨利父亲的妻子是狄安娜，那么碧爱崔丽克斯也可经常被称作狄安娜。碧爱崔丽克斯无论在本性上还是在她扮演的角色上，都重复着她的伯母。她俩成了，或者说碧爱崔丽克斯几乎成了王妃：成了查理二世的王妃的伊莎贝拉，最后成了那个可怜的国王（没能成为真正的国王）、不幸的斯图亚特王位觊觎者詹姆斯三世的嬖妾的碧爱崔丽克斯。

人物肖像主题的首次出现与亨利本人有关。在出自亨利的女儿瑞切尔·艾斯芒德·华灵顿手笔的"序"里，她写道：

---

[1] 此处我得益于安妮·克莱顿宁的一篇未发表的论文。

"我很愿意我能有绘画的技巧(那是爸爸的绝艺),那么我就能为我们的儿孙留下这样善良而又可敬的人的一幅肖像。"亨利叙述的开头几页围绕着在"历史女神"笔下被极度理想化了的、戴着庄严的面具的路易十四王或安妮女王与那个真实的国王("一个满脸皱纹的小老头儿,一脸麻子,凭借着巨大的假发和红色的鞋跟显得魁梧")或真实的女王("一个性急的红脸女人,一点也不像她那尊雕像,那雕像背后是圣保罗大教堂,前面是拉德阶特山,每天望着一些马车苦苦地向上爬")间的区别展开。亨利隐含的言外之意是,他准确地描绘了其他人的形象,他将"霍加斯①和菲尔丁②两位先生"的"熟悉亲密"(第一卷·楔子)的历史描绘拉来作为他自己的描写技艺的后盾,他还宣称他已勾画出了一幅精确无比的自画像——这正是他女儿向往的。他有着"绝妙的……绘画技巧",不仅体现在素描的画笔下,而且反映在语词的运用上。

提及霍加斯和菲尔丁,使嗅觉灵敏、见识不凡的读者注意到:就萨克雷在《亨利·艾斯芒德的历史》全书中运用的象征引喻的技巧而言,他的样板有着怎样的意义。和狄更斯一样,萨克雷一开始沿袭了18世纪绘画、文学技艺的传统,将它作为反讽性类比技巧的一个主要样式,通过将一些因素不加解释

---

① 霍加斯(William Hogarth,1697—1764),英国画家。
② 菲尔丁(Henry Fielding,1707—1754),英国小说家、剧作家。

地并列在一起,造成一种复杂的共鸣效果。澡堂那幕场景可作为例子:卡斯乌德决斗受伤后在那儿死去,亨利看见瓷砖上画着雅各从以扫那儿骗得长子继承权的故事。显而易见,这是一种有意安排的平行对比,但亨利仅仅将那些瓷砖展现为鲜明生动、令人难以忘怀的事实,这种并列手法是霍加斯技巧关键之所在。

亨利设想的那种精确的自我描述方式便是将上述令人难忘的形象组合在一起。它们的有效性在于这一事实:他能记起它们。亨利叙述他人生历程的一个基本先决条件是:他不仅能回忆起往昔的一切,而且记得准确无误。这部小说在行文中不时插入一些场景描写——它总是和光的形象密不可分,亨利说它们异常鲜明准确地印在他的记忆中。这些瞬间是叙述中的燃烧点,同时又是叙述中的转折点,是时间流程中光辉灿烂的瞬间,叙述穿行其间,就像孩子做游戏时,将许多点连成一条条线,画出一个图案、一只鸭、一只兔子或一张脸。再一次依次引证这些段落(像其他论述《亨利·艾斯芒德的历史》记忆主题的文章经常引证的那样)便能使这些关键的瞬间凸现在人们眼前——在这些瞬间里,如同亨利"到了风烛残年……坐下来,平静地回想起一生经历的种种愉快忙碌的情形"(第一卷,第七章),叙述清晰地涌流出来。

上面最后一句引文表明亨利的工作有着华兹华斯式的特性。在叙述成形之际,你并没感受到昔日的情感,相反它们在平静中涌现在记忆里。叙述语词以另一种形式重新创造了它们。既然它们是记忆的产物，它们便以那时从未有过的方式被再造出来。同时，在创造它们的过程中也考虑到了亨利成熟的、打破一切神秘的远见和他对使他的生活成为一个模式的重复系统的洞察。

每一个这样的令人难忘的形象都有着双重，甚至三重或四重的特性。依照华兹华斯对诗人想象力所下的定义——它在平静的状态中，创造出与这些令人难忘的形象相吻合的情感，因而每个形象都依照当时的模样或依照亨利心目中它当时的模样塑造，并浸渍了那一时代的情绪。但人们怎样才能肯定这实际上就是当日感受到的一切呢？同时每个形象在其塑造过程中也间接地渗入了亨利晚年对之所作的大彻大悟的阐释。对这一双重记忆的法则，小说中有一处作了如下系统的阐述："要说亨利·艾斯芒德在幼年时代就这样通晓世故，那是不可想象的，他现在写的这本自己一生的历史记下的许多事情，都是他后来长大了才懂得的。在当时和以后的许多年间，碧爱崔丽克斯所做的和毁掉的一切，一举一动在他眼里，没有一件不是好的，至少也是可以原谅的。"（第一卷，第十二章）老年艾斯芒德和青年艾斯芒德在正文中的差异表现为他以第三人称叙述他年轻的自我，同时他又常用"我"来叙述现在写作这本书的年老的自我。所有令人难忘的形象具备的两重性在于"他"和"我"之间的那条鸿沟。偶尔他也用"我"来指称他年轻时代的自我,这就像他偶尔不知不觉地用了现在时态——"历史现在时",这多半是因为他对往昔事件的叙述在短时间内抹去了过去和现在、"他"和"我"之间的界限。历史现在时的作用和直接现在时几乎完全不同,它的技巧将人们的注意力引向它自身。它将一切表现为影像或幻象,表现为用纸页上的语词将往昔拉回现实的一种技巧,表现为总是给人以现实幻觉的电影镜头——尽管不能将它和现实混为一谈。这种显而易见的直接性反而拉大了距离,增强了作品的虚构效果:

> "你那个朋友斯蒂尔先生成了一个笨伯!"碧爱崔丽克斯小姐叫道,"埃朴塞姆和坦布律奇!他老是讲埃朴塞姆和坦布律奇,讲教堂里的美女,讲什么伊娥卡斯忒和林达密拉,没有讲完的时候么?为什么他不管妇女叫耐莉、叫贝蒂,像她们教父母在举行洗礼时给她们取的那些名字呢?"
>
> "碧爱崔丽克斯,碧爱崔丽克斯!"她母亲说,"说到严肃的事情不应当开玩笑。"(第三卷,第三章)

在多种情况下,亨利用过去时态和第三人称讲述他的故事。一个人往昔的自我以第三人称的口吻(作为一个"他")和过去时态来交谈、诉说,产生的效果颇为古怪,它使记忆是一种角色的游戏这一事实浮现出来,游戏架空了这一角色——

这一角色的扮演，得通过以或多或少的反讽来重复这一效果实现。当今的"我"扮演着不复存在的昔日的自我的角色。从外面看，你可将"他"视为另一个人，但在内心里，你或许还是出神入化地扮演着"他"这个角色——这便是记忆的力量。在现实生活中，我们和自己昔日自我的关系或许和以第三人称全知的叙述者身份写作的小说家和其主人公的关系相类似。这儿由于将这两种样式（第一人称的自传体小说和第三人称叙述）合为一体，萨克雷使这种相似之处公开呈现在人们面前。"我"用来指称年轻亨利的这个"他"是年老的亨利和年轻的亨利间差异与间隔的一个标志。同时它成了小说凭借着萨克雷的表演活动（在幽灵般层层叠叠的重合状态中，萨克雷同时扮演着年轻的亨利和年老的亨利，"他"和"我"这两个角色）而诞生这一方式的象征。

如果说萨克雷本人在每个回忆段落中幽灵般的存在赋予了它们第三层意义，那它们中的第四层意义则存在于，好似一顶鬼魂般的多层面纱的所有其他相类似段落的重叠之中。这遍及每一相同主题的重复之中。由于每个这样的段落都仿效着上一个段落，因而它们便逐渐聚合成了一个有着相似外形的事物的共振系列，每一段都重复着其他所有的段落，它不仅从老年亨利和青年亨利双重视野的内在重合（它分别构成了各个标志）中，而且从那种重复中获取意义，在规模上两者不相上下。这一重复的意义在于它肯定了亨利的生活有着内在的统一性。他的生活之所以有意义,乃是因为相同的因素在其中重复出现,赋予它以整体的风貌,从而表明画一条轨道线,将每个部分和其他所有部分衔接起来是完全正当的。

下面是这一系列的主要组成部分,每个部分都可以从四个层面加以透视剖析。由于每个部分以举隅聚焦的方式集中描写了亨利回忆起来的他生活中的一段插曲,因而以它们为例便可看作以小见大地引用了全书:

> 在艾斯芒德生命的最后一刻,那时的情形还会清晰地浮现在他脑海中,她的声音、神情和衣着,她玉手上的戒指,她目光中含的又是惊奇又是温和的表情,她那微笑的嘴唇像一朵初开的红花,那时候太阳正照耀着她的头发,形成了一轮金色的光环。(第一卷,第一章)

> 那些细微的情节和言语,那风景和阳光,那一群又说又笑的人,不知怎的总是牢固地印在记忆之中!(第一卷,第一章)

> 艾斯芒德一直记着她那时的神情和语声,她虔敬地面对圣书跪着,阳光照在她的金发上,在她周围形成了一轮灵光。(第一卷,第七章)

实际上,在她离开之前,他好像什么也没看见;在她走了以后,他脑中却又印上她的形象,并且永远留在他的记忆中。他看着她退出去,蜡烛照着她冷若冰霜的面孔,那颤抖着的朱红嘴唇,和那发光的金黄色的头发。(第一卷,第八章)

亨利毕生难忘的是当时他的女主人正站在窗口望着他,身上穿一件白袍,小碧爱崔丽克斯的栗色头发靠在她母亲的腰间。(第一卷,第九章)

他看见卡斯乌德夫人站在上边会客厅的大窗口前,正从帘子缝里观察我们大人,那时候他正站在外边凝视那泉水。院子里面当时不知怎地有一种奇异的寂静;这一情景后来长久地留在艾斯芒德的记忆中;头上的晴天,邸宅的扶壁,那日晷的影子正指着下边刻着的金字题铭 memento mori(记住死亡);那两只狗——一只黑色的猎狗,一只长毛的差不多是白色的小狗,一只仰脸望着太阳,另一只在青草和石头中间嗅来嗅去;而我们大人俯视着泉水,那泉水四面飞溅,可以听到声响。奇怪的是,为什么一个人经历过百十种富丽堂皇的景象和惊心动魄的危险,都不曾记下来,独有这一幅情景和那泉水的声音偏偏始终留在他的记忆之中。(第一卷,第十四章)

艾斯芒德走到炉边,把那张字据向火里一扬,那炉子很大,是用荷兰瓷砖砌成的。在这种严肃的当口,这一类不相干的小事记忆得多么清楚……在浴室的荷兰砖上有一幅粗略的画,画的是雅各带着毛手套欺哄以撒,骗取以扫的长子继承权。那张字据烧了起来,发着光亮,照耀着那幅画。(第一卷,第十四章)

她说出的这些话触动了他全部记忆的琴弦,他整个的童年和青年一曲一曲地在他脑中演奏。(第二卷,第一章)

艾斯芒德先生目睹这些景象,已经有四十年了,但它们在他的记忆中还依旧和他年轻时首次看见它们时一样新鲜。(第二卷,第五章)

他们手拉手走了出去,经过了旧日的院子,步入平台上的曲径,草上的露珠正闪着光,在满天红霞下面,绿树丛中的禽鸟正合唱着它们清婉的歌曲。所有这许多景物在记忆中是多么清楚呀!那古老的塔楼和大厅的山墙矗立在东方的天空里,显得暗黑,碧绿的山坡上一片紫色的阴影,日晷上古怪的图案和雕刻,那林木茂密的高峰,美丽的平原里长着快要收割的庄稼,欣欣然一片金黄;闪闪发亮的河流穿过平原,滚滚地流向远处光泽的群山之麓。这一切景物都在我们眼前,同时伴着我们青年时代的千百种美丽的回忆,美丽而又凄怆,可是在我们心里这些回忆却真实而生动,正如现在我们眼中重新看到,永远记得的美景一样真实生动,我们什么事也没有忘记,记忆力会睡眠,但有时又醒转过来。我时常想,在最后的睡眠——死亡——之后,晨号把我们重新唤醒,从此不再睡眠,而过去的一切在自我意识的闪光中涌上心头,与灵魂同时复活,不知那时又是一番什么景象。(第三卷,第七章)

艾斯芒德的叙述虚拟并证实了有关记忆的一系列相关的假设,这些假设形成了一个系统。艾斯芒德的回忆具有强烈的感染力,他不仅记得那一幕幕情景,而且回想起了他相信是那一瞬间他感受到的情感——在重新想象这些场景,将它们写成文字时,他再一次体验了这些情感。他的回忆主要是视觉型的,但也混合了其他类型的感官印象,进一步强化了视觉形象的表现力。他记起了衣香和泉水飞溅的声响,尽管我引证的那些段落不涉及触觉和嗅觉。实际上艾斯芒德的记忆(也许同时也是萨克雷的记忆)和其他人(例如普鲁斯特)的不同,它既没有强烈的味觉效果,也缺乏强烈的触觉效果。浮现在艾斯芒德记忆中的是那些看似"琐碎"的细节,但却异常鲜明生动。他说它们微不足道，但那些远为重要的场景却被他的记忆"置之脑后"，因而这些"琐碎"的细节显然意味深长，富有象征性。它们象征着他生活中起着决定性作用的那些关系——和瑞切尔、瑞切尔丈夫的关系。尽管亨利迷恋碧爱崔丽克斯有十年之久，尽管作品对这段痛苦的恋情作了详尽无遗的叙述，但我上面引证的那些段落没有一个以碧爱崔丽克斯为中心。亨利的"命运"（这个词，这个概念经常重复出现在他的自我解释中）将使他最终和瑞切尔结婚，并从此长久幸福地生活下去。这才是所有这些琐碎的细节和它们（从作品中所有潜在的细节中脱颖而出）长久印在他记忆中的鲜明生动的形象所蕴含的意义。它们是预言的符号，预示着他最终的命运。

尽管亨利在这儿似乎证实了这样一种理论（和普鲁斯特的学说大致相同）：心灵和心灵产生的富于感染力的记忆都存在着间歇，因此我们能记住一些事情，但绝大多数被遗忘了；记忆是一连串鲜亮、璀璨的光亮，其间是人们束手无策的遗忘的黑洞——事实上这里萨克雷有关回忆的学说和普鲁斯特有着很大的不同。每个琐碎的细节都预示着艾斯芒德和瑞切尔关系中某个决定性的时刻，每个细节都是时间向前流动过程中的一次停顿，可说是一次心跳未能起搏——它徘徊不前，与前后奔涌的巨流相隔绝。每个细节都是一个静态的影像，它牢牢地印在记忆中，这儿空间代表了时间。琐碎的细节，通过某种形式的举隅，代表了小说的整体场景，并使亨利得以进入这个场景。

而整体场景——空间上的全景通过另一种举隅手法，代表了时间的前后顺序，使他得以充分拥有他的全部生活。空间是记忆，是总体记忆的贮藏器。像对每一个这样的场景和下一个场景间的种种情形所作的详尽叙述暗示的那样，总体记忆包揽无遗，准确无比。我上面引用的最后一段写到亨利和瑞切尔走出卡斯乌德邸宅，他们看到的不仅仅是整体场景的各个细部，而且凭借着它们，看到了往昔的一切："这一切景物都在我们眼前，同时伴着我们年轻时的千百种美丽的回忆，美丽而又凄怆，可是在我们心里这些回忆却是真实生动，和我们此刻眼中重新看见、永远记得的美景一样真实生动。"

后面那一段显示出亨利的记忆和这些令人难忘的场景的另一个重要特征：每一个场景作为印在亨利总体记忆屏幕上的一个自我封闭的固定影像单独地存在着，每一个场景贴近着其他场景，就像意大利文艺复兴时期以圣徒生平为题材的场景壁画，那些画面比肩接踵地排列在一起。同时，正如记忆要通过时间来积聚，每一个场景在它出现的那一刻便蕴含着以前同类场景的回声。亨利现时的记忆是一种记忆中套记忆的记忆。它不仅将现在和过去并置，而且还将现在、过去、过去的过去并列在一起——当过去成为现实时，便记起了过去的过去。瑞切尔的丈夫死后，她曾来探望身陷囹圄的亨利，亨利听了她那番责骂的话语后所生的感慨，除这一系列的第一个影像外，可全盘移用到其他各个影像上去。每个影像与所有其他影像相互共鸣，它唤醒了它们："她的话语……触动了他全部记忆的琴弦，他的整个童年和青年时代一曲曲地在他脑中演奏。"如果说亨利的记忆是一幅由许多比肩接踵的画面构成的空间全景图，那它同时又是一把乐器，众多弦音高不同，但又能调拨出和谐的乐声。拨动了一根弦，便会使它们一齐颤动。

甚至与瑞切尔的首次会面在某种程度上说不仅仅是一次重复，它已经成了记忆，在它重复着的先前存在的事物的音弦上拨出刺耳的音响。亨利第一次见到瑞切尔（她的姓出自《圣经》）是在卡斯乌德的肖像陈列室里，那儿悬挂着前一代子爵夫人伊莎贝拉的肖像，在里面她俨然是狩猎女神狄安娜。仿佛是维纳斯在埃涅阿斯面前尽展风姿，亨利首次见到瑞切尔后，当下心情激动不已，正如他所说的，即便在这样的心境中，他还"记起了何尔特先生教他读的《埃涅阿斯纪》中的诗句来"（第一卷，第七章），他将瑞切尔视为另一个"Dea certe"（真正的女神）。除此之外，正像《埃涅阿斯纪》的回声所暗示的那样，无疑瑞切尔使亨利自动地将她视为他生身母亲（托马斯·艾斯芒德的第一个佛莱芒妻子）的替身。对自己的生身母亲，他的记忆几乎是一片空白（"因为在他的记忆中怎么也想不起母亲的样子"，第二卷，第十三章）；当他在佛兰德斯祭扫她的坟墓时，她已在地下长眠多时了。瑞切尔填补了他因失母造成的心理空白。此外，首次见到瑞切尔已在重复亨利首次见到伊莎贝拉的场景。由于亨利将她与瑞切尔的首次碰面作为他叙述的开端——好像那是他生命的真实源头,他生活必经的命运之路的起点,因而后者在时间上虽占先,但在作品中出现得比前者晚。随后他转回来描写第一次会面以前的事情——有一段时间他和他的生身父亲托马斯·卡斯乌德生活在一起,做着父亲的妻子伊莎贝拉的童仆。首次见到伊莎贝拉这幕场景中包含的许多因素和首次见到瑞切尔时具有的别无二致,它堪称是对那次会面所作的矫揉造作的、怪诞的滑稽模仿,它发生在前、显现在后。这一反向逆转遮盖了亨利与瑞切尔的首次见面已经是一个重复,并不是纯粹的源头这一事实。伊莎贝拉试图在她画像中展现的风采,瑞切尔名副其实地全具备了,她难道不是这样吗?亨利并没总是这样想。当他最终和瑞切尔结婚时,同他以外的一切人一样,她在他眼里的那层神圣的光彩早已消失了。太阳、香气、戒指、目光、金黄色、红色(一处是嘴唇,另一处是裙子、鞋跟和胭脂)出现在两处初次会面的场景中。下面是亨利首次见到伊莎贝拉时的情景:

> 实在的,这间屋子按照伊丽莎白女王时代的风格装点得富丽堂皇,两头是宽大的五彩玻璃窗,挂着绣花帷子,太阳的金光正照射在万紫千红的玻璃上,就在这里,一位威严的夫人坐在壁炉旁,牧师把亨利引上前去,亨利见了她的仪容,着实吃了一惊。
>
> 我们子爵夫人脸上的红胭白粉直抹到眼圈底下,使她

的目光显得炯炯发亮,可怕之至……她穿着黑丝绒上衣,系着火红的锦缎裙子。她手指上的戒指同班伯利坊的老太婆①一般多;那双她喜欢故意露出来的漂亮小脚上的袜子绣着大朵的金花,雪白的便鞋上带着猩红的鞋跟,她每次一走动,或是拄着玳瑁手杖离开屋子,从她的衣裳缝里就散发出一阵阵麝香味。(第一卷,第三章)

另外,令人惊奇的是,亨利记忆中的每个事件,尽管在感官上给人以鲜明生动的印象,具备着现实存在物的特性,但它从来不仅仅是现实存在物的复原,它是记忆中的记忆。即便它是"首"次出现,它同时总又是一次重复。你无法将那起始的开端(无论是为人们成功拥有了的开端,还是使人们蒙受创伤的缺失的开端——它或许使亨利和他的创造者、和所有的男人女人一样,成为有灼烈的、难以平息的欲望的生物)复原。那丧失的"最初"时刻,亨利永远无法将它的原貌展现出来。

亨利记忆的最后一个特征在于它是这一系统中使其他特征成为可能的关键因素。这体现在亨利谈论自己别具一格的方式(好像他已死去)之中。他从死亡的彼岸、从某个基点——那儿他的一系列生活事件看上去是那样完美无缺,不可能加进一个因素去改变它——审视着他昔日的生活。在一个男人或女人

---

① 班伯利坊老太婆——英国一首儿歌中的人物。

死去之前，总有些事情或许会降临在他或她的头上，他或她也有可能以他们的所作所为彻底改变原先组成他或她生活的一长串事件的意义。一个人死的方式（例如自杀），便具有这种惊人的力量。亨利反复再三地以这种方式叙述着，好像对他来说已不再可能在这一系列中加入一个新的插曲，从而改变他生活的意义。此刻最后一个因素已添加了上去，生活的道路已成定局，人物形象的描绘已臻于完美无缺的境地，亨利得以完全置身于生活之外，回顾着这一切，将它视为一个完好无损的模型。他声称要以一种完全客观的态度来审视它，仿佛他就是上帝，或是和上帝成为一体的复活的灵魂，"在他生命的最后一刻，艾斯芒德还记着"；"他脑中印着她的形象，并且永远留在他的记忆中"；"亨利毕生难忘的事"。一个人除非已死去，否则他怎么能事先知道他生命的最后一刻的情形，或事先判定什么能伴随他的一生？

在上面引用的一系列段落中，我们发现亨利在他记忆中展现的最后那幕场景最为重要，它证实了记忆的其他所有特性：准确、鲜明、完整、意义的整合。他说："在我们死去之后，我们会在天国再次诞生，那时，晨号将我们重新唤醒，从此不再睡眠，过去的一切在自我意识的闪光中，涌上心头，与灵魂同时复活。"我们将在瞬间里回忆起过去的一切，他的记忆便是这种类型的瞬间记忆。这是亨利以第三人称的口吻谈论自己，好像他是另一个人生活的"全知的叙述者"的常规惯例产生的效果。当年老的亨利在弗吉尼亚写他的回忆录（或"历史"）时，他声称会对过去的自我加以审视，仿佛他能以上帝般无所不知的目光来看待他过去的生活似的。

他在审视昔日生活时见到的便是他本人逐渐浮现出来的形象（如同在一个光亮点和下一个光亮点之间画出了一条线），这儿重新勾勒一下这形象的大致轮廓。亨利降落人世时是一个"私生子"（第二卷，第八章），和他那伟大的楷模俄狄浦斯一样，他贫困、遭遗弃，但仍雄心勃勃。他试图确认他的真名实姓，找到他的自我和他在这个世界上的位置，他采取的方式是在世界上找到一个足以给予他这些保障的正统的权威。他寻找着可以加以崇拜的人物——有着国王（或女王）般威仪的人物，像神那样凭借天赋之权施行统治的人。他在政治和社交这两个领域进行着这种探索：他在爱情上从瑞切尔转向碧爱崔丽克斯，起始他在政治上忠于詹姆士二世①，随后转向觊觎王位者，这些成双成对因素中的后一个以滑稽模仿的形式替代前一个，正如瑞切尔先前替代了伊莎贝拉，两者又一起替代着亨利失去的母亲。亨利四处寻找着值得崇拜的偶像，他寻找着有力量赋予他财产、生活价值的人，如同流通的钱币要印上国王的头像，或是像万物有了太阳的照耀，才充满生机。

---

① 詹姆士二世（1633—1701），英国国王（1685—1688），1688 年光荣革命后被废黜，出亡法国。

亨利逐渐发现,他自身以外的一切事物,所有的人都不值得他去崇拜。在这个没有上帝的世界上,没有人有权扮演上帝的角色。这个人或那个人(瑞切尔、碧爱崔丽克斯或是那个卑鄙的亲王)在他眼里无论有多么耀眼夺目的光彩,都是由亨利本人投射在他们身上的。亨利涉及作品中其他人物的叙述活动实际上是一个暴露的过程,他在一个又一个人物形象身上展示着他们的花哨庸俗、他们的虚荣心,指出他们缺乏内在的价值。这一去神秘化过程的标志可举出作品开头对自诩为太阳王的路易十四的高贵形象所作的暴露性描写这个实例。揭去他的伪装,亨利展现在人们眼前的是一个满脸皱纹的小老头,一脸麻子,凭借着巨大的假发和红色的鞋跟才使他显得魁梧。

其他一切人的外衣都被剥去,他们先前在他这个年轻人眼里好像具有的那种种迷人的光彩也一一黯然失色,但亨利随后并没有更进一步,没有将他自己的外衣也一同剥去。他拒绝承认这一点:他这个皇帝身上也同样是赤裸的,"故事讲的是你"(De te fabula)。他没能发现他所写的非难碧爱崔丽克斯的那篇仿照《旁观者》杂志风格的论文中引用的贺拉斯的这句格言用在他自己身上正合适。由于发现除了自己,没有什么值得他去崇拜,最后他洋洋自得地让别人跪倒在他脚下,接受他们的崇拜。他成了艾斯芒德家族的首领,取代了先前一直压在他头上的父兄之辈,和一个长期对他俨如母亲的妇人结了婚,成了弗吉尼亚新卡斯乌德田庄的"国王"——他自己小小王国的全能统治者,妻子、孩子、仆人,甚至奴隶无不尊敬他,他以此终其一生。对他的这些所作所为,看起来他没有感到丝毫的内疚,也没意识到他一直和宽宏大量、自我牺牲背道而驰,没有意识到他一直有错。

他甚至力图在两方面赢得社会对他名声和地位的承认:他发现他父亲确实和他母亲结了婚,这样一来,他不但不是一个"无名的私生子",而且还成了卡斯乌德爵位的合法继承人。他是一个真正的"可敬的卡斯乌德子爵大人",而弗兰克·卡斯乌德只不过经他默许才占有了子爵的头衔,他为了瑞切尔的儿子弗兰克,慷慨地放弃了他的爵位,在他与碧爱崔丽克斯(他最后一个爱情上的偶像)和觊觎王位者(最后一个政治上的神秘诱惑者)两人断绝关系的同时,他烧毁了那张能证明他身份的纸片。现在他不再信赖其他人,只相信他自己。起先他对慷慨地放弃爵位一事严加保密,但他慢慢将它透露出来,设法使人们知道他的真实身份。与此同时,既然他放弃了爵位,他便有可能实现他的计划:靠自己的个人奋斗来获得成功,他的价值、他的人格,与他自身以外的任何人都无关。他反复再三地表明了这点,他说他打算"凭自己的努力成名",他早年曾说"如果我自己没有本领成名,我不妨默默无闻地死去"(第二卷,第一章)。后来他觉得他不再是一个"无姓无名的私生子",已"为自己博得了声誉"(第二卷,第八章)。亨利在两方面频频得手。一方面他是一个合法的贵族,因而他无须僭取社会没有赋予他的权利，同时他自己又赢得了声誉。他没从任何人那儿受过恩惠（即使是和他血统相同的亲属）。他置身于家族继承网络之外，可以说他为自己取了名；最重要的是，他独立不羁，不依附于任何权威。他是一个白手起家的人，是上升的资产阶级的象征。这便是亨利崇高庄严的自画像，它在点与点之间勾画着线条，最后展现了亨利在弗吉尼亚的圆满结局——人们可以说，在那里亨利摆脱了尘世的扰攘。

亨利所写的每一行后面潜藏的"萨克雷本人"这一幽灵般的、反讽的存在将那一行行文字抹去，使那幅有着国王般威严的画像化为乌有，并且勾画出另一幅图像：确实无疑的是，画中的亨利和路易王一样，身上的诗意荡然无存，不过是个满脸皱纹的小老头，一脸麻子。正如他女儿在序言中说的那样，亨利实际上非常矮小，他的脸部特征很自然地使卡斯乌德家里的人想起天花。萨克雷这种无所不在的反讽使文本充满了这一类具有双重意义的细节——一种是亨利话语中的表层意义，另一种是有见识的读者体会到的意义。在那众多的第二层意义间重新找出一条线索，读者（如果他在作者的诱使下这样做的话）不仅能抹去亨利的自画像，而且能画出另一幅画像的草图。这第二个形象讽刺性地替代了第一个形象，并使前者趋于解体。

当碧爱崔丽克斯最后向亨利吐露心曲时，她对这另一面的形象作了再明确不过的描述。她述说了她孤独感的由来，她对母亲瑞切尔（她从不爱她）的嫉妒，以及她一直没能对亨利的爱加以回报的原因。亨利要想将她对他所作的不加恭维、直言不讳的描述完全置之脑后,只有使他自己相信,并力图使读者相信她是个恶毒、任性、不可信赖、具有很大危害性的女人。事实上她以最为阴郁的目光审视着这部"忧郁"的作品所展现的人类境况。她说:"你也是个伪君子,亨利,带着你那副严肃的神气和愁闷的脸孔。我们每个人都是伪君子。啊,奇怪!我们每个人都是这么孤独、孤独、孤独。"(第三卷,第三章)后来当她回绝他的求爱时,她说:

让我告诉你吧,在全世界最可憎的骄傲的人之中,艾斯芒德先生算是最骄傲的了。我想你从来不曾大发脾气,可你也从不饶恕人家。假如你是一个功成名就的伟人,你也许脾气很好;你既然是无声无臭,先生要配我,你可就太嫌伟大了;而且我也怕你,堂兄,对不对?我又不会崇拜你,而你除非得到一个崇拜你的女子也是永远不会快活的……妈妈倒很可以给你做一个合适的妻子,假如你再稍微老一点;不过,看你那样子比她还老十岁——你确是这样,你这个阴沉脸、蓝胡须的小老头儿!你们两个尽可以像达贝和约安一样坐在一起,互相恭维,像一对老鸽子一样栖息在一个架上,接接嘴儿,咕咕地唱个歌儿。(第三卷,第四章)

这儿字字确凿无疑。另外，正如我们根据外在的种种迹象得出这样的结论，它看来和萨克雷对其男主人公的评价相吻合。亨利确实是个伪君子，他假定自己有评判他人的特权，但同时又拒绝评判他自己。他伪善地精心修饰自己的形象，和他内心对自己的真实估价相比，它要好上许多倍。和作品中其他人物一样，他也十分孤独，无法借助他人为自己树立一个令人满意的、可靠稳固的自我形象（他试图这样做）。他的伪善和他年幼时是个小人物这一事实有关。由于他是个小人物，他不可能无所牵挂地生活，对他来说，要么占有一切，要么一无所有。因而他一本正经、不知讽刺冷嘲为何物。他确实是个阴沉着脸、长着蓝胡子的小老头，像碧爱崔丽克斯说的那样，只有当瑞切尔崇拜他，只有当他俩像达贝和约安那样，相互恭维，他才会获得最终的幸福。萨克雷不止一次将亨利·艾斯芒德称作"讨厌鬼""道学先生""像查尔斯·格兰狄生爵士[1]那般高贵"[2]。这部小说在整体上被他称作"一部合我心意的充满着残酷无情的忧郁气息的作品"[3]。

---

[1] 查尔斯·格兰狄生爵士：英国小说家理查逊（Samuel Richardson, 1689—1761）的长篇小说《格兰狄生》中的主人公。

[2] "致母亲的信"，1855年11月，《书信和私人文件集》，第二卷，第815页。

[3] "致斯坦利夫人的信"，1851年7月，《书信和私人文件集》，第二卷，第807页。

亨利另一幅画像余下的尚未成形的轮廓线条（它源自下面他的自我叙述中包含的反讽的双重意义）可很快地画出来。我们已确认了这一类型反讽的另一种形式。在分析其他所有的人缺乏价值时，亨利无意中给读者提供了工具——凭借着它，人们可证实亨利本身也缺乏价值。对人们普遍适用的东西也一定适用于他，这一意义的倒转可由将这部小说组合成有机整体的四种主题重现方式中的任何一种来完成。

例如，亨利发现他身外的任何人都不具备真正的太阳的光辉，他认识到随着他欲望投射对象的不同，弥足珍贵的金色太阳的外表位置也处于变化之中。瑞切尔——一度看上去是真正的太阳，当亨利转而迷恋碧爱崔丽克斯后，她也成了月亮："正好比在清晨旭日的金光照耀中，天上的月色自然暗淡得几乎看不出来；这时候，艾斯芒德又想起——也许脸上泛了红——另外一张可爱苍白的脸（瑞切尔）来，那张脸惨淡、昏暗，连它那多情可爱的亲切的凝视，也一起黯然无光地消隐下去了；这最后的顾盼极像欧律狄刻被命运之神和冥王普鲁托拘回去的时候，眷恋着她的情人的最后一顾，接着她就消逝在黑影中了。"（第二卷，第九章）用在亨利身上，这暗示着他心目中貌似有着至高无上价值的事物只是其他人的赞美在他身上的投影，例如瑞切尔对他的"崇拜"（他们结婚后，像达贝和约安一般生活着）。所有的光亮都是反射过来的，没有地方存在真正的太阳或纯金，也不存在由它们象征的事物的本体（这一象征出自渊源于西方历史上由柏拉图、《圣经》和它们前辈创立的修辞方式）。 艾斯芒德这个姓氏包含"月亮"（moon）这个词（它印刻在姓氏的深处）并非毫无来由。和这部小说中的其他一切人、一切事一样，他如月亮般易变，反复无常，处于从属次要的地位，缺乏内在的光亮。和月亮一样，仅仅是这些偶尔降临在他身上的反射的光亮使他熠熠生辉。由于萨克雷在暗中解构了这一古老的方式，即使是真正的太阳——它的光照亮了月球——从它的起源看也是非本源的。作为光亮、热力、价值的独立不羁、至高无上的主要源泉的太阳并不存在，有的只是一些虚幻的太阳。

同样的意义倒转可以通过其他复现的主题来实现。如果没有一个不是"觊觎王位者"的国王能不借助于神权，仅仅依靠那些拥戴他的人们的默许来维持统治，那么亨利也就没有权利自命为他在弗吉尼亚的袖珍王国的至高无上的统治者。如果亨利表明在社会和家庭领域中，没有人先天（或生来）便是一个贵族，没有一个父亲在家里横行霸道是合情合理的，那他也没有权利取代父亲，成为一家之长——他一方面通过血统继承权，另一方面同时凭借他内在的价值，将那个位置据为己有。

当穿插在书中的所有那些文学隐喻勾画出另一条线时，对亨利自我形象最为复杂精巧的重新描画就开始了。正如我上面所说的，这些隐喻很多与《圣经》《俄狄浦斯王》《埃涅阿斯纪》《哈姆雷特》等作品有关。 所有这些故事不过是以俄狄浦斯的故事为"原型"的家族浪漫史的各种不同的变体,然而拉结(即瑞切尔)、以撒、雅各、以扫的故事和《哈姆雷特》一样,自然是它的另一个变体;《埃涅阿斯纪》则是另一种情形。在其完整的版本中,这一故事的人物包括父亲、母亲、女儿、儿子或是两个相互嫉妒、争斗的儿子(亨利的孙子也即瑞切尔·艾斯芒德、华灵顿的孩子便是这样——华灵顿为《亨利·艾斯芒德的历史》写了一篇序文,因而为读者在亨利本人之外理解亨利的形象提供了一个独一无二的视角)。萨克雷稍后创作的小说《弗吉尼亚人》(*The Virginians*)(1857—1859)便讲述了那些孙辈们的故事。如同俄狄浦斯的两个儿子厄忒俄克勒斯和波吕涅刻,在战争中相互残杀,亨利的孙儿在美国独立战争期间也分属于对立的营垒。《弗吉尼亚人》证实了萨克雷的这一看法:《亨利·艾斯芒德的历史》"圆满"的结局没有终止俄狄浦斯式的循环。

亨利写的那篇仿效《旁观报》风格的论文便暗示了这一点:俄狄浦斯故事的作用在于它是正确描绘亨利形象的关键。作为原型的这一俄狄浦斯故事的存在在小说开头何尔特神父和塔舍尔太太那段奇特的交谈中已埋下了伏笔——同时它诱使读者细心地寻找双关语和双重的意义。这段谈话发生在亨利第一次碰到伊莎贝拉时:

"我既然依恋着,那我就死心塌地依恋着,夫人(塔合尔太太对她的女主人伊莎贝拉说)——我宁可死也不能不这样说。"

"Je meurs où je m'attache（我既然依恋着，那我就要死在他身边），"何尔特先生说，同时客气地露出一笑，"画里的常春藤也是这么说，这像一个痴恋的寄生者（Parasite）一样，依附在橡树上。"

"你说什么？弑父者（parricide）！"塔舍尔太太叫喊着。（第一卷，第三章）

事实上亨利既是寄生者，又是弑父者。这里他无意中向读者提供了几个绰号——用在他自己身上正合适。亨利仿照《旁观报》的风格，写了一篇攻击碧爱崔丽克斯的文章，将自己外化为以"俄狄浦斯"面目出现的论文作者，将碧爱崔丽克斯取名为伊娜卡斯忒——她是这样地任性、反常无常，甚至记不起任何一个求婚者的姓名。这个"俄狄浦斯"问："旁观先生，以你的博学多识，必能替她解释这一哑谜，你能否帮我们的忙，让我们大家都安下心来呢？"（第三卷，第三章）尽管亨利将贺拉斯"故事讲的是你"这句话作为论文的篇首引语，尽管他吹嘘有着大象一般准确、完整的记忆，他还是忘记了这一点：他借用的传说也适用于他本人。这正像《呼啸山庄》中的洛克乌德，他没对伯兰德罕牧师"你就是罪人"这句话中诋毁非难人的含义加以探究。和洛克乌德一样，亨利发了一通玄妙难解的议论，但还是没能正确地解出这一哑谜。《旁观报》风格的文章正文为读者正确读解作品提供了必不可少的因素，它甚至暗示了读解应建立在怎样的基础上。既然何尔特神父和塔舍尔太太间的谈话借助于双关语展开（通过它，寄生者和弑父者暗中被说成是同一个东西——它们发音听上去很相近），那么这篇《旁观报》风格的文章也同样取决于双关语和双重意义。这篇文章涉及某个无心之过（lapsus）——一个被遗忘的姓名，它被压入了潜意识，碧爱崔丽克斯—伊俄卡斯忒只知道拼写它时用"i"或用"y"。

这篇假造的《旁观报》文章分两个部分，第一部分客观地讲述遗忘姓名的故事，署名是"俄狄浦斯"，第二部分以第一人称复述了同一个故事，公开的署名是"西门·华尔德欢慈"（Cymon Wyldoats），他的姓名被碧爱崔丽克斯遗忘。亨利这篇《旁观报》风格的文章有两个"作者"这一特征诱使读者猜想它有两层意义，一种方式依照亨利的意图，另一种方式又可依照它对亨利本人的适应情形来阐述。《旁观报》的这篇文章是一个标志或比喻，它暗示人们该怎样去读解整部《亨利·艾斯芒德的历史》。当人们以这第二种方式从整体上来读解《旁观报》的这篇文章和这部小说时，亨利确实是一个俄狄浦斯，但他又是一个失败了的俄狄浦斯，始终两眼失明。他是这样一个从来没能正确理解与他本人有关的神谕的俄狄浦斯。尽管他不由自主地为读者正确读解作品提供了所有的材料，他一直没意识到他犯下了俄狄浦斯式的罪过。当他对碧爱崔丽克斯说："当初雅各为了瑞切尔服役多久？"（第三卷，第三章）他以此来表述他对她诚挚的爱情，但碧爱崔丽克斯和读者都明白了亨利心目中真正的瑞切尔是瑞切尔·卡斯乌德。"'为了妈妈吗？'碧爱崔丽克斯说道，'阁下要的是妈妈，将来我还有幸管你叫爸爸么！'"（第三卷，第三章）同样，亨利用伊俄卡斯忒来描写碧爱崔丽克斯，但读者明白亨利真正的伊俄卡斯忒是瑞切尔。和《圣经》中的雅各一样，他将原本不属于他的长子继承权据为己有，即便他也许是通过合法的途径——像雅各在以扫出卖继承权后合法地占有了它；和《圣经》中的雅各一样，亨利与女性交往周旋时既伪善、又厚颜无耻，他朝三暮四，渴望使她们在他面前俯首帖耳——尽管他情愿自己成为她们谦卑恭顺的奴仆和崇拜者。

如果说亨利在毫无觉察的情形中令人啼笑皆非地重复着雅各，这在他和俄狄浦斯的关系中表现得更为真切，和神话传说中的俄狄浦斯一样，亨利对俨如他父亲的那个人的死亡负有一定的罪责，他最终在那个俨如他母亲的妇人的床上取代了父亲的位置。维多利亚时代被激怒了的批评家这点没看错：这部小说家族和情感的结构方式中有乱伦的暗示。亨利是一个寄生者、一个暴发户，尽管他父亲在他认为自己快要死去之际，和他的母亲（他引诱了她，并生下了孩子）合法地结了婚，但在他的家族中他的出身只能算是旁系。这孩子闯入了这家庭的围墙，像一个真正的寄生者一样，它扰乱了它的组织系统，使父亲死于非命，将那个家庭的性的和物质的财富统统据为己有，真不愧为一个寄生者、弑父者。他是这一家族血统的入侵者、一个骤贵的篡位者、一个破坏者。

亨利和摩痕大人间隐秘的同一性不仅为他们相近的功能（同是离间艾斯芒德家中女人高尚感情的入侵者）所确认，而且为他俩的姓名相似所肯定。"摩痕"（Mohun）发"moon"的音与"艾斯芒德（Esmond）相重复，两人的名字都是"亨利"，这一点的重要性在摩痕的所作所为或降临到他头上的事变与亨利·艾斯芒德相混淆时表现得最为明显。"是的。爸爸讲：'可怜的亨利摔死了，亲爱的'，妈妈一听，大叫一声；哦，亨利！她立刻倒了下去；我那时以为她也死了。"（第一卷，第十三章）摩痕是亨利邪恶的孪生儿，仿佛是通过摩痕来行动，亨利在两次决斗中都有罪责，第二次决斗重复了第一次。首先他杀死了"父亲"——弗兰克·卡斯乌德，随后他又杀死了碧爱崔丽克斯的未婚夫汉密尔顿大人，使她往上爬的希望彻底破灭。摩痕曾试图勾引瑞切尔，但未得手——亨利·艾斯芒德成功地做到了这点。瑞切尔的"罪过"在于她长期以来对亨利一直怀着隐秘的爱，这种爱甚至在开头便远远超出了母爱。在这一《圣经》和古希腊神话的范例的重叠中，和俄狄浦斯一样，亨利最终娶了他的"母亲"，同时又成了一个新生的瑞切尔（故事中安提戈涅式的形象）的父亲。然而与俄狄浦斯不同，尽管亨利搅乱了辈分和后代的血统，使每个人丧失了他（或她）应有的位置，但他从没意识到自己的罪过，他给家里招致的浩劫。

读者被诱使着在众多的材料中找寻出另一条线索（萨克雷安插在正文各处的所有那些富于反讽意味的双重意义便暗示了这一线索），以此描绘出亨利·艾斯芒德的另一个形象。人们也许要说，《亨利·艾斯芒德的历史》间接地叙述或以比喻手法展现了这样一种情形：亨利的自我形象消失了，它为另一个更为真实的形象所取代。随着叙述向前推进，这另一个形象的轮廓逐渐浮现在聪明的解释者面前。第一个形象失去了它的有效性，消失不见了（犹如欧律狄刻的身影消失在冥界里）；当瑞切尔身上神圣的光彩褪去时，她在亨利眼里也是这副模样。一个好的解释者能正确地理解各种符号，如实地找出各种联系，准确地处理所有的线索。尽管《亨利·艾斯芒德的历史》运用了反讽手法，但在这种情形中，反讽似乎被用来间接地展现完全确定了的、单一的意义——这部小说任何有教养的读者想必都能识别这种意义。然而事情显然就是这样吗？对这部小说作进一步的剖析，我们将会发现：我成功地以"正确"的读解来取代"错误"的读解这一过程本身也将同样地被瓦解，或者说事实上自我瓦解。

寓言是这样一种方式：它说的是一个事物，实际上指的是另一个事物。在德语中，通常用 Gleichnis（相像）这个词表示寓言（举例来说是在"新约"耶稣所说的寓言的意义上）。

在我上面引用的给他母亲的那封信里，萨克雷描述了他笔下的亨利·艾斯芒德的形象："他和你丑陋的儿子十分相像。"相像同样也借助于另一事物来说明某一事物，它在两个事物的吻合处（它们也或多或少地存在差异）开掘它的意义。"寓言"和"相像"对描写这一过程（借助这一过程，萨克雷同时说着两件事，用另一个形象创造出某个现象，说的是一个事物，指的又是另一个事物）似乎是最为合适的术语。

然而，同时说两件事和说一件而意指另一件事之间存在着差异，所有的差异从中衍生出来。我上面说过，萨克雷为读者创造第二个更为真实的亨利形象所用的手段是反讽性的比喻。从根本上说，反讽不同于寓言或相像，后者将两个形象，两种叙述方式并列在一起，一个支撑着另一个。就耶稣寓言的道德或宗教意义而言（无论这些意义就它们本身而言是多么玄妙难解，或者说无论它们和负载它们的故事间的关系是多么神秘莫测），人们也不会怀疑承载这些意义的有关渔夫、农夫或普通人生活的写实故事指涉的有效性。第一层意义表明它确实和另一个事物"相像"，第二层意义——也即隐喻的、引申的意义，取决于将它引入时它们之间存在的相似之处。这一意义取决于使媒介物的有效性不受损害。而运用反讽时，第二个意义毁灭了第一个意义。正如我上面所说的，亨利的第二个形象抹去了第一个，它使读者将第一个形象视为伪善的谎言或自欺。

在弗里德里希·施莱格尔（Friedrich Schlegel,德国浪漫主义作家中优秀的反讽理论家）对反讽所下的定义中，为反讽所固有的否定性被视为这样一种因素：它使反讽成为一种永久的间离效果（parabasis）。根据索伦·克尔凯郭尔（Sören Kierkegaard）稍后所下的定义，反讽是一种"永无止境的、纯粹的否定"（infinite absolute negativity）[1]。间离效果是戏剧幻觉中止的修辞名称——那时剧中的一个演员走到台前，"以他自己的声音"评说剧情，像《暴风雨》中的"收场白"。间离效果一时间使情节的发展陷于停顿，反讽便是一种永久的间离效果，这意味着它不断使情节中断。反讽是一种修辞手段，它无法出现在空间里或成为任何种类的几何线条。同时，它又不是从局部可加以辨识的语言特征或"修辞格"。反讽或许渗透在整部作品中，《亨利·艾斯芒德的历史》的情形便是这样，你没法将它准确地识别出来，但它作为一种持久不变的双重意义又处处可见，将文本中从这头到那头的意义界限搞得模糊不清。

在使情节发展中断的同时，反讽还将自身悬置起来。这里潜藏着它"永无止境的、纯粹的否定"的特性。根据其他两个

---

[1] 弗里德里希·施莱格尔，《著作评注版》第十八卷，编者厄姆斯特·贝赫勒，慕尼黑：费迪南谢奥宁出版社；苏黎世：托马斯出版社，1963年，第85页："反讽是一种永久的间离。"索伦·克尔凯郭尔，《反讽的概念》，李·M.坎帕尔英译，布卢明顿：印第安纳大学出版社，1968年，第271页。克尔凯郭尔的阐述源自黑格尔的《美学》。

传统的定义，反讽是这样一根针，透过针眼可向两边看；或是这样一把刀，可向两个方向砍切。反讽者将一切搞得支离破碎，已没有希望将他加以反讽处理的叙述或论述的连贯性重新确立起来。与此同时，他肢解了他自身，肢解了他展现的可替代的叙述或争论方式。反讽是一件利器，以此为生者也因此而毙命。

这并不意味着不存在某些局部的反讽——它们或多或少受着某种限制，或者说有着明确的范围。这样的反讽或许被包含在表面看来确切无疑的这一或那一事实的更大的结构框架中——例如碧爱崔丽克斯对她周围的那些人有潜在的毁灭性影响这一事实。大多数（绝不是全部）《亨利·艾斯芒德的历史》的有教养的读者将会同意这一点：如果老年亨利的反讽手法肢解了他年轻的自我——"我"写下的那个"他"——天真的言行，那么老年亨利的种种判断同样被那潜藏于四周的判断（它只能以间接的方式表现出来，或许可被称为"萨克雷"的判断）以反讽的手法肢解。然而，说凭借反讽为生者同时由此毙命意味着由于反讽有一种扩展、成倍增长、渗透到整部作品中的倾向（《亨利·艾斯芒德的历史》便是这样），因而它使确确实实说明整体组织（由这些较小型的反讽组成）的潜在规律（起因、情理、意义或目的）的可能性无法实现。它在读者心目中破除了这一观念：他能在某个地方找到赖以依恃的稳固的基础，由此出发从整体上理解整部作品。为了实现这一目标,反讽使人们对那些解释的工具(例如将一个事物看得和另一个事物相差无几)产生怀疑——借助那些工具,方有可能建立起解释的前后连贯性,"第一种"解释、建立在第一种废墟上的"第二种"解释都是这样,"第三种"解释也是这样,依次类推。

《亨利·艾斯芒德的历史》中出现的这种情形是反讽的自我毁灭能力一个绝佳的范例。这部小说是英国小说中最成功的文本之一,通过它可探索叙述中反讽的活动方式。我上面已说过,萨克雷通过一条迂回曲折的道路(小说中他以富于反讽意味的、改头换面的形式展现他自己的生活)寻找着他自身生活的主宰,他借助一个假想的声音、假想的角色这种口技表演来完成这一切。萨克雷以富于反讽意味的权威的姿态凌驾于那个假想的角色之上,向人们表明那个虚构出来的人物对他本人作了不真实的解释,想以此理解、主宰他的生活。萨克雷将通过反讽展现一种真实的解释,因而这又成了对他自身间接的真实解释。借助迂回曲折的道路,他回归到自身,将自身联为一体,运用其至高无上的权力,完全占有了自身。读者也被诱使着注意观察这双重方式,依靠建立在他对反讽样式熟练掌握基础上的具有权威性的解释,全面彻底地领悟《亨利·艾斯芒德的历史》的文本。他必须用另一个形象来代替这个形象。

如果反讽真是一种永久的间离效果,那么这一工程无法由作者或读者来完成。反讽是一种无法驾驭的语言样式,它不是能为人们操纵的工具，试图控制或摆布它的人总是被它制服。亨利之所以能描绘出一幅讨人喜欢的自画像，全在于他运用的方法：将相似作为真正的同一。他不仅声称自己的生活在记忆中保存得纤悉无遗，而且认为它已构成了一个连贯的故事，将它视为"命运"或"天数"。他识别着使它前后连贯一致、将它的一个部分和另一部分相联系的众多的重复现象（像我上面对亨利的自我评析的探索所证实的那样），以此来实现这一目标。一个例子便是他认为自己重复着埃涅阿斯，或者每次都将瑞切尔在他心目中的幻象看成是对其他人的重复。由反讽的双重意义勾画出的每一个形象为了画出第二个形象轮廓（它取代、抹去了第一个形象轮廓），所用的方法正巧和识别相似之处的方法别无二致。我描画第二个形象每时每刻都取决于对一段文字和另一段文字、一个词和另一个词、一种叙述样式和另一种叙述样式间隐喻性相似的运用。例如，我上面说过，第二次决斗重复着第一次，或是艾斯芒德和摩痕大人间存在着隐秘的相似之处，这部分的原因在于他们的姓名相似。我已从他无意中重现了俄狄浦斯的故事这一角度，解释了艾斯芒德的生活。在所有这一切中，我对文本中的种种诱人深思之处做出了回应。如果说亨利将相似视为同一是一种错误，在我"第二次"的阅读中，我犯了同样的过错。反讽诱使读者用另一种隐喻结构来取代这一种隐喻结构。亨利描绘他的自画像时，好像他已死去，是用香油涂抹尸身，以防腐烂，读者使他逃出了死神的魔爪，再次获得新生，不料由于以反讽的手法宣告他是个失败的俄狄浦斯，从而再一次杀死了他。

如果说第一个形象的消解（deconstruction）取决于凭借反讽的手法，对亨利为了描绘他的自我形象而建立的种种隐喻的联系加以怀疑，如果说这种消解能消除所有那些联系，那我们没有理由说适用于第一种隐喻结构的同一程序对第二种隐喻结构就不适用。适用于第一种的必然适用于第二种，第二种瓦解了第一种，这一瓦解过程同时又瓦解了第二种，第二种在分化第一种的行动中毁灭了自身。如果说反讽是"永无止境的、纯粹的否定"，它全然不可能是建立密切联系的手段，它只能是一种分解、分析，甚至是麻痹的力量。如果它具有永无止境的否定的特性，那它又是"纯粹"的否定，它消除了一切界限。通过反讽味十足地扮演某个角色这一迂回曲折的路径，萨克雷并没能驾驭自我，他一直误入歧途，远离自我，无法走上正轨，使他虚构的自我和真实的自我合二为一。

可用一种稍微不同的形式[1]来论述同一件事：萨克雷故事中很多虚构的内容由于插入了对众多的战役、政治事件（读者知道这些事件在历史上真的发生过）等的详细描写，从而显得更加可靠，更合乎情理，也更真实。这一联系在两方面发生影

---

[1] 斯蒂芬·班恩在《亨利·艾斯芒德的反历史倾向》中第62—63页、第72—75页、第79页，对此作了论述。

响。这种效果使作品中的历史事件的叙述或多或少显出一种虚构、幽灵般的气息，对这人或那人似乎经历的一切的叙述，只不过是一种主观的解释罢了。和亨利·艾斯芒德虚假的自画像一样，历史有着同样的虚幻性。抵制"官方的"历史［一个例子便是艾迪生《出师颂》（*The Campaign*）这一诗体的历史］是《亨利·艾斯芒德的历史》中重复出现的主题之一。萨克雷反对这类历史的理由反映在他自己的这一过程中——通过一个真实的历史场景中虚构的故事，力图间接地揭露他本人的真相。

相同类型的消解同时使读者对文本的控制力趋于瓦解。对《亨利·艾斯芒德的历史》中反讽的认识和解释并没能使读者驾驭作品，相反他长久地迷失在意义模糊不清的迷宫中——除非作品中反讽否定的运动方式可加以明确的界定。从萨克雷生活的时代到今天，批评一直在两极间摆动：不是将他的小说视为"玩世不恭"或缺乏信仰的作品，便是认为它们有一个绝对的价值标准——依照这个标准判断，英国资产阶级社会贫乏无聊，堪称为"名利场"。解释萨克雷的批评家之间的分歧并非偶然，没有一个读者能说他对《亨利·艾斯芒德的历史》拥有毋庸置疑的权威，或者在将艾斯芒德视为英雄和将他视为讨厌鬼两者之间做出决断。线索中断了，即使是读者用来理解线索何以消失的线索也无影无踪。这点可以清晰地阐述如下：哪里有反讽，哪里就没有权威，甚至连确知没有权威这种权威也不存在。以另一种方式来说，人们无法确证亨利惹人喜爱的自画像断然不是"直截了当"的表现——许多读者和批评家这样认为[1]。正如你不可能确证用俄狄浦斯情结来解释这部小说正确可靠,你也无法判明这绝不是萨克雷对他自身的真切感受——并不存在反讽。既然没有一个可赖以提出明确解释的稳固的基础,意义便在众多潜在的构造组织间摆动。

《亨利·艾斯芒德的历史》在作品自身中包含着众多的象征符号(它们散布在正文各处),它们标志着这一基础的缺失,标志着随之而来的任何连贯的线索的瓦解(甚至连对这些线索提出疑问的线索也不能幸免)。举例来说,俄狄浦斯的故事(如果它是《亨利·艾斯芒德的历史》仿制的原型),在弗洛伊德对它的解释中,在索福克勒斯(Sophocles)的处理中,或者在《哈姆雷特》里这一故事改头换面的形式中,成了一个发现没有权威、没有父亲、没有意义的主要源泉的叙述。它是这一发现(一个人在父亲的位置上怡然自得,但又为此感到有罪,因为他没有权力占据那个位置)的故事,俄狄浦斯的故事成了这一发现(即不存在原型)的原型。

---

[1] 一个例子见于约翰·凯里的《萨克雷:才华横溢的天才》(伦敦:费伯和费伯出版公司,1977年)。我非常钦佩凯里对萨克雷丰富多彩的早期作品所作的热情的评价。但他的论文谈到萨克雷后期作品堕落为多愁善感的呻吟、势利者体面的炫耀时常有纰漏;在分析《亨利·艾斯芒德的历史》时没有看出反讽与叙述者间的对立。凯里将这部书解释为对亨利价值观念、亨利自我描叙直截了当的认可和赞同。对欺诈深恶痛绝的年轻的萨克雷的身影在《亨利·艾斯芒德的历史》中依旧存在,这章试图表明这一点。

应该记住:"俄狄浦斯情结"本身无论在陷于其中的人身上,还是在对俄狄浦斯故事所作的诸如萨克雷或弗洛伊德那样的解释中,都是一种语言的效果。故事中众多的神谕、谜语、预言象征着这一情结。这些毕竟是语言的阐述,当人们以这种或那种方式对它们加以解释时,它们具有了述行性的力量。同时,俄狄浦斯故事中辈分的混淆、亲属姓名的混乱和错位(一个男人是同一女人的丈夫和儿子,又是他孩子的兄弟)也体现了这一情结。这样的混淆在《亨利·艾斯芒德的历史》中同样存在。谁说我钟爱的女人是我母亲的化身?谁说我的生活陷入了为占有我父亲的地位而展开的争斗的控制之中?我这样说。谁说俄狄浦斯的体验应验了那道神谕?俄狄浦斯这样做。如果他不知道他杀死的是他父亲,或者他不知道自己娶了母亲,他怎么能因乱伦、弑父而感到有罪?他经过推理,将神谕和事实加以对照,宣告自己有罪,随后罪行便真相大白。依照那些神谕的文本,他的苦难和自责是对他生活的一种解释。正如弗洛伊德依照他对索福克勒斯戏剧的解释解释了他自己的生活,以此创造了俄狄浦斯情结,俄狄浦斯将他的生活视为神谕的重现。俄狄浦斯故事的意义既不在于第一个因素——神谕,也不在于第二个因素——它的应验,而在于这两者之间。它存在于两者间的空白中,存在于那空白的填补中——那空白使第一个因素成为被第二个因素应验的预言的符号。俄狄浦斯情结总是通过语言发生作用。和亨利对自我的解释或是我借助反讽进行的第二次解释一样，它是阐释中的一个错误，它错将相似视为相同。这样一种解释使人们认识到不存在权威，甚至引导人们达到这一认识的线索本身也不具备权威[①]。像弗洛伊德以后所做的那样，亨利在写作那篇仿《旁观报》风格的文章时，依靠俄狄浦斯的故事解释着他的生活，他在论文中创造了一个新的神谕，随后又对它加以解释。同样，这部小说的读者一旦更深一层地洞见《旁观报》文章的言外之意，他对它便有了新的解释。读者将《俄狄浦斯王》《哈姆雷特》《亨利·艾斯芒德的历史》《梦的解析》并列在一起，在这一组著作中勾勒出事情的原委。

如果说在《亨利·艾斯芒德的历史》中涉及俄狄浦斯及其在《圣经》和其他文学作品中的复现，其功用并不在于证实某个基础，而在于对任何基础的存在提出怀疑，那么，这部小说的三个人物则以各自不同的方式体现了叙述线索的中断，他们具体地展现了使小说连贯性化为乌有的间断的力量。一个这样的人物便是何尔特神父——一个乔装打扮的耶稣会长老。何尔特神父在小说中多次出现，身着不同的装束，徒劳地为斯图亚特王室卷土重来策划阴谋。何尔特在亨利幼年时曾是他的私人教师，在他心目中俨如父亲，他常为自己无所不知而自鸣得

[①] 参看辛西娅·蔡斯，《恋母情结的文本：弗洛伊德对〈俄狄浦斯王〉解释的解释》，《变音符号》，第九卷，第一期，1979年春，第54—68页。

意；然而，他的学识堪称假冒的赝品，他总有那么一点儿差错，他老是根据那些歪曲了的事实，作一番虚假的叙述。亨利曾宣称：对他自己的生活，他像上帝那样，记得纤悉无遗，理解得鞭辟入里，这里何尔特成了亨利这番话滑稽的模仿。当亨利在佛兰德斯再次遇见这位教士时，他说："何尔特先生性格里有一种毛病，他自以为无所不知……只是他自称所知道的各项事情，各项约有八九成对，并不完全对……艾斯芒德不便去纠正他旧日师傅的这些小错，但由此可知那人的性格；于是他想起这位曾是他往日的宣谕之神，不禁微笑；不过现在他不再以为他有多么神圣，不再以为他是绝对正确了。"（第二卷，第十三章）"八九成对，并不完全对"，加上狂妄宣称像神那样无所不知——这是对亨利自我形象绝好的写照。在那一形象描绘中，他特意强调了他自己的种种短处，但略去了最重大的过失，并狂妄宣称他自己无所不知。

作品结尾最后一次写到何尔特神父时，再次强调了何尔特对阴谋和伪善不倦的爱好，同时又强调了他运用这些计谋没能实现他的目标："他当然是最倒霉的人：他每玩一套把戏，没有不落空的；每参与一次阴谋，没有不失败的。后来我又在佛兰德斯见到他，他从那里去罗马——他那个教派的大本营；实际上他居然在美洲又出现了，同我在一起，那时他很老了，很忙，还抱着很大的希望。我不敢断定他在那儿不曾拿起斧头，穿上鹿皮靴子，而且披上一条毯子，画着上阵的花脸，在印第

安人中偷偷地奔走着一项使命。"（第三卷，第十三章）

体现叙述线索中断的另一个人物是亨利的生身父亲——托马斯·艾斯芒德。托马斯编造谎话的才能和亨利的另一个脾性相吻合——也和萨克雷的一个脾性相吻合。托马斯·艾斯芒德凭借着他那只如簧之舌总能使自己摆脱窘境。例如，在他成了亨利的父亲后，他编造了一套详尽的谎言，将妻儿弃之不顾。在这章中，当何尔特详细叙述他所知的亨利身世时，他将这点告诉了亨利：

> 我必须告诉你，托马斯上尉——就是后来的子爵大人，极其擅长随机应变地编造谎话，他会讲得滔滔不绝，而同时又装出一副老实的神气，骗得女人和讨债人个个相信，他的许多债主都上了当。他说起谎来，越说越像真有其事，他把一件一件事串在一起，串得异常敏捷，异常连贯，谁要知道子爵大人在说谎还是在说实话，请你不要见怪，必须同你父亲熟悉很久才行。（第二卷，第十三章）

这可作为亨利自我叙述的一个标志。和他父亲一样，亨利也有这样一种天赋；他擅长将一件一件事串起来，使之具有了逼真感，最终编出一个连贯的故事。如果亨利是这样的话，萨克雷也是这样。由于亨利的叙述至少以先前真实发生的事件为蓝本，而萨克雷的小说创作则和一般的小说创作一样，煞有介事地凭空捏造一些详细的故事，因而萨克雷在讲故事的方式上更接近托马斯·艾斯芒德，而不是亨利。托马斯·艾斯芒德曾力图杜撰自己先前的身世，说他父亲是一个康瓦尔乡绅，妻子是个泼妇，这可算是他惯用的伎俩。如果读者恰好想到这一相似之处，他便会发现：这里萨克雷短暂地将读者在那一瞬间内所读的文本虚拟（或虚构）的特性，连同所有那些有关亨利生活的"事实"一齐展示出来。注意到这一相似之处将提醒读者留心这一现象：萨克雷打算以谎言这一迂回曲折的手段作为论述他自己的生活、驾驭支配它和其他人、愚弄他的债权人的计谋。以这种方式展现那计谋，实际上便使它失去效力，它使迂回绕行永久地偏离了小说，这一路径为对它的活动方式间接、反讽的展示所阻断。

碧爱崔丽克斯堪称这一中止决定性的、最为重要的体现。虽然在小说中她明显的作用在于她取代瑞切尔成了亨利爱慕的对象，同时由于她使其他人为她倾倒，因而使亨利的追逐富于戏剧性；但同时更为隐秘的是，她又是亨利暗藏的、多变的自我，是萨克雷人生观中最消极的一面的体现。和亨利一样，她剥去了其他人虚伪矫饰的神秘的外衣，但她也展现出如果这一过程持续不停地进行下去，它将导致怎样的后果。自然她不是人们交口称颂、争相仿效的楷模，毋宁说她表明了对自身和他人丰富多彩的洞察力具有怎样的毁灭性。也许最好还是甘受愚弄。尽管那些将亨利视为正面人物的读者成功地做到了这一点，然而，作为整体的这部小说却使这种自我愚弄变得极其困难。碧爱崔丽克斯在《亨利·艾斯芒德的历史》中无论如何总是危险的女性怀疑本性的体现，她代表的那种力量充斥着彻头彻尾的反讽，没有任何信仰可依傍。她不相信任何等级秩序或权威，她有着一个女人的愤世嫉俗，一个女人的见识，即认为不存在国王或合法的男性统治者，尽管她也是一些女人不得不占有这虚假的权力的化身（即使只是要毁灭它们）这样一种需要的一个典范。

同时她知道不存在正统的女王或女神，她对亨利说："你自始至终老是崇拜我，对我唱赞歌。我很知道我不是仙女，对你烧的香逐渐厌烦起来。"（第三卷，第四章）正如亨利所说："她既傲慢、又轻佻；她反复无常，不讲信义，在她的品性中没有敬畏这回事。"（第二卷，第十五章）碧爱崔丽克斯是亨利未被承认的、多变的自我，是在一个异性身上凸现的镜像。如果说亨利破坏了他的家庭继承血统，那碧爱崔丽克斯在其所到之处尽情地毁灭着，一个例子便是她诱使觊觎王位者离开伦敦——他本可在那一刻夺取王位。她的所作所为使斯图亚特王室延续的希望化为泡影。其中的区别在于亨利不知道自己对周围的人产生了毁灭性的影响，而她则明白，她告诉亨利："虽然我们今天坐在一间屋子里，但彼此之间总是隔着一堵高墙。"（第三卷，第四章）这堵墙也是一面镜子，从中他可看到自己隐藏起来的面容——这个面容他竭尽全力躲过自己的眼睛，也躲过读者的眼睛。

从许多方面看，碧爱崔丽克斯和《名利场》中的蓓基·夏泼一样，堪称《亨利·艾斯芒德的历史》中描绘得最为复杂，甚至可说最富有魅力的人物形象——尽管在实际生活中和这样的人打交道很危险。碧爱崔丽克斯和蓓基是萨克雷对英国小说中展现的自私、歹毒的女性这一长长的形象系列所作的宝贵贡献，这类形象可置身于英国男女小说家创造的最令人难忘的形象之列中；例如《米德尔马契》中的罗莎蒙德·文茜、《尤斯塔斯钻石》（*The Eustace Diamonds*）①中的莉齐·尤斯塔斯以及《远大前程》（*Great Expectations*）②中的埃斯苔拉。碧爱崔丽克斯和她的标志月亮一样反复无常、难以捉摸，她所到之处尽引起灾难。亨利、碧爱崔丽克斯的母亲以及其他任何人都无法驾驭她。她十足地自私、毫无信仰可言，她玩弄社会准则于股掌之上，为自己发迹开辟道路，却根本不相信它们。因而她外表上美丽出众、欢乐无比，内心深处则极度抑郁，她的虚无主义散发出凄迷忧伤的气息，她知道我们每个人都很孤独！没有任何宝物值得你去赢取。这也是萨克雷的认识，它便是他呈现的反讽（像一件他无法脱下的斗篷）背后的含意。在这本书里，碧爱崔丽克斯是《亨利·艾斯芒德的历史》赖以成

---

① 英国作家特罗洛普（Anthony Trollope, 1815—1882）的长篇小说。
② 英国小说家狄更斯（Charles Dickens, 1812—1870）的长篇小说。

形的反讽原则的体现,她在读者面前展现了那种反讽腐蚀性的力量——它足以破坏任何连续性,使一切化为虚无。除《亨利·艾斯芒德的历史》的任何其他特征外,她还揭示了亨利自我描述的种种虚伪矫饰,她展现了他自命不凡的丑态。

同时,无论是读者理解这部小说时可能表现出来的趾高气昂的矫饰,还是萨克雷得心应手的夸耀,都被碧爱崔丽克斯投上了一层毁灭性的阴影。那虚伪矫饰的长链只有否定碧爱崔丽克斯才能得以维持,她必须像一只替罪羊,背负着社会加在她头上的所有罪恶,被驱逐出这部小说。最后亨利与碧爱崔丽克斯决绝,在他眼里,她没有价值、邪恶不堪,根本不值得爱。萨克雷写到她以后逐渐发胖,和汤姆·塔金尔结了婚,他使她原有的月亮(或太阳)般的光彩黯然失色。读者如果力图问心无愧地对《亨利·艾斯芒德的历史》作前后连贯的解释,他就必须不去理会她给人的教益。

亨利的叙述建立在肯定总体记忆存在的基础上,萨克雷的叙述、读者的阐释想必也是这样。以"新批评派"为例:和诺斯洛普·弗莱[1]创立的原型批评一样,它提出的完整解释的要求以这种可能性(在同一瞬间唤起对该文本完整的、综合性的记忆)为基础。在另一方面,碧爱崔丽克斯是作为遗忘的阅读

---

[1] 弗莱(Northop Fyre, 1912—1991),加拿大文学理论家,著有《批评的解剖》(1957)。

（或叙述）的体现，这不仅表现在她如何遗忘一个情人姓名的那个故事中，而且在她只生活于现今的一瞬间的种种情形中得到了淋漓尽致的表现。她随时准备遗忘、背叛亲近的情人，为的是在毫无记忆、毫无昔日生活障碍的情形下开始另一场情场角逐。她依次向每个情人奉献自己，毫无忠诚可言。当然，看起来无论在性的方面，还是在其他任何方面她都没有真正奉献自己，她在他们中间遗忘着。如果说亨利、萨克雷和读者都是线条的描画者，织物的编织者，那碧爱崔丽克斯便是一个拆解者。她是所有线条和由线条构成的所有图案的破坏者。明显适用这一比喻的一段文字肯定了这一点，它可视为碧爱崔丽克斯作为反讽瓦解力量的体现这一角色最终的、象征性的形象："如果（亨利）的傻气有些像尤利西斯，至少她在这一点上也像珀涅罗珀：她有一群求婚者，她用迷人的手工和卖俏的丝网时常引诱他们、娱乐他们，可是朝朝夜夜拆了又打，打了又拆。"（第二卷，第三章）从总体上说，《亨利·艾斯芒德的历史》就碧爱崔丽克斯是作品中反讽效果的体现而言，在它不间断的自我拆构中，和瓦尔特·本雅明描述的普鲁斯特夜间遗忘的工作十分相像。读者将会记得，正是本雅明在本书导论那一章引证并论述的那段文字中，运用了珀涅罗珀织了又拆这一可逆的形象。

一旦移用到《亨利·艾斯芒德的历史》上，本雅明对珀涅罗珀回忆的工作和遗忘的工作所作的区分持续得出下面的结论：亨利对他生活的回忆是那种虚假的、文过饰非的白日的记忆，它借助于本雅明在论文其他地方论及的所谓"同一"的相似，将众多的事情串成一体。另一方面，萨克雷叙述中反讽的活力（它的影子在书中无处不在，但在碧爱崔丽克斯摧毁一切的力量中表现得尤为鲜明突出）便是珀涅罗珀遗忘的网络——它发生作用不是通过同一而是通过本雅明所谓的"不透明的相似"[①]。这样的相似取决于差异和距离，他们在肯定自身的同一刻，也否定着自身。通过文本连续不停地诱使读者构建的那些重复现象，萨克雷的反讽连续不断地使解释趋于瓦解。因而《亨利·艾斯芒德的历史》从整体上成了反讽和重复间否定关系大规模的展现。如果说重复在小说作品中通过使向前推进的叙述线索折回自身，并由此富于意味来创造意义的话，反讽则使那些联系松散开来，它使叙述线索变得模糊不清，最终散裂为互不相干的碎片。用这种方式或那种方式将它们组合起来，但正如我开头所说的，人们永远无法在《亨利·艾斯芒德的历史》寻求的那个合法可靠权威的基础上完成这种组合。

（本章作品引文根据陈逵、王培德《亨利·艾斯芒德的历史》中译本，人民文学出版社1984年版。个别地方稍有改动。——译者）

---

① 瓦尔特·本雅明，《普鲁斯特的形象》，见《启迪》，哈里·佐恩译，纽约：施肯出版公司，1969年，第204页。

第五章 《德伯家的苔丝》
作为内在构思的重复

《德伯家的苔丝》的叙述结构由多方面的重复（语词、主题和叙述）编织而成，同时它又是一个有关重复的故事。这点可以这样来印证：我们说苔丝的故事发人深省，为什么苔丝的一生"命中注定"要这样度过：其本身的存在既重复着以不同形式存在的相同的事件，同时又重复着历史上、传说中其他人曾有过的经历？是什么逼使她成为被后代其他人重复的楷模？方法论层面上的问题可这样表述：不是要问为什么文学作品要包含多种多样的重复形式——这一点不言而喻，要问的是：在这个特定的实例中，什么样的重复概念将使读者得以理解这儿重复产生意义的活动方式。这一问题的另一种发问方式是：就《德伯家的苔丝》而言，适宜的差异概念将是什么？在一个特定的事例中，一个主题范例与另一个主题范例间的差异是偶然的还是实质性的？

下面我将集中探讨《德伯家的苔丝》中单独一段重要文字（它描写了亚雷对苔丝的侵害）应如何解释。在这一段中，许多重复形式既起着有效的作用,又带着明显的标志。我将苔丝遭遇的一切称作"侵害"(violation),将它称作"强奸"或"诱奸"将引出这部作品提出的根本性的问题,引出有关苔丝经历的意义和它的原因等问题。那段文字兹录如下:

> 德伯弯着腰伏下身去,听到了一种匀称、轻柔的呼吸。他跪了下去,把腰弯得更低,她喘的气暖烘烘地触到他脸上,他的脸一会儿就触到她脸上了。她正睡得很沉,眼毛上的眼泪还没全干。
>
> 昏暗和寂静,统治了周围各处。他们头上,有围场里从上古一直长到现在的橡树和水松,树上栖着轻柔的鸟儿,打着那夜最后一个盹儿,他们周围有蹦跳的大小野兔偷偷地往来,但是应该有人要问:哪儿是保护苔丝的天使呢?哪儿是她一心信仰、护庇世人的上帝呢?他是不是像那个好挖苦人的提斯比人说的那另一个上帝一样,正说闲话儿呢?再不便是正追逐猎取呢?再不正在路上旅行呢?再不睡着了,唤也唤不醒呢!
>
> 这样美丽的一副细肌腻理组织而成的软縠明罗,等到那时,还像游丝一样,轻拂立即袅袅,还像白雪一般,洁质只呈皑皑。为什么偏要在那上面,描绘这样一种粗俗鄙野的花样(pattern),像它命中注定要受的那样呢?。为什么往往是在这种情况下,粗俗鄙野的偏把精妙细致的据

为己有呢？为什么往往是在这种情况下，绝难匹配的男人却把女人据为己有或者绝难匹配的女人却把男人据为己有呢？好几千年来分析道理的哲学，都不能把这种事实按照我们对事序物理的观念，给我们解释明白。我们固然可以承认，现在这场灾难里，也许会有因果报应的成分在内。毫无疑问，苔丝·德伯有些戴盔披甲的祖宗，战斗之后，乘兴归来，恣意行乐，曾无情地把当日农民的女儿们同样糟踏过，不过祖宗的罪恶报应到儿孙身上，这种道德理论，虽然神学家们可以认为满意，而按普通的人情看，却不值一笑，所以对于这件公案，绝对无补。

在这个偏僻的乡村里，苔丝自己家里的人谈论起来，老说那种听天由命的话；现在正像他们说的那种话那样："这是命中注定的。"令人痛心的地方，就在这里了。我们那位女主角从此以后的身份，和她刚迈出她父母的门坎，到纯瑞脊养鸡场去碰运气时的身份，中间有一条深不可测的社会鸿沟，把它们隔断。①

我刚才说这一段描写了苔丝受侵害的情形，但是对这一场

---

① 托马斯·哈代，《德伯家的苔丝：一个纯洁女人的真实写照》，新威塞克斯版，伦敦：麦克米兰出版公司，1974年，第十一章。后面引用这部小说时只标明这一版的章节数码。至于《德伯家的苔丝》后出各版对原（转下页）

景，几乎所有的评论者都注意到：事实上根本没有描写这件事的经过，或者说至少没有直接加以描写。它在文本中只是一片空白，仿佛苔丝"美丽的一副细肌腻理组织而成的软毂明罗……白雪一般，洁质只呈皑皑"。它存在于事情尚未发生和在人们眼里它已成了无法挽回的过去的一部分的那些段落的间隔中。在这部小说中，它作为一个隐喻而存在。无疑，哈代不能毫无顾忌地如实描写这一场景。在这点上，读者可能会记起那众所周知的事实：《苔丝》在《图画周刊》上首次发表时，哈代不得不将安玑·克莱将苔丝和其他女孩抱过泥塘这一描写改为将手车推过泥塘。在《图画周刊》上，苔丝被侵害这一情节根本没有出现。即便是这样，苔丝失去童贞当下那一瞬间的消隐（它在成了形的小说正文中消失得无影无踪）仍意味深长，有着它特定的功用。与它相媲美的还有作品中所有那些同样没有加以直接描写的、有着决定性作用的暴力行动（它们包括：当苔丝在马缰绳上入睡时，王子马的被杀；谋杀亚雷；苔丝被处死刑），或前或后也与苔丝被侵害这一事件相呼应。死亡和性是人类现实生活中两个基本要素，在这类事件发生时，

（接上页）稿所作修改的详细情形的论述可参见 J. T. 莱尔德的《〈德伯家的苔丝〉的成书过程》，牛津：克拉莱顿出版社，1975 年。同时我对大英图书馆当局准许我查阅作品原稿（编号 BL Additional MS 38182）深致谢忱。我在好几处指出了手稿中的异文。参看上面第一章的开头第 12 页，以便对《苔丝》中的重复因素有一个初步的认识。

似乎应栩栩如生地展现出来——如果有什么事件值得栩栩如生地展现的话。在《苔丝》中,和古希腊悲剧里的情形一样,它们仅仅在幕后发生,处于叙述的界限之外。在小说中,它们存在于变换借代的表现方式中,如天花板上硕大无比的幺点红桃牌是亚雷已被谋杀的标记;又如远处升起的黑旗是苔丝已被绞死的标记。

小说中苔丝被侵害的标记(这一隐喻在哈代的语言中是一种间接的存在)有着比更为直截了当的幺点红桃牌或黑旗所蕴含的更深一层的意义。小说中苔丝被强奸或诱奸表现为一个图画式的隐喻,它在苔丝的肉体上描绘出一种花样图案。叙述者说:"分析道理的哲学"无法解释"为什么偏要在这副美丽的、由细肌腻理组织而成的软縠明罗上,描绘这样一幅粗俗鄙野的花样,像它命中注定要受的那样呢?"这个隐喻是这部小说中一连串修辞手法的组成部分——其中包括花样的描绘、标志的制作、界线或标记的刻写,以及写作的行动。

写作和描绘同样也在《苔丝的悲哀》这首诗中联系在一起。和序言、副标题一样,这首诗以另一种方式再次道出了这部小说的主旨。苔丝在诗中说:

> 我难以忍受宿命的幽灵,
> 我情愿我的生命空白一片难以寻觅;
> 但愿我的记忆　化为一片污渍纵横,

让我残余的一切　腐烂干净，

但愿我的言笑举止面目全非　销声匿影，

找不见我的一丝痕迹！①

这一系列隐喻中所有的因素都以这种或那种方式包含了某个物理的行动：使一个物质实体发生变化，在它上面留下印记或刻上些什么。于是它不再仅仅是它自身，而成了某个缺失的事物、某个早已发生的事件的标记。它成了某种"遗迹"或"痕迹"。

哈代在苔丝身上倾注了极其强烈的情感，这或许远远超过了他创造的其他任何人物，他甚至暗暗地与她同呼吸共命运。这儿读者碰见的事例映现了那一奇特的现象：一个男性作家创造了一个女性主人公，随后他可说是爱上了她，哀怜她，和她共同经受痛苦的折磨，将她抱到胸口——哈代摘自莎士比亚《维洛那两绅士》（*Two Gentlemen of Verona*）的卷首引语确证了哈代对苔丝的感情："可怜你这受了伤害的名字！我的胸膛就是卧榻，要供你栖息。"特罗洛普对《阿灵顿的小屋》（*The Small House at Allington*）和《巴塞特郡纪事末卷》（*The Last Chronicle of Barset*）中莉莉·戴尔的感情是这一现象的另一个例子。《德伯家的苔丝》任何有教养的读者无不

---

① 托马斯·哈代，《诗歌全集》，新威塞克斯版，詹姆斯·吉布森编，伦敦：麦克米兰出版公司，1976年，第177页。

为这部小说或上面引用的诗深深打动：例如我发现安玑·克莱最终没能与苔丝圆满完婚的描写，使我陷入几乎难以忍受的悲哀中。通读整部小说时情感上的体验无疑提供了一种背景，可使几乎所有的读者对这部小说持有相同的看法，它还为对这部作品的讨论、甚至为小说内在意蕴的争论奠立了基础。这或许和罗曼·雅各布森①那富于说明力的论点十分相像，尽管韵律的理论家可以无休止地对一组特定诗行的韵律形式争论不休，然而那些诗行还是"具有"着能为任何够格的读者感知的、某种形式的韵律。由于《苔丝》所有有教养的读者一致认为苔丝备受痛苦的折磨，甚至倾向于一致认为那痛苦完全不是她理应遭受的；同时又由于《苔丝》所有有教养的读者都会分担叙述者对那痛苦的同情和怜悯，因而我们便关注起这一问题：苔丝为何蒙受如此的苦难。同时，看似漫不经心、边缘化（或"抽象"）的因素——诸如描写苔丝遭受蹂躏这一写作修辞手法的运用，它们与她所受的痛苦或读者对它的重新感受并非毫无干系。这些修辞手段是实现（这部小说和与它密切相关的诗篇在读者身上引发的感情节奏的）沟通交流主要的媒介物。我们得悉苔丝的自憎（或自轻自贱）竟如此强烈——她认为她的生活已给这世界打上了丑陋的印记（好似在墙上拙劣地胡涂乱

---

① 罗曼·雅各布森（Roman Jakobson, 1896—1982），俄裔美国语言学家、文学理论家，形式主义文学理论的主要代表。

抹），因而她愿意自己所有的"痕迹"化为乌有，有什么比这更使我们感动呢？由于读者受了感动，他才去希望理解哈代重复运用的这一隐喻背后隐含的真正含义。

描绘花样这一隐喻有着多重意义，它将真实的事件等同于写作这一事件的行动，它将这部小说和它表现的事件解释为重复的现象，解释为重新勾画出先前存在于某处的花样的轮廓。苔丝遭侵害无论当它"首次"发生还是在叙述者的讲叙中都是作为一个早已发生的事件的重演而存在。这一物理的行动本身便是标志的制作、符号的勾画。这使事件丧失了纯粹当下的现实存在，使它成为与贯穿历史的一长系列相似的事件产生联系的图案。苔丝遭侵害重复了她家披盔戴甲的祖宗对当日农民的女儿所施加的暴行。在小说的另一个地方，苔丝告诉安玑·克莱：她不想了解历史。她身上体现了这一特点：将时间想象为一个重复的系列。苔丝不想知道历史，正如她所说，这是因为"知道了我也不过是老长老长一列人中间的一个，发现了某一本旧书里，也有一个正和我一样的人，我将来也不过是要把她扮演的那个角色再扮演一遍，这有什么用处？这只让我难过。顶好别知道，你的本性和你以往的所作所为，正和从前上千上万的人一样，也别知道，你将来的生活和要做的事，也要和上千上万人一样"（第十九章）。

性、肉体上的暴力以及写作全都包含着切割、穿刺，或以某种方式改变物质客体之类自相矛盾的行动。自相矛盾存在于这一事实中：裂缝同时又确立一种连续性，它使事物打上重复的印记，或以这种或那种方式赋予它日后复制自身的能力。由于"自相矛盾"（paradox）这个词预先假定了先在的逻辑的连续性——自相矛盾扰乱了这一连续性，与人们通常传授（或言谈）的一切相悖，因而严格地说，这个词用在这儿实际上并不恰当。如果是这样的话，分割同时又接合的裂缝，先于逻辑而存在——举例来说，在情节开端、发展、结局这一逻辑连贯性的意义上。实际例子中起着接合作用的任何分割都已是一种重复，无论人们为了寻求它的源头追溯得多么久远。本章力图识别这一非逻辑（或另一种）的情节逻辑，并为赋予它哈代式重复的名称——内在构思（immanent design）——提供充分的理由，这样一类情节将没有亚里士多德意义上的开端和结尾，"中间"发展部分的各个因素将不再依照确定的因果顺序组合成有机的整体。性的交合、肉体上的暴力以及写作这种种行为造成了断裂（或缺口），例如像"一条深不可测的社会鸿沟将我们女主角从此以后的身份和她从前的自我分割开来"。

《苔丝》中所有这三种行为会聚在用以描绘苔丝和亚雷关系的那个有关移植（grafting）的隐喻的多重含义中。在下列情形中，这一隐喻表现得十分明显：叙述者说假冒的司托-德伯，并不是德伯家"唯一真正的嫡系子孙"，然而"这样一个衰微湮没了的姓氏，凭借司托-德伯家的财富势力，能后继有人，倒颇合枝荣而本固之理"（第五章）；苔丝的父亲谈到亚雷时说:"他一定当真算计好了,和老长支结亲,好生下好子好孙来传宗接代"(第六章);她母亲说:"她既然是真材实料,像老根儿那样,那她只要把王牌抓住了,她就一定能降得住他。"(第七章)在主题别具一格地、综合性地组合成一体的情形下,这一移植的隐喻也可暗暗地表现出来:例如用一根劈成两半的木棍这一隐喻来描绘苔丝和亚雷驾着狗车疾行——它导致亚雷给了她"强迫的一吻"(第八章):"随着马车的飞速前进,笔直的道路在视野中也由远而近变得宽阔起来。路两侧的护堤像一根劈成两半的木棍,从他们的两侧向后掠去。"(第八章)迅疾的运动使人想起亚雷和苔丝间两性的吸引力,苔丝沿着威塞克斯道路前行又被用作她人生旅程的一个象征——两者在此聚合在一起。正如在一张白纸上勾勒出的图形,曾经那么原始古朴的乡村大地上的那些道路像是刻印下来的一条条古老的线条。正如一根木棍只有断裂开来,才能嫁接(或衔接)到新的嫩枝上,苔丝的旅程和道路本身都是分割(同时又是新的连续性的确立)的变体。预示亚雷在性上占有苔丝的那"强迫的一吻"可说是"留下了痕迹"(第八章),仿佛它是一个盖上了死亡印章的图案;苔丝"擦她脸上他嘴唇接触过的那块地方"(第八章),力图使那一吻化为乌有,仿佛那一吻已在她脸上印上了一个记号。"移植"(graft)这个词源自切开、分割或刻写,"图案"(graph)有着相似的词源。"移植"还可与另一个词"象形文字"(hieroglyph)联系在一起，它的意义是一种描画（或刻出）的记号。这个词在小说中用来描绘苔丝天真的希望：她见到的亚雷·德伯"一定是一个年高德劭、令人起敬的老人，在他的脸上精致地表现出德伯氏的一切特征，同时，旧日的阅历在他脸上留下深深的皱纹，和象形文字一样，表现了英国和德伯家好几百年以来的历史"①（第五章）。

这一主题的别一种形式在第一章描述亚雷是"（苔丝）妙龄绮年的灿烂光谱中一道如血的红光"、太阳光"像燃红了的通条一般"时已被引证过。和通常的传统一样，太阳在这部小说中是丰饶的阳刚之气的源头，是生活的本原，但又是一股极富危险性的能量，它能穿透一切，毁灭一切，像小说结尾时，苔丝和安玑度过了短暂的幸福生活后，她躺倒在悬石坛祭坛的石板上，恰巧在她被捕前，清晨太阳最初的光辉漫入她的眼帘、唤醒了她，"待了不大一会儿，亮光强烈起来，一道光线射到苔丝没有知觉的身上，透过她的眼皮，使她醒来"（第五十八章）。死亡、性与阳性的太阳间的这种联系，不仅在将亚雷视为如血的红光的描述中，而且在描写太阳光辉的整个段落

---

① 依照《美国英语传统词典》。"象形文字"（hieroglyphic）源于希腊词"hiero"，意为神圣（或圣洁至善），以及另一个希腊词"gluphe"，意为雕刻（或刻印）；而"嫁接"则源于希腊词"graphein"，意为写作。"雕像"（glyph）的词根是"gleubh"，意为切开、劈开，cleave、clove、cleft、clever等词都源于此，而希腊词"graphein"的词根是"gerebh"，意为涂写。

中早已埋下了伏笔——后者表现得最为直接、明显:

> 太阳因为有雾气的关系,显得不同寻常,好像一个人,有五官、能感觉;想要把他表现得恰当,总得用阳性代名词才行。他现在的面目就是这样,加上一片大地上,连一个人影儿也没有,这就立刻叫我们明白了古代崇拜太阳的缘故。我们自然而然地要觉得,通行天地间的宗教,没有比这一种再近情合理的了。这个光芒四射的物体,简直就是一个活东西,有金黄的头发,有和蔼的目光,神采焕发,仿佛上帝,正在年富力强的时期,看着下面包罗万象的世界,觉得那儿满是富有趣味的事物。
>
> 过了一会儿,他的光线就透过了农舍的百叶窗缝儿,一直射到屋子里面,把碗橱、抽屉柜和别的家具都映上了一条一条的红线,好像烧红的通条一般;把躺在床上的那些还没起来收拾庄稼的工人,也都晒醒。(第十四章)

这些段落暗示读者,对这部小说中出现的所有那一系列红色的事物该赋予怎样的意义:苔丝头发上系的红丝带;她那张嘴〔它的内部全都让(安玑)看见了,"红赤赤的,好像蟒蛇的嘴一般"。第二十七章〕;发她方言中富于特征性的"ur"音的那两片殷红的嘴唇;亚雷强迫她吃下去的红草莓,亚雷送给她、她用来刺自己下巴的玫瑰;收割时她手腕上红色的伤痕

（"工作久了。胳膊上柔嫩的皮肤，都叫麦秆划破了，往外流血"。第十四章）；她手臂上鲜红色的印迹——那是异乎寻常的一幕场景：为克莱竖琴的弹奏声所陶醉，她一步步走到他窗下，穿过"发一种难闻的气味的花繁梗长的<u>丛芜</u>"（"她从这一片繁茂<u>丛</u>杂的幽花野草中间，像一只猫儿似的，轻轻悄悄地走了过去，裙子上沾上了杜鹃涎，脚底下踩碎了蜗牛壳，两只手上染上了奶蓟和蛞蝓的黏液，露着的两只胳膊也抹上了黏如胶液的树霉，这种东西，在苹果树上是雪白的，但到了皮肤<u>上</u>，就变得像茜草染料——鲜红的颜色了"。第十九章；大英图书馆手稿本第 136 页，"茜草"作"血红色"）；第一章中曾引用过的色彩鲜亮的红色大字（"你，犯，罪，的，惩，罚，正，眼，睁，睁，地，瞅，着，你"）；他俩结婚后，苔丝向安玑忏悔时，壁炉台下方反射过来的"一道笔直的血红色的光"（大英图书馆手稿本第 28 页）或"煤火的红焰"映照着苔丝的面庞（第三十四章）；在安玑遗弃她后，她作了一次最终流产的尝试，向他的父母求助，那时她看到"一块带血迹的纸，从一个买肉人家的垃圾堆<u>上</u>，叫风刮了起来"，它"在路上前后飘扬"，"因为太轻，所以老停不住；又因为太重，所以老飞不走"（第四十四章）；苔丝用"跟战士们的手套一样又沉又厚"的打谷用的手套抡了亚雷一下（富于讽刺意味的是，它使人联想起她"甲胄满身的祖先们"的手套），亚雷的脸上露出了"一道见血的红印子"（第四十七章）；亚雷被杀后，天花板上不断增大的血迹，"好像一张硕大无比的么点红桃牌"（第五十六章）。所有这些红色的事物都是潜藏在事件背后创造性与毁灭性兼具的力量［哈代称之为"内在的意志"（Immanent Will）］所作的标记，它的一种表现形态便是太阳，同时它还扩散到所有那些繁衍、伤害，或在交媾、肉体暴力和写作（它将这部小说组合成一个整体）这三重反复的行为系列上制作标记的力量中去。在有关充满阳刚之气的太阳那一段之后，紧接着描写了收割机，它那"两根涂着颜色的宽木条"是"那天早晨所有红彤彤的东西中最鲜明的"，它"本来涂的就是红色，现在叫太阳一照，红色显得更加浓重，好像是在液体的火里蘸过似的"（第十四章），这一切描写与上述反复出现的结构组织的深层逻辑相吻合。另一段落将所有这些因素浓缩在一句话里："除夕那天，白天很短，下午太阳快要落下时，阳光从一个窟窿眼儿射进屋里，像一条金棒，投到苔丝的下摆上，把下摆像颜料那样染了一块。"（第三十四章；大英博物馆手稿本第 271 页作"永久的标记"）

这部小说本身在序言中被定义为印在哈代头脑中的标记，如同印模铸成硬币一般，它重复出现（或被重新刻印）在正文的语词中。在第五版的序言里，哈代告诉读者；这部小说"只是一种印象，不是一篇辩论"，他"记述了世上事物给他的印象"。在 1912 年所写的序言中，他认为小说的副标题是"一个心地坦白的人对女主角品格所下的评判"，它将玷污苔丝圣洁肉体的粗俗鄙野的花样改过重来。这里,"心地坦白"和"像白雪一般,洁质只呈皑皑"相对应,"评判"则和苔丝的祖先对长眠地下的农家女儿糟踏的"程度",和亚雷对苔丝不那么残酷无情的糟踏"程度"相对应。"评判""程度"使人联想起"比例""均衡"或"逻辑性",它们构成了一个图样,正如掷骰子便翻出一种花样,或者像遗传密码四处散播便有了生殖。

这部小说的正文为它的标题、副标题、卷首引语以及前后相关的四篇序言(或注释)重复着。这些序言论述了小说和它的副标题重复的情形,哈代在第一版序言中说,《德伯家的苔丝》"想把一连串真正互相连贯的事情,用艺术形式表现出来"。这一连串事件存在于先,这部小说以另一种形式将它们复制再现出来。哈代在第五版序言中说;"对于神(不论是一神还是多神)作不含逻辑的责备,并不像他[指安得路·郎(Andrew Lang),他曾攻击过这部小说]设想的那样,是一件自我作古的罪恶。"这部小说重复了一桩古老的罪恶,莎士比亚在《李尔王》中表现过这种罪恶,那以前历史上的格罗斯特(Gloucester)①也有过这种罪恶。在 1912 年所写的序言

---

① 格罗斯特:英国历史上先后有格罗斯特伯爵八世吉尔伯特·德·克莱尔(1243—1295)、格罗斯特公爵汉弗莱(1391—1447)、格罗斯特公爵托马斯(1355—1397)等声名显赫的贵族。此处指哪一个格罗斯特一时无法确定。前加"历史上"这一限制性定语是为了表明这儿所说的格罗斯特不是莎士比亚《李尔王》中的格罗斯特。

中，哈代说，那副标题"一个纯洁女人的真实写照""本是最后——把校样都校完了——方加上去的"。它是整部作品的概要，是重复的另一种形式。

除了注意到这部作品重复的种种情形外，序言本身同时也再次肯定了这部小说。它们力图将它抹去，或为它深表歉意，在道歉时它们重申了它的主旨，或承认一旦它被写成，便无法将它抹掉，正如在小说中，苔丝的遭际一旦发生，便永远不能不是这样。小说家以自己的方式重复了他的女主人公的命运，他也无法从过去发生的行为的重复中逃脱出来。在1892年所写的序言中，哈代说："这一篇东西，当初我既然说了，管它有没有价值，我且留在这里；要是现在，大概就不会写出那种东西来了。"一面说"我现在不会再写那种东西了"，实际上他又将它们重写了一遍。在1912年所写的序言中，在谈到副标题时，他说："不著一字，斯更佳矣（Melius fuerat non scribere），但这个副标题还是留在这儿。"还有一次他说，"要是当初没写它则更好"，但他承认它无法抹去。校对者所做的删除的记号变成了"保留"，他让它留着与其说是因为他想这么做，不如说因为他别无选择，正如苔丝无论想什么办法都无法满足她这一意愿：使她的生活成为"空白一片"。这正如哈代在一首诗中所说的："上帝、撒旦都无法使发生的一切化为乌有。"①

同一组主题在小说摘自《维洛那两绅士》的卷首引语(上面引用过)中再次重现出来。那里性和写作(那儿男女两性通常的关系颠倒过来)在哈代笔下"胸膛"这一形象中重新结合起来,它既是卧榻,又是写作的书板,在上面写着苔丝的名字和她的生平故事,使她永久地刻印在那儿——这就好比哈代诗中往昔已被遗忘的事件,一旦你将它们写成文字,印成书籍,反复重印再版,它们便在他的记忆中、在诗歌的语词中获得了一种永久的存在。在哈代胸膛上受到深情护卫的并不是苔丝本人,而是她"受伤害的名字"。

在《德伯家的苔丝》中,每一段文字都是一个关节点、一个交叉点(或焦点),来自小说中其他许多段落的线索在此聚合并被包揽无遗。尽管上面我引用的段落将会使任何读者感到它有着非同一般的重要性,但它并不是其他段落的源头(或端点)。另外举一个例子,太阳并不是小说中内在意志主要的表现者,内在意志仅仅存在于它的表现者中,而每个表现者又都有着它本身不可替代的特性和效力。《德伯家的苔丝》中的任何一个主题只存在于它的具体实例中,它们中没有一个对其他主题拥有至高无上的解释权。此外,集中在一个特定段落中的一系列联系(或重复)为数众多,异常复杂,读者只能在各个

---

① 《相逢或分离》,《诗歌全集》,第310页。

因素间来回穿梭行进，依照其他因素，尽其所能解释各个因素。人们可能辨别出正文中作为实质性因素而存在的一系列联系，如红色的事物；或是一系列的隐喻：如移植（或写作）等修辞手段；或是一系列隐秘的联系（通常发生在词源意义上），像移植和写作（或切割）间的联系；或是一系列主题因素，如性行为或谋杀；或是一系列观念因素，如起因的问题或历史的理论；或是准神话的因素，如苔丝与丰收（或是作为慈爱的神祇化身的太阳）间的联系。这些系列中没有一个拥有对其他系列的优势，能自命为这部小说意义的真实解释。每一系列实质上不过是对其他系列加以变换，它不是一个可以明确论说的领域，正如有关父亲般太阳的神话只是太人性的（all-too-human）亚雷·德伯身上潜藏的那危险力量的变体，而不是它解释说明的原型。

集合在一起，这些因素便构成了一个相互解释的主题系列，每个主题存在于它与其他主题的联系之中，在解释说明任何一个特定的段落时，读者不得不在侧翼跳起阐释之舞；在这一侧向运动中，他永远无法找到一个最重要的、原初（或首创）的段落，将它作为解释至高无上的本原。更确切地说，意义在每个因素间的相互作用中被悬置了起来，它是内在的，并不是先验的。这并不意味着这个解释与另外一个解释毫无二致，而是说意义不能被阐释为一个等级系列，顶端最初的解释是一切真实的解释中最为真实的，它只能被看作是一组有限的、可以加以限定的可能因素间的相互作用——它们全都有解释力,但它们不可能同时具备符合逻辑的解释力。这并不能使读者不去探索苔丝为何不得不重蹈自己和其他人的覆辙、在那些重复中备受折磨这一问题的答案,更确切地说,这一答案想必存在于这一系列自身之中。通过提出又弃绝了由外在于这一系列的某个起因推衍的一整套解释,并展现了发展出自身内在意义的重复系列,《德伯家的苔丝》成了我前面第一章中论述的两种重复形式缠结交叉的另一种变体。

哈代在《苔丝》中"想用艺术的形式表现出一连串真正互相连贯的事情"这一尝试,包含了一连串、一行行或一系列重复出现的形象。小说中地形强有力的象征效果让人注意到直线的图案,诱使读者将苔丝的生活看作是游历她住过的地方的一次旅行。此外,这部小说还由一系列的季节更替构成。苔丝在一处将她的生活视为"好多好多的明天,统统排成一行",每个都在说:"我来啦!留我的神吧!留我的神吧!"(第十九章)这一系列的主题在小说开头崇干牧师描述德伯家祖先时引入,他们"埋在绿山下的王陴。那儿的地下拱顶墓室里,你们家的坟一行一行的,坟上面刻着石像"(第一章)。读者必然沿着这些行行列列的众多形式行走,以这种或那种方式将每个系列以及由它们共同构成的一连串交叉缠结的主题、比喻线索整合为一个有意义的整体。

迄今为止,我的阐释使人认为:集中体现在描绘苔丝遭侵害这一段中的一系列意义,由相互和谐一致的各个因素组成,正像所有红色的事物意指着同一事物。事实上情形并非如此,这一段文字以众多的方式使哈代小说里建立某个系列中各个因素间关系的排列方式显露出来。每一个新系列的出现,各组成部分都经过了一番重新组合。新的范例尽管明显地重复了原先的那一个,但两者毕竟不能相匹配。《德伯家的苔丝》中一串意义链各个环节间的联系总是带有差异的重复,差异与重复有着同等的重要性。

苔丝遭侵害略有差异地重复了先前许多事件这一情形在它与各种各样阐释模式(它们被结合进作品描绘的肌理中)的关系中清晰地展现出来。这些解释一提出,由于它们在一定程度上互不相容,因而几乎完全失效。哈代的小说之所以令人觉得困惑难解,不是因为它们没有包含自我解释的因素,而是因为它们包含的这类因素过多,以致不可调和。对哈代的批评由于在一部特定的小说中抓住一个因素,将它视为作品里包含的所有内容意义独一无二的解释,而将能从文本中找出同样多论据的其他解释弃之不顾,因而常常误入歧途。在《德伯家的苔丝》里,我认为体现了文学特征的那种异质多样性的最明显的形式在于对苔丝遭遇多种多样互不相容的解释的同时并存。它们不可能全是真实的,然而它们全部寓于这部小说的语词之中。

我选择论述的那段文字的重要意义部分在于这一事实:它

是如此直截了当地向读者提出了这一问题（正如我先前所说，作为整体的作品也曾向读者提出过）："为什么苔丝会遭受如此多的痛苦？"哈代展现苔丝故事所用方式的各个不同的方面使这一问题在读者心目中占有显要的位置：对暗示各个因素间因果联系的线性连续性的强调，苔丝的意愿和实际发生的变故间的不相容——它暗示了她主观意图之外的某种东西想必在塑造她的生活。和她本人的意愿背道而驰，她的生活成了一连串的重复，这些重复为整部作品构成了一个图案，这图案是对早先虚构中的、历史上的（或神话里的）原型的重复。一个非其所愿（或令人讨厌的）花样的出现迫使人提出有关它根源的问题：使苔丝的生活陷入那对称的图案而不可自拔，并引导她一步步走向断头台的富于创造性的力量究竟是什么？正如小说提出了这一问题："为什么……偏要描绘上这样一种粗俗鄙野的花样呢！"

描绘苔丝遭蹂躏的那段文字提出又拒斥了对这一问题可能有的五种答案。各个情形里拒斥的理由在于下面这一事实：尽管解释的模式为苔丝的遭际所复制，但这种复制是以富于反讽意味的颠倒的形式出现的，这便使作为明确解释原因的模式归于无效。

苔丝受侵害的地点在"围场里从上古一直长到现在的橡树和紫杉丛中"（第十一章），这暗示着上面说到的那些模式中的第一个。作品早些时候写到围场是英国残存的少数几片史前时代的原始森林之一,这片森林就它的名称与狩猎间的联系和它古老的树木而言,使人回想起小说中先前出现的、它可被称为其替代的古时的树林——布莱谷。苔丝家所在的马勒村便坐落在布莱谷中。叙述者说,"历来相传,都说国王亨利三世时,有一只美丽的白鹿,亨利王追上了没舍得杀害,却让一个叫塔姆·德·拉·林德的杀害了,因此受了国王的重罚;由于这个稀奇的传说,从前都管这个谷叫白鹿苑"(第二章)。苔丝在围场中遭侵害重复了她传说中的前辈(白鹿)遭杀害的命运,但对苔丝来说,没有国王来赦免她,来向她的侵犯者复仇。相反她多次受到男人的欺凌迫害,直至走向死亡。她杀死了亚雷,亲手为自己复了仇,从而为自己敲响了丧钟,她重复了别人的传说——"德伯氏家马车跟杀人的传说"(第五十七章)。当安玑眼朝下看着苔丝伏在他的肩头,幸福得啜泣起来时,安玑想道:"德伯家的血统中有一种令人难以理解的特性"——它使他们极易采取暴力行动。

如果我们采用亚雷对它的第一种说法——那个男人在这一传说中是个凶手,那苔丝对家庭传说的重演完全改变了它的各个因素。他告诉苔丝:"德伯家从前有一个人,抢了人家一个美貌的女人,装在马车里,那女人想要逃跑,他们两个就在马车里打起来了,后来也不知道是那个女人把德伯杀了,还是德伯把她杀了,我记不清楚啦。这是故事的一种说法。"(第五十一章)苔丝的经历是这故事的另一种说法。在它与白鹿传说的联系中，同时也在它与家庭传说的联系中，前辈经历中的各个因素以一种新的格局重新组合在一起，并产生了一种新的意义。在亨利三世的年代，正义得到了伸张，那时社会是一个能实施报应的有机组织，在苔丝的经历中，不存在安稳可靠的道德或社会秩序。这部小说的每一个读者都将记得叙述者最后一番评判的反讽意味："'典刑'明正了，埃斯库罗斯所说的那个众神的主宰对苔丝的戏弄也完结了。"（第五十九章）哈代自传中有条注释不太为人所知，在注释里他说"众神的主宰"在神学上没有专门的所指，它以比喻的方式表现了那统治宇宙的非人格化的力量，这些力量哈代称之为内在意志。在引述坎贝尔（George Campbell）《修辞学基本原理》（*Philosophy of Rhetoric*）时，哈代说：大名鼎鼎的埃斯库罗斯所说的"用了一个为人熟知的比喻……在这个比喻中，生命、感知、活动、谋划、激情——感性存在物的一切特征都被认为是由死气沉沉的事物创造的……与女主角相敌对的力量被讽喻式地人格化了"[①]。

第二个阐释模式以同样的方法被暗暗地否定了。苔丝的生活再次重复了先前的模式，但重复中含有如此多的差异，以至于无法将这一样式作为阐释的要素。眼下这个情形的争论点在

[①] 弗洛伦斯·艾米丽·哈代，《托马斯·哈代的一生：1840—1928》，伦敦：麦克米兰出版公司；纽约：圣马丁出版社，1965年，第244页。

于苔丝经受的一切和大自然万物盎然的生机间的相似之处。亚雷返回前苔丝熟睡时发出的"匀称、轻柔的呼吸"与"打那夜最后一个盹儿的树上栖着的轻柔的鸟"相呼应,她的生殖能力与树林四周"上下蹦跳的大小野兔"不相上下。苔丝遭受的痛苦之所以惹人怜悯同情,在一定程度上是因为:她由于"干了那颇为自然的事",才生下了亚雷的孩子,她的所作所为使她汇入了大自然万物的生命洪流之中。在收割那幕辉煌的场景里,她几乎成了无生命的自然的一部分:她有节奏地一步步往前,捆扎着收割下来的一排排谷物,"像情人一般,把一抱麦子整个抱住"(第十四章),过后又停下来给她的孩子喂奶,"地里的女工是田地的一部分,她们仿佛失去了自身的轮廓,吸收了四周景物的要素,和它融为一体"(第十四章)。

和那些为狩猎者所伤、在林间毙命的山鸡(在小说后半部的一小段插曲中——第四十一章,她曾满怀恻隐之心地将它们的脖子折断,免得多受痛苦)一样,苔丝同样是人们对自然界生物暴行的牺牲品,她的过错在于,在大自然中她竟发现仿佛有人在责备她的不洁不贞:

> 她在鸟宿枝头的树篱间走动的时候,或者在月光下山兔蹦跳的兔窝旁瞧看的时候,或者在山鸡群栖的树枝下站立的时候,都把自己看作是一个罪恶的化身,侵入了清白的地域。不过在所有这种时间里,苔丝全是在本无自然异

同之处，强要区分人为异同。她觉得和一切格格不入，而实在却和一切和谐。她不由自主破坏了的只是人类所接受的社会法律，而不是为她四周环境熟知的自然法则，她在她四周的环境中，也不是她自己所想的那样不伦不类。
（第十三章）

副标题"一个纯洁的女人"的一个意义便是认为苔丝的所作所为与自然和谐一致。然而，苔丝与山兔、山鸡毕竟不同，她不仅寄居在自然界中，而且置身于人类的文化之中。人类的自然行为始终不仅仅具有纯粹自然的意义，苔丝没有破坏自然法则，她所做的一切与野兔、山鸡毫无二致，但她不由自主地违背了公认的社会法律。在这种情形下，她对自然行为的重复是一种带有差异的重复。苔丝故事打动人之处部分在于它表明了人类已远离自然界。她的生平遭际与它在人类之外的自然界中原型的关系既不能解释她生活中发生的一切，又不能说明这是正当合理的。

这一段中提出的第三个阐释模式否定得比以往更明确，还带着一种比以往更悲苦的反讽的交叉："但是应该有人要问，哪儿是保护苔丝的天使呢？哪儿是她一心信仰、护庇人世的上帝呢？他是不是像那个好挖苦人的提斯比人说的那另一个上帝那样，正说闲话儿呢？或者正追逐猎取呢？再不正在路上旅行呢？再不便睡着了，唤也唤不醒呢？"（第十一章）借助于正统的神学,这儿否定了对苔丝遭际所作的任何解释,同时还为安玑·克莱(Angel Clare)姓名中的反讽意味埋下了伏笔。凭借《圣经》的回声,它再一次将苔丝的境遇展现为带有差异的重复——在重复中,先前那个模式没有为苔丝的遭遇提供令人满意的解释。正如安玑的姓名可能会诱使读者希望他能在人间充任苔丝失去的护卫天使,但事实上他没有给她以保护,因而,从总体上说,苔丝的世界里不存在任何神灵。她遭遇的一切都是偶然发生的,那些场景背后并没有神圣的谋划者对它们加以操纵。

具有反讽意味的是,具有单纯信仰的苔丝的处境和一般诵读《圣经》的基督徒或《旧约》中耶和华的信徒大不一样。更加确切地说,她和巴力的先知们颇为相像——他们无能的神祇对他们匍伏在献祭的公牛下祈求魔火毫无反应。"那个好挖苦人的提斯比人"以利亚无情地嘲笑那些先知:

> 巴力的先知们拣了一只送给他们的牛犊,将它修饰打扮了一番,开始向巴力祈求:"巴力啊,求你听我们吧!"他们从早晨一直求到中午,可是什么动静也没有。他们围着巴力的祭坛不断地踊跳呼求,但全无反应。到了中午,以利亚开始讥讽他们说:"你们要大声一点啊!你们的神可能正说闲话,或者他正在追逐猎取,或者正在路上旅行。他堕入梦乡了,你们快叫醒他吧!"这些巴力先

知喊破喉咙，大声求告，又按着教规，用刀自割自刺，流了不少血。(《旧约·列王记上》18：26—28)

在《旧约》的故事中，以利亚的祷告招来了一场大火，将祭品吞噬干净。在苔丝的世界中，基督教已取代了对巴力神的崇拜(这种崇拜是对某个不存在或死去的神的信仰)。现代的以利亚恐怕和巴力那些无能的祭司一样软弱无力。在以一种新的方式重复火、祭品、血腥的暴力行动的各个因素的大背景上，苔丝遭侵害重复了它在《圣经》里的原型。重复时它将《旧约》原有的框架倒转过来，不给读者以《圣经》解释苔丝经历的任何希望。

苔丝遭遇的不幸与按照《圣经》对它所作的解释之间这种富于反讽意味的联系，由于第二次提到《圣经》对人类生活中重新出现的现象的解释，效果大为强化。复仇的神圣渴望将祖宗的罪孽报应到儿孙身上——甚至第三代人也不能幸免。在哈代看来，以恶制恶，无法伸张正义，可以说，"现在这场灾难里，也许含有因果报应的成分在内"。苔丝或许正在为她戴盔披甲的祖先犯下的罪孽而受苦，他们的暴行为她所受的苦难所抵消。给苔丝留下创伤的那个夜晚，作为"神学家们认为可以满意的道德教训"被人们轻蔑地否定了，只有那些生性邪恶、大肆鼓吹"以眼还眼，以牙还牙"这一残酷无情的道德准则的人，才会觉得它尽合人意。这种报应的说教"按普通的人情看，却不值一笑"，因为它"无补于目下的这件事"。与其说它去除了粗俗鄙野的花样，修补了裂缝，不如说它重复、拉长了组织中的裂缝。不纯不洁无法回复到原有的洁白无瑕，它无法再一次制成如雪一般洁质皑皑的软縠明罗。

同时在这种情形里，新出现的范例在重复它的模式时，以反讽的手法对它的各个因素作了完全不同的处理。亚雷强加在苔丝头上的"措施"（measure）与苔丝祖先强加在他们时代农家女儿头上的措施两者无法比较。苔丝是真正德伯家的人，她贵族世家的祖先强加给农家女儿的措施达到了残忍的地步，仿佛一个人分发一沓儿纸牌，采取某些措施，或者颁布具有法律效力的措施。"措施"这个词暗示着比例或比率，它表明花样图案和遗传密码一样，可以计算，可加以数学般精确的说明。这里措施成了两性生育的委婉语。某个措施便是一个图样，甚至只是一个粗俗鄙野的花样。然而，在当下这种重复的情形中，一个假冒的德伯家的人将同样的"措施"强加在苔丝这个农家女儿头上。亚雷是寒微之家暴富起来的子孙，他需要将自己的门第嫁接到古老的、令人敬畏的世家血统中去，他的行径仅仅是对苔丝贵族世家的祖先残忍的高贵气质一种卑鄙拙劣的模仿。假冒的需要真的，但真的看来同样需要假冒的。现今的事件以一种低劣不堪、完全颠倒了的形式重复着古老的模式，将它变成了一个"花样"。

第四种阐释模式——即"分析道理的哲学"的模式，看来被毫不含糊地否定了："为什么往往是在这种情况下，粗俗鄙野的偏把精妙细致的据为己有？为什么往往是在这种情况下，绝难匹配的男人却把女人据为己有，或者绝难匹配的女人却把男人据为己有？好几千年以来分析道理的哲学，都不能把这种事情，按照我们对于事序物理的观念，给我们解释明白。"（第十一章）"分析道理的哲学"预先假定世界上有一种潜在的秩序，有某种居于支配地位的力量，它使万物各得其所。没有一种哲学体系能圆满地解释多少个世纪里男人和女人不相匹配的情形，它向盘踞在我们头脑中的宇宙富于意义这一假设提出了挑战。

正如小说早先相类似的一段文字进一步证实的那样，一个更为明确的提示潜藏在这一段中：

> 将来人类的文明，有进化到至高无上的那一天，那人类的直觉，自然要比现在更锐利明敏了，社会的机构，自然要比掀腾颠簸我们的这一种更严紧密切互相关联的了；到了那时候，那种进化了的直觉和进化了的社会机构，是不是就能把这种事序混淆的情况矫正过来，我们也许很想知道知道。不过这样完美的文明，不能预言在先，甚至也不能悬想为可能。我们只晓得现在这件公案，也和别的几百万件公案一样，并不是一个完整整体的两半，正当完全适宜的时候，两两相遇；而是两半里，那迷失不见的一

半,在愚蠢冥顽中独自到处游离,一直游荡到事过境迁、无可奈何的时候。由于这种行动的拙笨迁延,就生出了种种焦虑、失望、惊恐、灾祸和非常离奇的命运。(第五章)

哈代头脑中萦回着柏拉图《会饮篇》(*Symposium*)中阿里斯托芬(Aristophanes)言及的伟大的喜剧神话。阿里斯托芬说,曾经有一个两性人的部族,每个人都由一个男人与一个女人结合而成,构成了一个两性兼备的圆形整体。这个整体被神祇分裂成两半,从此以后分开的两半便在世上游荡,试图和他(或她)的另一半重新结合为一体。[1]哈代对人类困境的描述以其独特的差异重现了这一情形——像是已经见到的那些纵横交叉的图案,正好这种纵横交叉也表现在女主人公的地理活动上。故事描述了苔丝一生中在威塞克斯大地上一系列行进的道路,她由马勒村向北往纯瑞脊,不久回到马勒村,又南下大牛奶场所在溪谷的塔布篱,北上棱密槐;她父亲去世后南下返家,随后又往南到沙埠,在那儿她杀死了亚雷;随后再次往北,到悬石坛,最后在温屯塞被处死。她走过的道路构成了一幅图案,她没能与她丢失的另一半结合,她失败的经历勾画出

---

[1] 参见柏拉图,《会饮篇》(第191页,a—d),迈克尔·乔伊斯英译,载《对话录集》,伊迪丝·汉弥尔顿和亨廷顿·凯恩斯编,博林根丛书第七十一卷,普林斯顿:普林斯顿大学出版社,1973年,第543—544页。

这幅图案。在哈代看来，与柏拉图所想的恰恰相反，原初的整体并不存在。尽管每个人都有可与之匹配的异性的自我，但两人永远无法正当其时、其地凑巧相合。在哈代眼里，生活便是在每个人与他（或她）丢失的另一半之间的漫漫长途上迂回前行，徘徊游荡，越过横亘时空中的缺口。

在《超越快乐原则》（Beyond the Pleasure Principle）临近结尾的地方，西格蒙德·弗洛伊德也提到了《会饮篇》中的那个神话。①哈代和弗洛伊德两人，借助柏拉图的思想，一个在小说中，一个在科学论文中思索着这样一个问题：每个男人或女人在跋涉他们的生命旅程时，都重复着再次回到仿佛失去了的原始整体中去这一失败的尝试。然而，依照这两位作者提出的相反的可能性，那个整体或许只是作为每个人想象中与他匹配者最初分离所衍生的一个幽灵而存在。爱欲是死亡冲动的面具，生活是通向死亡的一条迂回曲折的旅程。和弗洛伊德的见解相同，哈代认为只有在死亡中——不是在与我的另一半幸福的结合中——我才能摆脱对某种失去的东西的不可抑止的欲望。

叙述者这样评述苔丝与亚雷的第一次会面："这件事就是这样开始的，要是她早就看了出来，这番见面里面，都有什么

---

① 詹姆斯·斯特雷奇译，载《心理学著作全集》（标准版）第十八卷，伦敦：霍格思出版社，1955年，第57—58页。

意义,那她也许就要问一问,为什么她就该命中注定,那一天让一个不对劲儿的人看见追求,却不让别的人,不让一个在各方面看来都对劲儿、都可心的人,看见追求?当然,所谓对劲儿、可心,也只能是人间找得出来的,也只能是差不多的就是了;然而在她认识的人里面,只有一个差不多够得上这种资格,但是她对于那个人,却只是昙花一现,她在那个人的脑子里,却并没留下什么踪影。"(第五章)在柏拉图看来,我的另一半按理说最初与我浑然一体,在哈代看来,我的匹配者(如果真有的话)只是我们两个人在世上各走各的路时偶然碰在一起,才与我结合。安玑·克莱儿乎是苔丝最合适的伴侣,在小说开头描写的五朔节(May-Day)舞会上,他与苔丝邂逅,但这次相会没能在他记忆中留下持久的印象。读者将会记得,"印象"(impression)在《苔丝》全书的序言中是一个关键的词。如果说一部文学作品记录了事物在作者"心地坦白"的头脑中掠过的昙花一现的印象,苔丝留给安玑(这个与她最相配的人)的也只是昙花一现的印象。两人虽有缘相会,但给他留下的印象并不深刻,并没深得足以进入他有意识的记忆中——尽管叙述者对这次失败的会面的记录使它化成书面文字,永久地留存下来。事实上,在小说以后的发展中,安玑在塔布篱那些个挤奶女工中之所以单单挑上了苔丝,其原因照叙述者看来在于他在无意识中发觉以前曾见到过她:

于是他从这个女孩身上，好像看出一些他熟悉的东西来，想起使他回到过去岁月的一些事物来，回到只知道快乐，不必有深谋远虑［大英图书馆手稿本第132页作"粗心大意的"（thoughtless）］的时光里，回到还没由于瞻前顾后的需要，而弄得天色都黯淡了的时光里。他最后断定，他从前一定见过她，不过在哪儿见过却说不出来了。一定是在乡间漫游时偶然碰见的，他对于这一节，倒没有很大的好奇心。但是当前这一番情景，却足以使克莱想要对近在眼前（大英图书馆手稿本第132页作"柔软的"）的妇女加以观察的时候，撂开别的漂亮女工，而单独选择苔丝了。（第十八章）

安玑在奶牛场注意到苔丝时的感受是一种"似曾相识"（déjà vu）。第一次相遇甚至连粗浅的印象都没留下，第二次会面却使第一次变成了起因。那起因既然无法真的回忆起来，因而甚至可以说，那么它看起来属于某个传说或神话中的过去，仿佛它是来自另一个更为欢乐的世界的回忆。

正如我前面所说，这一奇特的"记忆"机制（通过它第二次为第一次创造了意义，并使它成为开端）与弗洛伊德对歇斯底里的创伤的解释十分相像。在弗洛伊德看来，最初的事件充满性的意味，只是那时候没有这样来理解；第二个事件纯正无害，在人们的感受中，它又是开始第一个的重复，但消除了它创伤性的影响。创伤既不存在于头一个中,也不存在于第二个中,它存在于它们两者的关系中。与之相似的是,仅仅当安玑在塔布篱遇见苔丝时,她才在他心头留下"印象",但那印象就其效果而言依赖于他与她之间的第一次会面——那时她没在他脑海中留下印象。或许《德伯家的苔丝》在读者头脑中留下的印象以一种与此相类似的方式依赖于一连串将它组合为文本的重复现象,甚至(也许这样更好)在读者还没充分意识到那一系列的重复时。

如果安玑第一次注意到苔丝已不是开端,而是一次重复,那苔丝与亚雷的首次会面为将来的结局作了有力的铺垫——尽管它是粗俗鄙野与精妙细致、绝难匹配的男人与适当无比的女人间的结合。正如叙述者肯定的那样:"世间万物,虽然计划得精心细意,尽情合理,而实行得却粗心大意、违情背理,所以呼唤者与被呼唤者,很少能够互相应答;恋爱的人和恋爱的时机,不很容易凑巧相合。如果两个人见了面儿就能前途美满,老天偏难得正当其时,对他那可怜的人说一声'你瞧!',不等到捉迷藏的把戏把人累得筋疲力尽,他也很难得说一声'这儿!'指引那高呼'哪儿?'的人。"(第五章)在这部小说中,时间展示了这一两相匹配的失败。苔丝与她合适的伴侣的分离生出了这许多叙述,这一间隔铺开了一片欲望的四野——在对她失去的匹配者的渴望的驱使下,苔丝在其中东游西荡。这种"阴差阳错",这一错误的时间选择,使诸如苔丝与亚雷这样不和谐的组合有可能出现。这一切以改头换面（或稍加变形）的方式，对能使欲望满足的真正的结合作了拙劣的模仿。这些不和谐的会合成了构成苔丝命运（王子马的死，她遭侵害，杀死亚雷，她与安玑过迟的结合）的巨大震荡与灾祸。

这部小说最初的篇名——《太迟了，亲爱的！》或《太迟了亲爱的》点到了这一愚蠢的拖延——它使安玑对苔丝的爱迟迟不能兑现，到最后除了死神降临前那一段短暂的时光外，他们要想幸福地结合在一起，已经为时太晚。只是当苔丝处于死亡的边缘（她自觉地渴望着）时，那尽情合理的会合才出现。当她和亚雷间短暂的暧昧关系过后，他们分手时，她对亚雷说："但愿我从没生下来过。"（第十二章）当她来到德伯家祖先一长行一长行的墓地时，她悲恸欲绝地问道："我怎么偏在墓门外面，不躺在墓门里面哪！"（第五十二章）在诗篇《苔丝的悲哀》中（从诗中苔丝的口吻看，那时安玑已遗弃了她，她还没去杀亚雷），她再一次渴求死亡，这一次采取的形式是要求其他人将她曾经存在的所有记忆一齐抹掉。

完整无缺是无法预言的，甚至不可想象，因为生活本身就是不完整的，完整的只是死亡。如果时间、地点正好合适相宜，苔丝或许能与她的匹配者结合，她独特的存在也会随之消失。当她与她的另一半相逢时，已经"为时过晚了"。他们越过了重重障碍（她已丧失了处女的贞洁；她与亚雷短暂的暧昧关系）才得以相会，她身上已打上了不贞不洁"这一无法抹去的耻辱的印记"。那一不贞不洁是繁衍生殖的源头——内在意志——的体现，它是太阳给她打上的印记，这一耻辱使苔丝无法实现她向往中的和谐。它具有一种不可抵御的遗传复制的力量：苔丝可以死去，她的孩子索娄也会销声匿迹，但她生活制成的花样图案却会在构成她"命运"的那许多显而易见是不由自主的复现中重复自身。这一图案既是延期到来的欢乐预兆的标记，同时又是欢乐尚未降临的表征。

苔丝杀死亚雷后她与安玑间这种幸福欢乐、纯洁无瑕的结合，在哈代看来，（至少在这部小说中）只能存在于死亡的阴影中。未曾提及的亚雷的尸体，当苔丝和安玑臻于欢乐的极境时，横插到他俩中间，破坏着他们的幸福。当她和安玑单独相聚在一起，享受着他们短暂的田园诗般的生活时，她"心思忽忽悠悠，如痴如醉一般，只觉得两个人到底又在一块儿了，没有任何人来离间他们了，同时硬把那个死尸置之脑后"（第五十七章）。她将死亡视为为了那幸福必须付出的代价。当在悬石坛被捕时，她嘟嚷着说："这本是必有的事，安玑，我总算称心——不错，很称心！咱们这种幸福不会长久。这种幸福太过分了。我已经享够了，现在我不会亲眼看见你看不起我了！"（第五十八章）正如弗洛伊德叙述的那样，尽管"强迫性重复"（compulsion to repeat）或许是对死的渴望的一种伪装，但这一渴望看来也无法满足。它之所以无法满足，是因为它的目标并不存在——至少不是作为所有活生生的有机体似乎想要复归的无差别的起始点而存在。更确切地说，它作为由真正"开端"的不完整性所衍生的一个幻影而存在。

命运的观念产生了最后一个模式——依照它，苔丝遭侵害被理解为重复。这个模式乍看起来似乎诱使读者按照常规的命运观念解释苔丝的遭遇。这也许是《苔丝的悲哀》中苔丝表述的思想：她的一生早已载入命运的册书，现今的一切不过是预先制成的图样在整个实际生活中的复制而已。它或许表达的是这一思想：在苔丝的生活中，有一种事先预定的意向，操纵着她的行动，迫使她依照既定的格局前行。苔丝纯洁的肉体"命中注定"要描绘上"粗俗鄙野的花样"。她生活令人哀怜之处在于这一事实：依照她的邻人对它的解释，"情况是这样"。

当读者深入探究其他模式被推翻的含义后，他便会理解哈代的命运观念无法与机遇观念分割开来。苔丝生活中各个关键性的事件仿佛掷骰子，引出了她生活中一个个具有决定意义的场景：苔丝和安玑开始时偶然的相遇；王子马被杀这一不幸的意外事件——它使苔丝上纯瑞脊为家里寻找好运；苔丝父亲与崇干牧师的相会——一系列悲惨后果的"源头"：使苔丝的忏悔信没有到达预期的目的地、滑落到安玑房内的地毯上的灾祸。这每一个事件如创造了一个个特定个体的基因配对，既由命运决定，又是偶然的。正如一个幸运的结合，它的出现是偶然的；但由这一系列机遇延长伸展，形成了一条链环，在回忆中，人们可设想它制成了一幅构成苔丝命运的许多整齐有序的重复事件的图案。

《德伯家的苔丝》里众多的事件连续出现，首尾依次衔接。正如苔丝的活动轨迹横贯英格兰南部的道路，最终这些事件在时间中排成了一行，清晰地映现出来。当苔丝生活中的每个事件出现时，它本身便加入到先前事件的行列中去；当它们积聚起来时，瞧！它们构成了一幅图案。它们构成的图案凸现在时间和英格兰的大地上，与雕刻在白垩丘陵上的史前时代的马群很相像。在叙述者、读者，最终甚至是主人公自己追溯往昔的眼里，突然间图案便出现在那里。恰巧每个事件都脱离了自身，被聚拢到图案中。它不再自我封闭，通过与其他事件发生的共鸣关系，它成了指涉同样作为符号的先前、未来事件的符号。当一个事件变成符号时，它便不复存在。它成了自身以外的别的什么，成了其他事物的参照物。正因为这个原因，苔丝遭侵害和凶杀的场景都没有加以直接描写。它们之所以不是作为现今的事件降临于世，那是因为它们以暴力图案重复出现——无论人们追溯得有多么久远，这图案仅仅存在于它的反复再现中，并且总是早已出现过。

绝大多数对散文体小说的分析（包括大多数对《德伯家的苔丝》的解释在内），都以这种或那种方式以这一假设为基础：每一部小说都有居于中心地位的结构，如果能识别那中心，便可对中心结构做出解释。这一中心将处于作品中各个因素相互作用的范围之外，它将解释这些因素，并将它们组合为从这一中心脱胎而来的某个明确的意义图案。哈代一再追问："为什么苔丝要受如此多的痛苦？"这使批评家们设想他们的主要任务便是找到一种解释说明的理由。读者则倾向于认为哈代的作品在某一方面富于宿命论的色彩。此外，读者早已倾向于认为这一理由将是独一无二的，它将是某种原始的、开创性的力量。提出的各种理由有社会的、心理的、遗传的、物质的、神话的、玄学的或巧合的，每个这样的解释都将文本视为以任何事物自然发展的某种主要原则为起始点的总体化的过程。苔丝一直被视为19世纪英国社会变化，或是她本人的个性，或是她遗传的天性，或是物理（或生物）的力量，或是作为男人对女人残酷无情的蹂躏的不同化身的亚雷和安玑的牺牲品。人们从神话原型的角度，将她解释为维多利亚时代生殖的女神，或是内在意志孤立无援的表现，或是不幸的巧合、纯粹的机遇（或偶然事件）的牺牲品，或是哈代有意或无意操纵着的傀儡。

这部小说可为所有（或任何）上述这些解释提供论据。和哈代作品通常的情形一样，《德伯家的苔丝》有着过多的确定性，读者面临着由此引起的困扰。问题不在于文本中没有提出任何解释，而在于它们实在太多了。一大批互不相容的理由（或解释）存在于这部小说中，它们不可能全是对的。我对哈代文本错综复杂的网中的一些线索追根究底，它使我得出这样的结论：假定必然有一个独一无二的、说明性的理由，这在原则上是错误的。在哈代看来，这个图案没有源头。它产生了，它并不存在于作为其他图案模式的这一图案的任何变体中。并不存在所谓"原初的形式"，有的只是它们无穷的系列；它们排成行行列列，被记载下来——仿佛这个图案"存在于古旧的书籍中"，总是由人们从先前留存的样本中复制出来。

小说中来自重复系列的这一意义生成的象征便是苔丝所看见的巡回传教士描画的红色大字：你，犯，罪，的，惩，罚，正，眼，睁，睁，地，瞅，着，你。小说中的每个事件，或是它一系列重复出现的主题中的每个因素，与这些大字中的每一个都很相像。每个事件或因素都是一个单位，在它与其他事件或因素的间隔中赢得它的意义。在那个大字描画者奇特的标志方法中，这一间隙由逗号标出。逗号是标点符号系列中的一种记号，它本身无所指称，只表示加了标点符号，表示停顿。逗号暗示着语言抑扬顿挫中使意义得以产生的间隔。小说中的每个事件，和描画上的每一个大字一样，互不相关；但当它们全体在那儿聚集成一行时，意义便出现了。这一意义不在词语的外部，而是寄寓在它们之中。这便是预先设定的句法顺序强制性的力量——读者能使尚不完善的语词图式臻于完美的境地。苔丝在恐惧与羞辱中履行了油漆工涂写的第二条警句：你，不，要，犯——，读者知道丽莎·露和安玑的关系将会以某种新的方式重复痛苦、背信弃义、不能兑现的欲望等，这些是通过书中早先的演示所确立的普遍图式。

苔丝像是一个梦游者,在她生活中东游西荡,没有觉察到她所作所为的意义。她找寻着现实生活中的满足,但它老是躲避着她;直到最后在死神阴影的笼罩下,才找到了幸福。然而,她犯罪的惩罚还眼睁睁地瞅着她。这一"惩罚"在于这一事实:她做的一切,都成了符号,而与她的初衷脱离了干系。哈代表明他对苔丝故事意义的看法时,并没有解释它的原因,而是客观地展现了她的经历,因而最终它的图式能显现出来,为读者思忖领悟。

哈代的命运观念是他机遇观念的反映;"本来天地之间,盛衰兴替,时起时落,一切全都一样"(第五十章)。仿佛奇迹一般,从这一切中生出具有种种差异的重复现象的图案——它形成了苔丝的生活格局。这样一些重复现象从差异中生出相似,在这一连串重复的因素之外没有某个中心、起源或目的操纵驾驭着它们。对《德伯家的苔丝》来说,代替重复传统的玄学概念的东西将以文本产生并确定其意义的方式这一面目出现。如果说《呼啸山庄》的异质多样性在于它诱使读者寻找某种将能解释文本表现的重复因素,同时又阻挠那种探索的先验性的起源;如果说《亨利·艾斯芒德的历史》展现了反讽具有怎样的渗透性的影响,使明确判定重复系列的意义成为不可能,那么《德伯家的苔丝》和哈代的其他小说一样,为了理解人类生活,对内在的重复形式的含义作了出色的探索。对这样一连串的因素来说,没有外在于这一系列的源头。尽管本书中迄今为止我解释的四部小说各不相同,但这四部小说全都展现了由小说的语词产生的那种诱惑力——它使人相信:在本文重复因素的系列之外,存在着某个独一无二的解释源泉或理由,但随之而来的便是以这种或那种方式阻挠由那一信念激发起来的探索。

在内在重复这一意义的基础上,我们有可能弄清哈代对《德伯家的苔丝》所下的定义("试图用艺术的形式表现一连串真正互相连贯的事情")前半部分的含义。艺术形式是小说家对许多事件的演示,这一演示没有歪曲事件,但对它们通过某种方式的解释,强行赋予它们意义,正像一个句子可以有完全不同的意义,全看你朗读它时怎样发音。意义既在那儿,又不在那儿,它是一个位置、强调、间歇和标点的问题。在写于1892年的序言中,哈代认识到这样一种新型的强调具有的革命性的作用,它将通常的价值取向颠倒了过来。在人类价值(或意义)新的"感触"的引导下,将"不洁"称为"纯洁"——这将导致社会现有的所有权和统治关系的倾覆。有的事物开始产生的影响转瞬即逝,但它可能破坏一连串的家庭、社会关系。哈代在这篇印在第五版中的序言里说,那帮苔丝的非难者:

(他们)也许有必须推行的主义,必须维护的权利,以及必须保存的遗风旧俗；而一个仅仅以说故事为业的人，只记叙世上的事物给他的印象，完全没有别的用心，可就对于这些东西，有的没注意到，并且也许在自己毫无挑衅之意的时候，完全由于疏忽，对于这些东西，有的发生冲突了。也许一时的梦想所生出来的偶然意念，如果大家认真地把它实行起来，便会让这样一位改志者在地位、利益、家庭、仆人、牛、驴、邻居或者邻居太太各方面，遇到不少的麻烦……世界实在太拥挤了，所以无论怎样挪动地位，即便是最有理由地向前挪动一步，都会碰着别人脚跟上的冻疮。这种挪动，往往始于感触，而这种感触，有时始于小说。

以他那种平静的反讽姿态，哈代声称他的小说具有颠覆性的效力。当他"完全由于疏忽"写下这部小说，并取了这样一个副标题"一个纯洁女人的真实写照"来概括它在他心地坦白的头脑中留下的印象时，他开始挪动地位，好比在一个句子中改换一下发重音的词。这种挪动一旦发生影响，最终将重组社会中的一系列权力关系。[1]

---

[1] 与哈代对"标点"或重音在确定意义中的作用的洞悉相类似的情形还可在《仲夏夜之梦》（第五幕第一场）中见到（我要感激勒内·基拉尔，在谈话中他让我注意到这一段）。昆斯所说的那番开场白用词准确，但停顿、重音的位置都搞错了，因而它表达的意思与言者的本意完全相反。那些（转下页）

注意力自始至终投注在贯穿《苔丝》全书的读解（在最广泛的解释意义上）行为上。一种情形便是叙述者展示的许多错误解释的例子，其中有公牛的滑稽笑话，它听到耶稣降生的赞美歌后，便误以为圣诞夜来临了，还有更为严肃的戏剧性的场面：安玑迷恋着苔丝，称她为"阿尔忒弥斯"[1]和"德墨忒尔"[2]（第二十章；苔丝"盲目崇拜"安玑的描述（第三十四章）；还有苔丝错误地认为大自然在谴责她的不贞不洁，所有的解释都是以一定的方式，在一个符号和那些以前或以后出现的符号之间形成一种交叉联系，将图式加到对象身上。任何解释都以艺术的形式展现一连串真正互相联系的事情。在这样一个过程中，从交互的行为（阐释者、被阐释对象两者都对图案的形成或发现起了作用）中产生出意义。阐释既是创造又是发

（接上页）上流绅士对这一差错纷纷品头论足：

忒修斯　这家伙简直乱来。

拉山德　他念他的开场白就像一头顽劣的小马一样，乱冲乱撞，该停的地方不停，不该停的地方偏偏停下。殿下，这是一个教训：单是会讲话不能算数，要讲话总该讲得像个路数。

希波吕忒　真的，他就像一个小孩子学吹笛，呜哩呜哩了一下，可是全不入调。

忒修斯　他的话像是一段纠缠在一起的链索，并没有欠缺，可是全弄乱了。（根据朱生豪译文）

[1] 阿尔忒弥斯，希腊神话中的女神，罗马神话中称为狄安娜，掌管狩猎。

[2] 德墨忒尔，希腊神话中的谷物女神，罗马神话中称为克瑞斯。

现一观念在《托马斯·哈代的一生》中的一段文字里得到了简洁明白的表现:"当你把目光投向地毯时,一种颜色映入你的眼帘,你便会联想起一种图案;如果颜色是另一种,那联想起来的图案也会是另一种。因而在生活中,在他的脾性驱使他观察到的一般事物中,先知应该发现那一图案,并将它单独地描绘下来。非常准确地说,这是一条走向自然之路,然而获得的成果不仅仅是照片,它纯然是作家自身精神的创造。"[①]将一个新的解释添加到作者提出的已有的解释中去,这好似在一连串的阐释中再系上另一个链环。读者也有自己的印象,他将已经存在的一切想象为纯粹的表现,读者将他自己随后产生的纯粹性添加到这一纯粹性中,这便是哈代对我在本书中提出的众多可行,但又互不相容的解释这一观念的看法。然而正如哈代本人在《苔丝》的一段文字中所做的那样(我将以那一段结束本章),我愿意更多地强调序列本身所具有的那种确定解释的强制性的力量,尽管它是强加上去的、复杂的、不协调的解释——它将种种不相容之处联为一体,它们个个要求被读者认为是有效可信的。

在《德伯家的苔丝》中,不管怎样,叙述者总是不仅展现事件众多"客观"的因素,而且表达他对事件的解释。同时人们发现他意识到解释"纯粹"是外加的,而不是固有的——除

---

① 《托马斯·哈代的一生》(*The Life of Thomas Hardy*),第153页。

了这一例外：即当它是其他解释有限范围之内的一种可能性时。一个例子便是太阳将光束投射在苔丝身上这一"客观"的描述，开头将这种景象解释为好似是神在行动，但那一解释随后便在反讽中土崩瓦解："他现在的面目……立刻叫我明白了古代崇拜太阳的缘故。"（第十四章）不仅渗透在描写一连串真正互相连贯的事情，而且隐伏在赋予它艺术形式过程中的叙述者的行为，通过它与文本内部角色所作的阐释活动的重合展现它的面目。叙述者在苔丝对她生活的解释中，总是清楚地发现哪些是"主观"的因素，但这一洞察回过来又瓦解了他自己的解释。这些阐释的多重行为就它们与某个"真实"的解释的关系而言，并不是曲解。每一种描述（即便是目光最为犀利的描述），反过来同时都成了另一种读解。安玑不再爱苔丝时眼中见到的是赤裸裸的"现实"，当他将她视为女神时，当他认为世界只是有了她才熠熠闪光时，他感受到的世界被美化了——这两者同样都是解释。

解释连续不断增多这一力量意味着苔丝"被彻底遗忘"的意愿无法实现。这一连串解释持续添加新的链环。苔丝可以死去，但她生活的印记将留下来，例如本书记载了苔丝在叙述者的想象中留下的印象。她的生活具有一种复制自身的力量，它使她没有子孙后裔可能导致的结局化为乌有。在本书描写的范围之外，她妹妹的生活将是苔丝生活图案另一个带有差异的重复。除了那个之外，读者会看到，将会有另一个，随后又是另一个，以至于无穷。如果说这部小说是苔丝的故事在哈代坦诚心胸中留下的印象的结晶，那诚实的读者依照艺术作品无止境地重复自身的力量（小说在涉及苔丝对音乐感受的那段奇特的文字中注意到了这一力量），也被诱使着再次感受到这一印象。这儿最后一点论据表明：无论在生活中还是在艺术中，哈代都将重复原则看作是非人格化的、内在的、自我增生的，而不是由一个外在的力量操纵的——至少在一个特定的重复系列被记载在某种形式的标记或"印记"中时。"最简单的音乐"对苔丝"都有一种力量"，它有时"几乎能把她那颗心，从她的腔子里揪出来"（第十三章）。她思忖着教堂中的音乐在她感情上产生的那种奇特的强制性的影响，"她只感觉到——却不能精确地把这种感情用语言表达出来——这个作曲谱的人，一定有着非常奇特、赛过上帝的力量，所以他才能躺在坟里，还把他独自首先体验过的感情，叫一个像她这样向来没听见过他的姓名，并且永远一点也不会知道他是怎样一个人的女孩子，又一次一步一步地体验一番"（第十三章）。同样，《德伯家的苔丝》只要有一本留存下来，它便会发挥非常奇特、赛过上帝的作用，通过它提供的标记，引导它的读者一步一步地体验展现出来的感情。

（本章《德伯家的苔丝》的引文根据张谷若中译本，人民文学出版社1984年版，个别地方略有改动。——译者）

第六章 《心爱的》
被迫中止重复

他依旧沉漫在渺远的幻想中。那轮新月尽管人们说它反复无常,但它展现的形象与他本人想象中那个漂泊不定的心爱的情人正相吻合。这一景象使他感到:仿佛他寄寓在异性体内的幽灵突然间在地平线上方凝视着他。每月里新月初上之际,他时常向这位情同姐妹的女神跪拜三次,并向她光华熠熠的玉体抛去一个飞吻——人群嘈杂时他沉默着,孤身一人时他便大胆起来。

哈代,《心爱的》

(一)

攀上天庭　俯瞰尘埃
脸容苍白　你疲累不堪
形单影孤地穿梭、徘徊

于血统各各不同的繁星间——

像郁郁寡欢的眼睛,一刻不停地晃来晃去

值得它永久眷顾的伙伴,难道竟无处寻觅?

(二)

你选择了精灵的姐妹

它凝视着你,直到在你身上它可怜起……

雪莱,《致月亮》

"直到在你身上它可怜起……"雪莱未完成的诗篇到此戛然而止。可怜什么?答案也许是:对月亮的反复无常深表哀怜的那焦灼不安的人间精灵可怜起自己形单影孤的漫游来了。它在月亮中发现了一个与自己情同姐妹的形象。月亮的反复无常是凝视者反复无常的反映。他郁郁寡欢的目光也发现,在它自身之外的任何客体中都找不到快乐永久的源泉,因而他的目光不停地晃来晃去、游移不定。那种显得有些勉强的怀疑一切的姿态不由自主地展示了这一点:它凝视的任何对象都是没有价值的。同样,哈代《心爱的》中的主角——乔瑟林·皮尔斯顿,在他自我理解达到最深沉境界的那一瞬间,认识到一直躲避着他的心爱的情人——他看到她具体显现在一个又一个女人身上,他一步步向她逼近,但每次反而使她无影无踪——实际上是他自己的影像,是他寄寓在"异性"身上的"幽灵"或孪生儿。这一段文字与雪莱那首未完成的诗篇有着惊人的相似之处。

对这样一部小说来说——不仅它的卷首引语来自《伊斯兰的起义》(*The Revolt of Islam*)①,而且还包含不少《解放了的普罗米修斯》(*Prometheus Unbound*)②和《心灵之诗》③(*Epipsychidion*)的引文,同时夹有《伊斯兰的起义》的另一处引文,它与雪莱作品间的相似几乎不值得惊奇。哈代的作品深受雪莱的影响。《心爱的》几乎处处以雪莱为后盾,人们可将它定义为对后者的滑稽模仿,或是对他作品所作的解释,或是与他的影响作殊死搏斗的一场隐秘的战役。正如哈罗德·布鲁姆(Harold Bloom)在谈到哈代为人交口赞誉的最后一部诗集〔死后发表的遗作《冬日的话》(*Winter Words*)〕时不无诙谐地指出的那样,哈代作品的力量在于它"使我们在很多地方发现了雪莱的影子,仿佛哈代是雪莱的祖先,是那个革命的理想主义者无法摆脱的隐秘的父亲"④。除了将雪莱描绘成一个"革命的理想主义者"这一点之外,我赞同这种说法。雪莱和哈代一样是个怀疑论者,这一事实哈代了解得很清楚。《心爱的》从雪莱那儿引入了兄妹之爱(或在情人身上对自我自恋

---

①②③ 《伊斯兰的起义》《解放了的普罗米修斯》《心灵之诗》是英国诗人雪莱(1792—1822)的长诗。

④ 《误读之图》,纽约:牛津大学出版社,1975年,第23页。

式的爱）的主题，这样一种爱将自身与异性的孪生儿结合在一起，以此寻求自身的完善［在《莱昂与西丝娜》(*Laon and Cytnha*)和《伊斯兰的起义》的初版本中，那些情人都是兄妹］。和雪莱一样，哈代探究了这一主题与写作问题（或与创造性想象问题）和先验的起源问题的关系。和许多伟大作家一样，哈代作品的中心主题是文学本身，它的特性和力量，这在他早期小说中表现得多少有些隐晦，在他最后一部小说《心爱的》中，这一主题显露出来。它以对性爱的魅力、创造力和柏拉图的形而上学间的关系进行探询的形式出现——正是这一探询使《心爱的》成为19世纪一组重要的有关艺术的小说中的一员。

我上面说《心爱的》是一部重要的小说，但它又确实是非常奇特的一部。它讲述了一个雕刻家的故事，他爱上了一个女孩——他的表妹爱维斯，20年后又爱上了她的女儿——第二代爱维斯，隔了另一个20年，他爱上了第一代爱维斯的外孙女——第三代爱维斯。在这部小说最后一版中，这一种爱并没达到终点。和哈代早年的小说一样，《心爱的》表面上遵从19世纪现实主义作品的陈规俗套，它必须对社会、人们的心理作逼真的描绘，哈代作品诞辰纪念版中甚至还收入了一张据称是波特兰岛上"爱维斯·卡罗的小屋"的照片。然而，《心爱的》的情节框架从一般的意义上看，几乎不能说是"现实主义"的。哈代在写于1897年1月的前言中提到了这一点，他说由于"孜孜以求的是一种理想或主观的风貌,坦率地说是一种富于想象力的境界,因而对一连串事件的真实描绘照例一直服从于上述目标"。互不相容特征间的这种冲突(描写方式上摹仿的现实主义与情节上的奇思异想)已使一些读者不再谈论这部作品,事实上它是哈代全部作品中一个无法替代的部分。它和奈瓦尔的《西尔薇》和《奥雷莉亚》(*Aurélia*)、萨克雷的《亨利·艾斯芒德的历史》、普鲁斯特的《追忆逝水年华》一起,成了对爱重复、艺术创造力和宗教渴望间联系的另一种探索。正如这些姐妹篇正文表现的那样,在《心爱的》里,当情人成了早先情人的重复时,爱由此被强化了,而这一事实又与艺术家的表现力联系在一起。乔瑟林感情生活中一系列相互重复的爱体现了可被称作"符号理论"的东西——它是哈代作品中的先决条件。

《心爱的》(1897)结束了哈代开始于《绿荫下》(*Under the Greenwood Tree*,1872)——甚至还可向前追溯到从未发表的《穷人和贵妇人》(写于1868年)和《非常手段》(*Desperate Remedies*,1871)——的那一组小说。这组作品的高峰当推《德伯家的苔丝》(1891)和《无名的裘德》(1895)。《心爱的》与《苔丝》《裘德》的关系是如此紧密,以至于人们可以说,脱离了稍为逊色的姐妹篇,这两部更伟大的小说无法得到充分的理解。哈代从蒂朗特桑父子公司出版的期刊那儿撤回《苔丝》后(小说一半付梓排印后,他们提出了道德上的异议），《心爱的》便是他为蒂朗特桑公司写的用以代替《苔丝》的"轻松的东西"。《心爱的》的两个版本（发表在《插图伦敦新闻》上的1892年版和作了重大修改的1897年版）问世时间恰好在《无名的裘德》前后。在主题、措词、人物描绘、戏剧性的结构上，这三部小说有许多相似之处。一个例子是《无名的裘德》中裘德、淑、艾拉自拉间的关系和《心爱的》中乔瑟林、马西娅、爱维斯关系间的类似点。另一个例子是雪莱、柏拉图式的完美无缺的情人（他们是一个雌雄同一的整体的两半）的主题，这一主题在《心爱的》中居于中心位置，但正如我在前面一章中展示的那样，它已存在于《苔丝》之中。

不仅哈代的小说和诗歌在主题上互相重复——正如它们经常出现的主题展示的那样：各个互相抵触的意愿间奇异的不协调；在爱情上持久的不满足，而且各个事例中使人受苦受难的爱的根源也与重复联系在一起。哈代所有的小说都以这种或那种方式提着这一问题："为什么大多数人会梦游般地活着，在爱情上不由自主地重复着同样的过错，使他们自己和别人一再遭受同样的痛苦？"《心爱的》提供的内容与明确的答案是如此切近，因而这一问题的紧张度消失了，小说写作变得不再可能——由此《心爱的》使探索这一问题的一系列小说趋于终结。那种紧张度总是存在于哈代小说叙述者了解的一切与作品主人公了解的一切间的差异中，甚至在结尾这种强度还存在；

如《卡斯特桥市长》中亨恰尔德说,"没有人会记得我";苔丝说,"我准备好了";裘德说,"让我出生的那一天消失得无影无踪"。《心爱的》中的男主角在读者首次遇见他时,他的视角与叙述者的洞察范围很相近。他明白(这一半是出于反讽):在对躲避着他的情人的迷恋中,他为幻想所蛊惑。在小说结尾处,他神秘的外衣被彻底剥去,人们可以将乔瑟林歇斯底里的笑声中隐含的更为深沉的幻灭与哈代其他死去的主人公最后的自我评判相对照——那种幻灭比任何眼泪更惹人心酸,第一版《心爱的》于此告终;在最后一版《心爱的》的结尾处,他说:"感谢上帝,我终于老了!灾祸没了!"①乔瑟林那更为充分的洞察(甚至在读者首次结识他时)意味着他的故事与其说和《德伯家的苔丝》一样,展示了一种不情愿的、被迫的重复,不如说它戏剧化地表现了在一定程度上有意为之的中止重复(从而赢得哈代在《威塞克斯高地》中所说的"某种自由"②)这一尝试有多么徒劳无益。

在《心爱的》中,哈代早期小说中原本不无隐晦的结构和意义更为充分地显现出来。《心爱的》对早先的小说起着解释

---

① 新威塞克斯版,伦敦:麦克米兰出版公司,1975年,第233页,第三部分,第八章。后面提到这部小说时标明这一版的部分和章节数码;引用这部小说1892年版时,标明新威塞克斯版硬皮本的页码。

② 《诗歌全集》,伦敦:麦克米兰出版公司,1976年,第320页,"*some* liberty"中"some"的斜体字拼法为笔者所改。

的作用，甚至成了他们的滑稽模仿。通过叙述它们共同模式的某个图解的、"非现实的"变体，它显示出它们潜在的意义。它使人注意到哈代故事中严格的技巧，这一技巧在早期小说里被更多的心理、社会逼真的描绘，被作品中收罗的实际生活（或至少是维多利亚时期伟大的现实主义作家表现的那种生活）中显而易见的细枝末节遮盖着。乔瑟林最后的病痛治愈了他对心爱的人的迷恋与他艺术上的创造力——这种情形可被视为最终展示哈代小说创作原动力的一个标志。这一展示同时也呈现了爱的主题和艺术主题间的联系。

如果《心爱的》是哈代小说创作的尾声，那他伟大的抒情诗的创作并没有陷于停顿。他小说创作辍笔后，写了一系列卓越的诗集，最后一部诗集是死后发表的遗作《冬日的话》。尽管这最后一部诗集收录了一些写于19世纪60年代早期的诗篇，但直到生命的最后几年，他还写了不少新的诗篇。这些诗表现了哈代极端的怀疑主义和沉重的失落感，因而即使对"灾难的深渊一览无余"[1]，他仍得以进行诗歌创作。除了在被追忆的往昔里，诗歌并不依赖于为爱及其不可抑制的欲望所哄骗的某个人的存在。最后，《心爱的》将它的主人公置于哈代诗歌的抒情主人公一开始便站立的那个独特的位置上。

---

[1] 托马斯·哈代，《在黑暗中》，第二部分，第14行，《诗歌全集》第168页。

马塞尔·普鲁斯特以他作为一个批评家具有的别具一格的才华，认识到了《心爱的》的价值。他发现它是哈代全部作品中种种重复的对称的一个范例，同时他还认识到它可被视为理解那些对称意义的线索。普鲁斯特对哈代的解释出现在《女囚》(*La Prisonnière*)中的一段里——马塞尔向阿尔贝蒂娜（Albertine）阐释着自己的见解：一个伟大的作家或艺术家诸如维米尔①、司汤达、陀思妥耶夫斯基、哈代，在一生中一再创造着同一部作品："伟大的作家们从来没有创作出一部以上的作品，或者毋宁说，他们在形形色色的环境中折射出了将他们带到世上来的那独一无二的美。"对哈代来说，他艺术创作独特的标志便是他小说中"石匠的几何学"。

> 在《无名的裘德》中，你当然会记得这点，但在《心爱的》中，你是否看到那大块大块的石头——父亲将它们从远方的岛屿上用船驮来，它们堆在儿子的工作室里，在那儿它们被铸成了雕像；你是否在《一对蓝眼睛》里发现坟墓、轮船平行的航线和邻近的火车车厢之间——里面有两个情人、一具死尸——存在某种对应关系；你是否注意到《心爱的》（其中一个男人爱着三个女人）、《一对蓝眼睛》（其中一个女人爱着三个男人）和所有那些和海岛

---

① 维米尔（1632—1675），荷兰画家。

岩石密布的土地上建立起来的垂直叠加的房屋一样相互交叠的小说间有某种相似之处?①

将普鲁斯特、司汤达、陀思妥耶夫斯基和哈代并列在一起,可为关于《心爱的》价值的另一种说法提供佐证。如果说它中止了哈代自身小说这一庞大的创作系列,那人们同时也可以认为它使鲜明地体现了维多利亚时期小说特征的散文体小说的形式趋于终结。这一切的意义超出了单纯的年代节点。和同时代詹姆斯或康拉德的小说一样,《心爱的》以多种方式向在绝大多数维多利亚时期小说里显而易见地被视为毋庸置疑的那些假定提出了挑战。维多利亚时期和 20 世纪英国小说的一个分野(至少看起来是这样)在于后者对小说虚构性的处理上相对明显地趋于复杂、精致。20 世纪的小说作家通常更为坦率地意识到他的作品对所有各种常规俗套的依赖性,这些常规俗套看来远远不是对事物作如实的直接模仿,相反它们被看作是人工的成果。作品本文以这种或那种方式表明这样一种看法:小说创作可以依照的讲述故事的常规俗套不止一种。

很容易夸大这种差异。大多数维多利亚时期的小说与其表面可能反映出的情况相比,对它们虚构的性质有着明确得多的

---

① 马塞尔·普鲁斯特,《追忆逝水年华》,第三卷,巴黎:七星文库版,第 376—377 页。译文出自本书作者之手。

自觉意识。许多评论家现正对狄更斯、乔治·艾略特、特罗洛普或萨克雷作品中的这些地方进行考察。即便这样,大多数维多利亚时期的小说至少在表面上还继续给人这样一种错觉,即它们是对语言之外的现实世界的模仿,它们将自身视为历史的一种形式。此外,它们至少在表面形式上采纳了它们讲述的故事应有确定的轮廓(开端、中间发展和结尾)这一观念。结尾具有特殊的重要性,它是整部作品的终点,是主人公一生努力趋向的目标。一部维多利亚时期的小说结尾时常在对往昔的追忆中概述作品的内容,这一结局或以主人公的死亡、或以证实传统结局合情合理的婚姻赋予故事以明确的意义:"从此以后他们幸福地生活着。"20世纪的小说看来可能以一种更为夸张的方式对这些模仿的、目的论的假设提出疑问。举例来说,《德伯家的苔丝》按照我所提出的定义,是"维多利亚式"的,它沿着既定的命运轨道向前推进,最后以苔丝被处死而告终。然而,正如我在第五章中指出的那样,《苔丝》是这种开放性(它同时有助于以这种或那种方式表现维多利亚时期小说的特征)的一个范例。乔治·艾略特在《米德尔马契》的结尾部分中说:"每个界限既是结尾又是开端。"[1]在《德伯家的苔丝》中,与讲述具有确定结尾的单一故事的意愿相反的倾向

---

[1] 《米德尔马契》第三卷,《乔治·艾略特作品集》,凯比奈特版,伦敦:布莱克伍德出版公司,出版日期不明,第455页。

表现在这些暗示中：丽莎·露（苔丝的妹妹）将以这种或那种方式重复苔丝的生活。如果说《心爱的》预示了许多20世纪小说更为明显的开放性，它同时与许多维多利亚时期小说表现出来的构造一个稳定结尾的种种困窘、艰难之处暴露于众。

在新威塞克斯版里（它第一次将这部作品1897年版的结尾和1892年期刊发表的版本中那个极端不同的结尾排印在同一卷书里），我们很容易看出：哈代在使《心爱的》与现实主义小说常规俗套相吻合的过程中遇到了困难。只有将这两个版本并列在一起，这部小说才会显现出它完整的意义来，在后一个版本中，三段情节连续出现，每段情节都以不同的形式重复着其他情节。乔瑟林接连爱上了第一代、第二代、第三代爱维斯——母亲、女儿和外孙女，他依次将她们每个人视为心目中钟爱的女神的化身。由于各种不同的意外的原因，他三次都没使他的爱臻于完美的顶峰，最后他回到了马西娅身边——以前在一次漫不经心的私通中，他曾与这女人短暂地结合。在1892年的版本中，乔瑟林实际上与马西娅结了婚，同时最终与第三代爱维斯结了婚，尽管这一婚姻因马西娅的归来而变得无效。

这两种版本最为显著的区别在于：后一个版本在结尾构撰一个截然不同的情节时，重新使用了相同的材料——相同的场景、相同的用语。在第一版中，乔瑟林决意投水自尽，黑暗中他沿着石子路，摸索着来到海滩上，偷了一条没有桨的船，漂向大海——他明白在那儿他将被"急流"裹卷而去。后一个版本中，他描述第三代爱维斯为了躲开她与乔瑟林订下的婚约而与她的情人私奔时，相同的场景（内含许多相同的细节）又一次出现在作品中。两种结尾重叠在一起，迫使读者认为：这部小说里的三段情节并没遵循某种必然的秩序，作由此及彼的推移，它们只是同一个故事的多种变体而已，和乔瑟林家乡海岛上的石头房子一样，一个堆叠在另一个的顶上。对这部小说来说，它存在着两种截然不同的结尾，每一个结尾都导向一个可信的结局，但又不准读者在解释这部小说时自然而然地赋予它一个独一无二的结局。再者，对两种版本的读解强化了读者的这种感受：这部小说是人工的结晶，是幻想的产物，它的虚构性一目了然，与真实世界中的任何原型不相关联。很明显，《心爱的》是哈代写下的东西，而不是现实生活的直接摹本。它是他本可以用其他方式写下的东西。事实上，他曾以其他方式写下了它——对照前后两个版本，作者作了重大修改。这些修改证实了他作为小说创造者具有的至高无上的权力——小说不再需要假定与文学之外的某种"现实"相吻合而使自身合法化。

《心爱的》预示了 20 世纪的文学实验，并以其特有的方式概括地重现了（比如说）塞万提斯或斯特恩①的实验。如果说它自觉的技巧使人想起斯特恩，那它同时也预示了（举例来

---

① 斯特恩（Laurcnce Sterne, 1713—1768），英国小说家。

说）约翰·福尔斯[1]《法国中尉的女人》(*The French Lieutenant's Woman*)的特征——它有两个不同的结尾，小说家没有从中加以挑选："我能不参与这一争斗的唯一途径便是将它的两种描述都显现出来。"[2]福尔斯是众所公认的哈代的追随者。《心爱的》存在于两个版本中这一事实使它成了 J. L. 博尔赫斯[3]具有更为复杂精巧理论意味的《小径分岔的花园》(*The Garden of the Forking Paths*)的先兆。那个故事提出了迷宫小说这一怪异的观念——它将每个事件可能的选择详尽无遗地排列、展示出来。《心爱的》由于展现了同一个受挫的爱情故事的三个前后相继的不同变体，同时存在着两个结尾，因而在结构上已与博尔赫斯想象中的那种小说十分相近。事实上，《心爱的》暗示着四种可能的结局。第一版中的结局是一种，第二版中乔瑟林自杀可能成功也可能不成功各是一种，第四种结局在此得到了暗示：那时他想回美国去，表面上是寻找马西娅，实则上想从此销声匿迹，让第三代爱维斯和她所爱的那个年轻人结合。

毕竟，对独一无二的结局所具有的明确叙述系列意义的力量的犹疑，对于维多利亚时代的作家是不陌生的。尽管他们认

---

[1] 约翰·福尔斯(John Fowles, 1926—2005)，英国作家。
[2] 纽约：新英国文库版，1970年，第318页。
[3] 博尔赫斯(J. L. Borges, 1899—1987)，阿根廷诗人，小说家，《小径分岔的花园》是其短篇代表作。

为一部小说应有其独一无二的、确定的正文,然而和莎士比亚及他同时代的人一样,他们都是构思复杂情节的卓越大师。一部情节复杂的小说经常展现出(或多或少是公开的)同一叙述素材多种多样的活动方式。这样一部小说的意义不在于这个故事对其他故事所占的优势中,而在于由它们的并列所确立的相似和差异的关系中。《呼啸山庄》(正如本书论述专章和更早的一篇论文①中我力图表明的那样)是一部公开展现同一故事的两种不同变体的维多利亚式小说。特罗洛普最伟大的小说之一《他明白他是对的》(*He Knew He Was Right*)堪称是在众多情节中,同一个故事几种可能出现的结局以一种不太引人注目的方式向前推展的一个绝妙的实例。此外,有一些维多利亚式小说的结局是如此出乎大多数读者的意料,它是如此明显地偏离了小说其余部分的基调,这一切至少令那些有独到见解的读者反感。意想不到的结局引发的惊奇感使读者认识到:为这一系列可能出现的结局中的任何一个提供充分的理由是有可能的。每个结局都与作品中某些特征相协调统一,但没有一个结尾能使正文确立的所有那些潜在的、为人们期望的线索都付诸实现。乔治·梅瑞狄斯②的《理查德·法弗尔的考验》(*The*

---

① 见《艾米丽·勃朗特》,载《神的隐没》,马萨诸塞州坎布里奇:哈佛大学出版社,1963年版,第157—211页。

② 梅瑞狄斯(George Meredith, 1828—1909),英国作家,代表作为长篇小说《利己主义者》。

Ordeal of Richard Feverel)便是这样一部小说。最后一点，一些维多利亚时期的小说事实上有两个互不相同的结尾。这方面狄更斯的《远大前程》最为有名，然而哈代自己的《还乡》(*The Return of the Native*)在倒数第二章的结尾里有一个幽灵般的注脚——它告诉读者，他打算让德格·文恩神秘地从石楠地里消失，"没有人知道他在哪儿"，而不是和朵荪结婚。哈代说："读者因而能在小说诸种结局中做出选择，而那些持有严正不苟艺术准则的人也可假定更连贯一致的结局才是最真实的结局。"[①]如果说《心爱的》预示了日后福尔斯或博尔赫斯的出现，它同时也使已经以这种或那种方式潜藏在维多利亚时期小说中的对独一无二的结局这一观念的倾覆公开化了。

从这一观点出发，《心爱的》非凡的重要意义可以这样来表述：结尾的问题在故事中被主题化了。几种不同结尾的问题并不是表面上的形式问题，不是哈代为如何使小说收尾煞费神思而产生的结果；确切地说，它是乔瑟林故事涉及的事情之一。哈代处理结尾和乔瑟林生活之谜的答案时遇到困难的原因很相似。普鲁斯特对哈代的解释在它提出存在某种独一无二的结构形式、某种无可匹敌的"美"（哈代每部小说都以不同方式体现了它——恰如每当乔瑟林认为他爱上了时时刻刻将自己

---

① 托马斯·哈代，《还乡》，新威塞克斯版，伦敦：麦克米兰出版公司，1974年，第六卷，第三章。

体现在这个或那个尘世姑娘身上的某个不朽的女神时,他便陷入了错误的泥沼)时,便误入了歧途。《心爱的》涉及了去除先验原型信仰的神秘外衣。小说传统的形式结构(固定的开端、因果律贯穿的前后顺序、明确的结尾)有力地强化了对故事背后潜藏的某种形式的形而上根源、某种理由(或逻辑)的信念,因而《心爱的》不是必须具有一种与其反形而上主题相吻合的形式,便是必然会不由自主地强化它原本打算展示为错觉的那一信仰。《心爱的》的双重结局与它主题意义的含糊性相对应。

读者也许很愿意相信:如果《心爱的》没有单一、清晰分明的结局,那至少它有一个明确的开端。读者可能会认为,乔瑟林对第一代爱维斯的迷恋确定了一种爱的固定模式,他自己无法摆脱这一模式,因而他在与她极为相像的第二代、第三代爱维斯身上爱着的还是第一代爱维斯。第一版开头有一段绝妙无比的情节(它在后一版中已被删去)使这样一种解释无法成立,甚至后一版也明确地展示了这一点:在乔瑟林对第一代爱维斯求爱的背后,还存在着一长串的爱,它们"游移不定,难以捉摸,理想化地体现了他所谓的爱情",它们"无数次地在人类躯壳间穿梭往来"(第一部分,第一章)。如果这部小说有两个结尾,那它也应有两个开端。两个版本中的那些资料表明,爱维斯远远不是他的初恋对象,她仅仅是延伸到往昔、先于读者能从正文中读到的任何情节的一长系列情人中的一个;

但现在我们看看第一版中的那段描写,乔瑟林力图把那捆旧日的情书烧毁(起先独自一人,随后当着爱维斯的面),但没成功:"'我明白了——我现在明白了!'她喃喃自语着,'我是——只不过是——长长的、长长的一排中的——一个!'她周围那些雪白的纸片上,好像浮现出伊莎贝拉、佛罗伦斯、威妮弗雷德、露西、珍妮和伊万杰琳的幽灵(每个写信者分别从各自的信堆中涌出),莫德和多梦西娅则闪现在火焰中。在旧情人面前,他几乎不知道该对这个新近交结的情人说些什么。"(第206页)

"我是——只不过是——长长的,长长的一排中的——一个!"这恰巧是苔丝在洞悉她自身境遇的时刻之一所说的话:"知道了我也不过是老长老长一列人中的一个,这有什么用处?"(《苔丝》第十九章)爱维斯和苔丝一样,远远不是开端,她仅仅只是伸展到模糊不清的往昔和未来的那一长系列中某处的一位数字而已。在这一系列中,无法定出开端和结尾,原则上也无法予以确定。在这一行列中,前面的项不会消失,它们作为成文的记录留存在《苔丝》和《心爱的》中,抑制了任何富于首创性或自由不羁的行动的可能性。小说第一版中乔瑟林在焚烧他旧日情书时遭遇的困难便是这种情形的一个绝好的象征。

乔瑟林那奇特的故事提出的问题和《德伯家的苔丝》提出的那些问题很相似,其间的差异在于《心爱的》更为明确地提出了这样一个问题：为什么不可能中止这一系列的重复。小说含蓄地问道：是什么迫使乔瑟林像哈代其他小说中的主人公那样，去重复注定会招致痛苦和不满的爱的模式，尽管他在一定程度上力图避免反复地做同样的事？是什么驱使叙述者重新讲述那奇特的故事？为什么哈代（他和想象中的叙述者有所不同，因而他的动机也有所区别）要写这样一部奇特的小说——它是如此公开地与他通常遵循的"现实主义"的陈规俗套相违背？如果说通过起因、结尾或属于支配地位的原型而进行的解释不足以阐明它，同时又为正文本身所否定，那什么样的解释（理性的或非理性的）能满足由它激惹起来的灵魂的骚动不安呢？

某种叙述构思在《心爱的》正文的许多不同层面上重复出现着，同时它也在这部小说与前后各个文本（哈代或其他人的文本）的关系中重复出现着。对这部小说最充分的理解要通过这样的方式来达到：在这种模式的那些不同的表现形式间穿梭往来，对每一种形式的解释需借助于其他形式。该构思寄寓于这个故事的一大半在其中展开的自然场景的层面上——即史林格岛和它周围的海洋。它寄寓于岛上传统社会关系的层面上，也寄寓于建筑物、道路、花园、采石场等物质文化中。作为乔瑟林故事的纲要，它存在于他永远无法占有任何一个爱维斯的尝试中，也存在于这种情形与艺术家创造力"沸腾的源泉"（当他对他心爱的情人的迷恋被"治愈"后，它便当即干枯了）的关系中。这一结构在《心爱的》与哈代其他作品的关系中再次重复出现。尽管不是以同一方式，它一再重复出现在这部小说与先前、日后其他作家的作品的关系中——其中一些作家的作品，哈代很熟悉，或者他们也熟悉他的作品；对另一些作家来说，这种联系就间接得多了。最后这一模式存在于四方面的关系中：托马斯·哈代本人，小说虚构的叙述者，它的男主人公和小说评论文章的作者。在所有这些情形中，结构是重复的结构，它力图明确中止重复的行列，但做到的仅仅是将它拉长，使它处于敞开状态。

为什么人们希望中止它，是什么阻碍了这一并不过分的希望的实现？我们所论述的处于相互联系（每一个都是其他多个的标志）中的那些模式将能做出回答，尽管这一答案具有非逻辑的特性，"猜测和推理不可企及"[1]。对这一"推理"而言，答案只能显现在那些模式中，永远无法用十分清晰的概念式的语言予以表达。在乔瑟林这一实例中，逃避重复的意愿既在他作为一个雕刻家的作品中，又在他对多个爱维斯的爱慕中，同时在他对他为之迷恋的其他女性的钟爱中显现着自身。它也在阻止他与任何一个爱维斯结合的那一奇特的障碍中体现着自身。乔瑟林的爱是一种强有力的对异性的爱，然而它里面缺少某种东西，有某种抑制物削弱着它。由于岛上每个本地居

---

[1] 《家族血统》，《诗歌全集》，第460页。

民与他人之间存在着十分亲近的血缘关系，爱维斯们便全都跟他有着密切的亲缘关系，因而某种类似于对乱伦的禁令的东西起着阻止他与她们结合的作用。作为他的"姐妹"，在某种意义上说，她们同时也是他在镜中的女性影像，是他附在异性身上的幽灵。在哈代眼里，所有的爱，甚至是最为成熟的对异性的爱，都带有这种自恋的因子，它是自我对自身之爱的转移。

乔瑟林的艺术创造力是他性欲的进一步的转移，这二者每一个都可取代另一个。作为一个雕刻家，乔瑟林的作品只有一个对象。他一个又一个地制造着"心爱的人"（维纳斯或爱斯达蒂等爱神，在他生活的岛上，那些神祇曾为昔日的罗马人和腓尼基人尊崇）的雕像。这一女神是他女性化的对应影像，他对之既向往又畏惧。《心爱的》倾全力描绘某个独一无二的遗传世家（它是古老的世代近亲通婚的结果），强化了这一观念（它也存在于描绘月亮的那段文字中）：一个情人与他心爱的人的结合实际上是一个男人与他在镜中的影像结成配偶。在三个前后相继的爱情故事中，钟爱的情人也一变而为一系列有着相同姓氏的人物；外祖母、母亲、女儿，她们都是这个情郎的亲戚，那独一无二的岛上人的脸型（它也是乔瑟林的脸型）在她们那儿得到了表现——这些都强化了那一观念。在哈代的其他小说中（甚至在《无名的裘德》中），展现的更多的是家族的异系婚配，而《心爱的》的戏剧性自始至终更多的在于家庭内部通婚。它是那单个意识的故事——它自身内部发生冲突，力图与自身重新合为一体,但即使在其他异性身上,他看到的也仅仅是他自身的幽灵。

性欲的论题是作为重复的写作主题的媒介物,也许这样说更好:每个主题都是其他主题的媒介物。这部小说中两个主题(艺术创造和性爱的吸引)间的关系在1912年哈代为他的作品的威塞克斯版所写的序言中以一种典型的哈代方式确立下来。这种方式迂回间接,显出温和的反讽意味,但也有一定的挑战性。在第五章里,我曾指出《德伯家的苔丝》序言如何又一次犯下了它看起来为之道歉的"罪过",同样的情形出现在《心爱的》的序言中。这里,写作和犯罪间的联系变得显而易见。

哈代在序言中说,就海岛催生幻想的趋向而言,奇怪的是"那地方竟没有更经常地被选作为艺术家、诗人寻找灵感的隐居之所",但随后他又补充道:"诚然,那里有一个偏僻隐蔽的角落,它是来自远方的、由他们的国家负担的其他天才们的隐蔽之所。"这些其他的天才便是一千五百名被囚禁在波特兰岛监狱中的囚徒。哈代本人和他的代言人叙述者同样是来自远方的天才,他们是"异乡人"。他们既不是像乔瑟林做工的父亲那样全身心地同化在海岛生活中的当地人,也不是像乔瑟林本人那样的当地人——他的闲暇使他和那种生活稍许隔开了一段距离,正是这将他造就成了一个幻想家。托马斯·哈代这个寻觅灵感的外来者,需要一个土生土长的幻想家,以便能捕捉到一些可写的东西,这正如他需要与虚构的旁观者相当的叙述者,来讲述这一故事。哈代的想象活动延伸、复制了他们的想象活动,构造了以不同频度堪与乔瑟林爱的系列中一连串重复相媲美的一连串重复现象。这部小说中往昔许多文本(《圣经》、维吉尔①、怀亚特②、莎士比亚、克拉肖③、弥尔顿④、雪莱和丁尼生⑤)的回响形成了与其他两个相类似的重复系列。

哈代在序言中写道,史林格半岛——"一个稀奇古怪、几乎可说是独一无二的民族的家园,这儿盛行着奇特的宗教和罕见的习俗"——有一种激发古怪的想象活动的能力,在那些空闲的人身上表现得尤为鲜明。用来描绘这些幻想的比喻突出强调了这样一种情形:它们看起来犹如牧草,在海岛的石块间"自然"地生长着,这可用看起来同样在那里生长发展的岛民奇特的习俗来类比:"幻想和某些无法忍受内陆寂静无声的严寒,却能在海边恶劣无比的气候中繁茂生长的软叶植物一样,

---

① 维吉尔(Virgil,前70—前19),古罗马诗人。著有史诗《埃涅阿斯纪》。

② 怀亚特(Sir Thomas Wyatt,1503—1542),英国诗人、政治家,擅长十四行诗。

③ 克拉肖(William Crashaw,1613—1699),英国玄学派诗人。

④ 弥尔顿(John Milton,1608—1674),英国诗人,代表作为《失乐园》。

⑤ 丁尼生(Alfred Tennyson,1809—1892),英国诗人。

看起来在这儿自然地生长繁衍，在那些对'岛'上种种劳作无所用心的本地人身上，它表现得尤为鲜明。"积极关注岛上的劳作，便成为那无穷无尽的创造、死亡模式（一个循环接着一个循环，每个过去了的循环在身后都留下它的废墟）的一部分。乔瑟林的父亲以开凿石块为业，但他丝毫不能理解他儿子用石块刻出的雕像的意蕴。显而易见的是，几代爱维斯由生到死一点都不明白她们投身其中的、由反复出现的爱组成的那幕奇异的戏剧的内涵。这样一种卷入使为想象采取的这些循环的幻想形式必不可少的超然公正的姿态无从产生。在这部小说中，这些幻想以两种形式出现，两者以一种彼此强化又彼此抑制的奇特关系体现在乔瑟林身上。

想象的一种形式便是支配了乔瑟林那一系列奇特的风流韵事的爱的意愿。哈代在序言中写道：在这与世隔绝的半岛上，它是独特的，像岩石缝里的海生植物那样繁衍生长着；但同时它又是全体男人共有的东西。与之相类似，哈代在为其作品威塞克斯版所写的总序中说，在他的小说里，"表面的地方色彩"具有一种"真正的普遍性"；"因而它（这半岛）是这样一个地方，很容易产生类似于我在这些书页中粗略勾勒的那种性格的人物——本地人中的本地人，人们如愿意可称他为幻想家……但其他人可能仅仅将他视为这样一种人：他赋予那微妙的意愿（它在一定程度上以一种更为隐约的形式为全体男人共有，在柏拉图主义哲学家眼里，它一点也不新鲜）以客观的连续性和名称。"微妙的意愿"是柏拉图主义在性爱上的表现,它相信尘世的女性体现了她神圣的原型——一般的女性,即全体尘世女人以之为模本的女神。这一意愿的戏剧性成了哈代全部作品以这种或那种方式探索的目标。

《心爱的》和哈代的其他作品相比,更加明确地将这一戏剧何以总是一个不满意的故事的原因暴露于众;同时它公开展现了它是一出以具体、形象的方式展现意义的戏剧。一个真正的女人(三个爱维斯、马西娅,还有乔瑟林这时或那时爱上的来自岛外的所有其他女人),是女神(心爱的)的标记。女神是超越世俗的女性,和意义渗入语词或一些其他符号一样,女神似乎也渗入每个尘世女人的躯体。乔瑟林再三体验到那神圣存在的消失,那时他还一步步地离它的化身越来越近。每一次他都被抛下,和那个"死气沉沉"的躯体待在一块儿。那躯体正像一个语词,它被重复得如此之多,以致蜕化成了一个空洞的声音。当乔瑟林力图向一个朋友诉说他的体验时,他说:"我们是一个奇特的、耽于幻想的部族,我便是其中的一员,也许那能解释这一切。那时这个男人(他指自己)的爱人有好多好多化身——多得无法详细描述。每个人形(或化身)都只是她暂时的栖身之处——她进入那儿,住上片刻便隐遁而去,就我而言,留下的东西只是一具死尸,多不幸啊!"(第二部,第七章)

在这样一种幻灭的体验中,昔日心爱的人不再是精神丰裕充实的标记,而成了缺失、一无所有的标记。她成了一个空洞的符号,成了鸟雀已飞去的空巢,"不再是内含密码的语言"(第二部,第三章)。乔瑟林性爱的幻想提供了一个机会,使人感受体验到一个语言的问题——意义与指示它的符号间的不一致性以及当这种不一致性确认以后对超验的所指对象信念的崩溃。这部小说的卷首引语是哈代从雪莱的《伊斯兰的起义》中选摘而来的,它简洁地表明了这一问题:"一种形态、多个名字。"在语词"名字"中,它注意的是乔瑟林神秘化的恋爱中特殊的语言成分,这重复着《德伯家的苔丝》取自《维洛那的绅士》的卷首引语:"可怜你这受了伤害的名字……"如果说乔瑟林所爱的尘世女子像名字,是那不可见的女神的标记,那作家哈代将苔丝和她的故事记载下来,也即是将苔丝变为一个名字,从而使她和她的故事得以保存、流传——尽管苔丝本人希望她的生活"不曾存在"。乔瑟林爱慕的女子的躯体对那个闪避难寻的心爱的人这"一种形态"而言,起着"多个名字"的作用,这正像语词的意义是由它的机体(纸页上的符号或听觉上的振动等物质材料)传递的。

在乔瑟林由海岛哺育出来的幻想气质的其他模式中,相同的戏剧性以不同的方式展现出来。和他那一系列性爱的激情一样,乔瑟林的雕塑作品以潜在的一连串漫无止境的女神雕像的形式出现。每个雕像,一旦完工,便又一次成了纯粹的石头,成了一个空洞的标记,因此乔瑟林不得不开始创作另一座雕像,这正像他对活生生的女人的爱总是因"接触交往而夭折"①。

乔瑟林的艺术和他奇特的爱情生活存在着一种反向的联系。在被马西娅遗弃后的一段时间内,他作为雕刻家的艺术才能达到了登峰造极的地步。看起来好像他的感情和雕刻很可能有着共同的源泉。用在一方身上的东西对另一方未必有效:"在马西娅追求自立给他以突如其来一击后的许多个平静的时节里……乔瑟林埋头于造型的创造。永久不息的情感的源泉由于缺乏与外界相连的通道,将飞腾奔涌而出、毁灭一切,只有最伟大的人才得以幸存。"(第一部,第九章)这情感的源泉富于创造性和肯定的力量,的确,它既在乔瑟林的爱情中,又在他的雕塑作品中展现着自身。同一力量一旦被接上了雷管,便会爆炸性地毁灭一切,只有那些最伟大的人方能幸免——显而易见,这是说他们具有一种超人的抑制力,足以与情感源泉所蕴含的力量相匹敌抗衡。在乔瑟林那儿,这一源泉在他最后的病痛中自我消耗殆尽,他的恋情和艺术创造力几乎在同时一齐治愈了:"艺术感觉离他而去,他再也无法将某种明晰的情绪感受和记忆中昔日美妙的形象联系在一起了。"(第三部,

---

① 1889年笔记本中有这么一条:"爱因接近而生,又因接触而亡",见弗罗伦斯·艾米丽·哈代:《托马斯·哈代的一生:1840—1928》,伦敦:麦克米兰出版公司;纽约:圣马丁出版社,1965年,第20页。后面引用时简称《一生》。

第八章）这一变迁的象征符号采用了创造力沸腾的源泉这一形象化的比喻,并在这一主题最后一次闪现时为这部小说煞了尾:"心爱的人和其他理想销声匿迹后紧接着发生了许多相类似的事,其间他曾提出一个方案,将水泉街上那几口古老的天然喷泉封闭起来,因为它们可能已被污染。"(第三部,第八章)正如我下面将要表明的那样,在死亡未降临之前便试图结束这一切,必然徒劳无功。

正如普鲁斯特看到的那样,乔瑟林在伦敦他的工作室里的那段生活并非无足轻重。他用他当采石工的父亲从家乡海岛岩石上砍削下来的大块石头创造着他的雕像作品,那时他的艺术才能和艺术成就都达到了顶峰。那海岛事实上是一个半岛,一个较小的半岛。它是一块独一无二的巨大的石灰石,向海面伸展着,形状酷似男性生殖器——堪称四英里长的石块中的雄性器官。乔瑟林将父亲从这未经采掘的岩石上凿下的巨大石块竖立在他的工作室里,随后将它凿成他女神的形象。和乔瑟林本人或他的姓名一样,这个岛屿在性别上已显得模糊不清。此外石块还将生殖(或播撒)的整体性与复杂多样性联系在一起。哈代所用的岛上的岩石的专有名称是"鲕状岩"(oolite)——卵石,它是一种粗糙的石灰石,里面印着卵形纹理。"鲕状岩"(oolite)这个词是德语词 Rogenstein(卵石)新的拉丁译名。这种岩石并不单单一层,它由无数层面构成,这些层面像海岛上的石头房子那样,一层叠在另一层上面,每一层都是一代微小的海洋生物的残骸,犹如一篇文字作品中被划去的、存在错误的段落。在这部小说的开头,哈代在引证雪莱的《解放了的普罗米修斯》时,借用了后面的那个比喻(下面会引用)。"蛋"(eggs)并不是新的生活循环的开端,它们只是消逝的生活死寂的残迹,房屋(或雕像)可使这些残骸重新死而复生。在《心爱的》整部作品中,死去的东西并没有消失,它有力量(即便被勾销)催生生命繁衍这一能量交换的新一轮循环:

> 高矗的岩石、层层叠叠的房屋,从邻居的烟囱后耸起的门前石阶,一边悬在天际的庭园,生长在看来几乎垂直的平面上的植物,作为一大块坚实、独一无二,绵延达四英里之长的石灰岩的整个海岛的总体景观——它们不再是往日那副平凡可亲的面目了。在染上各种色彩的大海的映衬下,一切都展现出令人眼花缭乱的独特风采,泛着耀眼眩目的白光。太阳将鲕状岩广大无边的层层石壁照得闪闪发亮。
>
> 那些化为乌有的循环留下的惹人忧郁伤感的废墟……
>
> 这与众不同的特色和以前他在远方凝视的任何景象一样,以一种不可抗拒的力量将他的目光引向它那边……他将手伸向身边的岩石,它摸上去暖暖的。(第一部,第一章)

如果说整个岛屿是略带有几分女人气的男性的标志，包含着相互矛盾的意义——单一和多重兼收并蓄，种子与蛋同时出现，死亡和赋予生命交相混杂，那半岛向之伸展的海洋便是女性的标志。女性的含义集中体现在波涛潮汐的涨落和恰好在海岛顶部上空翻旋打转、被称作急流（race）的那气势汹汹的大漩涡中，就像在一种结尾中乔瑟林孤身一人在急流中漂荡，在另一种结尾里，在那幕取代第一个结尾，并对之作滑稽模仿的场景中，亨利带着他的未来的新娘在急流中颠簸。在第一个结尾里，急流将乔瑟林冲回到生活中来，挫败了他的这一企图：将自身融入海洋，湮没无闻。在第二个结尾中，这对将衍生下新一代人的情侣当他们一起开始新生活时，安然穿过了急流。在这同一片海洋，她富于韵味的呜咽声和第二代爱维斯的哭声厮混在一起——那时第三代爱维斯出世了：

> 海水在废墟下方的圆石间呜咽——不仅仅是呜咽，每过一定的间隔，海潮便要痛苦地挣扎一番。从小屋的寝室内传来的、有着相同起伏周期的呜咽与这些声响相伴而生；因而海浪清晰有力的翻腾起伏和生命清晰有力的翻腾起伏似乎只是同一个骚乱不宁的尘世生灵别具风采的话语而已——在某种意义上它们是这样。（第二部，第十三章）

既然岩石由出自海洋的贝壳、尸骸化合而成，那么大海的女性物质的重要性便自然凌驾于"由时间在那独一无二的岩石上开凿出来的半岛"之上。女性的大海、男性的半岛——两者同是悠远的生殖繁衍过程的遗迹。时令季节的更替造就了一个更为庞大的系列：它由无数成群成队、朝生暮死的微小的海生动物组成。在这一生生死死无穷无尽的循环律动（它是话语的一种形式，人类分娩后代只不过在这一循环中增添了一个句子或短语）中，在死亡中，它们在岩石上新添加了一层。这些话语从两方面看堪称是清晰有力的语言：当它们说过之后，它们是有节奏的符号；在生命循环的终点，它们将自身清晰可辨的符号作为残迹遗留下来。在人类之外的自然界和人类世界（它从自然中产生，并是它的一部分）里，这些无穷无尽的生命循环是永久重复出现的相同的事物内部通婚的产物。和乔瑟林的情书一样，它们是向往昔延伸的那长长的行列的遗迹，是哈代所说的无法"消除"的"既定的事实"。①

能和源自海洋的诸种生命形态的繁衍增长（体现在作为性关系庞大标记的残迹的生成中）相媲美的恐怕是半岛上生活的社会组织结构了。在海岛上只存在某种单一的脸型和少量的姓氏，和一个外来者或异乡人结婚常受到劝阻和刁难，因而婚姻

---

① 《相逢或分离》，《诗歌全集》，第 310 页。

通常是近亲通婚,同一遗传家系内部近亲间互相婚配。此外,古老的婚前试婚的习俗有时依旧在岛上盛行。这样一种性行为具有双重的违法性:在血亲成员之间,这是一种乱伦行为;从正式的婚姻纽带的角度看,它一开始就是一种罪孽。和岛上一层叠一层的石头房子以及广大无边、密密层层的岩石一样,这些婚配永久不停地留下新的一代人,一个爱维斯紧接另一个爱维斯。所有这些模式都是有机生灵总体(包括哈代眼里的人类生活)的标志。人类的生活并不是由岩石的半岛和大海"象征"化地体现出来,它是它们相互间作用的一部分。它由那相互作用产生,又回归于它,和那些幼小的海洋生物在海底已做的、依旧还在做的一样,它在海岛的地层上留下了它的印记:

> 三代爱维斯——第二代有点像第一代,第三代是第一代理想化的体现,她们从表现上看不管怎样都是近亲通婚、婚前性行为等悠远的海岛习俗的产物,在这样的环境里,他们的相貌类型父母孩子几代人完全一样;因而直到前不久,看见一个土生土长的男人和女人就等于看到了那个与大陆几乎隔绝、孤零零的岩石岛上的所有人。(第三部,第二章)

如果在婚前的性行为中与血缘很近的表亲结合是一种乱伦行为的话,那样的近亲通婚可定义为一次找回失去的整体性、追溯导致生活发生分化的路途的尝试。在它同一模式的各种不同的表现形式里，《心爱的》戏剧化地表现了这一自相矛盾的意愿。和所有的意愿一样，这儿所谈的意愿奠立在某种东西已失去这一感觉的基础上。这一意愿的目标是要找回失去的东西，达到完美的境界，并填补缺口。哈代倾注全力表现了男人彻底发挥自己才能的意愿，男人希望通过自己和心爱的异性情人的结合来完善自身，或者弥补空缺。心爱的人是女神、是母亲、是姐妹、是情人、是镜中反射出来的互补者——一句话，是附在异性身上的幽灵。乔瑟林的意愿之所以自相矛盾，乃是因为它的实现便意味着他的死亡，因而这不再是意愿的实现。一旦表明他缺少某种东西的意愿消失，他也将死去。在这种情形下，不完善和不可能完善成了自我内在固有的特征。乔瑟林必须去获得他缺少的东西，以便真正地成为他自己，真正成为一个自我；在另一方面，他的个性、他的生存状态便是那空缺，一旦将它补上，他便将不再是他自己了，所谈的这个"他"将烟消云散。在两种意愿（维护他的独立性、从而保持一个不是自我的自我的意愿和完善自身、作为他自己而死去的意愿）间乔瑟林摇摆不定。他既不能行动，又不能不行动，无论他是行动还是不行动，他的犹疑延长了重复的行列。在这两种情况里，结果只有一个——系列的扩展。任何行动都无法使这一系列中止，它有一种连续不停地扩展自身的内在倾向。

不让这一模式寿终正寝或不让它的意义充分地展示于众并

不是担心返回原初整体性的道路会被堵塞，确切地说，是怕这一整体性是一种幻觉，它从来不曾存在过。心上总萦绕着一种恐惧：并不存在支配这一系列未分化的感觉、源头和意义的守护神。无论你回溯得有多么久远，或许仅仅存在一个最初的分化，一个最初的空缺。如果情况是这样的话，那么意愿的满足在将来也是不可能的了。如果真有一个最早的意指者，一种能稳固地确保意义的创始的力量，那么乔瑟林便可能获得那父亲般的权力。通过占有母亲或替代母亲地位的姐妹，乔瑟林才得以成为一个真实的自我。如果没有这样一个守护神，如果心爱的人只是乔瑟林本人的投影或镜中映像，那么心爱的人的空缺——它展示了她只是一个指向虚无的符号，也展示了他自己的空缺或软弱无力。心爱的人是我的孪生儿，我在心爱的人身上爱的是我自己，这一发现表明了通过将自我对它自身的爱转变为对异性身上它自己影像的爱来找到自我这一企图是多么的徒劳无益。

在雕塑和爱情两者的失败中，乔瑟林感受到了这一切的徒劳无功，只有爱维斯们风韵不衰（因为他没有去占有她们）。他拒绝和任何一个爱维斯结合，这最终使他空缺的暴露大大延后，因而他能继续前行。他对作为更早的心上人复制品的心上人（指示更早时候符号的符号）的回应既遮掩了这一显露的过程，又悄悄地将它显露出来。乔瑟林将第二代、第三代爱维斯当作第一代的复制品来爱。和作为人们幽灵一般的影像、姐妹或第二自我的爱维斯结合,或者和第二代或第三代爱维斯结婚,发现她并不是从表面上看曾经体现在第一代爱维斯身上的神圣实体的重复,相反只是重复着她缺乏的实体——对乔瑟林来说,这无疑意味着发现他沸腾的创造力的源泉是一个空缺,并不是一种建设性的、丰饶多产的力量,这一认识的显露他出自本能地加以拖延。

乔瑟林最深层的恐惧在于他也许不能达到死亡的目标。缺乏父系起源可能意味着不可能达到令人满意的结局。如果乔瑟林真能在他后代身上存活下来,那"人身上听不见死神召唤的事物"将连续不停地繁殖增生,形成越来越多的岩石层。这引用的短语来自哈代的诗作《遗传》("Heredity",《诗歌全集》第434页),这首诗以1889年2月19日日记中的一段话为基础:"这个历经几代或更多代的脸型的故事可写成一部(或一篇)有关时间推移的极妙的小说(或诗歌)。个性上的差异被忽略了。"《托马斯·哈代的一生》中所引的哈代对此的评说不仅将它和这首诗,而且还和《心爱的》相联系,"这一想法在某种程度上体现在小说《心爱的》、诗歌《遗传》等作品中"①。两首诗〔《遗传》和《家族血统》("The Pedigree")〕和三部小说(《心爱的》《德伯家的丝》《无名的裘德》)在某种程度上是哈代在19世纪90年代后半叶阅读

---

① 《一生》,第217页。

爱德华·B. 波尔顿（Edward B. Poulton）翻译的奥古斯特·魏斯曼①《论遗传》（*Essays on Heredity*）英文译本（牛津版，1899年）后所作的反应。②魏斯曼的著作提出了有关种质（germ plasm）永存的理论，弗洛伊德《超越快乐原则》中的许多关键段落中对此也有所涉及，他对为被迫的重复所抑制的死亡的意愿这一概念作了最为详尽的阐发。在哈代眼里，正像在弗洛伊德眼里一样（颇使人意想不到的是，他们俩受到先前同一个作家的影响）：自我既希望死去，又想推迟死亡的到来，这在某种程度上是因为自我害怕它也许不可能步入死亡绝对沉寂的冥园。即使让自己和姐妹或第二个自我结合也不会完全死去，它将仅仅是一条保证生存的途径——不是某个"我"的生存，而是某个"它"的生存。和哈代作品中通常的情形一样，在《心爱的》里，人类境况最终的可怖之处不在于死亡的普遍性，而在于不可能死去这一事实。无论乔瑟林做什么，无论他是行动还是不行动，也无论他是说话还是保持沉默，他仅仅在延长通向死亡这一迂回曲折的道路。乔瑟林所有的祖先都活在他身上，他所做的一切和那些祖宗所做的相重复。既然做爱调情、回绝爱意的各个不同形式已进行过无数次，因而即便

---

① 魏斯曼（August Weismann, 1834—1914），德国生物学家，新达尔文学说的创立者。

② J. O. 贝利，《托马斯·哈代的诗歌创作：手册与评注》，教会山：北卡罗来纳大学出版社，1970年，第348页。

是他最具个人特征的行为也成了一种重复。在这部小说的两种结尾里,乔瑟林的所作所为各自相异,但无论它们相互之间有多大的不同,在这点上涉及到同一事物。无论他怎样努力,力图使构成他生命的一系列重复现象趋于中止,但作为重复,他的行动将自身添加到这一系列中去,使它处于敞开状态,他做的一切自身就包含着更多的重复的必然性。

乔瑟林故事的叙述者、作者和读者间的关系典型地表明了哈代作品中重复模式持续重复的倾向。它们也典型地展示了这一倾向如何既显露出意义最初支柱的空缺,又使人迟迟不能充分认清这一空缺。

由于叙述者有着真实生活的人不具备的灵活性和洞察力,因而《心爱的》的叙述者并不是作者本人。和哈代所有的叙述者一样,这个叙述者是宏观超然的目击者,在分析中他通常略带讥讽,显得与人格格不入,冷静地剥去一切神圣的外衣。他从某个模糊未定的未来时刻不动感情地回顾着小说中叙述的昔日的往事,同时对他描写的人物场景纯粹可见的外表后的秘密有一种超人的洞察力。这一能力断断续续地出现,多半涉及到乔瑟林。和录像机镜头一样,叙述者通常站在远处观照这一切。

如果说《心爱的》的叙述者主要作为一个旁观者、作为一个最少量地提供令人幻灭的解释的枯燥无味、冷嘲热讽的声音而存在,那么这篇序言则表明了一种更为内在、更加自相矛盾的关系。叙述者兑现了哈代的想法：这个岛屿不仅是一块天然就有想象的地方，而且是一块外来者可以触发灵感的地方。为客观的现实主义的矫饰抹去的叙述者的想象力换了一个地方，便得到当地人想象力的哺育滋养。他不是一个当地人，但他却再次吸吮着当地人的灵感。他需要乔瑟林身上由海岛熏染出来的对想象的癖好，使自己的写作得以进行。当乔瑟林的艺术天才和对心爱的人的痴迷同时失去时，灵感的源泉也枯竭了，那部作品也该收场了。当乔瑟林将海岛上古老的水泉封没后，他便离叙述者远去，没有更多的故事好讲，他自身灵感的源泉也干枯了；但这故事一旦讲述出来，用文字写下，印出来出版发行，无论人们何时阅读，它都将永久留传下去。

乔瑟林可以丧失他的艺术感受力和爱的能力，他可以将所有古老的水泉封没，可以将层层叠叠的石头房屋（它们是他重复不停的爱的标志）拆毁，他甚至还会在某一天死去，尽管在第一种结局中他投身于急流自尽的企图失败了。叙述者在他对这个故事富于想象力的回应中，将水泉重新打开，使它们畅流无阻，随后通过描述这个故事，使这一重新打开的行动双重化。这样做时他又一次证实了哈代那持久不变的洞见：没有东西可消除已发生的一切。业已发生的任何事都会遗留下有着无穷无尽重复能力的自身的痕迹。乔瑟林有正当的理由出自本能地厌恶两性的生殖，然而他躲避婚姻并不能将他从他的生活恒久不变的模式中解救出来。它在叙述者的想象和那一想象在小说正文的记录中重复出现着。

看来"作者"一开始就应被指定为具有权威性的源泉。无疑,《心爱的》间接地反映了哈代和他表妹特里弗纳·斯帕克斯(Tryphena Sparks)(她与爱维斯们相对应)及妻子爱玛·拉维尼亚(Emma Lavania)(和马西娅一样,她是哈代家庭之外的异乡人)间的关系。哈代父亲拥有的名叫塔布篱的农庄在16世纪属于一个名叫塔尔伯托的家族,"在《心爱的》中,哈代从他家17世纪一个女人那儿借用了爱维丝(或爱维斯)的名字"[①]。读者或许会猜想到,这部小说同时以变形的方式展现了哈代因无子嗣而产生的错综复杂的羞愧情绪;展现了他无子无孙情形下那种暗中的快乐,展现了他的遗憾、他的恐惧(他的家族血统不管怎样会以这种或那种方式延续下去)和他隐秘的意愿(尽管他无子无孙,也许通过他的作品,它会得以延续)。

在他的生活中,哈代曾有过和他在《心爱的》里讲述的这个故事的一种形式相类似的经历,因而读者很想依照文学是独一无二的自我(即作家的自我——这里是托马斯·哈代)的自我表现、自我证实这一观念来解释文学。将《心爱的》的作者分解为正文的附属功能(它由正文造就、消除)使这样一种解释毫无立足之地。"真正的"作者托马斯·哈代力图在他的作

---

① 《一生》,第6页。

品中赋予自身实质性的存在，他这样做时把自己投射到一个虚构的叙述者身上去，他讲述了一个虚构的故事——实际上是哈代本人历史的移植。这个叙述者通过将托马斯·哈代双重化和非个人化，通过讲述一个新颖独特的故事，并没有提供给他实质性的存在，相反剥夺了他的独创性。这一故事使哈代要求成为他所写故事富于权威性的创造源泉的意愿化为泡影。正如小说表明的那样，既然那一模式远古以来一再出现，并且将继续出现，那么体现在哈代本人生活中的《心爱的》这一类型故事的某个形式便不再是"独创性"的了，而是一个"出得实在太晚的版本"（第三部，第二章）。哈代通过讲述乔瑟林的故事，力图牢固地把握（或找到）他自身，结果却导致了自身个性的被剥夺。叙述者和叙述者讲述的故事暗示人们哈代是由他让他变化了的自我讲述的故事所创造的。这个人和作者托马斯·哈代在《心爱的》的书页里为他引用的众多作家（柏拉图、莎士比亚、弥尔顿、克拉肖和雪莱）所写的这个故事更早的版本所组成的长长的系列所支配。他讲述的这个故事略有差异地重复了他们已经讲述过的那些故事。这一引证的重复行列表明这部小说仅仅在"一种形态、多个名字"中多加了一个名字而已。正如心爱的人不能永远在一个躯壳上体现出来，它也不能为一个独一无二的签名独占。托马斯·哈代（他的生平事迹和一切）不再是富于权威性的源泉，他本人仅仅成了个长长系列中的一员。

这一系列既伸展到往昔,又延续到日后。举例来说,假定普鲁斯特从没读过《心爱的》这部作品(他在 1910 年读过这部作品),他也会写出《追忆逝水年华》,但他的作品将不是现在这个样子,也许他的生活也不会是那样。在普鲁斯特小说的结尾,盖尔芒特公爵夫人剧院日戏演出那幕宏大的场景使奥黛特(母亲)、吉尔贝特(女儿)、德·圣-卢小姐(外孙女)三人相聚在一起——这三人马塞尔曾爱过,或者还爱着。吉尔贝特表示要将她的女儿介绍给马塞尔,这正像《心爱的》里第二代爱维斯将她的女儿第三代爱维斯介绍给乔瑟林:"我希望你能和她谈谈——我敢肯定你会喜欢她的。"(第三部,第一章)此外,现实生活中的马塞尔·普鲁斯特也爱上了阿尔芒·德·卡亚韦太太,以后又爱上了她的女儿。大约在 1910 年(那一年他读了《心爱的》),他写了一封既情趣盎然、又十分鲁莽的信给那母亲,叙说他对她女儿的爱恋。这封信和乔瑟林·皮尔斯顿为了第二代爱维斯而写给第一代爱维斯的信,或为了第三代爱维斯写给第二代爱维斯的信几乎如出一辙:"这儿我要说,我爱上了你的女儿。她是如此娴雅,在我眼里这有多调皮啊!因为她的微笑——正是这使我爱上了她——使她浑身熠熠生辉。"[1]普鲁斯特的生活和小说看起来周期性地为源

---

[1] 马塞尔·普鲁斯特,《书信集》,米娜·柯蒂斯英译,纽约:兰登书屋,1949 年,第 205 页。

自哈代的模式所支配，好像普鲁斯特不管是否愿意，和乔瑟林、《心爱的》的叙述者或者和哈代本人一样，已屈从于那种不由自主地重复的威势。普鲁斯特使这一模式延续下去——哈代的生活和作品是该模式在这一行列中的另一些实例和条项。

任何读者（或任何写过有关《心爱的》的批评论文的人）在短时间里都是这一行列中的最后一个人。和这一系列中的任何其他环节一样，他也无法赋予它一个结尾。他不能给这部小说提供一个能阻止它不由自主地重复自身的倾向延续下去的明确的解释，批评家所说的也以其特有的方式使这一生殖力生机盎然。这或许可被称为"无穷性之谜"（the aporia of interminability）。它并不是遇上了人们无法逾越的没有门窗的墙，只是永远找不到阐释长廊的尽头。既然在正文编织而成的线路行列中向后运行不能抵达具备横贯整个系列的解释能力的某个起始点，那么在其他方向上也永远不可能到达某个明确的解释端点。当源头变得模糊不清之际，终点也就消失了。每一个解释一面掩饰，一面又显露了这一事实：具有充足理由的解释并不存在，而作为西方形而上学思维基础的"理性原则"则遭到了失败。

批评家表白他见识的努力结果在他自己和他力图表白的东西之间平添了一个障碍，这和哈代的情形颇为相似：他被驱使着对同一段情节写了又写，提供了可供选择的另一些"结局"，它们中没有一个能"结束"这部小说。或者说批评家的事业和乔瑟林获得、丧失他个性的努力（在艺术或爱情中，将自身与他心爱的人相结合）十分相像。作家、艺术家、情人或批评家的那种努力即使成功，也只会导致产生更多的艺术作品，更多的批评论文，更多的家族姓名，从而使永恒的生殖细胞充满活力，使那些应该死去的东西延年益寿。这部小说的每一个结局（或其他可能出现的一系列无穷无尽的结局中的任何一个）都使自身加入到情节的这个系列中去。每一个都有其意义，但没有一个堪称能将所有的结都解开，同时又将所有松散的碎片聚拢起来的绝佳结局。新威塞克斯版中的双重结局使这一系列明显地处于敞开的状态，它以这种方式与小说的意义（便是它明确意义的缺乏）相吻合。由于这一连串的解释总是容易发生进一步的变化（无论是在小说自身的内部，还是像普鲁斯特那样在"创造性"的扩展中，抑或在批评论文中），因而这种意义不能归纳为诸如自恋、阉割恐惧、上帝的死亡或死的意愿等公式概念。尽管它们中的每一个（如果它是这一系列中有效的一员）都将是这一特定模式的一种变体，但每一个都可以采取不同的形式，以各个不同的方式再一次印写这一模式。

《心爱的》中的"无穷性之谜"由它多种多样的形式衍生而来，这一死胡同并不是某个确定的障碍物不允许人们作进一步的思考，它只是在探寻某个永远无法找到的确定的结局。散布于往昔、将来的前后相继的重复现象使人不可能一劳永逸地解释（或解答）这个故事。尽管我声称：按照我们在小说的双重形式中了解到的情形，我在这儿提供的解释能最完满地说明这部小说明显缺乏"有机统一性"的原因，但批评家只能再一次在解释（一定程度上它是适宜的）中重新阐述这一模式。

任何解释都必须加以说明的重复现象包括了体现在一连串情节和双重结局的不确定性中的乔瑟林生活的各种不同变体。它们包括叙述者使男主人公双重化、作者使叙述者双重化、文本使早先的作家双重化、每个读过《心爱的》的晚出的小说家或批评家使作者双重化。它们包括我已识别出来的所有其他双重化的形式：每个爱维斯由后一个而双重化，乔瑟林由他在镜中的影像而双重化，乔瑟林又因他月亮般的姐妹影像而双重化，海岛上岩石折叠、再重叠，层层相衔。所有这些重复形式使人无法用确定的解释来终结这部小说，尽管为什么这样一种解释在原则上不可能的"理由"或许可加以确凿有据的论述。就这样一种文本而言，任何一种新的解释和每一代爱维斯一样，只不过是向前后方伸展的某个无穷无尽的系列中一个新加进去的环节而已。

如果说《呼啸山庄》展现了这一假设（必然存在一个先验的源头，但它原则上与体现在概念性或比喻性语言中的明确的表达方式不相容）对文学形式造成的后果，同《德伯家的苔丝》和哈代的其他诗文作品一样，《心爱的》则探索了缺乏任何自觉的超越精神将会给人类生活和文学作品带来什么结果。

哈代思想中特有的神学或形而上学的一面表明，他充分理解到这点：无论对人类生活还是对文学作品而言，只有这样一种超越的精神才能确保具有开端、中间、结尾的理性秩序和确定意义的可行性。哈代清醒地意识到对上帝信仰的破灭将给人们带来巨大的损失，这驱使他试图去发现鬼魂，试图劝说自己接受某种形式的信仰。他告诉一个朋友说："我一直想见到鬼魂……如果我真能见到超自然的神奇之物，并尽我所能以某种方式证实它的存在，我心甘情愿少活十年。"[1]终其一生，哈代不停地寻找着上帝，"将他作为一个客观的人——当然，这是这个词唯一正确的意义"[2]，他又觉得：如果上帝真的存在，他早就找到他了。他写道，当我们做礼拜时，"我们必须唱道：'我的灵魂赞美主'，但那时我们想唱的是：'啊！但愿我的灵魂能找到那个主，他会赞美！'"[3]哈代"将深渊尽收眼底"的独特表现在他对人类生活三个层次（性爱的体验、未臻于完美境界的宗教的渴望、文学作品的创作或解释）间的联系看得是如此清晰透彻（也许在他所有的作品中，《心爱的》表现得最为突出）。如果由心爱者的众多化身命名的那超

---

[1] 赫尔曼·利，《透过照相机镜头的托马斯·哈代》，第30页，转引自贝利，《托马斯·哈代的诗歌创作》，第85页。我无从直接阅读利的著作。

[2] H.C.达芬，《托马斯·哈代：对威塞克斯系列小说、诗歌、〈列王〉所作的研究》，曼彻斯特：曼彻斯特大学出版社，1967年，第196页。

[3] 《一生》，第332页。

验形态只是一个幻觉、一个投影,那么人类生活和文学作品两者都将以实际上是相似事件的无穷系列的形式出现——知道这一幻觉是幻觉或不知道这点都无法中止这一系列。《心爱的》成了由这种情形以及由中止重复的徒劳尝试产生的重复形式的一个出色的范例。

第七章 《达洛卫夫人》
使死者复生的重复

从维多利亚时代晚期或者说现代早期的托马斯·哈代到诸如弗吉尼亚·伍尔夫之类完全意义上的现代主义作家的转变，可被看作是通向叙事作品运用重复方式时出现的新的综合、新的自觉的一个过渡。批评家们通常强调弗吉尼亚·伍尔夫写作技巧的创新之处，他们的论述范围包括：她对所谓意识流技巧的运用；在情节和人物创造上她如何突破传统的限制；她对头脑中细微的精神活动和外部世界中显然无足轻重的琐事的关注；她如何将感受研为大量残片碎粒，它们相互之间没有明显的联系；以及她如何打破心灵和世界间通常的分界线。[1]这样一些特点使她的作品和炸毁小说传统形式的其他20世纪作家（从康拉德到乔伊斯，再到像娜塔莉·萨洛特［Nathalie

---

[1] 参见有关这种批评的一个众所周知的范例《棕色的长袜》——关于《到灯塔去》中一段文字的专论，见埃里希·奥尔巴赫，《摹仿论》，威拉德·R.特拉斯克英译，普林斯顿：普林斯顿大学出版社，1953年，第525—553页。

Sarraute］这样的法国"新小说派作家")的作品联系在一起。然而，人们也应认识到伍尔夫的作品和英国小说民族传统间的牢固联系，她的小说非但没有与这些传统实行决裂，反而成了它们的延续。他们进一步探究了那些陈规俗套的意义——奥斯丁、艾略特、特罗洛普、萨克雷都将这些陈规俗套作为他们技巧中既有的条件。这样一些陈规俗套毋庸置疑是意义的组成部分。一部小说最重要的主题很可能不在于它直截了当明确表述的东西之中，而在于讲述这个故事的方式所衍生的种种意义之中。伍尔夫围绕众多的重复形式，将她的小说组合为一个整体，便成了那些方式中最重要的一种。在伍尔夫看来，故事的讲述是过去在记忆（不仅在人物角色的记忆里，而且在叙述者的记忆里）中的重复。《达洛卫夫人》（1925）对作为重复形式的记忆的运行做了出色的探索。

特别适合这部小说探索的并不是个体心灵的深层状态，而是心灵和心灵之间关系的细微差别。如果是这样的话，那么一个小说家有关一个心灵能和其他心灵产生联系的假设便成了他（或她）的小说采取什么形式的富于创造力的源泉。从这一观点出发，叙述语态问题可被看成是心灵之间关系问题的一个特例。同时叙述者也是说话方式投射出来的一个心灵——它通常被赋予进入其他心灵的特权以及表现那儿发生的一切的特殊才能。

小说中对叙述语态的处理与人类时间或人类历史的主题

（它们看来是小说形式中固有的东西）紧密联系在一起。在许多小说中，过去时态的运用使叙述者成了这样的一个人：他在故事中的事件发生以后依然活着，他准确无误地知道往昔的一切。叙述者以现在时态讲述故事，现在的时间通过往事的再现或重演，向将来推进，这一复述将过去作为完整的统一体带到现在，或者说，它朝着这样的完满境地进发。这种不完整圆圈的形式（时间向一个能将过去、现在、未来融合为一个完满整体的闭合点行进着）是许多小说的时间形式。

作为主题的人与人之间的关系，无所不知的叙述者（他是从许多个体心灵的共同存在中产生出来的集体心灵）的价值，作为工具手段的间接话语（通过它，叙述者寄寓在单个人物的心灵中，记录下那儿发生的一切），作为主题、技巧决定性原则的时间性——我曾在别处表明[①]，这些都是维多利亚式小说形式中最重要的因素（依这种或那种尺度看，或许可适用于任何时代的小说）。对弗吉尼亚·伍尔夫的作品来说，这些因素正好同样是不可或缺的。说她探究了这些形式的传统常规的含义，与说她给小说带来了新的气息同样真实。在《达洛卫夫人》[②]中，这可得到尤其令人满意的证实。这部小说有赖于一

---

① 见《维多利亚小说的形式》，印第安纳：圣母大学出版社，1968年。
② 弗吉尼亚·伍尔夫，《达洛卫夫人》，纽约：哈考特和布拉思出版公司，1925年，第85页。后面征引这部小说时将标明这一版的页数。

个能回忆一切，并有才能在她的叙述中使往昔复活的叙述者的存在。在《达洛卫夫人》里，叙述成了使死者复活的重复。

"除了心境，我们身外别无他物"——这句貌似漫不经心，颇有点不可思议的话语出自彼得·沃尔什梦里（他那时坐在摄政公园的长凳上打盹）那个孤独的漫游者的思绪，这句话为《达洛卫夫人》中叙述者的存在方式提供了初步的线索。叙述者便是那存在于那些角色人物之外，他们永远不能直接注意到的心境。尽管他们没注意到它、可它注意到了他们。这一"心境"环绕着他们，将他们围裹起来，渗透到他们中间，从内部去了解他们。在他们生命的每时每刻、每地每处，它都存在于他们中间，瞬间里它便将那些时刻、地点聚拢在一起。这叙述者是"某种向四处弥漫的中心物体"；是"使表面分裂瓦解的热乎乎的东西"（第46页），是克莱丽莎·达洛卫缺少的某种融合、渗透的力量。或者，用一个隐喻来说就是：叙述者拥有圣玛格丽特教堂钟声敲十一点半时那种不可抗拒而又不可捉摸的活力。和那声响一样，叙述者"滑入了心灵的深处，将自己埋藏起来"。它"生机勃勃，想要吐露自己的心声，使自己弥漫扩散开去，在喜悦的颤栗中获得宁静"（第74页）。叙述者向外扩展，步入每个心灵的最深处，此刻在和乐融融的拥抱中，他将一切收容吸纳。

尽管人物角色们没有意识到这一叙述者的存在，但他们每时每刻为一个无形的心灵、一个比他们自身更强有力的心灵占有、认识——在被侵犯的意义上。这个心灵细致无比地记下了他们的每一个思想,窃取了他们的每一个秘密。这一记录的间接话语(其中叙述者以过去时态来转述曾在当下时分出现在各个人物头脑中的思绪)成了《达洛卫夫人》中叙述的基本形式。口技这种令人烦恼不安的模式,在这部小说中比比皆是,其显著的标记是常规化的"他想(或"她想")这种表达方式——它不时打断叙述,并显示出某种奇特的、单向的人际关系的存在。这一关系非同一般的特性从本质上说是隐秘的,因为小说读者不过是想当然地来看待它。一个例子便是小说中彼得·沃尔什从克莱丽莎家走向摄政公园的那一节:"克莱丽莎拒绝了我,他想";"和克莱丽莎本人一样,彼得·沃尔什想";"是克莱丽莎本人,他想";"依旧掌握着文明的未来,他想";"未来就掌握在那样的青年手中,他想"(第74—76页)——诸如此类,几乎每页都有。如果读者问自己:他读《达洛卫夫人》每一页时他处于何处,最通常的回答是:他深入到单个人的心灵之中——一个无所不在的、全知的头脑从里面理解着它。这个头脑叙述时位于将来某个不确定的时刻,这个时刻总在人物想到或感觉到的事"过去"之后。叙述者的头脑毫不费力地从一个有限的心灵转到另一个有限的心灵,同时将他们尽收眼底。它代表他们每一个讲话。这种语言形式生成了《达洛卫夫人》局部的组织结构,它前后相继的结构由或长或短的一段段叙述并列连缀而成;在这些叙述段落中，叙述者首先寓于克莱丽莎的头脑中，随后又转到赛普蒂默斯·史密斯的头脑中，随后又转到雷西亚·史密斯那儿，随后又到彼得那儿，随后又重新回到雷西亚那儿，如此流转不息。

因此《达洛卫夫人》中的人物们都以一种奇特的方式（尽管他们不知道这点）依赖于叙述者。叙述者将他们转瞬即逝的思绪、感觉、精神意象、内心话语保存了下来，她将这一切从往昔的时光中解救出来，重新用语言展现在读者面前。在《达洛卫夫人》中，叙述本身便是重复。在另一种意义上说，叙述者的头脑也依赖人物角色的头脑，没有它们，它便不能存在。在《达洛卫夫人》中，你几乎完全找不到这样一个纯粹的叙述者个人声音出现的沉思冥想或描绘的段落，读者很少接触到叙述者本人的思想，或者说很少不通过人物角色的眼睛而通过叙述者个人的眼睛见到那众多的世态百相。难得几次，叙述者不借助于一个角色的头脑，直接表明了她本人的观点（甚至可以说是伍尔夫本人的观点），反对"平稳"及其令人生畏的姐妹"感化"便是其中的一次。即便在这种时刻，叙述者也会突然打住，将她自己对威廉·布拉德肖的评价归到雷西亚的头上："这位女神（指感化）（雷西亚·沃伦·史密斯看透了）也存在于威廉爵士心中。"（第151页）

在《达洛卫夫人》里，除非一些东西首先存在于一个人物的头脑中（无论它是思想还是事件），否则对叙述者来说便什么也不存在。那些段落暗示了这一点——其中一个外界的客体

（邦德大街上那辆神秘的皇家汽车，彼得·沃尔什的小刀，猛地撞到雷西亚·史密斯腿上的孩子，描绘得极为详尽的喷射空中广告的飞机），被用来作为一个人物的头脑转移到另一个人物头脑的手段。这样的转换似乎表明外部世界具体存在的事物将这些单个人的心灵联成一体，这是因为：尽管每个人沉陷在他（或她）自身的心灵中，对外界的对象做出他（或她）本人独有的反应，然而这些截然不同的心灵对同一个事件全都做出反应（不管它们存在着多大的差异）——飞机的空中广告便是一例。就这点而言，我们总算还居住在同一个世界上。

在《达洛卫夫人》里，这一主题更深一层的含义与其说在于肯定了我们共同依赖于具体存在的客观世界，还不如说展示了这种情形：事物只有当它们在人物角色那里存在时，对叙述者来说，它们才存在。有时叙述者不加过渡地从一个人物的头脑中走出，进入另一个人物的头脑，例如在小说的第四段中，读者突然发现自己已从克莱丽莎的头脑转入到斯克罗甫·珀维斯的头脑中——这个人物在小说中再也没有重新露面，他的出现似乎仅仅是为了让读者从外部来观察克莱丽莎，或许他一开始就要确证这一事实：叙述者完全没有受制于某个独一无二的心灵。尽管如此，她的生存依赖于那些人物的头脑，只有当他们思考、感受、观察时，她才能思考、感受、观察。和《名利场》《米德尔马契》或《巴塞特郡纪事末卷》中无所不在的叙述者一样，《达洛卫夫人》中那个无所不知的叙述者是从故事中个体存在的集体精神经验中脱胎而出的普通意识或社会心理。《达洛卫夫人》中叙述者的"我思"(cogito)便是:"他们思,故我在。"[1]

叙述者的心灵和人物心灵间这种关系的含义在于:那普遍的心灵是人物自身心灵的一部分,或者更确切地说,他们的心灵是它的一部分——尽管在通常情况下,人物角色并不明白这一点。如果人们对任何单个心灵有相当深度的了解,他最终会触及那普遍的心灵——即叙述者的心灵。从表面看,叙述者和个体的关系仅仅单向发生作用。正如那些可单向观望的窗户,对叙述者来说那些人物是透明的,但对那些人物来说,叙述者晦暗无光。在每一个体心灵的深处,这一单向的关系双向化了,最后,它不再是一种关系,而成了一种融合、一种同一。在纵深处,普遍心灵和个体心灵融为一体,两者位于镜子的同一面上,于是镜子消失了。

如果说所有个体心灵与普遍心灵的联系确定是这样,那么所有个体的心灵表面上看互不相关,但内地里它们相互联系在一起,就像马修·阿诺德[2]笔下的珊瑚岛形象:它们貌似分

---

[1] 法国哲学家笛卡尔(René Descartes,1596—1650)曾指出"我思,故我在"的原则,作为其哲学体系的出发点。这里"他们思,故我在"为作者对笛卡尔命题的仿用。

[2] 阿诺德(Matthew Arnold,1822—1888),英国诗人、文艺评论家。

离，在海底却联为一体①。《达洛卫夫人》中与此有关的最为重要的证据在于这一事实：涉及联合、和谐、共有的相同的形象自动地从所有主要人物心灵的深处涌现出来。这些最富于渗透力的形象中便有那颗荫翳满地的大树，它是一个人格化了的伟大母亲；她张开枝叶纵横交错的怀抱，将万物的生灵集于一身。这一形象说明用阴性代词指称叙述者（她是这一母性存在物的女性的代言人）是完全正当的。没有一个男人（或女人）会仅仅局限于他（或她）自身，每个人都通过这棵树——像一片薄雾，在他（或她）遇到的人、走过的地方弥漫——和其他人融为一体。每个男人（或女人）都拥有几分永恒，尽管最终抵御不了无情的死亡。当她走向邦德大街时，克莱丽莎沉浸在她自己的冥想中："相信一死即可了之，这不会令人感到宽慰吗？可是在伦敦的大街上，世事在变迁。在这儿，在那儿，她生存下来了。彼得生存下来了，彼此相互依赖而生存。她确信，她是家乡树木不可缺少的组成部分，房子的一部分，尽管那里的房子零落丑陋。她也是从未遇到过的那些人的一部分，她就像一片薄雾，在她最了解的人中间铺张开来。他们把她抬到他们的枝叶上，正如她曾经看见过的树木把薄雾拱托起来那

---

① 见《为巴特勒的布道文而作》和《给玛格丽特——续篇》，收入《马修·阿诺德诗集》，肯尼思·阿洛特编，伦敦：朗曼和格林出版公司，1965年，第51—52页，第124—125页。

样,只不过她这片薄雾,她的整个生命,她自己,铺得太开。"(第12页,同时参看第231、232页)当赛普蒂默斯凝视着喷射空中广告的飞机时,他想道:"这真是奇妙的发现,人的声音,在某种气氛条件下(人要讲科学,尤其要讲科学)能将死树变活!……但他们在招手;叶子活了,树全活了。树叶通过无数的纤维和他自己的身体连接起来。他坐在椅子上,树叶把椅子上下扇动,树枝伸展时,他也说他的身子在伸展。"(第32页)彼得·沃尔什梦里那个孤独的旅人想道:"但是如果他想着她,那么她便或多或少地存活下来。沿着那条小径往前走去,凝视着天空和树枝,他随即赋予了它们一种女性的气质,惊奇地发现她们变得有多么严肃;这有多么雄伟壮丽,当微风拂动它们时,随着暗淡的树叶颤动,她们散播出仁爱、宽厚、理解、饶恕……让我直接向这个伟大的形象走去,她将猛地抬起头来,将我放在她的飘带上,让我和其他人一起,飘向那虚无之乡。"(第85—87页)甚至连布鲁顿太太也感觉到(午餐会散后,她沉沉睡去):"和他们共进午餐后,好像有一根细线,将她的朋友和她的躯体系在一起。"(第170页)

每个心灵在其深处与所有其他心灵、与普遍的非人格化的心灵(叙述者是它的代言人)相融合这一观念为《作家日记》(*A Writer's Diary*)中的那些注释所证实。在注释里,伍尔夫谈到写作《达洛卫夫人》时的"巨大发现"——她称之为

"开掘过程"①,正如她所说,通过这个方法,"我在那些人物的背后,开挖出那些美丽的洞穴;我想它提供的正是我想要的东西:仁爱、幽默、深沉。洞穴应与这一观念相联系"(《作家日记》,第59页)。

在地表下的深处,在精神隐秘而偏远的洞穴里,在所有的隧道会合的终点站——一个巨大的洞穴里,每个人的心灵和其他的心灵联系在一起。然而,彼得·沃尔什对那棵富于母性意味的大树形象的描述在不祥的气氛中结束。触及那伟大的形象便是和其他一切飘向虚无。之所以出现这样的情形,乃是因为融化在普遍的心灵里与日常意识中的区别、限度、明确的界线和轮廓(此事物与其他事物泾渭分明)无法相容。融合的王国是消散、黑暗、模糊不清的领域,是睡梦和死亡的地带。毁灭性地沉入虚无的黑渊的恐惧或诱惑力在整部《达洛卫夫人》中回响。这部小说似乎建立在个性和普遍性间不可调和的冲突上,由于他(或她)作为一个有意识的人而存在,每个男人(或女人)都从实际上他(或她)是其中一部分的整体中分离了出来——尽管是在不知不觉间,最多处于半清醒的状态。那种半清醒使每个人都感觉到不完整,每个人都渴望着以这种或那种方式与他(或她)由于个体的生存状态而与之相分离的总体相结合。

---

① 《作家日记》,纽约:哈考特和布拉思出版公司,1954年,第60页。

达到这种整体性的一种方式也许并不是沉落到死亡的黑暗世界中去,而是逐步在白昼的世界上创立某种完满的境界。"多么快乐!冲上去多痛快!"(What a lark! What a plunge!)(第3页)——《达洛卫夫人》第三段的开头以微缩的方式包含了这部小说中两种相反的倾向。如果说沉入死神的冥国是小说的一极——它集中体现在赛普蒂默斯·史密斯跳楼自杀中,另一种则是由克莱丽莎·达洛卫家的聚会完成的向上运动——它是一种建设性的活动,在一瞬间"将它建设起来"。摒弃他们内心深处阴暗的成分,那些人物才可能像克莱丽莎那样,兴高采烈地拥抱这一瞬间,并力图将一切都凝聚在这明亮辉煌、金光闪闪的一刻:"只有天晓得,人何以会这样去喜爱生活,这么去理解生活,把它围绕自己虚构起来,又把它摔倒在地,每时每刻又以新的形象把它塑造起来";"她所喜爱的就是这个,现在,在这儿,在她面前的";"克莱丽莎……一头钻到这一时刻的心脏而把它戳穿。就在六月早晨的这一时刻,其他早晨都挤压到这一时刻上……在这一瞬间,看到了她的整个人"(第5、12、54页)。同样地,彼得·沃尔什在公园长凳上睡过一觉后感觉到:"生活本身,它的每个瞬间,它的每一纤尘,这儿,此刻,现在,在太阳下,在摄政公园里,都是丰盈的。"(第119—120页)(值得注意的是,从克莱丽莎到彼得的这一重复表明,克莱丽莎认为他们俩"彼此相互依赖而生存",实为不谬之论。)

"所有其他早晨的挤压"——《达洛卫夫人》中的人物达到连续性和整体性的一种方式便是回忆的轻而易举——通过它,潜藏在他们内心的往昔的形象升腾起来,以一种直接的现实感制服了他们。如果小说中的那些人物依照支离破碎的、不连贯的、紧张不安的节奏生活,在某一瞬间跃至狂欢的峰巅,结果却在突如其来的惊恐或沮丧中再次跌落下来,然而他们的感受依然以深刻的连贯性为其特点。

那些人物所具有的非同寻常的、追溯他们往事的直接访问权便是这样一种连贯性。对他们来说,现在是过去永恒的重复。在某种意义上,那一瞬间便是真实的一切,当下的生活便是位于消逝的往昔和未来之间、横跨在死亡深渊之上的一块狭长的板。临近这部小说的结尾,克莱丽莎想到了"恐怖;不可抗拒的无能,父母将它给了每一个人,这辈子,将会活到头,将会宁静地度过;在她心底有一种可怕的恐怖"(第 281 页)。在另一种意义上,过去所有时刻的力量恰好挤压在当今的外表之下,随时可能在瞬息之间涌入意识,将意识淹没在对往昔的直接展现中。在华兹华斯或普鲁斯特的作品中,记忆断断续续,艰涩难懂,与之迥异其趣的莫过于《达洛卫夫人》,那里面的记忆清新自然,无拘无束。在小说情节发生的那一天里,读者接连不断地发现他自己进入了某个角色头脑的深处记忆——涌入了那个角色的头脑,将它吞没;这记忆是如此鲜明生动,因而它取代了小说中的现实,实际上成了读者感受中的现实的存在。过去和现在的界线是如此不固定，因而读者在分辨他见到的是源自人物过去生活的形象还是人物当下感受的一部分时，有时候会遇到很大的困难。

一个这样的例子出现在小说开头的一段中。《达洛卫夫人》一开场便引出许多细节，其中穿插了克莱丽莎的话语，那时她正要离开位于威斯敏斯特的住宅，动身前往邦德大街上的花店："达洛卫夫人说她自己去买花。"（第3页）接下来的几个句子描绘了克莱丽莎的感受（这是一个好天），随后将掺和了狂喜的恐惧主题的事例首次推出（"多么快乐！冲上去多么痛快！"），读者随即"冲入"了感受的封闭圈内——由于他对小说中的地名或它们与克莱丽莎生活各个时期的关系还茫然无知，因而这种感受似乎成了现实的一个组成部分。实际上，这一感受萌自克莱丽莎的青春时期："她心中常有这样的感觉。当她听到现在能听到的铰链轻微的轧轧声时，她已猛然推开了法国式的窗子，冲向布尔顿到野外去。"（第3页）

这儿再次出现的"冲向"（plunge）这个词意义繁富多样。如果说"快乐"（lark）和"冲向"起先看来毫无二致，它们是同一种狂喜的跳跃上升、下落的不同形式，如果说克莱丽莎推开布尔顿屋子的窗户、冲向野外似乎进一步证实了这种同一性，那么读者许久之后读到塞普蒂默斯跳出窗户自杀时，也许会记起开头的这一页。克莱丽莎在她的聚会上听到了他自杀的消息后，自问道："但是这个自杀了的年轻人——他是冲上去攥住他的宝物的吗?"(第281页)借此进一步确定了这种联系。如果说《达洛卫夫人》由上升、下落这两种相反的倾向组合而成,那些活动不仅相互对立,而且模棱两可地趋于相似。它们会令人困惑地互换位置,因而下与上、下落与上升、死与生、孤立与交往,都成了它们彼此共有的镜像。而不是精神中消极与积极倾向间的对抗。克莱丽莎冲向布尔顿,到野外去实际上是对生活的拥抱,拥抱它的丰饶、希望,沉浸在它扑面而来的鲜活气息中;但当读者遇到它时,它已成了来自往昔的一个形象。此外,它还预示了赛普蒂默斯冲向死亡的情景。它留存在克莱丽莎的记忆中,随后她的记忆又展开了另一幕场景:当她站在窗前时,她感到"什么可怕的事就要发生"(第3页),读者会毫不惊讶地发现:在这部小说里(它由几个主题的一连串幽雅的变奏连缀而成),克莱丽莎从朝向布尔顿的窗户里看到的景色之一即为"那些白嘴鸦飞上飞下"(第3页)。

在布尔顿,克莱丽莎感受中的时间顺序同样显得模糊不清。描绘克莱丽莎冲动("她现在能听到铰链轻微的轧轧声")的那个句子里的"现在"是克莱丽莎对她童年家庭生活的回忆(它是如此鲜明生动地重新浮现在克莱丽莎的脑海中,因而在她的感受和读者的感受中它变成了现实)在叙述者记忆中的显现。这句话为记忆之潮开启了门扉——她记起了那遥远的时光,它化作了现实,具有直接感受的全部复杂性和丰富性。

这些回忆并不单单具有现实性。往昔时间定位的模糊性来自叙述者对小说中传统的过去时态的运用,这一传统是小说中伍尔夫分毫未改地从她18、19世纪的先辈们那儿继承的诸多方面之一。这部小说的第一句("达洛卫夫人说她自己去买花")在叙述者的现实和人物角色们的现实之间确立了一段时间上的间隔。人物角色做或想的一切被牢牢地置于模糊的过去——当读者遇到它时,它总是已经发生。叙述语言使这些事件从昔日的坟墓中复活过来,并将它们置于读者现今感受的那一瞬间——它们身上带着往昔根深蒂固的印记。每当那些人物角色(在叙述作品这种总的过去时间的框架内)回忆着他们自己的往事时,每当叙述者用那种间接的叙述(它是《达洛卫夫人》袭用的另一个传统)转述这一切时,除了她已经用过的表现人物体验的"当下性"的某种形式的过去时态外,她找不到其他方式来确定它在过去时间中的位置。"清晨的空气是多么清新、多么平静,当然比这里的更宁静"(第3页)。那个"是"(was)是过去中的过去,是一个双重的重复。

这个语句之前的那个句子包含着过去完成时态中的助动词"had"——这使它在过去的时间框架中位于作为小说中"现在"(克莱丽莎家聚会的那一天)的那个过去之后。克莱丽莎"现在"依然能听到铰链的轧轧声,读者由此相信她也许正将早些时候的开窗和那一动作在现今的重复作着比较。随后的一句用了一般过去时（"空气是"）；它并不属于叙述中的现在，而是属于克莱丽莎昔日的少女生活。为这一变更提供充分理由而发生的一切堪称叙述内部出现的好些微妙的错位之一——那些错位表现了作为语言样式的间接叙述的特征。间接叙述总是两个界限分明的头脑间的关系，但这一关系的种种细微差别会随着记录它的语词中相应出现的变化而变化。"她心中常有这样的感觉"（For it had always seemed to her）——这儿那个小巧的词"had"确立了三段可辨别的时间：叙述者虚幻的时间，或者说叙述者处于时间之外的时间（对它来说，一切都是过去）；小说情节发生的那一天的时间；克莱丽莎的青年时期的时间。叙述者使自己在时间和"空间"（如果可以这样说的话）这两方面有别于克莱丽莎，并且从外部用一种在她自身"现在"的感受中她本人无法运用的时态来转述克莱丽莎的思绪。在下一个句子里，叙述者和克莱丽莎间的这些距离消失了。尽管正文依旧是间接叙述，依旧用着叙述者吐露读者心声的时态，但所用的语言更明显地和克莱丽莎本人可能说出的话趋于一致，时态也等同于她将会运用的那一种："清晨的空气是多么清新，多么平静，当然比这里的更宁静。"这里的"是"（was）是叙述者的头脑和人物的头脑之间相对同一的标记。从叙述者这一刻选取的这一角度出发，克莱丽莎的青春时代与叙述者和克莱丽莎隔着相同的距离；同时没给读者留下任何语言的暗示（除了"当然比这里的更宁静"这一句），使他得以判断这个"是"(was)是指叙述时的现实还是它的过去。这个"是"在叙述者的过去和克莱丽莎的过去之间闪烁着转瞬即逝的光亮。有着细微变化的时态结构创造了一种双重重复的模式——在这一模式中,三段时间会拢在一起,随后又分开。对伍尔夫来说,间接话语中的叙述作为重复,既拉开距离,又融为一体。

正如电影画面总是现实的,因而在电影中要表现过去的过去就会有不少困难(很快,"闪回"在人们的感受中也变成了现实),因此在一部传统的小说中,一切都被贴上了"过去"的标签。叙述者表现的一切和已经成为过去一部分(从叙述者和读者的角度来看)的那些事物处于相同的时间平面上。如果说电影中没有过去,那么小说中便没有现在——或者说有的仅仅是由叙述者使往昔复活(不是作为客观真实,而是作为语词形象)的才能创造出来的一种似是而非、幽灵般的现实。

在《达洛卫夫人》里,沃尔夫颇具策略地驾驭着传统的故事讲述方式在这方面表现出来的模糊性,从而使她赋予她那些人物的那种当即回忆起他们往事的能力有了充分的根据。如果这部小说从整体上看是叙述者头脑中的过去的复现,那么这部小说情节展开的时期正好是作品中主要人物生活中的一天——他们一个接一个地沉浸在当下现实的感受中,在城里穿街走巷是经常出现的一种:克莱丽莎走着去买花,彼得·沃尔什看望了克莱丽莎后,在伦敦城里漫步踯躅;赛普蒂默斯和雷西亚走着去拜访威廉·布拉德肖爵士,如此等等。当这些人物走在伦敦街头时,他们往昔经历的最重要的事情涌向他们的心头,因而《达洛卫夫人》描写的那一天也可被看作是一个到处有回忆的日子。那些人物使之复活的过去又变成了另一重过去,再由叙述者将它唤醒,使之死而复生。

如果所有其他时刻的压力都倾注在克莱丽莎如此逼真地感受到的那现实的一瞬间上,那《达洛卫夫人》情节发生的那一整天在更大的时间参照系中也可视为这样一个瞬间。正如普鲁斯特《追忆逝水年华》(伍尔夫非常喜爱的一部作品)是以一个聚会收尾的:马塞尔目睹了他往昔生活中众多的人影——它们本身现在都成了苍老的幽灵,因而《达洛卫夫人》中的"故事"(确有故事:克莱丽莎拒绝彼得·沃尔什的故事,她爱恋萨利·塞顿的故事,她决定与理查德·达洛卫结婚的故事)在小说描绘的那一整天很久以前就发生了。当这一天向前推进时,读者发现这故事众多的细节一点一滴重新浮现在各个不同人物的记忆中。同时,克莱丽莎昔日生活中最重要的人真的在那一天回来了——彼得·沃尔什从印度远行归来,突然出现在她的家门口,随后又参加了她家的聚会;萨利·塞顿早已结了婚,现已是五个孩子的母亲,也赶来参加她家的聚会。

《作家日记》中有一段文字谈到了伍尔夫的"发现",她的"开掘过程",当人们将它看作是对这一情形(《达洛卫夫人》是一部有关往昔岁月在人物角色生活的现实中复活的小说）的描述时，它才获得其完整的意义。伍尔夫说，开掘过程是这样一种过程，"通过它，我分期分批将往事讲述出来——当我需要它的时候"（《作家日记》，第60页）。每个人物背后那"美丽的洞穴"既是深入由叙述者表现的普遍心灵的洞穴，又是通向往昔的洞穴。如果一方面在每个人物心灵的深处，"那些洞穴衔接起来"，那么在另一方面，"在当下的那个瞬间，每个（洞穴）都显露出来"（《作家日记》，第59页）——在克莱丽莎家聚会进行的那一刻内，她往昔生活中的重要人物纷纷亲自到场。

伍尔夫不动声色地（甚至暗暗地）将有关这种情形（情节开展的那一天堪称是往昔幽灵复活的时刻）的线索埋藏在她的小说中。这部小说中有三页稀奇古怪并且从表面上看完全不关正题的文字（第122—124页）；它们描写到一个衣衫褴褛的老妇人哼着歌，摊开手掌，乞求布施。当彼得从摄政公园地铁车站边穿过玛丽勒伯路时听到了她的歌声。歌声似乎在向上飞扬，好像是"古老泉源的声响"，从远古的沼泽地里喷涌而出。和千百万年来代代相传、并且还将千万年、亿万年地延续下去的单调之至而又含混不清的呜咽声一样，它好像也长久地回响着：

咿咿　　阿姆　　发　　阿姆　　斯乌
大夫　　斯维　　特乌乌　　咿姆　　乌乌

这个穷愁潦倒的老妇人（她的声音仿佛从往古、未来或时间长河之外飘来）吟唱着她曾经如何在五月里和情人散步。尽管人们可以将这与小说中爱情消逝的主题（彼得刚好重新想起了克莱丽莎，想起了她的冷淡，"像冰柱那样寒冷"；第121—122页）联系在一起，但这种联系看来很是牵强，而且似乎没有哪段情节可为它占据的篇幅提供充分的理由，除非读者认识到：部分通过释义和变异，部分通过直接引用英语译文，伍尔夫将理查·斯特劳斯（Richard Strauss）《万灵节》（"Allerseelen"）这首歌的歌词［赫尔曼·冯·吉尔姆（Hermann von Gilm）作词］改变成了老妇人吟唱的歌曲。引自这首歌的唱词的英文版与我找到的三种英语译文不尽相符，这样看来伍尔夫不是自己动手翻译，便是用了另一种我没发现的译文。这里抄录的译文比我见过的已发表的那三种更准确，同时也比伍尔夫用的那一种来得准确：

用清香馥郁的石楠将桌面装扮

捎来最后一朵红翠菊

让我们重新诉说爱情

像往昔的五月里那样

向我伸出你的手，我会悄悄地将它紧握

如果旁人瞧见，对我又有何妨
只要给我送上你那甜蜜的一瞥
像往昔的五月里那样

今天里每个坟头，繁花似锦，喷吐着芬芳
一年中有一天，死者将获得自由
投入我的怀中，我会和你恩爱如初
像往昔的五月里那样

石楠、红翠菊和情人在往昔的五月里相聚，这些都在《达洛卫夫人》的这段文字中重复出现，好多词语被直接引用，"用你那甜蜜的目光热切地凝视着我的眼睛"；"向我伸出你的手，让我轻轻地握住它"；"如果旁人瞧见了，与他们又有什么相干？"可以肯定地说，那老妇人所唱的正是斯特劳斯的那首歌。歌中没有在《达洛卫夫人》里直接重复出现的那些部分表明它是理解这部小说结构组织的关键要害之所在。"一年中有一天"，确定"死者将获得自由"——万灵节，那是灵魂一齐复活的日子。在这一天里，痛失爱侣的情人会盼望心爱的人从坟墓中归来。和斯特劳斯的歌曲一样，《达洛卫夫人》具有万灵节的形式——彼得·沃尔什、萨利·塞顿和其他人步出了死神幽冥的王国，赶来参加克莱丽莎家的聚会。在那首歌里，由于对死去的情人的回忆在一年中的某一天也许会变成与他（或她）复活了的灵魂直接的会面，因而在《达洛卫夫人》里，那些人物整天沉浸在对那一时刻（克莱丽莎拒绝了彼得，决定和理查德·达洛卫结婚）的回忆中，随后那些记忆中的人物走出了克莱丽莎往日的生活，竟然重新出现在人们日常的聚会中。不是仅仅重复过去，而是要以另一种形式使之复活的这种叙述才能在小说的情节中得到戏剧性的展现。

每个人物与他自己过去之间的连贯性，所有重要人物共同具有的过去之间的连贯性——现实中那些人物彼此心灵间具有的非同寻常的沟通程度使这些交流形式趋于完善。一些小说家，如简·奥斯丁或让-保罗·萨特都假定心灵相互之间是不透明的。其他人堪称是奇特的幽灵，或许对我友好，或许对我是个威胁，但不管怎样他总是难以理解。我无法直接知道他在想什么或感觉到什么，我必须尽最大努力，通过常常使人误入歧途的符号（话语、手势、表情）来解释说明他主观世界中发生的一切。在伍尔夫的作品中，和特罗洛普笔下的情形一样，一个人通常很自然地看到另一个人的内心世界，并且凭借着对他自己主观世界的认识，体悟着他人心灵中发生的一切。如果说叙述者在神不知鬼不觉间潜入了每个人物的心灵，对那儿的阴晴云雨之状了如指掌（因为事实上它是她自身心灵的一部分），那些人物通常（即便不总是这样）相互之间同样有一种亲密无间的了解。这在一定程度上也许是因为他们享有着共同的回忆，因而对相同的暗示以相同的方式做出回应，每个人都知道其他人必定会想些什么,但同时它似乎又是人与人心灵间不加思索的坦诚,一种心灵感应式的洞察。克莱丽莎和彼得间的相互理解是这种亲密关系最引人注目的例证:"他们毫不费力地出入于对方的心灵",彼得思索着:回忆起他俩在布尔顿的交谈(第94页)。其他人物在某种程度上有着同样的沟通能力。以雷西亚和赛普蒂默斯为例,在霍尔姆医生到来、赛普蒂默斯纵身跳出窗户之前,他俩度过了一段短暂的幸福时光,他帮她缝制帽子:"好多个星期他们没有像现在这样聚在一起欢笑了,没有像成婚的夫妇那样私下里嬉闹、取笑别人了。"(第217页)克莱丽莎和她的仆人露西关系十分亲密:"'天!'克莱丽莎说,露西有同感,因为她讲这话本来是会让她失望的(而不是引起精神上的一阵极度悲痛),露西感到她们之间的协调。"(第43页)

在所有这些情形里,各个人物的心灵之间也存在着那么一丁点儿障碍。尽管克莱丽莎与彼得几乎达到了心心相印的境地,但最终她还是决定不与彼得结婚,投入了理查德·达洛卫的怀抱。雷西亚和赛普蒂默斯间的感情交流断断续续地进行着;在他发疯期间,她几乎无法察觉他头脑中发生的一切。克莱丽莎对布鲁顿小姐妒火中烧,感受到极度的痛苦,露西无法产生共鸣。《达洛卫夫人》中心灵之间关系的特有模式是:那些人物的心灵完全透明地呈现在叙述者的心灵之前,在一个人物的心灵和另一个人物的心灵之间,情形稍有改变,表现为半透明状态，像结了霜或雾气缭绕的玻璃。然而，在某个人物心灵深处现实与过去的连贯性中还需加进一个人的心灵与现实中的另一个人心灵间那种相对的连贯性。

《达洛卫夫人》中的那些人物被赋予了想拥有这些连贯性，并使它们在现实中兑现的意愿。这一强烈欲求的动态模式表现为这样一种趋势，它将迥然有别的各种因素聚集起来，将它们拼合成一个整体，在欢乐的狂潮中将它们提升到白昼的世界中，维系着这样一个在死亡黑暗的深渊上创立起来的整体。"将它创立起来"，这一短语作为精神和自然活动这种法令的标记，在整部小说中反复出现。读者还会记得，克莱丽莎想到生活时曾惊诧"人何以会这样去理解生活，把它围绕自己虚构起来"（第5页）。彼得·沃尔什追随着一个漂亮的姑娘，从特拉法加广场走到摄政街，再穿过牛津街和大波特兰街，直到她最后隐没在住宅内；他为她虚构了一种存在，为他自己虚构了一种新的存在，为他俩同时虚构了一次奇遇："因为他自己也很清楚，那多半是想入非非，与那姑娘开的玩笑只是空中楼阁，纯属虚构，他自忖，正如人们想象生活中美好的一面——给自己一个幻觉，虚构出一个她。"（第81页）雷西亚将碎片补缀起来做成帽子的才能，或者她将那送晚报来的小女孩拉入温暖而又亲密无间的小圈子的力量，短时间内消除了赛普蒂默斯的幻觉和他的恐惧感（他被判定将孤独地死去）："每天老是这样。一桩事接着另一桩事。她就这样按部就班地做着，先做这桩,再做那桩……她按部就班地做着,眼下在缝帽子。"(第219、221页)甚至布鲁顿夫人的午餐会(她让理查德·达洛卫和休·怀特布雷德帮她写封信给《时报》,谈谈移民问题)成了建设性活动这一主题的滑稽模仿。

这一主题最重要的事例是克莱丽莎·达洛卫的聚会,她试图"燃烧、闪闪发光"(第6页)。尽管人们为了她的聚会而嘲笑她,觉得她太热衷于炫耀自己,然而这些聚会是她对生活的奉献。作为奉献,它们竭尽全力使人们从各自互不相关的生活中聚拢起来,将他们结合为一个整体:"这儿某某人在南肯星屯;有些人远在北方的贝斯沃特;其他人则散布他处,比如说,在梅弗尔。她连续不断地感受到他们的存在;她感到真是徒然;她也感到真可惜;她感到要是他们能聚拢到一块就好了;因此她便这样做了。这是奉献,是结合,是创造。"(第184—185页)构成这部小说最后一个场景的那次聚会成功地将人们聚拢起来——从不幸的小埃利·亨德森一直到首相,其他人中还包括萨利·塞顿和彼得·沃尔什。克莱丽莎"依然有一股天然的魅力;活着,生存着,一瞬间将一切囊括无遗"(第264页)。

克莱丽莎的聚会使每个宾客从他通常的自我转变为一个新型的社会的自我,一个置身于参与其他人普遍存在的自我之外的自我。这一变化富于魔力的符号是那样一个时刻——拉尔夫·莱昂将窗帘拉开,继续侃侃而谈,由此他加入了那次聚会。那时聚拢成了"当下的现实,不再是空洞的东西"(第259页),克莱丽莎思索着一次成功的聚会所具有的力量:它摧毁了日常生活中的人格,用另一个自我来代替它;这个自我对人的理解能达到罕见的深度,并且从灵魂隐秘的中心迸发出更加无拘无束的话语。这两个自我犹如现实与幻想,互相交织在一起,然而一旦你意识到这两者间的反差(正如克莱丽莎丧失自我意识,全身心地汇入她自己聚会之前的那个瞬间),你也不可能判断哪一个是真,哪一个是假:"每当她举办聚会时,她总有这样一种感觉:她不再是她自己了,每个人都带着某种虚幻的色彩;另一方面要真实得多……可以谈些在别的场合不能谈的话,这种谈话得费点劲儿,但比平时可能深入得多。"(第259—260页)

创造一种使现在和过去、人与人、人与自身内心深处通常所具有的隐秘的连续性得以公开化的社会格局的冲动为《达洛卫夫人》中所有主要人物所共有。这一普通的意愿成了小说内在精神力量的一种动力——趋向高扬、聚拢的普遍推动力。

在它所有的实例中,这一努力失败了,或者说似乎在某种程度上失败了。对叙述者来说,它似乎是如此肯定无疑;对一些人物(包括克莱丽莎)来说,它表现得更加明显。从这一观点(强调这些事件与人物的消极方面)出发,彼得·沃尔什与那不知名的姑娘的奇遇纯属想入非非的幻想,布鲁顿夫人不过是个浅薄、盛气凌人而又爱管闲事的人,是伍尔夫想要在她的小说中加以揭露的上流社会的代表。在创作《达洛卫夫人》的过程中,她写道:"我要批评当今社会的制度,展示其动态,而且是最本质的动态。"(《作家日记》,第56页)雷西亚建设性的才能和女性的温情没能阻止她丈夫自杀。克莱丽莎呢?夸大这部小说中她和由她体现的社会价值观遭受谴责的程度将会是一个错误。伍尔夫对19—20世纪英国上流社会的态度暧昧不明,将这部小说单单归结为一部否定性的社会讽刺作品不啻是一种曲解。在写作这部小说时,伍尔夫担忧的是克莱丽莎似乎无法对她的读者产生足够的吸引力。在这部小说完稿前的一年,她在日记中写道:"我想,难以预料之处在于达洛卫夫人这个人物。她也许描写得太生硬呆板,太招摇,太华而不实。"(第60页)事实上正像伍尔夫所表现的,克莱丽莎身上有消极的方面。她是一个势利小人,急于在社会上出人头地,她的聚会在一定程度上使这个垂死的社会机体得以延续,像休·怀特布雷德这样的宫廷食客和呆滞沉闷的首相也一起苟活下来。埃利·亨德森想:"你可能会把他看成一个站柜台的售货员,向他买饼干呢——可怜的家伙,浑身上下装饰着金色饰带。"(第261页)

即使人们将这一否定性的判断悬置起来,并且认为那些人物值得我们去同情,情形仍将是这样:虽然克莱丽莎的聚会有助于促进这些人之间不同寻常的沟通,然而这种交流仅是一瞬间的事。聚会结束了,温情消散了,人们回复到正常的自我之中。回想起来,聚会催生的与其他人联为一体的感觉有某种虚幻的色彩。克莱丽莎将人们聚拢到一块的才能似乎与她的沉默寡言、她的冷漠、她对自身不可侵犯的隐私的维护自相矛盾地联系在一起。尽管她认为每个人并不拘囿于他个人的小圈子,和缭绕在树枝间的雾一样,他伸展到其他人中间,但她心灵的另一部分使她蜷缩在个人的躯壳内,对她隐私的任何侵犯她都深恶痛绝。看来她对隐秘自我的维护好像与她的社交才能(将人们聚拢到一块,使他们相互间产生联系)相应地联系在一起。克莱丽莎冷漠、假作正经、孤独的主题在《达洛卫夫人》全书中回荡。彼得·沃尔什将它称为"她灵魂的死亡"(第89页)。由于她病态的心境,她孤独一人睡在顶楼小屋窄小的床上,她无法"消除她出生后保留下来的纯洁,这纯洁像一条毯子将她裹住"(第46页)。"由于习染了这种冷淡的态度"(第46页),她一再使她丈夫失望。和男人相比,其他女人对她有着更为强烈的性爱的魅力,她生活中的高峰正是在萨利·塞顿吻她的那一瞬间。她最终决定不和彼得·沃尔什而是和理查德·达洛卫结婚,这实际上是在拒斥亲密无间的关系,转而抱住她的隐私不放:"因为一旦结了婚,两人就要朝夕相处,住在一所房子里,而两人之间必须有一小点特权,一小点独立自主性。这——理查德倒是给了她,她也给了理查德……但彼得的做法则大为不然,事事都要两人共同分担,事事都要两人搞到一起,这真叫人难以容忍。"(第10页)在小说的后半部，克莱丽莎想着："人有自己的尊严、孤独；甚至在夫妇之间也有一道鸿沟。"她憎恶女儿的朋友基尔曼小姐，憎恨威廉·布拉德肖爵士，憎恶盛气凌人的意志的所有代言人，憎恶改变他人信仰的天性，嫌恶"爱和宗教"（第191页），这一切都以对孤独、超然的尊崇为基础："她本人曾经努力去改变过任何人吗？她不正是希望每个人都保持本色吗？"（第191页）隔壁那幢房子里克莱丽莎频频看见的上楼进屋的老太太看来主要是这一最高价值——"灵魂的孤独"（第192页）——的象征，"那是一个奇迹，那是一个谜；她指的是，那个老太太……最大的谜……莫过于此。宗教能够解决那个难题吗？爱能够吗？"（第193页）

《达洛卫夫人》中的高潮并不是克莱丽莎的聚会，而是那一时刻——听到赛普蒂默斯自杀的消息后，克莱丽莎撇下客人，孤身一人走进小房间，那里布尔顿小姐从几分钟前就开始和首相谈论印度的事。在那儿她又一次看见了隔壁房子里的那个老太太，这会儿她正平静地上床。她想着赛普蒂默斯，意识到她所有在人群中撮合、联聚的尝试是多么地做作、不自然。从她的聚会中退出表明：即便置身于她的宾客之中，她也一直不让她灵魂的隐秘受到侵扰——那是一个平静的场所，在那儿人们可以认识到社交界的空虚无聊，感觉到每个人内在具有的、作为他最深层实在的死亡的诱惑。死亡是真实的交流、沟通的场所，克莱丽莎一直试图将那不可能的事化为现实，将死亡的意义带入生活白昼的世界中。赛普蒂默斯选择了一条正确的道路，通过自杀，他保持了他的完整性，"攥着他的珍宝，纵身一跃"（第281页），也保持了他与那纵深地带的联系，在彼处，每个男人（或女人）与其他所有男人（或女人）都彼此相联。这难道不是因为在谵狂中他听见了他死去的同伴伊文斯从所有死者云集的那个地方对他说的话？"沟通是健康的，沟通是幸福的"（第141页）——赛普蒂默斯在发疯期间表明了对作品中所有人来说，什么是最高的目标。但他的自杀又形成了这样一种认识：除去生活中短暂的一瞬间，交流沟通无法实现。在对过去的重复中唯一能重新拥有过去的便是自杀的行为。

克莱丽莎认识到了这一真理，那时她正自谴自责，也正是在这一时刻，她的洞察力同时达到了顶峰：

> 她曾经朝蛇形孔内投入一个先令，此后再也没有投过别的东西。但他将生命扔掉了，人们继续生存着……他们（她整天里想着布尔顿、彼得和萨利），他们都会老的。生命有一个至关重要的中心。在她自己的生活中，喋喋不休的话语密密麻麻地缠绕着它，损毁着它，使它黯然无光——每天都充斥着腐败、谎言、喋喋不休的话语。这一中心在他身上保存下来。死亡是反抗，死亡是交流沟通的尝试；人们感到不可能抵达那个神秘地躲避着他们的中

心；亲密无间的日趋疏远，狂喜消失了，一个人变得孤零零的。死亡倒能拥抱人。（第280—281页）

从位于中心的最至关重要的"事物"的观点来看，所有的话语，所有的社会活动，不断地积聚增长，所有形式的交流沟通都是谎言。人们越是力图通过这样的方式走向这一中心，他实际上离它越来越远。《达洛卫夫人》中最为根本的意旨在于人们在积聚、创立的同时，毁灭了它。只有将它舍弃，生活才能得以延续。使它延续的是那潜藏在隐秘的实在中的生存物——伍尔夫在其他地方将这种实在看作是"位于我眼前的事物：有着某种抽象性；但又寄寓于天地之间；和它比起来，一切都无关紧要；我将栖身于其间，继续生存下去。我将它称作'实在'（Reality）"。（《作家日记》，第129—130页）和这一实在相比，"一切都无足轻重"——日常生活的所有忙乱、喧嚷只会损毁、玷污、掩盖它；其余的一切都显得空虚、无聊。在她抑郁症发作的一段时间内，伍尔夫写道："对我们任何人来说，一切都是空虚，只有空虚。工作、阅读、写作，全都是伪装，人与人之间的关系也是这样。"（《作家日记》，第141页）

赛普蒂默斯·史密斯的自杀预示了日后弗吉尼亚·伍尔夫本人的毁灭。他俩的死都是一种反抗，一种进行交流沟通的尝试，并且是对这一现象（要能投入那个中心的怀抱——只要你活着，它就躲着你，自我毁灭是唯一可行的途径）的认可。克莱丽莎没有追随赛普蒂默斯投入死亡的怀抱（尽管她有一副坏心肠；按照伍尔夫为这部小说现代丛书版所写的序言所述，作者原先曾打算让她自杀）。尽管这样，莎士比亚的《辛白林》（Cymbeline）中挽歌的词句整天在她头脑中回荡："再不怕太阳的炎热/也不怕寒冬的狂暴。"克莱丽莎对这些诗句的迷恋表明她半清醒地认识到：尽管她热爱生活，但只有在死亡中她才能获得宁静，摆脱痛苦。这些诗行最后一次涌入她的头脑，恰巧是在她从孤独的冥思中抽出身来，履行她作为主妇的职责之前。它们表明她认识到了她与赛普蒂默斯、与死亡的血肉联系。正如伍尔夫在现代丛书版的序言中说的那样，这是因为她是赛普蒂默斯的"孪生儿"。伍尔夫说，在《达洛卫夫人》里，"我要展现生与死，理智与疯狂"（《作家日记》，第56页）。这部小说要成为"一种对于疯狂与自杀的研究；把神志正常的人眼中所见的世界和精神失常的人眼中所见的世界并列在一起"（《作家日记》，第51页）。这些极点与其说截然对立，不如说是互为颠倒的影像。每个极点都由相同的要素构成。伍尔夫起先为克莱丽莎安排的自杀身死的结局由赛普蒂默斯付诸实现，他为了她而死去——这可说是代人自杀而死。克莱丽莎和赛普蒂默斯寻求的是同一个东西：沟通、完美无缺、现实生活的整体性，但只有赛普蒂默斯走上了通向它的那条确凿无疑的道路。克莱丽莎在她的聚会中创立整体性的尝试是赛普蒂默斯自杀时使劲投入死神黑色的怀抱这一举动在白昼生命世界里的镜中影像:"不再害怕太阳的炎热,她必须回到他们那儿去。但这是一个多么不寻常的夜晚啊!不知怎地她觉得和他非常相像——那个自杀了的年轻人。她感到高兴的是:他已付诸行动;将生命丢掉了。"(第283页)和康拉德的情形一样,对伍尔夫来说,白昼生命这可见的世界是与黑暗和死亡那不可见的世界相反的镜中影像或重复,只有前者才能被人观察、描述。死亡与语言无法相容,但通过谈论生活,一个人便能间接地谈论死亡。

《达洛卫夫人》全书似乎在作为镜中对应物的生命和死亡的对抗中收尾。实在、真实性、完满处在镜子上死亡的那一面,而生命至多不过是那黑暗的实在虚幻、缺乏实质内涵、零碎的影像。然而在《达洛卫夫人》里,存在着一种更富于结构意义的因素,一种决定性的转折——它再一次使两极间的关系发生倒转,或者更确切地说,它使它们在无法相容的情形下保持一种平衡。对这一问题的探究有可能最终认清伍尔夫公开展现英国小说传统故事叙述方式的潜在含义的方式。

我前面已说过《达洛卫夫人》具有双重的时间形式。在小说情节发生的那一天里,主要人物在记忆中零零碎碎地将他们共同度过的往昔生活里的中心事件复活出来,随后所有这些人物在克莱丽莎的聚会上又一次相逢。叙述者在单向间隔的观照中也将这两股时间拧在一起,她在自己的叙述时间中向前穿越着,向着人物的两股时间会聚(在小说最后一句话收尾时)的时刻迸发——那时彼得瞧见克莱丽莎走回了她的聚会中。由于时间的间隔在"is"和"was"的差异中依旧存在,或许人们应该说,"几乎会聚在一起?""乃是克莱丽莎,他自言自语。她就在眼前"(第296页)。

在那些人物的生活中,这一完满的时刻转瞬即逝。聚会结束了,萨利、彼得、克莱丽莎和其他人继续向死亡迈进。叙述者的胜利在于他借助另一种力量(即文学)在万灵节①那一天将这一时刻和小说中的其他瞬间从死亡的冥国中拯救出来。对伍尔夫来说,文学是储存的重复,但对人和事的储存又存在于它们对立面的平衡中。这一重复拯救了时间,在它重复不停的反向切割中,它获得了拯救。它冉冉升入了死神的王国——从第一页起,叙述者的头脑便和这个王国联系在一起。这是一个空虚的地带,除了语词,什么都不存在。这些语词创造出它们特有的实在。克莱丽莎、彼得和其他人只有在这部小说的书页中才会遇见。当读者抛开周围有形的世界,开始阅读《达洛卫夫人》时,他便走进了这个语言的王国。这部小说是双重的复活,那些人物自顾自地生存在现实中——他们消逝了的往昔在现实里复活过来。在叙述者无所不包的头脑里,这些人物作为

---

① 万灵节(All Souls' Day):天主教纪念死者的节日,日期为每年11月2日。

一个个无生命的男男女女生存着,凭借她的语词,他们才得以继续生存。当叙述圈趋于闭合之际,过去和现在交相叠合,那些看起来生机勃勃的人物露出了自己的本相:他们原来早已是冥国中的居民。

克莱丽莎的生气和活力、她"生成、存在"的才智在这部小说倒数第二行彼得·沃尔什所做的现在时的陈述中得到了体现:"乃是克莱丽莎。"对她在瞬间内明察秋毫才能的这种确认重复着早先对她的描写:她有"一种罕有的才能,那种女人的天赋使她无论到那儿,都要创造出她自己的世界";"她走进屋内;像他以前经常看到的那样,她站在门口,很多人围着她……从没听她说出异常机敏、伶俐的话语;然而,她在那儿;她在那儿"(第114—115页);"她在那儿,正缝补着衣衫"(第179页)。早先的这些段落和小说的最后一行一样,用的都是过去时:"她就在眼前。"由于这最后一句"is"在叙述者的间接叙述中变成了"was"。在那种语言样式里,克莱丽莎和所有其他人物一起,退缩到一个无限遥远的过去。生活在叙述者非人格化的头脑和她的语言(它们在死神的冥国中是交流的场所)中变成了死亡。在那儿,残片碎屑变得完整起来;在那儿,所有的一切被集合成了一个整体。小说中这部分与第一部分间的所有联系只为叙述者敏捷而又无处不在的头脑知晓。只有在那和谐的灵魂的怀抱中,只有通过她的语词的力量,它们才能生存。

不过，还得回过来谈谈反讽的其他方面：《辛白林》中的挽歌为伊摩琴而唱（她仅仅看上去像是死了），全剧在女主角看似奇迹般的复苏中收场。同样，在她的聚会上，经过与死亡孤寂的对抗，克莱丽莎恢复了活力。她从确认她与赛普蒂默斯血肉相连的思绪中抽身出来，使彼得在见到她时又是"惊恐"又是"狂喜"（第296页）。正如伊摩琴从死亡中复生，她同样重新出现在叙述语言里，在文学不朽的语言中，读者也许能与她相逢。

也许正是由于这个原因，伍尔夫才改变了她早先的构想，以赛普蒂默斯作为克莱丽莎死亡的替身。仅仅一个沉没在黑暗里的主人公会歪曲她的构思，她需要两个主人公，一个死去了，另一个由于他的死而死去。由于在她的聚会上，克莱丽莎陷入了孤独的冥思，因而她经受住了赛普蒂默斯的死，依旧生机勃勃。再者，经历了一次替代性的死亡，她重新焕发了生机。她出现在她的宾客中，引起了"异乎寻常的激动"（第296页）——至少彼得·沃尔什是这样。死亡的边界线不仅激发了克莱丽莎的活力，而且这部小说为了它自身结构的完美也需要两种既对立又相似的动态——赛普蒂默斯冲向死亡；克莱丽莎从死亡中复活。《达洛卫夫人》同时具备了这两方面的特征：进入冥国交流的领域；用可为生者理解的语词展现那个领域。

尽管《达洛卫夫人》看来似乎以一种虚无主义的态度尽情

渲染着死亡的魅力，尽管它的作者事实上最终毅然投入了死亡的怀抱；然而，和伍尔夫的其他作品一样，事实上它也表现了心灵相反的运动。在1933年5月的一则日记里，伍尔夫记录了这样一个瞬间：她领悟到是什么使她的生命得以"综合"："只有写作才能使它得以实现。除非我写作，否则构建一个整体该是多么空虚啊！"（《作家日记》，第201页）再有："多奇特啊，创造力瞬息之间使整个宇宙井然有序。"（第213页）和克莱丽莎的聚会或《达洛卫夫人》中积聚增长的其他事例一样，这部小说本身便是一个建设性的活动——它将不相连贯的各个成分聚合成现实中坚固结实的客体，它属于日常自然事物的世界。作为一本书，它外面是卡纸版封皮，里面是印有黑色符号的白纸。这一制成品和它的符号（克莱丽莎的聚会）不同，它们分属于两个世界。如果在一种意义上它仅仅是加工制成的物理客体，在另一种意义上它由语词构成——语词标志的并不是它所指事物实体的存在，而是它们在日常世界中的空缺，它们的生存领域位于日常的时间、地点之外（即文学的时空世界）。作为它的目标，伍尔夫的作品将语言中这一交流沟通的领域引入了白昼的阳光中。对伍尔夫来说，小说是死亡变得清晰可见的场所。写作是这样一种独一无二的活动——它同时生存于镜子的两面，即同时存在于死亡和生命之中。

尽管伍尔夫涉及到许多极端、激烈的精神活动，但她的作品几乎无法支撑这样一种文学史纲要（它认为，和19世纪的文学相比，20世纪的文学更加消极，更富于"虚无主义"色彩，或者说更"意义含混"）。《达洛卫夫人》的"不确定性"在于：从正文中你不可能知道死神冥国中联合的领域对伍尔夫来说是否仅仅存在于语词之中；或者换句话说，语词表现的超语言的领域对那些人物、对叙述者、对伍尔夫本人来说是否"真的存在"。然而，和其他作家（诸如艾略特、萨克雷或哈代）相比，伍尔夫更加严肃认真地考虑死亡的王国（无论在现实生活还是在小说中）真实存在的可能性。和英国小说中她的大多数前辈相比，弗吉尼亚·伍尔夫更为直截了当地揭示了这样一种可能性：叙述中的重复展现了和谐、储存这样先验性的精神王国，展现了死者永久复活的王国。

[本章《达洛卫夫人》的引文参考了郭旭和孙梁、苏美的译文。郭旭的译文载《外国现代派作品选》（第二册），上海文艺出版社1981年版。孙梁、苏美的译本由上海译文出版社于1988年5月出版。——译者]

第八章 《幕间》
作为推断的重复

如果说《达洛卫夫人》在它大部分篇幅里倾全力表现了人物或叙述者的回忆作为重复形式的种种情形,那么弗吉尼亚·伍尔夫的最后一部作品《幕间》(它在作者去世后的 1941 年发表)表现的领域更为宽广,它的焦点更加明确地集中在可以作为重复形式的人类历史和文学史的种种情形里。《幕间》(*Between the Acts*)明确地揭示了这样一种情形:有关重复系列(我论述的两种重复方式)的根基或缺少根基的问题不仅与心灵赖以理解过去的活动有关,而且与它如何迈入未来并力图在旧事物的根基上创立新事物这一问题相联系。在它探索作家用语词进行的创造性活动的方式、人类共同生存的方式,以及孤独冥思的心灵不时不确定地涌入不安的未来的方式时,《幕间》戏剧化地表现的与其说是阐释早已存在的重复系列的问题,不如说是在这样一个系列中加入新的因素,从而使人类历史不致瓦解为一堆互不相关的碎片的问题。对这一活动来说,永恒的问题实际上是本书前面几章研讨过的由小说中重复的种类所提出的问题的另一种形式:评价加入系列中的另一因素的根据是什么?人们怎样才能知道新的因素有效地重复着旧的因素,扩展延续着它们?《幕间》后半部中的一段文字对研究这一问题是一个绝好的起点。它从差异能否成为同一事物的另一变体这一问题出发,简洁明了地阐述了人类历史或文学史上的推断问题:

> (斯威逊太太)问道:"你赞同他的说法吗?我们演着不同的角色,但又是同一个角色?"
> "是的,"伊莎回答,"不。"她接着说道。那是"是的","不"。是的,是的,是的,潮水奔涌而来,弥漫着;不,不,不,它退缩着,旧的靴子映现在铺满鹅卵石的海滩上。
> "碎团、残片、零屑。"她复述着记忆中的那个已演过的戏。①

是的,不;同一,差异;"聚合——消散……聚……消……"(像屈罗勃小姐的留声机在她戏的结尾发出的咯咯的

---

① 弗吉尼亚·伍尔夫,《幕间》,纽约:哈考特和布拉思公司,1941年,第215页。后面引证正文时简称BA。《幕间》里使用的一个名称"Pointy Hall"或许是个双关语,它将残片、碎屑(Pointy/Points)和整体(Hall/all)结合在一起,意为"指明一切"。

声响)——这些是《幕间》展示出来的各种选择。几乎任何一段都包含着这一对立的某种变体。每一丁点儿在整体组织中都扮演着不同的角色,但每一个都相同,由于打上了相同遗传形式的标记,每一个都可被视为整体的标记。是的与不,连续与间断,同一与差异间的对立与一大堆杂乱的、相关的主题联系在一起——这些主题向外扩展延伸,包括的问题有起源与终结、暂存性、历史、文学史、表现、心灵的本性、心灵的基础、心灵能量与自然能量间的关系等。和她先前的作品一样,伍尔夫在《幕间》里表现的主题是心灵的活动。心灵如何连续不断地延伸?它如何来回往复?它如何将它体验感受的碎团、残片、零屑联成一个有效的整体?它如何用相同的东西(即利用源自往昔的语词、比喻、节奏)表现自身以及它的差异?

认为《幕间》的每个残片碎团都打上了为整体共有的遗传形式的印记,因而可被视为那个整体的标记,这回避了那一形式提出的问题。更恰当地说,每个残片碎团都有它与整体的关系问题。在反向的自我反思(小说中小规模或大规模地包括许多这类事例)中,小说经常对自身的秩序提出疑问。在这一转折中,由于无视被批评家比喻为莫比乌斯带(Möbius strip)[①]的表现逻辑,原先单一的整体也双重化了。一个特定的段落以

[①] 将一条狭长的长方形纸带的一端扭转半周后与纸带的另一端粘贴而成的曲面。因德国数学家莫比乌斯(1790—1868)首先发现而得名。

虚构的形式表现着现实生活,在小说的描绘中,现实位于自身之外,是一种只为它的语言指称的存在。同时,它使人们注意到它本身便是产生内在意义的语词组织的一部分。然而莫比乌斯带和"处于深渊中"(mise en abîme)的影像,或者如同雅克·德里达针对小说中这样的结构组织而说的"双重反折"(double invagination)的影像一样[1],只不过是针对某种语言特性(而非视觉世界特性)的空间和知觉影像。这样的影像作为隐喻,至多是近似的甚至会将人引入歧途。它曾暗示:这样的语言结构可呈现具体的形象(无论其形态有多么自相矛盾),并在一瞥之下即可被领悟,就此而言它们中的每一个都不适宜。

不管怎样,《幕间》中像我上面引用过的这样一些段落,当它们重复着在整部小说中反复再现的主题时,就小说自身(被视为一种言语组织)内事件和语词细节的结构提出了同一与差异的问题。每个残片碎屑间的差异真是内在固有的、实质性的吗?那些差异真是深入骨髓的(换句话说,每个碎片永远是碎团零屑和铺满鹅卵石海滩上的旧靴子,而整体不过是松散的、中间有着裂口的碎片的集合体)抑或仅仅是表面的?那些碎片在深层是否会相互结合为一体,或者说它们是否让它们的

---

[1] 见《生存:分界线》,收入《解构与批评》,纽约:西伯里出版公司,1979年,第100—101页。

个别特性汇入吞噬一切的联合的浪潮——它说着"是的、是的、是的"？这样一种连续性原则的根源是什么？它是物质的，还是精神的，抑或在某种程度上是形而上的？对伍尔夫来说，存在不存在某个第三种可能性（或许没有名称）——它既非是又非否，既非聚合又非消散，它只是留存在远处的某个因素的重复？在这种情形下，同一产生于差异，差异不会在他们的共鸣中消失。这种共鸣也许是那"一种精力旺盛的声响，它并不清晰，但和谐悦耳，激动人心"；依照伍尔夫在《一间自己的房间》（*A Room of One's Own*）中的论述，这种音响在丁尼生①和克里斯蒂娜·罗塞蒂②时代的空气中回荡，"改变了语词本身的意义"，尽管人们在牛津和剑桥大学的午餐会上那时和现在说的是同一个东西③。

对伍尔夫来说，在这些问题中，最重要的一切危若累卵。心灵连续延伸、在自身内确立有效秩序的能力处于危机中。另一种可能性便是心灵可以随着种种偶然的外界刺激或依照联想的机械法则，在各种体验、感受之间随意飘行。发生在波伊茨

---

① 丁尼生（Alfred Tennyson, 1809—1892），英国诗人。
② 克里斯蒂娜·罗塞蒂（Christina Rossetti, 1880—1894），英国19世纪"拉斐尔前派"诗人。
③ 弗吉尼亚·伍尔夫：《一间自己的房间》，纽约：哈考特、布拉思和世界出版公司，第12页。后面引用该书时简称《房间》。

庄园（Pointz Hall）内的谈话从鱼转到威尔斯[①]的《世界史纲》（*An Outline of History*），转到牙科医生，转到古埃及的法老（《幕间》，第30—31页）。同样，露西·斯威逊（尽管她是整体的信奉者）"暗暗地一会儿是酵母，一会儿是酒精；于是便发酵；便如痴如醉；便成了巴克斯[②]；像她以前那样，躺倒在意大利葡萄园的紫色灯下，经常地"（第34页）。

同样有危险的便是人们（贾尔斯和伊莎、露西和老巴特、曼雷萨太太和其他人）间关系的有效性问题。一部小说（即便是弗吉尼亚·伍尔夫的小说）终究处理的是人们之间的关系。这些关系是否仅仅是人为的，每个家族是否又是孤独者的集合，或者说真正的沟通是否可能？

我刚才说小说处理的是人们间的关系，而几段之前我强调的是：它们由语词构成。这些是同一个连续统一体的两个方面，有能力的小说读者能轻而易举地在这两者间穿梭往来：一方面注意到语词组织的复杂性，另一方面思索那些人物角色——好像他们实有其人，他们间存在着这样或那样的关系。正如每个人都知道的那样（尽管所有的读者经常忘记这一点），小说要能描绘人物间的关系，只有通过语词来表现那些人物以及他们的相互关系。在《幕间》里，语词和心灵间的这

[①] 威尔斯（H. G. Wells, 1866—1946），英国作家。
[②] 巴克斯：希腊神话中酒神狄俄尼索斯的别名。

种关系是明确提出的另一个问题。对于能用语词描述的心灵，它表明了什么？这究竟是不是实情（心灵只有借助语词或其他符号，才能在时间中延续）？

《幕间》里同样处于危机中的还有历史的连续性，现实更新、延续、重复过去的能力。小说描绘了一连串的场景：从威尔斯笔下的史前时代的"半人半猿"（那时"皮卡迪里大街上还生存着猛犸"，"我们和大陆之间还根本没有海"；第218、30、29页），到屈罗勃小姐历史剧演出中模仿再现的伊丽莎白、王政复辟、维多利亚时代，再到现今波伊茨庄园的居民演出的相类似的爱的戏剧。（这幕现实的话剧在第二次世界大战和文明可能走向毁灭的阴影中上演。这五个故事有其相似之处，但它们间的差异是否比它们间的同一更为重要？现实是否真的延续着过去？这连续的系列是否会默默中断或烟消云散，文明之墙会不会土崩瓦解？）

最后，处于危机中的是心灵自我建构的能力以及相伴而生的创造艺术杰作的能力。这样的作品具有其内在的统一性，并能相应地制约读者的心灵。《幕间》这部作品是否真是任意缝合在一起的碎片的集合体，像屈罗勃小姐评论她的历史剧表演时说的那样，是"融化在地平线上其他云彩中的一片云"，是"一种失败"（第209页）？抑或它真有那种"整体性"和"真实性"（伍尔夫在《一间自己的房间》中认为如《战争与和平》这样最伟大的小说就具有这种特征），确保自身得以生存("对小说家来说,整体性意味着他使人确信:这是真实的";第75页)?

伍尔夫毫不怀疑心灵这种延续的能力,毫不怀疑人们之间的那种关系将会持久存在下去,毫不怀疑心灵在自身之外的艺术作品中表现自身的能力。但问题在于这些连续性是否有根基,如果有,那些根基又是什么。危险出在心灵的热情将使它化作逃避现实者空幻、节奏单调的歌吟——它没有充分吸收具体的事实。在《幕间》里伊莎"流产"的诗作中,这一危险得到了典型的体现:

> "我们不知道在哪里,我们不知道去哪里,既不知道也不关心,"她哼唱着,"飞,飞!冲过四周闪闪发光的、夏日的寂静……"
> 韵脚是"air"(空气)……"披着羽毛,蓝色的羽毛……在天边翱翔……这里束缚我们的一切在那儿顿然消释……"这些话不值得写入装订得像账本的书中,免得吉尔斯生疑。"流产"——这个词正好用来表现她。(《幕间》,第15页)

如果说伍尔夫心灵的一种倾向是去拥抱此起彼伏的潮汐的整体并创造一种兼收并蓄的形式(这儿表现在韵脚这一基本的事例中),另一种倾向便是尽可能多地包容生活中各种难以对付的特殊性。这里面包括精神生活的特殊性（无论它是多么散漫、随意）、社会行为习俗的特殊性，以及自然事件的特殊性（铺满鹅卵石的海滩上的旧靴子，金鱼在池塘中的习性）。就这最后一方面的特殊性而言，可以认为伍尔夫作品严格地遵循了小说中"现实主义"的传统准则，尽管它表面上具有实验和表现主义的特点。虽然她的描写对象也许是心灵的活动，但在《幕间》里，这一对象散布在众多的加以逼真描绘的事物中。这部小说直截了当地讲述了一个模仿的故事，背景是一个英国乡村邸宅中的一群人，那天村里举行着古装历史剧演出，为地方教堂献呈。读者对伍尔夫社会描绘的精确性的信赖逐渐达到了和对奥斯丁或艾略特相同的程度。为记录主观体验，为记录人们所思所感腾出一定的篇幅，这也纯粹是英国小说传统的一部分。此外，在《幕间》里，伍尔夫没有搅乱前后的年月顺序——实际上在她其他大部分作品中也没有这样做。在通常情形下，她依照事件发生的前后次序来叙述。

最后，《幕间》全书从头至尾运用了英国小说中产生了有三个多世纪之久的那个基本的技巧手法——全知的叙述者。这样一个叙述者能随意地进入那些人物的头脑和情感世界，他比他们中任何一个知道得都多，并且通过或多或少可以察觉的反讽间隔，能够长久地高踞在他们全体之上。在《幕间》全书里，这一间隔表现在那人物所思、所感和通过叙述者的声音对此所作的略带尖刻的转述的差异中。总之，《幕间》和《达洛卫夫人》一样，堪称 18 至 20 世纪英国小说在技巧手法和对象内容方面表现出的连续性的一个绝好的明证。

对写实模仿传统的这种忠诚在伍尔夫的批评实践中得到进一步的证实，例如，在《一间自己的房间》中用到最为传统的隐喻时，她说："当一个人闭上眼睛，将小说想象成一个整体时，它想必是一种创造的结晶：能像镜子那样反映生活，尽管这中间自然经过了数不清的简化和变形。"（第 74 页）她对表现式现实主义的忠诚同样强烈，这体现在她对妇女解放目标的见解中：她认为，在写作领域中，妇女解放的目标应是"普通妇女发展出一种能尽情表现她心灵的散文样式"（第 99 页）。这假定了妇女的心灵世界在表现出来之前便已存在着。客观的现实主义是对"生活"的模仿；主观的现实主义是对心灵的模仿——从菲尔丁、斯特恩以及稍先于他们的其他作家起，这两个目标便一直为英国小说孜孜以求。

另一方面，在创作实践和理论阐述中，伍尔夫承认一种相反的意向——力图创造一个内在的、富于音乐性的建筑性的形式，同时，她发现这两种意向相互干扰，在某种程度上它们互不相容。如果一部小说在一方面"像镜子那样逼真地反映生活"，在另一方面，"它是一种结构组织，在心灵的视线内投下了一种形式，现在它在广场上矗立起来，又发展成一座东方式的宝塔，现在增修了侧楼和连拱走廊，现在和君士坦丁堡的圣索菲亚大教堂一样，整个建筑坚实牢固，罩上了圆形顶盖"。这一形式,"不是由石头与石头间的联系创造的,而是由人与人之间的联系创造的"。读者对小说与生活间的契合的感受产生了一种情感,读者对小说的内在形式、它自成一体的和谐与重复的反应产生另一种不同的情感。那些情感中的每一种都可被视为具有它独特的节奏——小说与生活契合的节奏,它内在共鸣和相互映衬的节奏。这两种节奏相互干扰,像两股交叉的波浪,互相冲撞。正如伍尔夫所说:"因此,小说引发了我们身上所有敌对、势不两立的情感。生活和不是生活的某种东西冲突着。"(《一间自己的房间》,第74页)

在《幕间》里,两种情感节奏间的冲突存在于读者感受的自相矛盾之中:一方面,叙述者向读者讲述了波伊茨庄园这两天实际上发生的一切,展示了它全部的丰富性,还夹杂着许多离题的枝节描写①,因此在小说作品中,这部小说成了对历史(包括它所有纷乱的偶然事件)叙述著作的模仿;另一方面,他感觉到某些形象、主题、短语重复出现。通过这些重复现象,一个模式一点一滴地呈现出来。读者逐渐开始怀疑:每个这样貌似离题的细节或许意味深长,也许具有某种"象征性",像"树上……飞过来一群欧椋鸟"(第212页),这成

---

① 关于小说中"离题的细节"的功能问题,参见罗兰·巴特,《现实的效力》,载《交流》,第十一期,1969年,第84—89页;马丁·普赖斯,《离题的细节和形式的出现》,收入J.希利斯·米勒编《叙述诸方面》,纽约:哥伦比亚大学出版社,1971年,第69—91页。

了绵延不绝的生命力和卷入艺术创造的生命力的寓言。由于对总体模型的解释如罩了面纱一般暧昧不明，因而读者只能紧张地在对这部作品"现实主义"和"象征主义"的阐释方式间的夹缝中立足。能够在这两种解释方式之间创造出一种非同寻常的张力，尤其体现了《幕间》的特色。每一段文字都精确地记录了叙述者在那儿所见（或所闻）的种种情形，同时它又是一个更为庞大的音乐或建筑构思的一部分。这部小说的语词组织将单一性和两重性结合在某个独一无二的外部形态中。

在《幕间》里，这方面的另一种表现形式便是伍尔夫对戏中戏这一传统方法所作的特殊处理。以定型化的风格模仿地展现伊丽莎白、王政复辟和维多利亚时期风尚的拉罗勃小姐的古装历史剧表演，一眼便可看出纯粹是"技巧""虚构"。它有助于读者进一步确信第一层面叙述（吉尔斯、伊莎、露西、巴特和波伊茨庄园其他人的故事）的真实性。横贯读者、看戏的观众、戏剧本身的那条不断增大的虚构之链被确立起来。与此同时，以一种纯然传统、对构成模仿式现实主义基础的形而上假设没有任何疑义的方式，观众们各自不同地融化到戏中[①]：通过他们对出现在戏中的主题的思考；在自然事物所起的作用

[①] 参见杰克逊·I.科帕在《〈戏剧和梦幻〉：文艺复兴时期戏剧中的隐喻到形式》（巴尔的摩：约翰·霍普金斯大学出版社，1973年）对这一比喻所作的综合性论述。

中——母牛"充满渴望的吼声"（第140页）填补了戏中的空白；在历史剧表演结尾时观众与演出的融合里——在一场突如其来的阵雨后（"自然又一次参与其中"；第181页），紧接而来的是对"七分钟当今时光"的描写，演员们手持着许多面跳舞用的镜子走向观众，观众将现今时光中的自我形象看作是迄今为止全部英国历史最后的终点；在表演结束后男女演员（他们依旧穿着戏装）与观众的混合中。历史剧演出中的那些人和观众中的那些人全都是真实的英国历史这幕戏剧中的演员，演员和观众、虚构和现实间的差异消失了。正如斯特里菲尔德牧师在解释历史剧演出时所说的那样，"我们演着不同的角色，但又是同一角色"，或像露西·斯威逊称赞拉特伯小姐时所说的那样，"我一直不得不扮演的是一个多么渺小的角色！但你使我感觉到我能够扮演……克莉奥佩特拉！"[①]（第153页）

这种虚构作品中套作品的描写方法在这儿所起的作用和它在英国戏剧和小说中传统上所起的作用相同：一方面展现小说在人类生活中的作用（那时读者会将《幕间》是一部小说的念头搁置一边，将它看作好像是"真实发生"的事件的叙述）；

---

① 克莉奥佩特拉（Cleopatra，前69—前30），古埃及托勒密王朝的末代女王，有绝代佳人之称。其浪漫悲剧成为后世作家笔下的重要题材，其中以莎士比亚的剧作最为著名。

同时它诱使读者做出这样的思考:《幕间》同时也是一部小说,它与他自己生活的关系和历史剧演出与《幕间》里主要人物生活的关系正好相同。小说的大多数读者和《哈姆雷特》的观众一样,轻巧自如地在这些层面间穿梭来往,使每个层面的特性和功能处于分离状态,即使叙述的"第一个层面"在同一时间里既是描绘出来的现实生活,又是读者眼中已经成为小说本身的某种东西。

然而,《幕间》对戏中戏这一手法的运用达到了登峰造极的境地,它使作品正文从整体上成了单纯与掩饰两者不合逻辑的结合体。在这一轮番交替中,正文有两个层面——虚构与现实,尽管如此它也只有一种外观。这一外观同时既是虚构的,又是真实的。在她历史剧演出失败(她这样认为)后,屈罗勃小姐走进当地的小酒馆,借酒浇愁。在那儿,一出新戏的开头几句台词从她心灵深处浮现出来,恍如金鱼从水池底部的泥沼中浮上水面:"午夜,高高隆起的地面;那里是岩石;两个几乎无法分辨的人影……她听到了开头几句台词。"(第212页)几页之后,作品笔峰转向波伊茨庄园的客厅。露西和巴特上床睡去了,那天伊莎首次单独和吉尔斯待在一起:"单独在一起,敌意暴露无遗;还有爱。在他们入睡之前,他们必须争斗一番;争斗之后,他们会拥抱在一起。从那一次拥抱中也许会诞生另一个新的生命。"(第219页)他们将要上演的那出戏是自从皮卡迪里大街上生存着猛犸、海滩上盛开着杜鹃花的年代以来一再上演的爱与恨的戏剧中最基本的一种。它是原始的戏剧,屈罗勃小姐历史剧表演中的各个事件不过是它在这个或那个时代的背景中的重复而已。它同时也是屈罗勃小姐将要写作的一个新的戏剧。正是在作品正文的篇幅之外,对尚未有更多语词出现的空白点进行推断,屈罗勃小姐的作品和伊莎、吉尔斯两人的生活现实变得难以区分。于是读者将进行读解的正文同时既是伍尔夫的小说,又是那部小说中一个人物创作的一部作品。在它的结尾,或者说正是在它的结尾之外,《幕间》呈现出单一的语词外观——它将小说中原先相互分离的"真实"的人和戏剧这两个层面融合为一体:

> 那些顶部隆起成羽冠状的大椅子变得异乎寻常地庞大。吉尔斯也是这样。倚在窗户上的伊莎也是这样。窗户是无色无彩的整个青天。房屋无遮无掩。这还是道路或房屋修建起来以前的夜晚。这还是穴居者从高高的岩石间向外眺望的夜晚。
> 随后幕启。他们说着话。(第 219 页)

杰弗里·哈特曼[①]在其精彩的论文《弗吉尼亚的网》("Virginia's Web")中认为:弗吉尼亚·伍尔夫的主题是心

---

① 哈特曼(Geoffrey Hartman,1929—),英国耶鲁学派文学批评家。

灵的活动。他将那种活动定义为一种"插入"(interpolation)的行为。①这儿顺便简单地提一下,哈特曼论文的理论后盾是保罗·瓦莱里②对心灵的诸种活动(扩展它的区域,拥有它的领地,使之有序化,填补空白,像不知疲倦的蜘蛛一样,在头脑中编织着它的网)毕生所作的思考。③在瓦莱里看来,这一扩展和有序化的方式主要有三种:假设、节奏和比喻。这三者实际上是同一活动的不同表现形式。假设做出一种陈述,它设想这儿正确有效的东西,在那儿依然正确有效。假设都预先认为:被心灵占据的两个领域的情形十分相像,因此,举例来说,对建筑所作的理论阐述在音乐里也同样适用。节奏指比例或比率关系的确定,它能吸引同化新的材料,使之融入原有的和谐。④在瓦莱里看来,诗通常开始便有一种节奏,它贯穿在将相异的素材语词难以对付的特性转化为它独特的秩序这一过程的始末,比喻不仅包括隐喻,而且还有其他主要的转义方

---

① 杰弗里·哈特曼,《弗吉尼亚的网》,收入《超越形式主义》,纽黑文:耶鲁大学出版社,1970年,第71—84页。

② 保罗·瓦莱里(Paul Valéry,1871—1945),法国象征派诗人、理论家。

③ 这里我要感激苏黎世大学的汉斯-约斯特弗莱,他未经发表的对瓦莱里《列奥纳多·达·芬奇方法引论》第一段文字所作的精彩论述使我受益匪浅。

④ 参见埃米尔·本韦尼斯特有关"节奏"这个词的词源和它表述的概念的历史的那篇论文:《语言表述中的"节奏"概念》,收入《普通语言学问题》,巴黎:伽利玛出版公司,1966年,第327—335页。

式：转喻、举隅、反讽、夸张、交叉、词的误用、语法倒转及其他方式。这种广义的比喻假设性地肯定了相异中的相同之处。《幕间》整部作品正是通过比喻的引申维系着自身的存在，正如那时伍尔夫将心灵中词语、形象、节奏的产生比喻为金鱼从池底跃起，或者像那时她转喻地以古代今，让吉尔斯和伊莎两人随即去演一出史前时代的戏剧。这一颠倒显然证实了露西·斯威逊对历史的怀疑，"'维多利亚时代的人……'她说这话时嘴角掠过一丝古怪的浅笑，'我不相信曾经有过这样的人。你、我、威廉仅仅是穿着打扮不同罢了。''你不相信历史'，威廉说"（第174—175页）。

哈特曼正确地看到，伍尔夫从本质上说是一个肯定性的作家。在她看来，心灵中存在着一股创造性的力量，尽管有种种障碍、犹疑，它还是猛烈地向前挺进。这股能量喷涌而出，填补着空缺和停顿，编织着连接此与彼、这个事物与另一事物的网络，维系着绵延不尽的出产的能力。这一肯定性的力量通过比喻的投射，通过节奏的持续和延长，通过差异的同一性的大前提表现着自身："我们彼此是对方的成员。每一个都是整体的一部分……碎团、残片、零屑！真的，我们该合为一体吗？"[①]（第192页）

[①] 这一同质性的假设与瓦莱里在《列奥纳多·达·芬奇方法引论》中所作的假设相同。

在伍尔夫看来，创造性的能量已汇入了自然界相似的力量之中。它也许是自然界生殖的冲力移位、变异或延宕的形式。屈罗勃小姐对她的戏深感绝望，当一群欧椋鸟栖息在树上时，她恢复了勇气，"那棵树变成了狂想曲，变成了颤动的不谐和音，变成了一片嘘嘘飕飕之声，变成了激情澎湃的狂喜，枝、叶、鸟参差不齐地说着：生活，生活，没有止境，一刻不停，声浪吞噬了那棵树"（第209页）。哈特曼评述过的《一间自己的房间》中有一段写道，伍尔夫家窗外伦敦街头车来人往的场景使她想象着"人们以前忽略的事物中的力量"；想象着"有那么一条河，它暗暗地流淌着，绕过拐角，漫过街巷，挟裹着人流，化作一股股漩涡，奔腾向前，正像牛津、剑桥的溪流挟裹着舟中的大学生和枯死的叶片那般"。"一个蹬着别出心裁的皮靴的姑娘，还有一个身着绛紫色大衣的年轻男子"卷入了这股生活的溪流，他俩相会一起，坐上一辆出租汽车，车"向远方驶去，仿佛别处的潮流将它一路席卷而去"——这幕情景在伍尔夫头脑中产生了一种节奏，它又融合在大自然的节奏之中："这幕场景平凡极了；奇特之处在于我的想象赋予它富于节奏的秩序。"（《一间自己的房间》，第100页）这种"富于节奏的秩序"是这样一种力量，凭借着它吸收同化它遇见的一切的能力，如溪流席卷着面前的一切，使她沉浸在文学作品的创造中。

常为人引用的最后一个事例（自然力与艺术家的创造力协

同合作）出现在屈罗勃小姐那些戏中间的停顿之处。村民合唱队吟唱的歌词飘渺难闻；幻觉消失了；她的才华悄然而去。邻近田地中的母牛刚巧在那时开始哞哞而鸣："圆睁着双眼的大脑袋一齐回转过去。从一头又一头母牛那儿传来了相同的充满渴望的吼声，整个世界充满了无言的渴望。它是当今时刻耳朵里高声回响的远古的声音……母牛们填没了缺口，弥合了间隔，充实了空白，延续着情感。"这一雌性的吼声出自"失去了她的小牛"的母牛决非偶然。这种远古的声音是德墨忒尔对普西芬尼的呼唤，是伊娥的哭喊，是为爱而神经错乱或疯疯癫癫般的动物的怒吼："好像爱神已将箭插在它们的胁腹中，使它们暴怒不已。"（第 140—141 页）这种吼声成了独特的女性生殖力，成了跨越深渊并维持连续性的体现。

作家的创造力看来似乎是自然界创造力的延伸。他接受了既成的一切（现实的残片碎屑），用心灵内在的富于节奏的秩序填补着它们之间的空白。对弗吉尼亚·伍尔夫来说，这种活动难道是这般确凿无疑、这般清楚明确？新近的两位小说形式的研究者沃尔夫冈·伊瑟尔[①]和弗兰克·克默德[②]对这一事实（任何一部小说的解释相互间常有巨大的差异）做出了颇为奇

[①] 伊瑟尔（Wolfgang Iser），德国美学家及批评家。
[②] 弗兰克·克默德（Frank Kermode, 1919—2010），英国当代著名文学批评家。

特的、相互矛盾的解释。[①]一方面,在伊瑟尔看来,无论小说家是如何竭尽全力阐述所有的联系,但在某种程度上一部小说依旧是不确定的。作品没有向读者提供充分的根据,使他们确定在这一细节和那一细节之间应建立起什么样的关系,或者说如何将那些细节组合为一个整体。留给读者进行填补空缺活动的大体上是一个宽广的区域,提供的那些材料可能蕴含着有关这样做的大量有效的、可供选择的方式。另一方面,克莫德揭示了小说具有其独特的"过分确定性"。读者的困惑在于他拥有的材料过多,而不是太少。一部小说展现了过多的,或许是自相矛盾的材料,你不可能用单一的、综合性的模式来组织整理这些材料。如果批评家提出一种解释,他将用到正文中的某些材料,对其他的材料则不加考虑。那些其他的材料将和他对这部小说的论述发生冲突。另一个批评家将会创立另一种模式,运用不同的材料,不理会第一个批评家用过的那些材料。小说的意义之所以不确定并不是因为提供的材料太少,而是读者面对的材料过多。

[①] 参见沃尔夫冈·伊瑟尔,《隐含读者》,巴尔的摩:约翰·霍普金斯大学出版社,1974年;《阅读行为》,巴尔的摩:约翰·霍普金斯大学出版社,1978年;以及《散文虚构作品中的不确定性和读者的反应》,收入米勒编《叙述诸方面》,第1—45页。至于弗兰克·克默德有关这一论题的文章,参见他对《呼啸山庄》的论述,见《经典》,纽约:维京出版公司,1975年,第117—141页。

怎么会这样呢？难道《幕间》同时提供了太少又太多的东西，结果是伍尔夫由于没有勾勒出她提供的标记间的所有联系而陷入失败的窘境，同时又展现了过多的自相矛盾的解释线索？也许过分确定和不确定同时存在这一貌似自相矛盾的情形根源于插入活动还不完善这一事实。就正文作为还未完全被整体吸收同化的残片、碎团、零屑而言，它一时间内展现了太少又太多的东西——太多的残片，对它们富于节奏地吸收同化则显得太少。或许哈特曼、伊瑟尔、克默德提出的有关小说形式和读者阐释活动的模式本身就有某种缺陷。

这些模式（为了立论的需要，我的处理自然不免有过分简单化之嫌）里将人引入歧途之处在于：它们暗示人们，文学作品由固定的部件构成，它们像拼版玩具一样，可接合成一体。既然文本由语词而不是由空间上相互邻近的客体组成，因而它便不是这样一种玩具。文学作品和一长串静止的点也不相同（人们可以在这些点之间勾画线条，画成一只鸭或一只兔子，像小孩的游戏中将众多的点连接起来那样）。甚至连小说或诗歌中最小的单位也是既过分确定又不确定。文本单元间的空缺不能由某种流动的媒介物——作为统一者的意识——来填补，心灵既不是空间，又不是实体，只是它自身的符号形成、符号制作活动的功能。不经具体显现的节奏并不存在，因此节奏本身——脱离现实的节奏，并不是填补符号间（或最后一个符号之外）空白的手段。语词间的空缺只能用更多的语词来填补。

事实上，空缺完全不是在语词之间，而是在它们之中，例如在潜在的文字意义和潜在的比喻意义，某个特定语词的直接意义和反讽意义间的交替轮换中。这样的空缺不可能由任何推断的行为来填补。放入缺口的任何东西只能是更多的语词，这些语词包含着自身的空缺和不确定性。没有一部文字作品能向人们充分准确地提供一切，这样一种理想的文本将是"完满"的，但又不是太完满；由于这样纯然的明确无疑，它的意义便能准确地固定下来。即使是最短的诗（譬如说华兹华斯的《勇猛的海豹在冬眠》或《温安德的男孩》），提供的东西也既不太多又不太少，结果是它实际上成了批评用之不尽的源泉。不断地往这样一首短诗中添加新的东西，直到诗人能创造出像华兹华斯的《序曲》（*The Prelude*）那样的作品——它意义的模糊之处既不太多、又不太少，它仅仅产生着更多相同的解释，诸如理解叙述中的重复之类的问题。

用推断（extrapolation）这个意象代替哈特曼的插入那一意象或许更为合适，这个意象更接近伍尔夫的创作活动和读者解释《幕间》的活动。推断（不是插入）是瓦莱里思考的问题（哈特曼提到过这一点）。瓦莱里的问题并不是如何在心灵中两个已知点之间编网结丝，而是如何突入已知和未知之间的真空地带，拓展趋近于他预设的那种普遍性的心灵的界域。这种普遍性可通过如下的假设来定义：无论人们得到什么，不知怎的它总是像人们已经得到的东西。这一假设永远无法证实，它是一种比喻，不是实际的描述；它充满诗意，但没有多少科学性。

同样，伍尔夫的兴趣也在推断而非插入。关于母牛吼叫的那段描写将笔触伸向一时间未能延续的感情世界尚未出现的将来。上面引用过的《一间自己的房间》中的那段文字描写了现实中的种种事件，这些事件形成了一种富于节奏的秩序，秩序将自身投射到迄今尚属未知的将来。在树上飞鸣的欧椋鸟在屈罗勃小姐的头脑里引发起创作她尚未写下的那出戏的冲动。《幕间》的正文确实出现在"各幕之间"。它是幕词的表演，填补着伴有假面舞会或露天表演的主戏各部分间的空白。[1]吉尔斯、伊莎、巴特，甚至还包括露西和他们的宾客（曼莉莎太太、威廉·道奇和穿着灰上衣的男人）中途流产的嬉闹，和屈罗勃小姐的戏剧一样，都发生在幕间。真实的"各幕"都没有在这部小说中出现：远古的那场戏（或许还是它为全戏揭开了序幕）；吉尔斯和伊莎间爱的格斗（从中可能产生另一个生命），这些可交替互换的事件——早先的和晚近的，它们总是已经发生的和总是尚未发生的——出现在这部小说页边的空白

---

[1] 参见哈特曼的论文以及艾夫罗姆·弗莱希曼的两篇有关《幕间》的论文，一篇收入《英国历史小说，从沃尔特·司各特到弗吉尼亚·伍尔夫》，巴尔的摩：约翰·霍普金斯大学出版社，1971年，第245—255页，另一篇收入《弗吉尼亚·伍尔夫的解读》，巴尔的摩：约翰·霍普金斯大学出版社，1975年，第202—219页。

中，处于它的界限之外。它们不是那么清楚、肯定，显得变幻无常，不可能加以直接的表现。

无法加以直接表现的事件（它总是尚未发生，因为它总是已经发生）是死亡。爱和创造力是死亡反面的影像。伊莎对穿灰上衣的男人的倾慕每增加一分，她对自己丈夫的爱便减少一分。欧默特鲁迪太太溺水身亡成了屈罗勃小姐那出新戏的一面镜子：一个人跌入了水池，另一个人则从它的泥沼中爬了上来，如果说《幕间》从整体上说是伍尔夫编结词语之网的创造活动填补的空白，那么这个网不是悬结在已知和已知之间，而是通过假设中已知的节奏和比例关系的扩展，悬结在未知和未知之间，或者说悬结在只有通过比喻方能命名、识别的各个点之间。

《幕间》予以戏剧化表现的所有涉及主题的问题并不是在已为人知晓的事物间确立联系的问题，而是有关已知向未知扩展的问题。在当今的时刻之后，历史的连续性是否还将照旧存在下去，或者说战争是否将毁灭文明？吉尔斯和伊莎的联姻能否维系奥列弗家族的连续性，或者说那门婚事会不会因婚外私情而毁于一旦？屈罗勃小姐在她历史剧表演失败后（她自己的想法）能否写出另一出戏剧？那出新戏能否真正成为英国文学传统(莎士比亚、威彻利①、康格里夫②和维多利亚时代作家的传统,通过她戏中的滑稽模仿文字,她对他们深表敬意)的延续?英国文学中高雅情趣这样一种名副其实的扩展必然是那一传统的延续,同时又向传统中添加进迄今尚未表现过的新的因素。

整天在伊莎头脑中奔涌的零碎的形象、节奏、韵脚提出了同样的问题。这些都是正在创作中的诗歌(连同它所有偶然、不确定的因素)的实例。往昔英国诗歌作品(莎士比亚、济慈、史文朋)③的回声与伊莎即兴作品的混合暗示了这样一种情形:新的东西必得从旧的东西中产生出来。也许,伊莎的梦幻暗暗地展现了《幕间》里真正的创造力;或许,正如她本人所想的那样,她的尝试导致的只是失败,甚至注定永远无法将它们描绘出来。也许,她女性的感受、情趣早已为文学男性传统中不相容的节奏淹没、压制。《一间自己的房间》展现了女作家在这方面的凄怆之情。

所有这些问题在《幕间》中都没有得到回答,或者说仅仅作了推测性、假设性的回答。或许在这里记起这一点是恰如其分的:《幕间》由于作者的死亡(正如她所说,这是"我从未

---

① 威彻利(William Wycherley,1640—1716),英国剧作家。
② 康格里夫(William Congreve,1670—1729),英国剧作家。
③ 史文朋(Algernon Charles Swinburne,1837—1909),英国诗人,批评家。

描绘过的一种经验"[1]）而未能完成。伦纳德·伍尔夫[2]在他为《幕间》所写的批注中说："我确信，她不会在里面作任何大的或实质性的改动，尽管她在将最后一张清样付印前会作好些细小的修改或修正。"甚至在它的正文中《幕间》许多地方依旧任人做出种种推测和假设，显得很不完整。它拥有着不少不为人知的空白或磨损的边角。

这两种修辞手段（推断和插入）事实上包含着相类似的不确定性。同一个无法证实的前提不仅对于这个假设（两个已知点之间的空白与那些点有着相同的性质），而且对于那个假设（步入未知的领域，我将遇到与我已知的一切和谐一致的东西）都是必不可少的。这两类不完整中的第一种使人更轻易地将中间的空白具有相同的性质这一假设视为理所当然，然而第二种则使它确凿可靠的程度减损了不少。如果空白具有相同的性质，那读者只要准确地勾画线条、填补空缺就行了。这种不确定性显而易见，但又不是实实在在的东西。那儿有必不可少的资料，但它们并未全都出笼；或许它们发生移位，在别处或间接地出现。进行首尾连贯读解的线索是存在的，只要读者知道在那儿能发现它们。或许它们存在于最初模式（一个男人和

---

[1] 昆廷·贝尔，《弗吉尼亚·伍尔夫传》，纽约：哈考特·布拉思·乔万诺维奇公司，1972年，第226页。
[2] 伦纳德·伍尔夫（1880—1969），英国政论家，曾参加"黄边社"，弗吉尼亚·伍尔夫的丈夫。

一个女人在山顶洞穴里，向外凝视着黑暗）给人的启示中。历史上所有各幕戏剧都是这幕戏通过不同时代的服饰进行移植的重复而已。另一种可能性是：确实有什么东西丢失了。这些因素极易构成多种可供选择的图案结构——它们中没有一个能以令人满意的方式包容这一切。在《幕间》里，这种可能性体现在许多观众对屈罗勃小姐的戏所作的互不相容的解释中，体现在对人物形形色色的主观性的执着追求上。老巴特是一个擅长推理的人，一个"分离主义者"（separatist），他确信残片碎屑只能是残片碎屑；而露西则是一个"统一论者"（unifier）。如果正文中丢失了什么东西，那也许便没有中心，没有原始的模式，有的只是相互共鸣的各种差异。当读者从推断而不是从插入的角度来思考正文时，这第二种可能性最容易发现。在这种情形里，在空白的另一侧没有固定的点可使阐释者确信他已理解得一清二楚。

《幕间》在这两种可能性之间左右摇摆，它们间的冲突确立了这部小说的内在节奏——在伍尔夫的其他作品中，情形也是这样。一种力量便是哈特曼认识到的强有力的、带有肯定性的能量。这股能量像冲天的大浪，席卷横扫着跟前的一切，在整体富于节奏的秩序中将形形色色的细节结合在一起。在《幕间》里，这股聚合力量的一种比喻方式便是音乐，尤其是屈罗勃小姐戏中不时出现的、从藏在灌木丛中的留声机里传来的叽叽嘎嘎的音乐声：

仿佛水银在滑动,仿佛锉屑因磁力而相互吸引,仿佛零散的都聚合在一起。曲调开始了,第一个音符便预示着第二个音符;第二个又预示着第三个。随后陡转直下,一股力量在对立中生成,随后又是另一股力量。在不同的层面上,它们分道扬镳……心灵世界中所有深不可测的思绪云集而来……从混乱无序、音调不和谐这一尺度看,不单单是表面音响的旋律操纵着它;而且相互交战、披甲戴羽的兵士将它拉扯得粉碎:断开了吗?不!在地平线的尽头被逼迫着;从令人震惊的裂缝边缘抽回;它们撞击着、溶和着、聚合着。(第189页)

同时,《幕间》充满了节奏上的间隔、中断、沉默、空白、不和谐的音调、不完整——好像作者由于某种原因,不愿意再相信她自己的热情,不愿意自始至终地沿着她创造力指引的方向前进。好像她被驱使着去毁坏她作品的完美性。她周期性地使它还原成一大堆缺乏任何节奏感的残片碎屑,正像历史剧表演结束时灌木丛中那不知名的声音所说的那样:"让我们摧毁节奏，将押韵抛在脑后"[1]（第187页）。《幕间》里，在达到目标之前，节奏老是中断。直到结尾，读者依旧处于各幕之间——在先前任何自成一体的一幕之后，在假设的下一幕之前。

这种节奏的中断有好几种形式。《幕间》的叙述有着充分的连续性，情节发生那段时间里的所有重大事件被纤毫无遗地展现出来。然而，历史剧表演前前后后那些段落的叙述则以一小段一小段的语言这种格局出现，这些段落通常围绕一个单一的形象（或主题），以此构成整体。在这些段落之间，存在着的只是书页上的空白。正文开始，随后中断，留下一个空白，随后又开始。此外，这部小说不时展现着许多小型的标记，使人联想到开始、随后又中断了的连续性。风扰乱了屈罗勃小姐戏中的话语；演员遗忘了他们的台词；那张音色完好的唱片没能找到；波伊茨庄园两幅油画中的太太和绅士没有穿越餐厅的寂静，相互凝望，总之，"在真实的生活中他们从未相遇过……那太太是一幅画像……那男人是一个祖先"（第36页）。伊莎永远不能将在她头脑中奔涌的那首诗写完："她等

---

[1] 参见编者对1939年12月2日日记的一段解释，见弗吉尼亚·伍尔夫《作家日记》，纽约：哈考特和布拉思出版公司，1954年，第309页："昨晚开始读弗洛伊德，扩展了圆周线，使我头脑中的视野更加开阔，使它客观真实，进入外部的世界，因而击败了时代的皱缩，总是吸收新事物，摧毁节奏，如此等等。"

待着一个韵脚,它使她灰心丧气,但在某个地方,太阳一定会闪闪发光;无疑,万物都会清澈无比。"(第61页)失败、不和谐主题的反复重现产生出一丝轻微的失意感,好像一个人正受着阻拦,无法完成他十分熟悉的一系列动作。这种作用颇像一个人心烦意乱地找寻着他记不太清的某个语词,或者像一个人遇到障碍,无法将一段熟悉的曲调哼完:"'放逐'(expatriated)和它更加相像,但并不是要找的准确的词语——它悬在他的舌尖上,但又无法获取它。"(第40页)

与这些小规模的音调不和谐和不完整相匹配的则是贯穿整部小说的大规模的有关失败的主题:吉尔斯和伊莎中途流产的调情,屈罗勃小姐感到她的戏失败了。在《达洛卫夫人》和《到灯塔去》这两部作品里,趋于离散(dispersal)的倾向遭到"将它积聚起来"的肯定力量的抵御。赛普蒂默斯的自杀遭到克莱丽莎聚会的抵御——尽管后者也是失败,也趋于离散;尽管后者作为对和谐联合的追求,显得变化不定。拉姆齐夫人去世之后,她的家人终于做了一次灯塔之行;莉丽·布里斯库在她油画上添上了最后一笔。在《幕间》里,上上下下、前前后后的运动,积聚和离散,混合成一团。离散——观众散席,伊莎最后用"不"来否定"是",海水退潮后。在铺满圆卵石的海滩上留下了破旧的靴子,离散(读者也许感觉到了)在戏的下一幕中占据了主导地位,至少在处于正文之外的寂静这一侧。

看起来伍尔夫似乎有可能在这最后一部作品里,对艺术创造一个并非人工的、堪与支离破碎相抗衡的支柱的能力产生了怀疑。或许在伍尔夫最为真切的人生体验里,《幕间》全书最重要的时刻并不是最终留声机放出了和谐悦耳的旋律,而是与结尾仅有一步之遥的那支曲调——它的音响破碎、刺耳,单调沉闷的音韵和半音韵已失去作用,令人焦躁不安。这支曲调过后,随即演员手持镜子涌向观众,然后贝斯女王[①]、安妮女王、维多利亚女王各个时代的所有演员混杂在一起,"朗诵着他们各自角色零碎的台词"(第185页)[②]。这些台词从莎士比亚、摇篮曲,到流行歌曲、丁尼生、但丁,五花八门,无奇不有:

> 曲调流转,噼啪作响,戛然中断,颠簸跳荡。狐步舞,是吗?是爵士乐?不管怎样,节奏踢撞着、腾跃着,突如其来地绷断。多么吵嚷刺耳,韵律又是多么简单、明了!……多么嘀嘀咕咕、喋喋不休的声响,多么不和谐的音调!……如此粗暴无礼,如此污浊不堪。这样的凶暴,这样的凌辱,并不平易清晰。尽管这样,仍旧非常时新。

[①] 即伊丽莎白一世(1533—1603),英国都铎王朝女王,1558—1603年间在位。

[②] 如何判明这些零碎台词的出处,参见弗莱希曼(Fleishman)《弗吉尼亚·伍尔夫评述》中的有关篇章。

她在耍什么把戏，搅得天昏地暗？又是慢步，又是快步？又是痉挛，又是傻笑？将手指弯向鼻尖？又是斜眼，又是四处窥探？又是偷看，又是侦察？哦！这转瞬即逝的一代人（幸好是"年轻人"）的无礼与傲慢。年轻人无法创造，只会破坏：将古老的幻象碾成齑粉，将整体的东西打个粉碎（第183页）。

很容易发现这一趋近于不和谐、趋近于摧毁节奏并使音韵失去功效的倾向的缘由。同样，也很容易发现对抵挡那不和谐的音调，并力图驾驭它的巨大的肯定性秩序的渴求。真正的节奏（尽管它或许和旧的节奏有着联系）应该是一种新的节奏，是伍尔夫本人女性感受力独一无二的节奏。任何熟悉的节奏都是先前英国小说，或者是莎士比亚、济慈、丁尼生或其他男性作家运用过的节奏的延续，这样一种节奏并不是推知未知领域的手段，因而必须予以摧毁。只有无可识别的节奏才能触及、表现未知的领域——那迄今尚未加以表现的天地。然而，无可识别的节奏又是不可思议的，从语词上看就显得自相矛盾。它像是这样一个隐喻：其间两个词语完全不同；或者像是这样的假设：它没有运用从为人熟知的、可加以证实的事物中引出的语词。伍尔夫就缠绞在这两个无法调和的需求之间，尽管她的作品对她的困境作了绝妙的展现。

弗吉尼亚·伍尔夫对影响的焦虑实际则是与所有前辈男性

作家（她的父亲，所有那些父亲、祖父、曾祖父，可从他们一直往前追溯，从莎士比亚到但丁，到埃斯库罗斯和荷马，组成了一个连续不断的血统世系）有联系的女性作家的焦虑。这些人在千百年里操纵、行使着绝大部分权力——社会权力，占用和拥有的权力，赚取个人收入，具有自己住房的权力，性的权力，写作的权力，确定语言节奏的权力。另一方面，"通过我们的母亲，我们回想着我们是否是女人"（《一间自己的房间》，第79页）。在通常情形下，那些母亲忍气吞声、默默无语，被剥夺得几乎一无所有，穷得甚至连几刀写作《傲慢与偏见》或《简·爱》的稿纸都买不起。多少世纪以来千万种受人奴役的境况使她们无法发展自己女性的文体风格节奏。只有这样一种女性的文体才算是"充分展现了她的精神世界"（第99页），伍尔夫说，因为女人身上的"创造力"实则与"男人的创造力有着巨大的差异"（第91页）。她的焦虑因而也成了不再像所有那些父亲［莎士比亚、约翰逊（Samuel Johnson）、卡莱尔（Thomas Carlyle）和其他人］这般写作的决心，她必须是一个颠倒了的伊芙琴尼亚[①]，她必须为了团体的兴旺牺牲父亲。伍尔夫对女性的独特身份（作为作家和作为普通的女人）的思考，和尼采对女人的复杂态度一样，自身充满了矛

[①] 希腊神话中迈锡尼王阿伽门农的女儿。她和弟弟奥瑞斯特斯杀死了母亲，为父亲复仇。

盾。将观察中性别转变这一因素考虑在内，伍尔夫重复着尼采在这一问题上自相矛盾的态度[①]。这里几乎没有什么可使人惊奇的东西，因为在上述两种情形里，应受怀疑、诘问的倒是有关女性、有关性别的同一和差异的修辞和概念传统的包含范围。

如果说伍尔夫作为一个作家，她力图填补空缺、将她的精神世界扩展到未知的领域，那么有两种可能性对这项事业起着制约作用。空缺或许真的在那儿存在着，未知的领域真是一片空白。从另一方面说，在那表面的空缺背后或许潜藏着某个隐秘的存在——推断可以企及的某个先在的目标。伍尔夫的作品（正如《一间自己的房间》明确肯定的那样）在"真实"和准确地展现这一真实的可能性等问题的传统的支持下展开演进。对伍尔夫来说，在一部"诚实"（即"真实"）的文学作品里表现的是什么内容？是现实生活（以它们本来面目呈现的自然、社会和心理事件）吗？是大自然的生命力（作家的创造活动力由它转化而来）吗？是具有内在节奏和感受力的作家的精神吗？是前辈作家的集体精神（体现在业已存在的语言的节奏和修辞格中的传统）吗？感受力的历史进化这一概念在《幕

[①] 有关尼采涉及妇女的思想，可参看雅克·德里达，《马刺：尼采的风格》，巴巴拉·哈洛英译，芝加哥：芝加哥大学出版社，1979年。当然我并没有说，弗吉尼亚·伍尔夫有关男女平等的思想受到了尼采的影响。

间》里和它在《奥兰多》（*Orlando*）或伍尔夫的文学批评中有着同等的重要性。或许它是表现在天才作品中的某种"源头"，是所有节奏背后深层的节奏，是自然和精神世界背后具有本体意义的力量，是欧默特鲁特太太自溺的那个水池底部黑暗的中心？或者说文学作品展现的仅仅是语言？或者说它在深渊上编织着虚构的网罩，遮盖着空缺——那些"令人震惊的裂缝"（《幕间》，第189页），历史剧表演结尾的乐声面对那些裂缝也戛然中止？所有这些可能性贯穿于《幕间》正文的始末，五彩斑斓，杂色纷呈，这里是一串绿色，那里是红色，过去又是黑色。

如果说那空缺（那失落的东西）是一种"真实存在"的话，那么作家出色的作品将使那空缺显露出来。通过摧毁节奏、突如其来的沉落、正文中空缺的书页、不完整、令人眩晕，能使那空白展示于众。精神的这种运动（正文中的一种落差）即是沉入死亡，即是幻想的破灭，即是欧默特鲁特太太的自溺。"正是在那幽深的中心，在那黑暗的心脏地带，那位太太自溺身亡"（《幕间》，第44页），同样，波伊茨庄园餐厅油画里的那位太太也引导观望者"步入寂静的中心"（第49页）：

> 她的目光上下驰骋，从曲线转向直线，穿过葱绿苍翠的林间小道和银白、暗褐色的树荫；她升入了寂静的世

界。屋里空空荡荡。

空空荡荡,空空荡荡,空空荡荡;寂静,寂静,寂静。这间屋是一把竖琴,吟唱着往昔逝去的岁月;一只花瓶矗立在房屋的中央,它由雪花石膏制成,光滑、冰冷、盛装着宁静,吮吸着空无、静寂的精华。(第36—37页)

在伍尔夫看来,男人永远是枯燥乏味的利己主义者,他们信奉衍生全部意义的某种原初的意义支柱,他们拒不接受静寂和空无(它们在那边的空花瓶里)。他们有关性、文体风格、节奏的断言已掩盖了这一空缺,他们用男性的矫揉造作的解释来掩盖它。在《一间自己的房间》里,伍尔夫使某部新小说中"A先生"枯燥无味的专断和《生活的探险》中"玛丽·加米契尔"破碎的节奏处于相互对立的位置上。伍尔夫的分析可看作对她本人的文体节奏一种间接的描述。它是一次异乎寻常的自我解释的行动,酷似油画上凝视着庄园里一位太太的那位男性"祖先"身上那种血气方刚、敢做敢为的气概(《幕间》,第36页)。A先生的作品也显得满怀自信、无拘无束:"再次阅读男人的作品确实让人愉快。读了女人的作品后,你感到它是如此直截了当、如此坦爽,它表明心灵能这样地自由驰骋,一个人能这样地自由自主,能对自身怀有这样的自信心。面对这样一个精心哺育出来的、受过良好教育、自由不羁的心灵(它从来没有遭受到过挫折或陷入对抗,出世后它便有着充分的自由，以它喜欢的任何方式来扩张自身），人们感到身心舒畅。"（《一间自己的房间》，第103页）但这种自我肯定最终还是显得枯燥乏味，他自我的影子使A先生和事物的真相处于隔绝的状态："读完一两章后，一个影子似乎横躺在书页上。它是一笔直的黑色杠条，是一个外形颇像字母'I'的阴影。人们开始东躲西闪，想看看它背后是怎样一种景象。"（第103页）A先生的自信掩盖着这一隐秘的恐惧：惧怕他自身软弱无能，惧怕他被真理拒之门外。在他的小说中，这种恐惧通过重复出现，通过最终令人厌烦的场景（在这些场景里，男主人公通过对女主人公施加性的暴力来肯定他男性的自我，"通过维护他自己的优势来对抗异性的平等地位"——第105页）[1]展现着自身。伍尔夫问道："但是为什么我会感到厌烦?

---

[1] 这种性行为和它所肯定的了无生气的男人的理性一样，以一种纯然传统的方式，以太阳——理性首屈一指的标记（从柏拉图和他以前的思想家开始）、逻各斯、阿波罗、主要的记号；或者像法国那些弗洛伊德主义者可能说的那样，它是菲勒斯中心（phallogocenter）本身（关于这个词，参见德里达《马刺》，第97页）——为其依恃的支柱。A先生小说中的男主人公犯了一个严重的过失，他竟当众维护他对另一个人的所有权："再者，我想阿伦富有激情；这里我将书页翻得飞快，感到危机正在迫近，情况的确是这样。它发生在阳光下的海滩。它非常公开地进行着，它进行得极富朝气和活力，没有比这更卑鄙、下流的了……当阿伦走近时，他能做些什么? 他能做的仅仅只有一件事，像大白天那样坦诚，像太阳那样富于逻辑。他做着，说句公道话，一而再、（我说，翻过这一页）再而三地做着"（《房间》，第104—105页）。相比之下，女人生存的支柱则是狄安娜月神，夜雾之神，羞怯、优雅得（转下页）

部分原因在于字母'I'和贫瘠无生气占据了支配地位——和巨大的山毛榉树一样，它在自身树荫里播撒着贫瘠、干枯和死寂。那儿将寸草不生、一片荒芜。并且在某种程度上还由于某种更暧昧不明的原因。A先生的精神世界中仿佛存在着某种障碍、某种阻力，它阻遏着创造力源泉的喷涌，使它在一个狭小的天地里回旋。"（第104页）伍尔夫说，男作家由于他极度的骄傲自大和旺盛无比的性的欲求，从而显得软弱无能，他的笔杆仿佛是毫无生气的鸟喙或短弯刀，尽在死神圈里打转，不给人以一丝生命的光亮，并饥不择食地从女性那儿汲取着生机和活力。在《到灯塔去》中，拉姆齐先生经常回到复活过来的拉姆齐夫人身边。在《达洛卫夫人》中，彼得·沃尔什必定会徒劳地挥舞着他的小刀，力图表明，他是一个男人。

玛丽·加米契尔的问题不大相同，她没有男人的种种错觉，她与真理毗邻而居，她懂得寂静和空无。然而她发现传统文学语言中粗犷奔放以及柔弱细密的节奏（它们出自男性作家的手笔）将使她无法表现她的真切体验：

（接上页）体，朦胧适度之女神。波伊茨庄园那幅画中的太太被表现为"身着黄色罩袍，斜倚在一根柱子上，手执一把银色的箭，一根羽毛插在头发上"（《幕间》，第36页）。

兰姆①、托马斯·布朗爵士（Sir Thomas Browne）、萨克雷、纽曼②、斯特恩、狄更斯、德·昆西③（无论他是谁）还从来没有帮助过女人，尽管她可能从他们那里学到了一些窍门，使它们为她所用。男人精神世界的力量、速度、步态和她自己大不相同，以至于她无法从他们那儿成功地获取任何实质性的东西。两者离得太远，无法依样画葫芦。也许她在纸上落笔时发现的第一件事便是找不到现成可用的普通语句……有的只是不适合女人用的语句……实在地说，既然表现的自由和完美是艺术的精华，那么这样一种传统的空白，这样一种工具手段的匮乏和不足必定对妇女的作品产生了巨大的影响。再者，一本书并不是由众多首尾衔接的语句构成的，它是由（如果一个形象化的比喻有助于说明问题）能建造出拱顶走道和圆屋顶的语句构成的。这种形态同样也是男人们出于他们自身使用的需要创立起来的。（第79—80页）

---

① 兰姆（Charles Lamb, 1775—1834），英国散文作家。曾与其姐玛丽·兰姆合编《莎士比亚故事集》。

② 纽曼（John Henry Newman, 1801—1890），英国教士，作家。写有宗教论文、赞美诗、小说等作品。

③ 德·昆西（De Quincey, 1785—1859），英国散文作家，写有《瘾君子自白》等。

玛丽·加米契尔对这一问题的解答和弗吉尼亚·伍尔夫相同，它强有力地表现在伍尔夫阅读《生活的探险》之后那种带有反讽意味、让人困惑不解的反应上。尼采在《快乐的科学》（*The Gay Science*）中将人们对节奏魔力的信念视为迷信时代的遗风："直到现在，在同这种迷信长期斗争了数千年之后，我们之中最富于智慧的人也不时被节奏愚弄，即使只在这一点上：如果一种思想有一个韵律的形式，灵巧地蹦跳而来，他就觉得它更真实。"[1]和伍尔夫本人一样，玛丽·加米契尔对节奏的魔力所持的怀疑态度正与尼采相同。她向传统的节奏复仇，先是将它们引入，然后又将它们抛弃——这一切和伍尔夫在《幕间》中所做的别无二致。读者的期望受到了欺骗，他的情绪一落千丈。也许在沉落时他瞥见了深渊，瞥见了"不存在真理"这一真理，瞥见了被男性自我所有那些矫揉造作的建构所掩盖的真相。伍尔夫说起她力图确定玛丽·加米契尔手中握的是钢笔还是镐时说，"我在舌头上试验着一两个句子"：

> 不多久，显然有的地方不再那么井然有序了。一句又一句平稳流畅的滑动中断了。有的撕裂开来，有的伤痕累

---

[1] 《快乐的科学》，沃尔特·考夫曼英译，纽约：凡的奇公司，1974年，第84节，第140页；德文原文参看《文集》第二卷，卡尔·斯莱希塔编，慕尼黑：卡尔·汉塞尔出版社，1966年，第94页。

累；单个的词在我眼里到处燃起火炬的光焰。像他们在旧戏中说的那样，她将自己"放开"（unhanding）①。我想，她像是一个擦着不会闪亮的火柴的人……哎呀！我叹息着，竟然是这样。这是因为当简·奥斯丁像莫扎特变换歌曲那样变换旋律时，读这部作品仿佛置身于海面上一叶空旷的孤舟中。升腾、沉落……我自言自语道，我几乎确信玛丽·加米契尔在捉弄我们。因为我感到仿佛行进在一条之字形的铁轨上，车厢并没有倾覆——人们会这样料想，而是不断地打着急转弯。玛丽将人们期待中的前后顺序搞弄得一团糟。首先她打乱了语句；现在她又打乱了前后顺序……如果她是像一个女人那样写作，那么她做这一切或许出于无意识，仅仅为了赋予事物以自然的秩序，像一个女人能做的那样。但结果则不知怎的让人疑惑不解；人们不能看见层层叠叠的波浪，察觉不到相距不远的危急状态，因此我无颜自诩我自己的感情有多么深厚，我对人类心灵的了解有多么深刻。这是因为无论何时我在日常生活场合中即将去感受平平常常的爱与死时，那讨厌的家伙总是急忙把我拉开，仿佛再过一会儿便是那重大的时刻。（第84—85页、第95页）

---

① 一个古怪奇特的用语！它的意思是"将手从她自己身上移开"还是"使她本人失去双手"？总之，它意味着以某种方式瓦解某个整体或行动。

伍尔夫暗示道：为了在残留的寂静中展现这样一种洞见，即幻象背后真实存在的只是空无，女作家特殊的才华可用来将旧的幻象打个粉碎。在另一方面，在谈到玛丽·加米契尔将句子和前后顺序捣弄得一团糟时，伍尔夫说："如果她这样干不是为了破坏而是为了创造，那么她有一切权力做这两件事。"（第85页）尽管那儿也许真有缺口，但女人（既作为作家，又作为普通女子）的才智可成为那空无中富有创造性的面纱。她们擅长编织幻觉的网丝，她们能治愈创痛，翻腾起巨大的情感浪潮，在和谐的海洋中吞没一切碎团、残片、零屑。本章开头那段描写了伊莎梦幻的引文（"是的，是的，是的，潮水奔涌而来，弥漫着"。第215页），其中有个古怪的副词out，在人们的期待中，那儿出现的应该是in。这暗示着潮水的源头并不是那非人格化的大海，而是这里个人的力量，是伊莎、老露西或屈罗勃小姐女性的创造力。男人枯燥无味、软弱无能，由于惧怕阉割（对空无的恐惧）而处于瘫痪状态，他们永远不能使他们以强力意志奠基开创的建筑物完工。和《到灯塔去》中的拉姆齐先生一样，他们从来不能从A一直到达Z。每个男人必须经常不断地回到某个女人身边（像拉姆齐先生回到妻子身边一样），浸渍在女性创造力的源泉中，从而焕发出新的力量：

  我再次凝视着书橱，里面有许多传记书：约翰逊、歌德、卡莱尔、斯特恩、考珀①、雪莱、伏尔泰、勃朗宁和其他好些名流。我开始思索那些伟大的人物，他们为了某种理由赞美、寻觅、容忍、推心置腹、倾心爱慕、挥毫抒写、信赖、展现的一切，只能被视为某种对异性的渴求和依赖……很显然，他们取得的成就不是他们男性所能企及的，或许这样做并不显得轻率鲁莽，我们不用引述诗人无疑称得上是热情洋溢的字句，就可进一步将它解释为某种激励，某种创造力的更新——而这一切出自异性才能赋予的才华。（第90页）

也许，这种母性的力量只不过是虚构创作的才能，例如，屈罗勃小姐将她对观众的影响力看作是维持"幻觉"的才能："这是死亡、死亡、死亡，在她头脑的边缘地带她注意到；幻觉消失了。"（《幕间》，第180页）男人们持续不断地寻找着"真理"。他们力图从头到尾地推断，一直推到Z。他们相信在某个地方存在着一个原初或终极的主要意义，一个元语调（ur-word）或终结的语词。虽然这一信仰为他们的恐惧（惧怕最后一层幕幔后或许是一片虚无）瓦解，但他们的思维根深蒂固地打上了逻各斯中心主义（也即"菲勒斯中心主义"

---

① 考珀（William Cowper，1731—1800），英国诗人，风格以平实无华见长。

［phallogocentric］）的烙印。女人明白死亡、空无、寂静隐藏在一切事物的外表之下，因而她们成了幻觉（人们知道它是幻觉）的主人，成了表面上一切的操纵者，成了"感情深度"的谴责者。她们的所作所为实际上是一种掩饰的技艺，她们对昔日男性大师的滑稽模仿既延续了传统的节奏，又同时从纵深处瓦解了它们，通过夸张和反讽，展现出它们虚构捏造的本性。她们真诚坦爽的品质，她们的正直或忠诚，在对我一直使用的可信、正确等专门用语所作的古怪的颠倒中反倒成了她们虚伪的表征。

《幕间》从头至尾（尤其是历史剧表演）是一部洋溢着狂暴不羁、沸腾欢闹气息的滑稽模仿作品——它对莎士比亚、康格里夫和维多利亚时代的作家作了滑稽模仿。在这部小说中，文学的隐喻、引文和重复触目皆是。滑稽模仿是不断重现的赞美和称颂，但同时又是毁灭的力量。《幕间》产生的一个后果便是：通过夸张地模仿前辈作家，从而摧毁了他们的存在。伍尔夫的滑稽模仿文字显示了他们只不过是一堆定型了的陈规惯例而已。人们再也无法以同样的方式来看待莎士比亚后期的传奇剧以及《乡村妇人》[1]、《世界之路》[2]等作品了。

---

[1] 《乡村妇人》（*The Country Wife*），英国剧作家威彻利的喜剧。
[2] 《世界之路》（*The Way of the World*），英国剧作家康格里夫的喜剧。

有关女作家作用的这三种可能性中的最后一种在于那空缺也许掩藏着一个确定不移的事实,一个本体论的原则——"存在",即"黑暗的心脏"。或许女性有一种特殊的才干,她们能穿越男性自我中心主义编织的虚假的幕帐,发现这一事实真相,并用词语将它表现出来,例如从泥淖中爬起,屈罗勃小姐的新戏开始孕育成形。《一间自己的房间》里叙述了一段交谈,它假设发生在一个男性作家和一个女人(他跑到她这儿来寻求新生)之间:"即使是最简单的交谈,也会很自然地产生这样一种观点上的差异,以至于他原本干枯无味的思想重新变得丰富多彩;而她以一种与他本人迥然不同的方式进行创造的情景,这样地激发了他的创造力,以至于在不知不觉间他贫瘠的心灵重新开始酝酿构思作品;当他戴上帽子、登门找她时还毫无踪影的语句或场景,在他心中豁然显现出来。"(第90页)

如果说女性对"事物中人们忽视的力量"(第100页)有其独特的了解,那么与其说女性拒斥男性的事业还不如说是完善了它。读者想必注意到刚才引用的那段文字中相反的情形,正是女性才有那种"丰沃多产"的力量。如果是这样,女性凭借着她们对确定无疑的事实真相更为真切的了解,应该从她们父辈作家的手中将笔杆子夺过来。这一行动与其说是在摧毁旧有的节奏、展示空缺,不如说是在毁灭旧有的、虚假的男性节奏,以一种真实可信的女性节奏来取代它。这种新的节奏将能够填补空白、步入未知的领域，并使未知转变为已知。这样一种作家将是伍尔夫梦寐以求的两性人（androgyne），他拥有男性的力量和女性的敏感。在这样一个两性人身上，男性和女性"和谐相处，精神上通力合作……心灵……无限丰富多彩"（第102页）。

这个两性人是一种理想，还未成为现实。现存的两性关系并没使男性和女性达到那种宁静的和谐境界，"天然地富于创造性，天然地辉煌灿烂，天然地整一未分"（第102页）。在伍尔夫的小说中，它在某种程度上被表现为两性间、精神上的一场格斗："爱与恨——它们是怎样地将她撕成碎片呵！"（《幕间》，第215页）一个例子便是《幕间》的基本情节——即将由吉尔斯和伊莎再次表演："但是他们首先必须像雄狐和雌狐那样搏斗，在黑暗的心脏里，在夜晚的田野中。"（第219页）如果说女作家的命运注定她们必然要接管一直为男人独霸的写作事业，那么这种两性间的战斗将显得格外地毫不留情。随后女作家将会参与到对真理的探索中来，而不是暴露它的空缺或是在非其所在之处编织想象的面纱。

和伍尔夫的其他作品一样，《幕间》在这些可能性之间来回摆动着，就像本书中阐释的每一部小说都以自身的方式在意义种种不同的可能性之间来回摆动。在伍尔夫不加操纵也无法操纵的循环中，《幕间》一会儿肯定这种可能性，一会儿肯定另一种可能性，一会儿又同时肯定所有这三种可能性——既然每一种可能性都包含着其他的可能性，并使人想起它们，读者也无法驾驭正文中的摆动。小说使对语词后面事实真相问题（"事实真相"问题本身）的解答成为不可能。批评家只能以这种或那种方式重新陈述种种选择对象，无力将它们变成一个整体，在一个又一个选择对象之间来回逡巡，这种情形正像将正文中这段或那段文字作为证据予以强调。这种经常不断的转换和瓦尔特·本雅明笔下袜子的形象有相似之处——对此我在第一章中作过论述。

在这一相似现象中，我的著作走完了一个完整的圆圈，回到了原处。开头和结尾之间的这种相似是第一种还是第二种重复的范例？对本书各章中的许多其他重复现象也可以问同样的问题。在我作了所有这些探索以后，它依然是一个悬而未决的问题。我一直力图展现小说中重复的各种问题，但并不给它们以确定的答案——尽管我的目的是要将重复如何在七部小说中发生作用的情形尽可能精确、完整地展现出来。这本书中我基本的前提是：可以精确地解释某个特定文本独特的异质多样性，即使文本（至少是这儿论述的那些文本）无法为某个单一的意义提供充分的理由。正如我一开始所说的，这一切在多大程度上能够并且应该推而广之，使之适用于所有的文学文本，还有待于观察。无论怎样，《幕间》毫不含糊地揭示了这一情形：每一部新出的作品在某种程度上都是以往一长系列作品的重复。在英国小说中发生作用的大多数重复模式不仅体现在

《幕间》中,而且公开地成为人们怀疑的对象。在这些方面——同时在它对模糊未定的未来所持的开放态势中(甚至在它的作者死后),《幕间》不啻是中止对英国小说作品中小说和重复关系的这种考察的好地方。